李慕如◎主編
王貞麗 杜英賢 吳明訓 吳雅文 呂仁偉 李慕如 施芳齡
洪櫻芬 陳靜美 陳丁立 黃吉村 張明垣 楊悅春 潘高穎 ◎編著

實用詞曲選

——賞析與創作

五南圖書出版公司 印行

劉序

本校創辦人王天賞先生，既是有名本土詩人，且有典麗之詞作。本校綜合教學部文史科老師十餘人，於課餘努力倡導詩詞教學，不唯舉辦學術研討會，出版書刊，又有「古詩新唱」等活動，於人文素養提升不遺餘力。欣見文史教師於出版《古今名詩選》後，又續編《實用詞曲選》一書，除熱忱提升學子人文素養外，又為推動社會生活品質上，聊盡綿力，於該書行將付梓，樂為之序。

永達技術學院校長
劉伯男

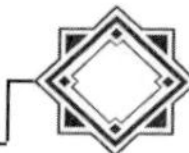

王序

詩以言志，詞曲以表衷情，古有明訓。

隨著社會變遷，展現傳統人文素養之古典文學，漸為人類忽略，而功利至上已成為人們時尚共趨，古人明訓已是非不明，尤其今天的民主社會，爭權奪利，亂象環生，民眾生活品質已大幅下降。

本校綜合教學部同仁十餘位，於合編《古今名詩選》後，聞本校創辦人，亦即先父王天賞（字獎卿）先生有詞篇九闋，乃再度攜手創意編撰《實用詞曲選》一書，將之納入，共蒐羅二百餘首，加以詮釋，由賞析而至創作，歸納原則，有條理地分析，可謂脈絡可循，誠為詞曲賞析不可多得之範本。一方面提倡古典文化，另方面懷念創校人創校之艱難，期能提升師生人文素養，並期嘉惠眾人，則本書付梓出版已達目的，故樂為之序。

永達技術學院董事長

王仁宏　謹序

馮王序

最能代表中華文化、散發民族文化芬芳者，乃古典韻文，它不僅能抒發個人喜怒，亦能表達家國憂樂。蓋詩詞乃精字煉句，可以跨越古今，籠罩寰宇，發出生命芬芳。先父（本校創辦人王天賞先生）生前酷愛古典詩詞，流世作品頗豐，且有不少佳作流傳於文壇，本於古典詩詞對美感培育之重要，其對古典詩詞之推廣更是不遺餘力。

欣聞本校綜合教學部文史科，繼甚獲口碑之《古今名詩選》一書後，今又十餘人聯手續編《實用詞曲選》一書，並由台北最大書局——五南出版。是書除逐篇精選注釋，又整體概言其歷史流變、體制特色，並由賞析而歸出創作指針，使學子於吸收古人精粹外，復能口吟手製，為大學基礎教育奠基，使莘莘學子，具有不同之人文素養。於是書行將付梓，樂為之序。

永達技術學院公關主任
馮王貞美

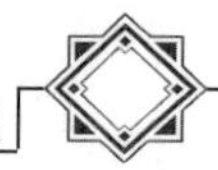

洪序

詩歌是文學中耀眼的一環，完整的詩歌全貌，涵蓋詩、詞與曲。本校綜合教學部文史老師在完成《古今名詩選》後，再接再厲編寫《實用詞典選》，期能將完整而豐富的詩歌意趣通盤呈現。此書之編成要感謝幾項機緣，首先是本校創辦人王奬卿（天賞）先生對詩詞之喜愛，由於其妙筆生花，留下意味雋永之詩詞佳句，文史同仁長期薰陶浸染，深受其精神之感召。此為文史同仁特別鍾愛詩歌的主要原因。再者是李慕如教授的諄諄指導，與同仁們孜孜不倦的解析探究，共同攜手深省多年的詞曲教學體驗。這是此書付梓的關鍵因素。

《實用詞曲選》一書特別為莘莘學子與社會大眾編撰詳盡的詞曲賞析，期能為詞曲的學習與欣賞，提供深入淺出的讀本，召喚詞曲的同好朋友們，共同享受詞曲之美。書中對詞曲內容做了精微細膩的闡釋，不論是嬌豔感性的詞，抑或是清新俊雅的曲，透過闡析而更顯詞曲之嫵媚，使詞曲在時代輪轉中，展現其歷久彌新的藝術魅力。閱讀本書可感受到氣勢磅礴具豪放之風，與情致細美具婉約風格的詞，以及在元代異葩獨放、俊逸多情的曲，使讀者們不自覺地流連於詞曲之天地而不忍釋卷。誦讀《實用詞曲選》一書，不僅能在詞曲相互融合中，培養豐富的抒情創作能力，還能陶冶心靈，澈悟生命，體驗詞曲卷帙中生生不息的豐盈智慧。

永達技術學院綜合教學部主任
洪櫻芬 謹序

緒言

太史公司馬遷曰：「讀萬卷書，行萬里路」，在「萬卷書」中，詞、曲自是中華文化燦爛的一頁。年前永達技術學院綜合教學部文史科同仁十餘人，基於對古文化之熱衷愛好，曾攜手編成《古今名詩選》一書，得到頗大回響。今年又為深化大學基礎教育品質，又續撰此書。其撰作之要，乃：於韻文教學中，古典詩、現代詩，尚能引起注意，而「詞」、「曲」之教學常淪為附庸，甚難深耕廣耘。未知其間，頗有賞析創作之空間，為深化此一教學品質，故有群起努力之想，此其一也。

本書藍本，乃依主編李慕如教授所撰《詩詞曲之旅》（台南：大夏五版書）、《各體文選》（台北：五南之二版書），再以十餘位教授多年教學經驗累積，深耕易耨所得，並得本校博士王仁宏（董事長）、王貞美（公關主任）、劉校長伯男、鄒副校長國益等行政長官支持。又前綜合教學部杜部長英賢凝聚催稿，吳明訓老師率先響應，施芳齡老師「認領」多篇，吳雅文及潘高穎老師等埋首群書，努力耕寫……都令人感動不已，此其二也。

又本校力倡「詩詞吟唱」，由陳主任丁立、楊悅春老師力邀專家譜曲吟唱，使學子更了解其中況味，本書之編成，亦有助此項活動之展開，此其三也。

又本書編撰，除於《古今名詩選》中已恭錄本校創校立基人——王天賞先生作品外，又於此書恭錄其詞作九闋，以增光彩。此其四也。

本書編輯除分詞、曲兩大部分，並有概述、賞析、創作三部分，企學子能由賞析而創作，故其內容為：

壹、詞之概述——由詞之釋名、源流、分期、特色以言。

貳、詞之代表作家與作品——為避免重複，書中各篇之作者依年代分別介紹，不再以下舉例中出現（檢閱請參考書後附錄頁次）。

參、詞之內容分析——試分由情、景、懷人感事，乃至詠物、理趣以言。

肆、詞之寫作——由創作歷程而探究技法（押韻、比喻、聯想、問答等）舉隅，使愛好者、學子於賞析詞篇外，起興而執筆，自無難處。

伍、曲之概述——由釋名、分類而言其體制、音律、流派等特色引介。

陸、曲之代表作家與作品。

柒、曲之內容分析——有情景，及詠物、詠史等。

捌、曲之技法舉隅

由用字運句而設問、比喻、誇張等技巧之例舉運用，使創作者，有所遵循。

主編　李慕如

永達技術學院文史科召集人

於靜遠閣

目錄

目錄

曲

詞

壹、詞之概述

一、詩詞的不同

在文學領域中，「文」可以載道；「詩」可以教化，而詞之目的呢？蓋詞乃集綺豔嫵媚於一身，此種情歌豔曲，本是寫給歌姬演唱的，所以說「詞是豔科」、「詩莊詞媚」，詞是可以欣賞，亦可表情意，是以她就儀態萬千地在文學園地裡，由晚唐到宋占了一席之地。

詩詞雖同源，卻有所不同——在形式上，詩是拘謹的、通俗的、典雅的、質樸的；詞是浪漫的、奔放的、含蓄的。詩的格式也不同於詞，即詩有四、五、七言的絕句、律詩和不限於字數的排律。而詞卻有八百多種不同的詞譜，和有著從一字至九字各種字數不同和對偶、轆轤、疊句等長短的句式。

也有人將唐詩不增減字地改讀，就成了詞的面目，如：「清明時節雨，紛紛路上行人，欲斷魂。借問酒家何處，有牧童遙指杏花村。」就不是齊言詩了。

詞本「曲子詞」之省稱，言為入樂之歌曲也，作者倚聲而填，其記宮調音節之詞牌，猶今之所謂歌譜也。由於詞須合樂，故調有定格，字有定數，韻有定聲，作詞者且按譜填入，不可出入，故俗稱謂作詞曰填詞。

據清．吳衡照《蓮子居詞話》、萬樹《詞律》所載，詞牌有八百餘調之多。南宋．沈際飛《草堂詩餘》分詞牌為小令（或稱令）、中調（或稱引進）、長調（或稱慢）。清．毛先舒因謂：「五十八字以內為小令，自五十九字至九十字為中調，九十一字以外者為長調。」

二、詞之起源

(一)曲子詞

詞原名，「曲子詞」。言「曲子詞」者，乃因由「曲子」、「詞」（即歌曲、歌詞）二部分形成詞體，是先製曲後配詞，故以曲為主，音樂性甚強。

(二)詩餘

詞承詩，具言志、緣情之本質，尤重抒情。故人又稱「詞」為「詩餘」，乃詩之餘響，並無獨立地位，必另求發展（韓愈詩求奇險、李商隱詩晦澀）。王應麟《困學紀聞》、王世貞《藝苑卮言》皆以詞源於樂府。蓋二者皆可以配樂歌唱，是以詞之異名，亦稱為「樂府」。

(三)長短句

至詞之成為長短句，乃承襲前代雜言詩而來（如《詩經》〈式微〉、〈祈父〉；漢魏六朝之〈上邪〉、梁武帝〈江南弄〉；乃至唐人歌行——如李白〈蜀道難〉、李賀〈將進酒〉等，皆非齊言詩）。而薛用弱《集異記》「旗亭賭唱」，已見唐時歌妓所唱多為王昌齡等人之絕句。由於樂工常以詩人所作譜曲，詩人亦常作新樂府，以增字襯詩而求歌詞變化，是以詞常呈長短句式。

(四)俚曲

詞來自民間，據崔令欽《教坊記》所錄當時流行曲已有三百四十三種。證之《敦煌曲子詞》之五十六調、五百四十五首民間俚曲，則詞殆來自民間歌謠。

(五)具西域音樂性

據《隋書》、《舊唐書》之《音樂志》言，西晉五胡亂華時，龜茲、天竺之胡樂已入中原。是以如〈菩薩蠻〉、〈異國朝〉等詞牌，皆與西域音樂相關。

【補充】「詞」、「辭」二字用法說明

- 「詞」，音ㄘˊ，會意字，意內言外。用於名詞、動詞、歌詞、詞等。
- 「辭」，音ㄘˊ，亦會意字，從辛、𤔔，治罪也。用於辭別、辭讓、辭行、辭呈、辭不達意。
- 詞辭通用——文詞、辭典、辭藻（文采華美）。
- 辭——為樂府詩之一種。詞——指長短句。

三、詞之發展

甲、概說

宋詞以前：

1. **清光緒年間有民間詞集：**敦煌莫高窟千佛洞，發現一本出自民間的唐人手寫詞集——《雲謠集》，共收有三十首詞（早於文人之作《花間集》）。
2. 詞在中唐，經文士參與，由齊言詩漸次蛻化為長短句（雖然南宋之黃昇《花庵詞選》以李白〈菩薩蠻〉、〈憶秦娥〉二首為「百代詞曲之祖」，然考之《李白集》、郭茂倩《樂府詩集》皆未收錄，令人爭議）。較可靠之記載是中唐代宗年間之《尊前集》已有劉禹錫〈浪淘沙〉、張志和〈漁父〉（一名〈漁歌子〉），形式與詩之重齊言相近。
3. **晚唐，方有專力填詞之作家：**溫庭筠是中國詞史上第一位有詞集之作家（《金荃集》、《握蘭集》，

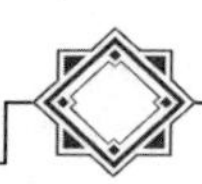

惜已佚），《花間集》載其詞六十六首。韋莊亦有《浣花詞》五十五首。而溫詞穠豔，韋詞疏淡。

4. **五代介於唐、宋，詞風華豔**：後蜀趙崇祚編《花間集》，收有十八家五百首詞（除溫庭筠、韋莊外，皆為五代人）。《花間集》代表西蜀華豔之詞風，少有離亂傷古之作，而多抒情寫景之篇。

5. **南唐詞人有二主（中主、後主）一馮（延巳）**：中主有詞四首，詞多委婉哀怨，以「小樓吹徹玉笙寒」為名句。馮延巳為中主詞臣，《陽春集》收其詞一百二十首，清新含蓄。後主以血淚凝寫亡國之痛，四十七首詞中以〈虞美人〉、〈相見歡〉等為名作。

乙、發展

以下試分朝代以言詞之發展：

㈠唐

1. **初唐、盛唐**：乃詞的醞釀試驗時期。詞調因之形成：

(1)初唐時——已有格式固定之詞調。

唐孟棨（ㄑㄧˇ）《本事詩》載兩首〈迴波樂〉，格式相同，足證其時詞調已固定，而詞句卻俚俗，但求合譜能唱耳。即：

迴波爾時栲栳，怕婦也是大好。外邊只有裴談，內裡無過李老。

中宗時御史大夫裴談畏悍妻，一如中宗畏韋庶人，內庭優人遂唱此調，韋后意色自得，以束帛贈之。

迴波爾似佺期，流向嶺外生歸。身名已蒙齒錄，袍笏未復牙緋（ㄈㄟ，淺紅色）。

沈佺期以罪謫，遇恩復官秩，朱紱未復，內宴時歌此調以求遷擢。中宗即以緋魚賜之。

(2)玄宗時——《尊前集》載玄宗之〈好時光〉一首，以五言八句為基礎，已由泛聲變五實字——偏、蓮、張敞、個。較前更有文學情趣：

寶髻偏宜宮樣，蓮臉嫩，體紅香。眉黛不許張敞畫，天教入鬢長。　莫倚傾國貌，嫁取個，有情郎。彼此當年少，莫負好時光。

(3)至黃昇《花庵詞選》以盛唐李白之〈菩薩蠻〉（平林漠漠）、〈憶秦娥〉（簫聲咽）並尊為「百代詞曲之祖」。二詞雖工麗，而氣勢甚衰，或為晚唐、五代人詞，嫁名太白耳（〈菩薩蠻〉乃指女蠻國人，危髻金冠，瓔珞被體，謂菩薩似的蠻人。太白之世，唐未有此調，太白不能預作此詞）。

2.**中唐**：詞之正式成立。倚聲填詞，多以偶寄遣興之詩作為主。亦詩亦詞，非詩非詞。

(1)詞調及作者日眾，如〈漁父詞〉、〈三台〉、〈欸乃曲〉等。而〈調笑令〉與〈漁父詞〉，已由絕句形式蛻變為長短句。如：

西塞山前白鷺飛，桃花流水鱖魚肥。青箬笠，綠蓑衣，斜風細雨不須歸。（張志和〈漁父詞〉）

(2)而同一〈調笑令〉，或寫離情，或詠邊塞，或為宮體，足見其時詞調不多。

(3)中唐時文人已有填詞唱和之風。清・張宗橚《詞林紀事》引：「志和有〈漁父詞〉，刺史顏真卿與陸鴻漸、徐士衡、李成矩遞相唱和。」而以白居易之詞，流布最廣。

(4)中唐作詞最多之詞人為劉禹錫（四十一首）、白居易（二十九首），雖形式未脫絕句，而數量已多。劉禹錫（七七二～八四二），字夢得，彭城人。順宗時，王叔文用事，引禹錫與柳宗元同議大禁中，所言必從；擢禹錫「屯田員外郎」，時人為之側目。叔文敗，禹錫貶連州刺史，追貶朗州司馬。蠻俗好巫，禹錫嘗倚其聲作〈竹枝詞〉十一首。後禹錫恃才而廢，乃以文章自適。素善詩，晚年尤精；與白居易時相唱和，號「劉、白」。如：

春去也，多謝洛城人。弱柳從風宜居袂，叢蘭挹露似霑巾。獨坐亦含顰。（劉禹錫〈憶江南〉）

江南好，風景舊曾諳。日出江花紅勝火，春來江水綠如藍。能不憶江南？（白居易〈憶江南〉）

(5)詞在中唐，經文士參與，由詩漸次蛻化。較可靠之記載是中唐代宗年間之《尊前集》已有劉禹錫〈浪淘沙〉、張志和〈漁父詞〉，形式近於齊言詩。至中唐宣宗，才有詩人按譜式寫長短句，如白居易有〈憶江南〉三首，同時劉禹錫有和作，題曰：「和樂天春詞，依〈憶江南〉曲拍為句」，這可算是依曲填詞之始了。

(二)西蜀、南唐

1. **西蜀**：五代、十國時期，南唐、西蜀詩人最多。後蜀趙崇祚編輯《花間集》，共收詞人十八家，詞五百首，其中以溫庭筠、韋莊詞作的成就為最高。溫詞（《金荃集》、《握蘭集》已佚）多寫閨怨別情，以豔麗、柔婉、細膩的筆調見長，代表《花間》詞人共有之特色；韋詞含蓄疏淡（《浣花詞》五十五首），有些詞已脫離《花間》豔詞的範疇，因此後人都推溫庭筠與韋莊為後代婉約與豪放詞派的初祖。

2. **南唐**：南唐詞雖無總集，但詞格高於西蜀，南唐詞人有二主（中主、後主）、一馮（延巳）。中主有〈浣溪沙〉詞四首，詞多委婉哀怨，以「小樓吹徹玉笙寒」為名句。後主以血淚凝寫亡國之痛，四十七首詞中以〈虞美人〉、〈相見歡〉等為名作。馮延巳為中主詞臣，《陽春集》收詞一百二十首，造句清新含蓄。

(三)北宋詞

詞至北宋漸趨成熟，格律尤嚴，四聲句式更為精密。據明清人的彙刻，便有北宋人四十家、南宋人九十家，共有一百三十家。分為：

1. **小詞時期**：北宋初期，先有王禹偁等之清新小令，范仲淹等之沈鬱之詞，惜無詞集流傳。為小詞時期。有宋詞四大開山祖（薛礪若《宋詞通論》說）——即晏殊《珠玉詞》的溫潤閒適，歐陽修《六一詞》的綿密深婉，晏幾道《小山詞》的輕柔，張先《子野詞》的雋永。

2. **慢詞時期**：由張子野創調，柳永承之。柳永《樂章集》工緻鋪寫羈旅情懷，流布甚廣。

3. **詩人詞時期**：仁宗慶曆後，為北宋後期。

(1)豪放派——蘇軾的《東坡樂府》，除題材擴大，不拘格律，亦將詞詩化，而以雄豪著稱。

(2)婉約派：除豪放外，又有婉約一派——秦觀《淮海詞》之情韻，李清照《漱玉詞》之淒婉，賀鑄《東山詞》之幽深。

(3)格律派：周邦彥以能解音律，用辭典麗，自成格律一派。

(四)南宋詞

1.**豪邁詞**：由於時代動亂，詞風丕變。先有辛棄疾《稼軒長短句》及陸游《放翁詞》承東坡雄深之風，言事表意多以散文入詩。至朱敦儒《樵歌集》、葉夢得之《石林詞》、劉過之《龍洲詞》皆各具曠遠豪逸之風。

2.**雕飾詞**：南宋苟安已成定局，詞人多承周邦彥之重格律，以詠物逞才為是。如姜夔《白石道人歌曲》聲諧律密，史達祖《梅溪詞》之疏雋，吳文英《夢窗詞》之綿密，直似「七寶樓台，炫人眼目」（張炎《詞源》）。

3.**雅正詞**：張炎《山中白雲詞》以蘊藉騷雅著稱，即以凝鍊字句以寫亡國之恨。至劉克莊豪邁，周密清妙，王沂孫深厚，蔣捷纖巧，皆為一代名手。

(五)宋以後之詞

1.**重詞集之編選**：如朱彝尊之《詞綜》，張惠言之《詞選》，周濟之《詞辨》，多選錄唐、宋名家詞。清末王國維《人間詞話》之論詞境，最為詳明。

(六)近代詞

因民國初年提倡白話文後，填詞作曲已是案頭奇文，是以蒐羅匪易，路向亦不明確。然既為龍之傳人，自應以發揚國粹為己任，深盼各界有心人共襄盛舉。

菩薩蠻　閨情　李白

平林漠漠①煙如織②，寒山一帶傷心碧③。暝色④入高樓，有人樓上愁。　玉階空佇立⑤，宿鳥歸飛急。何處是歸程？長亭更短亭⑥。

【注釋】

①漠漠：形容霧氣蒼茫。
②如織：濃密的樣子。
③傷心碧：指碧色令人感到傷情。
④暝色：即暮色。
⑤佇立：久立。
⑥亭：古時主要馬路旁設「亭」，供旅人暫時歇息，兩亭之間相距或長或短。所謂：「十里一長亭；五里一短亭。」

【賞析】

李白，字太白（七〇一～七六二），祖籍甘肅天水。賀知章以謫仙薦於玄宗，奏頌一，玄宗賜食，並親為調羹，召供奉翰林，其文清逸超脫，人稱「詩仙」。

此詞描述旅人思念故鄉的心境。在一片平野樹林間，煙霧茫茫中，使人感染哀傷的莫名情懷。「暝色入」的「入」，形容在無心留意中，暮色靜悄悄來臨，接著遠眺故鄉不可得，卻看到歸鳥回巢，相形之下有難以消受之感；而望斷返鄉歸路，更加重心中的鬱結愁悵，平添幾許幽怨。

李白為盛唐（玄宗至肅宗，七一三～七六二年）浪漫詩人之代表，或以其為詞之鼻祖。即陳廷焯《白雨齋詞話》云：「〈菩薩蠻〉、〈憶秦娥〉兩闋，神在個中，音流絃外，可以為詞中鼻祖。」《尊前集》亦收錄李白作品於其中。然唐人蘇鶚《杜陽雜編》載，〈菩薩蠻〉曲調作於唐宣宗大中初年（七七〇年左右），因此死於唐肅宗時之李白，根本不可能預作此詞，故很可能是後人所作，混入李白作品中，蓋此詞近於詩，能寫出旅人之情也。（杜英賢注）

憶秦娥　秋思　李白

簫聲咽①，秦娥夢斷秦樓月②：秦樓月，年年柳色，灞陵③傷別！　樂遊原④上清⑤秋節，咸陽古道音塵⑥絕。音塵絕，西風殘照，漢家陵闕⑦。

【注釋】

①咽：哭泣，但聲音受阻，指極傷心。

②秦娥：相傳秦穆公有女名弄玉，善吹簫，有仙人簫史與之匹配。兩人情投意合，吹簫樓上，後有鳳凰來儀，馱之赴天庭，於是美事成佳話。然人去樓空，「秦樓」遂成空寂落寞的象徵。

③柳色、灞陵：漢文帝陵在長安城東，附近有灞橋。古長安人送行，習慣上以為地標，到這邊折柳相辭，故此預表傷別處。

④樂遊原：在長安城南，其地勢高亢，視野遼闊，是郊遊好處所。

⑤上清：農曆三月三日，為上清節，又稱三日節，有掃墓、踏青之習俗。

⑥音塵：即音訊。

⑦漢家陵闕：漢朝諸帝的陵墓多在長安附近，古墳則有淒涼沒落之感。

【賞析】

此詞藉嗚咽的簫聲，撥點出淒涼迷離的空寂，尤其夢醒時分，發覺現實的乖違，最難令人消受。灞陵傷別的回憶，早已化成刻骨銘心的哀愁。想念的人杳無音訊，即如上清、秋節快樂郊遊的情景，也成空空的回憶。最後更藉西風、夕陽、陵墓共訴殘懷，描繪無盡的淒涼景象。（杜英賢注）

憶江南　白居易

江南好，風景舊曾諳①。日出江花②紅勝火，春來江水綠如藍，能不憶江南？

江南憶，最憶是杭州。山寺月中③尋桂子④，郡亭⑤枕上看潮頭⑥，何日更重遊？

【注釋】

①諳：熟悉。

②江花：指太陽照射在江上顯出耀眼的水花。

③月中：指中秋。

④尋桂子：相傳中秋時，月桂樹子成熟而紛紛落下，正好可撿拾。

⑤郡亭：指杭州郡府署中的涼亭。

⑥潮頭：指錢塘江大潮的浪濤。

【賞析】

白居易曾任杭州、蘇州刺史，深深領略江南風光，他寫來自有一股不凡的韻味。此詞但以「水」景點出江南之「好」。前半段為江水春景，紅、綠、藍交互輝映，顯出生意盎然，令人欣喜莫名。後半段為在杭州優遊自在的遊景，中秋夜山寺尋桂子、郡府亭中臥觀錢塘潮，都令人悠然嚮往！（杜英賢注）

詞家詞作代表

- **李白**：秋風辭（楊悅春注）、菩薩蠻（杜英賢注）、憶秦娥（杜英賢注）
- **白居易**：憶江南（杜英賢注）、長相思（楊悅春注）、長相思
- **張志和**：漁歌子
- **王建**：調笑令
- **顧敻**：江城梅花引（施芳齡注）、訴衷情
- **溫庭筠**：夢江南（吳雅文注）、更漏子（吳雅文注）
- **韋莊**：臨江仙、女冠子（四月）（吳雅文注）、女冠子、菩薩蠻、應天長（陳丁立注）
- **牛希濟**：生查子
- **馮延巳**：謁金門、長命女（王貞麗注）
- **李璟**：女冠子（四月）、攤破浣溪沙、清平樂（別來）
- **顧敻**：江城梅花引（施芳齡注）、訴衷情（永夜）
- **李煜**：一斛珠（施芳齡注）、菩薩蠻（施芳齡注）、長相思（施芳齡注）、漁父（施芳齡注）、望江南（施芳齡注）、玉樓春、漁歌文（施芳齡注）、破陣子、子夜歌（杜英賢注）、虞美人（杜英賢注）、清平樂（施芳齡注）、相見歡（呂仁偉注）
- **范仲淹**：蘇幕遮（黃吉村注）
- **張先**：千秋歲、天仙子（黃吉村注）
- **晏殊**：浣溪沙（一向）、蝶戀花、踏莎行、浣漠沙（一曲）
- **宋祁**：玉樓春、鷓鴣天（東城）
- **柳永**：鶴沖天（黃金榜）、八聲甘州（對瀟瀟）、雨霖鈴（寒蟬）、望海潮（東南）、蝶戀花（佇倚）、雨霖鈴（秋別）
- **歐陽修**：踏莎行、生查子、南歌子、臨江仙（張明垣注）、采桑子（張明垣注）、蝶戀花（張明垣注）
- **晏幾道**：鷓鴣天（翠袖）（潘高穎注）、臨江仙（夢後）
- **蘇軾**：蝶戀花（花褪）、南鄉子（四首）、江城子（陳靜美注）、虞美人（定場）、水龍吟（仙花）、水調歌頭（吳雅文注）、賀新郎（乳燕）、卜算子（缺月）、洞仙歌（冰肌）、念奴嬌（楊悅春注）、臨江仙（夜飲）、永遇樂（明月）、浪淘沙、定風波（呂仁偉注）
- **黃庭堅**：清平樂（春歸）
- **秦觀**：鵲橋仙、江城子（楊悅春注）、行香子、浣溪沙

賀鑄　青玉案

李之儀　卜算子（洪櫻芬注）

周邦彥
- 少年遊（朝雲漠漠）
- 少年遊（并刀如水）
- 蘇幕遮（施芳齡注）

葉夢得　臨江仙

李清照
- 如夢令
- 一剪梅（陳靜美注）
- 鳳凰台上憶吹簫
- 武陵春
- 醉花陰
- 聲聲慢

朱敦儒
- 鷓鴣天（施芳齡注）
- 念奴嬌

陸游
- 謝池春
- 釵頭鳳（施芳齡注）

辛棄疾
- 青玉案
- 清平樂
- 醜奴兒（潘高穎注）
- 摸魚兒（潘高穎注）
- 西江月（萬事）
- 西江月（醉裡）
- 西江月（明月）
- 鷓鴣天（送人）
- 西江月（唱徹）

蔣婕　虞美人（少年）

姜夔
- 揚州慢
- 淡黃柳

史達祖
- 念奴嬌
- 雙雙燕（過春社了）

劉克莊　一剪梅（東縕）

吳文英　唐多令

張炎
- 解連環（孤雁）
- 八聲甘州

崔英　臨江仙（少日）

楊慎　臨江仙（滾滾）

夏完淳　采桑子（片風）

納蘭性德
- 長相思（山一程）
- 浣溪沙（誰念）

張惠言　相見歡（少年）

蔣春霖　卜算子

王天賞
- 念奴嬌（楊悅春注）
- 另更漏子等

貳、詞之代表作家與作品

一、唐代詞

詞在中、晚唐以後，作家輩出，其作介於詩詞之間。

㈠中唐

憶江南　白居易

江南好，風景舊曾諳①。日出江花紅勝火，春來江水綠如藍②，能不憶江南？

江南憶，最憶是杭州。山寺月中尋桂子③，郡亭④枕上看潮頭，何日更重遊？

【注釋】

①諳：熟悉，音ㄢ。

②藍：靛青，由藍草製成之顏料。

③山寺句：相傳杭州天竺寺在古代每年中秋有「月中桂子」從天空落下。白居易有〈留題天竺、靈隱兩寺〉詩：「宿因月桂落，醉為海榴開。」

④郡亭：杭州郡守官署內有亭，名「虛白」，故白居易言「郡亭」。

▼白居易

白居易（七七二～八四六），下邽（今陝西渭南縣）人。二十歲後，發憤苦讀，以致口舌成瘡，手肘成胝。三十一歲任校書郎，與元稹善，人稱「元、白」。詞淺易能懂，流傳甚廣。

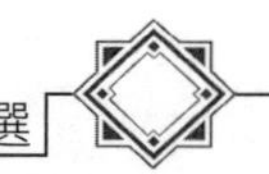

【賞析】

白居易乃中唐（代宗至敬宗，七六三～八六二）偉大詩人，其兩首〈憶江南〉，用不同的手法表現江南風光。上一首用比喻，色彩極為鮮明；下一首寫山寺郡亭的具體景物，捕捉印象最深的景物。（杜英賢注）

長相思①　白居易

汴水②流，泗水③流，流到瓜州④古渡頭⑤。吳山⑥點點愁！　思悠悠⑦，恨悠悠，恨到歸時方始休。月明人倚樓。

【注釋】

①長相思：詞牌名。此調以白居易「汴水流」一闋為正體。

②汴水：指古汴水，唐代之汴水係由豫（今河南省）河陰縣（今滎陽縣）引黃河之水經開封東流，至徐州附近匯入泗水（當今中國大陸地圖上之「新汴水」與本闋詞中之「汴水」位置有別。前者之流路僅在今安徽省宿縣西北向東南入江蘇省的洪澤湖；後者則為「古汴水」，係引黃河之水，利用南側大沖積扇之天然水道加以人工疏濬而成）。

③泗水：源於齊（今山東省）泗水縣東之陪尾山，古時其流程甚長，與汴水會合後，南流至淮陰入淮河。唐朝時，古汴水、泗水聯絡黃河、淮河與長江流域，是南北水運交通大動脈。

④瓜州：位於長江北岸，與鎮江隔岸相望，為裡運河與長江交會處之渡口。

⑤渡頭：意指渡口、渡津。

⑥吳山：係屬今浙江省杭州市治，當地於春秋時代為吳國之南界，故名。因江南地區為古代吳國之屬地，因此，「吳山」亦可泛指長江下游南側諸山。

⑦悠悠：眇遠也。

【賞析】

本闋詞可能是作者被貶至杭州為官時，懷鄉思親情切之作品。作者遠自陝西沿黃河東下，經鄭州（此地於三千五百年前即為商朝重要都邑，歷代均為交通重鎮，有「九州腹地，十省通衢」之稱），由汴水、泗水至淮陰，接邗溝（今運河），南至瓜州，歷經長途跋涉，再輾轉由瓜州至浙江杭州為官，此期間夾雜著被貶官之鬱悶、無奈與懷鄉思親之心境，藉「吳山點點愁」烘托出其內心的苦悶與愁緒。上片所描述之「汴水」、「泗水」、「瓜州」各在南北交通大動脈之首段、中段與抵達長江的終點站，為作者由長安（在今陝西省西安市南）赴杭州的必經之地，主要在描述其行程上的「空間變化」。作者以遠在黃河流域之「汴水」、位於淮河流域之「泗水」、長江流域之「瓜州」與錢塘江流域之「吳山」作為串聯，凸顯其相當遙遠的空間意向，對於自己所遭遇之事，卻隻字未提，僅以一個「愁」字描寫，情境悠遠，令人有極大的想像空間；下片自述懷鄉情濃，思歸心切，而以堅定的措辭表達出自己思念親人卻無法相見之憾恨無盡，必須到歸鄉之時方能休止。其「思悠悠，恨悠悠，恨到歸時方始休」的心靈告白，寫盡了糾結纏綿的鄉愁與親情，讀之令人惻然！（楊悅春注）

二、西蜀、南唐詞

五代詞人多結集在西蜀和南唐，蓋其時天下大亂，唯西蜀、江南較為安定。亂世文人遂於醉飲笙歌之中，倚聲填詞，大作豔篇。西蜀以溫庭筠、韋莊為代表，且有《花間集》傳世。南唐則以馮延巳、二李為代表。

南唐偏安江左四十年，詞境高、詞韻足者，後主也。

甲、西蜀詞

(一)概說

此時象徵詞已完全成熟。詞由於詞調、作品增多，詞的地位，業已由附庸提升為大國。

環境——宜於詞之發展。蓋唐、宋、五代之際，中原紛亂，唯西蜀、南唐略微偏安，生活之安定，歌舞之盛，正助長詞之發展。所謂「上有好者，下必甚焉」，故西蜀詞風極盛。如：

1. 前蜀後主王衍，裹小巾，其尖如錐。宮妓多衣道服，簪蓮花冠，施脂夾粉，各曰醉妝，自製〈醉妝詞〉。
2. 後蜀後主孟昶令城上種芙蓉，花綻四十里，與花蕊夫人作〈玉樓春〉詞。

(二)代表詞人及其作品

皆存於後蜀趙崇祚所編之《花間集》（此集編成於九四〇年），是我國現存最古之詞集，共收有晚唐和五代詞作品十八家五百首。以下試比並中唐詞與《花間》詞：

中唐詞	詞之正式成立。	已倚聲填詞，作品以詩為主；詞則偶寄遣興。	詞調、作者日眾。劉禹錫四十一首；白居易二十九首。	形式為非詩非詞、亦詩亦詞。	作品太少，無風格可言。
西蜀詞（《花間集》）	象徵詞之完全成熟，由附庸蔚為大國。	詞已完全成熟。	詞調、作品遽增，溫庭筠十八調六十六首；韋莊二十調四十七首。	詞已脫離詩之形式，蔚為大國。	詞作多，詞家已具獨特之風。

(三)西蜀代表詞家

▼溫庭筠

溫庭筠（八一二～八七〇），字飛卿，本名岐，太原人（今山西祈縣）。以其面貌奇陋，時稱「溫鍾馗」。寄家江東，乃晚庚名詩人。其詩辭藻華麗，與李商隱、段成式號稱三十六體（因三人排行都是十六）。詞多寫穠豔閨情，與韋莊同為《花間》代表，存詞六十六首。出生於沒落貴族，生活浪漫。原有詞集《握蘭》、《金荃》已佚，詞收入《花間集》中。又因作賦未嘗起草，八叉而成，一吟而定，故稱「溫八吟」或「溫八叉」。然不修邊幅，又好譏刺權貴，多犯忌諱，由是累年不第。其譏刺權貴事見五代・孫光憲《北窗瑣言》，如：

- 戲令狐綯（ㄊㄠˊ）——令狐相綯以姓氏少，族人有投者，皆盡力而為，由是遠近皆趨，至有姓胡冒令者。溫作戲詞曰：「自從元老登庸後，天下諸胡悉帶令」，譏其位高無仁心。
- 小令狐綯——綯曾問溫「玉條脫」故事出自何書？曰：「《南華經》。」且曰：「非僻書也，或冀相公燮理之暇，時宜覽古。」綯令奏其「有才無行」。
- 輕宣宗——宣宗微行，與溫遇於逆旅，岐不視龍顏，傲然以之為司馬、長史，甚而簿、尉之小官，由是謫為方城尉。
- 溫在科場又好假手為人作賦，並漏洩題目，為當權者所不悅。
- 時令狐綯鎮淮南，溫怨其在位時不為成名，故迸遊而至犯夜禁，亦不往刺謁，終為虞侯所擊，而敗面折齒，始訴於綯，捕虞侯治。虞侯極言其狹邪醜跡，綯兩釋之。自是污行聞於京師。後雖被徐商延為國子助教，及徐商罷相出鎮荊州後，庭筠亦廢，終而流浪江湖而卒。
- 飛卿詞極流麗，為《花間集》之冠（黃昇《花庵詞選》），其詩文均為晚唐唯美文學之代表，有〈更漏子〉等作。其詞原有《握蘭》、《金荃》兩集，詞人有詞集以此始，惜亡佚，《花間集》錄其詞六十餘首。

▼韋莊

韋莊（約八三六~九一〇），字端己，五代前蜀，京兆長安杜陵（今陝西西安市東南）人，韋應物之四世孫。孤貧力學，才敏過人。莊嘗僑居下邽，近白居易故鄉，詩風亦平易近居易。莊五十五歲應舉長安，正逢黃巢入長安，莊陷兵中，大病。四十八歲於洛陽作〈秦婦吟〉，詩長一千六百字，乃藉秦婦口述故國亂離，人稱「秦婦吟秀才」。五十九歲，唐昭宗乾寧二年始成進士，官左補闕。及朱全忠篡唐改國號為梁，王建亦稱帝，是為前蜀。後應王建聘入蜀，典章制度皆出莊手，官至吏部尚書，同平章事。卒諡文靖，工詩詞。

莊因心儀杜甫，曾於浣花溪尋得杜甫草堂遺址，砥柱猶存，因結茅為一室居之，並名其詩集為《浣花集》（有詞五十四首）。莊雖心儀杜甫，而不走其寫實路線，除〈秦婦吟〉外，詩詞皆是浪漫言情之作，多用白描手法以寫閨情離愁，與溫庭筠齊名，並稱「溫、韋」，於《花間》詞中，頗具特色。

(四)溫、韋二人同異

同：縱情酒色，生活淫侈，詞多豔情。暴露色情，大膽抒寫，不在齊梁宮體之下。

異：

溫庭筠	委婉含蓄	辭藻偏於濃麗堆砌，寄託深遠。	婉約陰柔。	詞境深美，不可捉摸如雲端仙子。	融情於景。
韋莊	直抒胸臆	辭藻偏於疏淡，痛快傾吐。	豪放陽剛。	引人入勝，似荊釵布裙而落實。	直抒其情。

試各舉一首〈菩薩蠻〉於次，以資比較：

玉樓明月長相憶，柳絲嫋娜春無力。門外草萋萋，送君聞馬嘶。

畫羅金翡翠，香燭銷成淚。花落子規啼，綠窗殘夢迷。（溫庭筠）

人人盡說（一作道）江南好，遊人只合江南老。春水碧於天，畫船聽雨眠。爐邊人似月，皓腕凝霜雪。未老莫還鄉，還鄉須斷腸。（韋莊）

女冠子　妾爲王建奪而作　韋莊

昨夜夜半，枕上分明夢見。語多時，依舊桃花面，頻低柳葉眉。半羞還半喜，欲去又依依。覺來知是夢，不勝悲。

由是以言，西蜀《花間》詞人特色：

1. **以「香豔」為特色**：溫庭筠首開穠豔小令，韋莊以疏淡繼之，西蜀詞人追尋之。
2. **以香豔「小令」見長**：為後世女性文學典範。
3. 西蜀富庶，朝野浮華，《花間》詞正反映宮廷之脂粉文學。
4. **有民間俚巷小調之曲風**（五代人稱「詞」為「曲子詞」）：有牛希濟、和凝、牛嶠等人作之。

乙、南唐詞

(一)概說

1. 南唐偏安江左近四十年（九三七～九七五），且因中原士人大都南下，南唐社會又安定，詞風極盛，一如西蜀。
2. 惜南唐亡後，無類似趙崇祚之蒐集保存，以致南唐作品散失（《花間集》未收南唐作品，乃因道里阻隔，又年歲不及——《花間》結集於西元九四〇年，其時李後主甫四歲，馮延巳亦未顯也）。
3. 《尊前集》雖收有南唐詞，但為數甚少，又不著撰人姓名。但由所收之南唐詞，足見其詞境高，韻味足，遠勝《花間》，而影響宋詞亦大。

4. 南唐詞之特色，在由歌者詞轉化為個人抒感之作。又以小令為主，不出五、七言（後主有九、十一言），詞之境界大，得開北宋一代詞風。

(二)代表詞家——南唐二主與馮延巳

▼李璟

李璟（九一六～九六一），初名景通，字伯玉，南唐烈祖李昇的長子，稱「南唐中主」。在位十九年，據《十國春秋》曰：中主眉目如畫，好學能詩。天性儒懦，政治上缺乏建樹。好詩詞，能騎射，欲隱居廬山終老，不果。因為受北方周國的威脅，從金陵遷都南昌，抑鬱而死。其詞傳世僅四首。如：

菡萏香銷翠葉殘，西風愁起綠波間。還與韶光共憔悴，不堪看！　細雨夢回雞塞遠，小樓吹徹玉笙寒。多少淚珠何限恨！倚闌干。（〈攤破浣溪沙〉）

「玉笙寒」之句，在當時已為人所欣賞。馬令《南唐書》曰：「元宗（中主）嘗戲延巳曰：『「吹皺一池春水」，干卿何事？』延巳對曰：『未如陛下「小樓吹徹玉笙寒」。』元宗悅。」由此記載，亦可見中主之直率天真。

▼李煜

李煜（九三七～九七八），初名從嘉，即位後改名煜，字重光。五代時南唐中主李璟之第六子，稱「南唐後主」。宋太祖建隆二年，中主卒，二十五歲的李煜嗣位金陵，在位十五年。煜廣顙，豐頰（頷也），駢齒，一目重瞳子，風神灑落。工書畫，精音律。後主即位後先立周氏為國后，周后善歌舞，工琵琶，喜吟詞。

時南唐已奉宋正朔。後主亦屢次遣使入貢，得以苟安。然宋曾屢次徵後主入朝，均以疾辭。開寶七年（九七五）十月，宋將曹彬三路伐南唐。次年破金陵，遂擄後主。初，後主以軍事委皇甫繼勳，又以徐元瑀、刁衎為內殿傳詔。但這些寵臣為保惜富貴，無意效死。宋師已臨城下，皇甫繼勳等猶不具報。及後主登城，見城外旌旗遍野，始大驚。知為近臣所蔽，遂殺皇甫繼勳，並令鎮南節度使朱令贇率師十五萬赴難。然其時大勢已去，難挽狂瀾於既倒。

或謂：「南唐後主圍城中作長短句〈臨江仙〉，未就而城破。即：『櫻桃落盡春歸去，蝶翻輕粉雙飛。子規啼月小樓西，玉鉤羅幕，惆悵暮煙垂。別巷寂寥人散後，望殘煙草低迷。』」（宋・蔡絛《西清詩話》）國家危急存亡之際，猶有閒情填詞作詩？後人遂以此譏後主不關心國事。然後主雖在政治上為庸才，為近臣所蔽，然觀其誅皇甫繼勳，命朱令贇率師赴難，固猶思力挽狂瀾也，能謂之不關心國事乎？開寶七年十月，宋將曹彬奉詔伐江南，然後主此詞乃詠春景之作，可見絕非十一月城破時所作也。故蔡說不可信。

殆後主入宋後，被封為「違命侯」。太宗即位，改封「隴國公」。太平興國三年七夕，為後主四十二歲生辰，因命故妓於賜第作樂，聲聞於外。太宗怒，又聞有「小樓昨夜又東風，故國不堪回首月明中」之句，遂賜後主牽機藥。服其藥，頭足相就如牽機狀而卒。

細繹煜嗣位初，以愛民為念，減賦息役，苟安十五年。後主篤信佛教，頗廢政事，雖仁愛足感遺民，而卒不能保社稷。《全唐詩》載後主詞三十四闋，又見唐圭璋編撰《南唐二主詞彙箋》。

後主之詞，由於生活之轉變，以三十八歲分為前後二期：

1. **前期**：南唐雖已奉宋正朔，後主仍不失為一國之君，有美滿歡娛之生活。即位後立大周后（十九歲來歸，通書史，善歌舞，尤工琵琶，創高髻纖裳及首翹鬢朵之妝，頗見寵愛）。當周后疾甚，後主朝夕視食，藥非親嘗不進，衣不解帶者累夕。及后卒，後主哀苦骨立，杖而後起。宋太祖開寶元年（九六八），立周后妹小周后為國后，寵愛逾恆。有大小周后之隨侍在側，益見後主深宮歲月之旖旎浪漫。王國維《人間詞話》曰：「詞人者，不失其赤子之心者也。故生於深宮之中，長於婦人之手，是後主為人君所短處，亦即為詞人所長處……閱世愈淺，則性情愈真，李後主是也。」下列詞作，可做此時期生活之寫照：

晚妝初過，沈檀輕注些兒個，向人微露丁香顆（雉舌香）。一曲清歌，暫引櫻桃破。羅袖裛（ㄧˋ，沾濕）殘殷色可（不在乎），杯深旋被香醪（ㄌㄠˊ，醇甘）涴。繡床斜憑嬌無那，爛嚼紅茸，笑向檀郎

唾。（〈一斛珠〉）

花明月黯飛（或作籠）輕霧，今宵好向郎邊去！剗（或作衩）襪步香階，手提金縷鞋。　畫堂南畔見，一晌偎人顫。奴為出來難，教郎（或作君）恣意憐。（〈菩薩蠻〉）

前首寫風流之大周后，後闋寫純情之小周后，技巧已遠勝《花間》豔詞。此類作品，千載後讀之，猶能身歷共鳴。

2.後期：開寶八年，金陵淪陷，後主開始其「此中日夕，只以眼淚洗面」之俘虜生活。詞篇皆表國破家亡之沈痛。此時期雖僅短短四年，而永傳不朽之作皆多作於此時。

清．周濟《介存齋論詞雜著》曰：「王嬙（昭君）、西施，天下美婦人也。嚴妝佳，淡妝亦佳，麤服亂頭，不掩國色。飛卿，嚴妝也；端己，淡妝也，後主，則麤服亂頭矣。」其言是也。

王國維《人間詞話》曰：「詞至李後主而眼界始大，感慨遂深，遂變伶工之詞而為士大夫之詞。」

春花秋月何時了？往事知多少？小樓昨夜又東風，故國不堪回首月明中。　雕欄玉砌應猶在，只是朱顏改。問君能有幾多愁？恰似一江春水向東流。（〈虞美人〉）

人生愁恨何能免？銷魂獨我情何限。故國夢重歸，覺來雙淚垂。　高樓誰與上，長記秋晴望。往事已成空，還如一夢中。（〈菩薩蠻〉）

▼馮延巳

馮延巳（九〇三～九六〇），又名延嗣，字正中（諸書每誤「延巳」為「延己」），明焦竑《筆乘》曰：「可中時，巳也；正中時，午也。」巳延後則為午，既字正中，則名自當為延巳。且巳、嗣同音）。廣陵（今江蘇江都）人。延巳工文章，多才藝，學問淵博，辯說縱橫。然頗熱中功利，加以恃才傲物，好狎侮朝士，故嫉之者甚眾。而史書所載，猶毀多於譽。南唐中主時，官至中書侍郎，左僕射，同平章事。

延巳詩文未見，詞有《陽春集》，收詞一百二十闋，頗雜入溫、韋、李後主及歐陽修之作品。其中可信為延巳作者，約百首左右。在晚唐、五代詞人中，延巳已可謂多產作家。其詞雖亦多言閨情離思，但造句用字，俱清新秀美，風格遠「溫」而近「韋」；但用情卻較「韋」更含蓄深入。因其詞堂廡特大，遂開北宋風氣。如：

> **小堂深靜無人到，滿院春風，惆悵牆東，一樹櫻桃帶雨紅。　愁心似醉兼如病，欲語還慵，日暮疏鐘，雙燕歸棲畫閣中。（〈采桑子〉）**

至於其「風乍起，吹皺一池春水」（〈謁金門〉）一詞，洵非佳構。延巳詞之深之雋，《花間》所無；此首於《花間集》諸詞中，亦不過尋常筆墨，乃因中主嘗以此詞戲語延巳而名著耳。即：

> **風乍起，吹皺一池春水。閒引鴛鴦芳徑裡，手挼紅杏蕊。　鬥鴨闌干獨倚，碧玉搔頭斜墜。終日望君君不至，舉頭聞鵲喜。（〈謁金門・春閨〉）**

《人間詞話》謂：「馮正中詞雖不失五代風格，而堂廡特大，開北宋一代風氣。」劉熙載《藝概》則云：「馮正中詞，晏同叔得其俊；歐揚永叔得其深。」陳世修《陽春錄・序》評其詞：「思深、詞麗、韻逸。」延巳詞上翼二主，下啟歐、晏，對宋詞影響頗大。

▼牛希濟

牛希濟，乃五代隴西（甘肅）人。前蜀王衍時官翰林學士。蜀亡降後唐，授雍州節度副使。唐相牛僧孺後人。長於詩詞，尤以「月斜江山，征棹動晨鐘」為名句，現存《花間集》，詩有十一首。

三、北宋詞

(一)概說

1. 宋初文學：
   - **文**——為晚唐三十六體之尾聲。
   - **詩**——不出李商隱範圍，所謂「西崑體」者。
   - **詞**——因襲《花間》、南唐者。

2.詞為宋文學代表，「凡有井水飲處，即能歌柳詞」（宋‧葉夢得《避暑錄話》）。自帝王、卿相、文人、詞客，而至僧尼、妓女，均有作品。

3.詞之作者，達一千一百家，而事實上猶不止此數。蓋唐、宋作家，頗以詞之地位不如詩與文，對詞作之保存不多。

宋詞的代表作家

北宋詞
- **小詞時期**：以晏殊、范仲淹、歐陽修、張先為代表（詞風清婉，為北宋四大開山祖詞家）。
- **慢詞時期**：以柳永、秦觀為代表（為曼豔長詞）。
- **詩人時期**：以蘇軾、黃庭堅為代表（詞風奔放不羈）。
- **樂府時期**：以周邦彥、李清照為代表（重聲律格調）。

南宋詞
- **白話詞**：以晏殊、朱敦儒、辛棄疾、陸游、劉克莊等為代表（能表現真性情）。
- **樂府詞**：以姜夔、張炎為代表（以笙歌宴樂為其特色）。

(二)宋詞興盛原因

1.詞體本身之發展

詞承詩之衰而起，經晚唐、五代至宋而告成熟（就形式內涵而言，晚唐、五代之詞多小令。據《花間集》、《尊前集》所收詞屬長調者少，多抒寫離愁、惜陰之作，未及詠史、悼亡、贈別之作）。

北宋詞之特色：

(1)慢詞繁重，音節紆徐，調勝也。

(2)局勢開張，便於抒寫，氣勝也。

(3)兼具剛柔，不偏姿媚，品勝也。

2. **君主之提倡**

(1)《全宋詞》輯宋各君主之作

北宋	神宗	有作品存《全宋詞》。
	徽宗	存詞十六首，天才高，長此道。
	欽宗	有作品存《全宋詞》。
	仁宗	無作品流傳，而深好詞。如柳三變之作，歌之再三。
南宋	高宗	有清新簡遠之〈漁父詞〉十五首，並獎掖詞才。
	孝宗	有作品存《全宋詞》。
	寧宗	有作品存《全宋詞》。

(2)士人以作詞干祿，奸佞亦以此獻媚。上下從風，作者日眾。

3. **社會環境助長詞風**

(1)宋代社會之奢侈淫靡——宋代雖外患頻仍，而中原息兵，汴京繁庶淫靡，人民競於享樂；南渡偏安之後，南宋國力既微，人心已死，君臣亦皆及時行樂；由於歌台舞榭鼎盛，詞乃隨音樂傳播，普及各地。

(2)音樂歌舞之盛——詞之初起，原為音樂之附庸。經晚唐、五代之發展，雖已具獨立之文學生命，但並未喪失其音樂功能，故宋詞仍多可歌。

(三)北宋詞之名家及其代表作

▼張先

張先（九九〇～一〇七八），字子野，烏程人（今浙江吳興人。當時另有博州人張先，九九二～一〇三九，亦字子野）。累官至都官郎中致仕。其後優遊鄉里，至八十五高齡，猶在買妾。其浪漫作風正如東坡贈他的詩，所謂「詩人老去鶯鶯在，公子歸來燕燕忙」是也。王安石亦有詩云：「篝（ㄍㄡ，以竹籠罩燈）火尚能書細字，郵筩（筒）還肯寄新詩。」為精力過人之浪漫風流之士。與東坡唱和，東坡言其詩筆老妙，歌詞乃其餘技耳。惜其詩已殘缺，其詞集名《子野詞》。乃北宋詞由小詞而長調之過渡作家，其作：

水調數聲持酒聽，午醉醒來愁未醒。送春春去幾時回？臨晚鏡，傷流景，往事、後期、空記省。
沙上並禽池上暝，雲破月來花弄影。重重簾幕密遮燈。風不定，人初靜，明日落紅應滿徑。（〈天仙子〉）

〈天仙子〉一首，由醉醒而傷，情景並得。中有「雲破月來花弄影」，為張先名句。宋・胡仔《苕溪漁隱叢話》引《遯齋閒覽》曰：「張子野郎中以樂章擅名一時。宋子京尚書奇其才，先往見之；遣將命者謂曰：『尚書欲見雲破月來花弄影郎中。』子野屏後呼曰：『得非紅杏枝頭春意鬧尚書耶？』遂出，置酒盡歡。蓋二人所舉皆其警策也。」可見此句在當時已然盛傳。《漁隱叢話》又引楊湜《古今詩話》曰：「有客謂子野曰：『人皆謂公張三中，即「心中事，眼中淚，意中人」也。』公曰：『何不目之為張三影？』客不曉。公曰：『「雲破月來花弄影」（〈天仙子〉）、「嬌柔懶起，簾壓捲花影」（〈歸朝歡〉）、「柳徑無人，墮飛絮無影」（〈剪牡丹〉），此余平生所得意也。』」細味張先所自詡之三影名句，無不由刻意鍛鍊得來。

▼晏殊

晏殊（九九一～一〇五五），字同叔，撫州（江西臨川）人。七歲能屬文，十四歲時，帝召殊與進士千餘人並試廷中，殊神氣不懾，援筆立成。帝嘉賞，賜同進士出身，即授祕書省正字。殊性格剛峻，學問淹雅。自奉若寒士，卻豪俊好客，喜獎掖人才。一時名士（如范仲淹、富弼、歐陽修、王安石）皆出其門。《宋史》本傳謂殊「文章贍麗，詩閒雅有情思」。當時正值西崑體流行之際，殊又仕途得意，生活美滿，其詩文之贍麗閒雅，富有台閣氣息，自屬必然。又晏殊生逢北宋真宗、仁宗兩朝太平盛世，且仕宦顯達，生活富裕，故其詞時有富貴氣象。格調閒雅，溫潤婉麗，非珠玉而何？故其詞集名曰《珠玉詞》。晏殊一生順適，未嘗戚戚為生活所迫，故其詞對人生能有一份圓融之觀照。

《珠玉詞》中，有不少壽詞、頌詞及豔詞，前二者素來為人所詬病。但晏殊位居台閣，應制唱酬之作，自屬難免，不必深責。實則晏殊能面對現實，把握現在，故其詞雖時露淡淡哀愁，終不作激情淒楚語。僅〈山亭柳・贈歌者〉一詞，慷慨激越，在《珠玉詞》中極為例外。蓋此詞作於其知永興軍時，晏殊已年逾六句，既以孫甫、蔡襄之讒，非罪遠謫，而去國又久，於是有此慷慨激越之作。題曰「贈歌者」，乃借他人酒杯澆胸中塊壘者也。即：

> 家住西秦，賭博藝隨身。花柳上，鬥尖新。偶學念奴聲調，有時高遏行雲。蜀錦纏頭無數，不負辛勤。數年來往咸京道，殘杯冷炙謾消魂。衷腸事，託何人？若有知音見採，不辭遍唱陽春。一曲當筵落淚，重掩羅巾。（〈山亭柳〉）

又：

> 一曲新詞酒一杯，去年天氣舊亭台，夕陽西下幾時回？　無可奈何花落去，似曾相識燕歸來，小園香徑獨徘徊。（〈浣溪沙〉）

▼范仲淹

范仲淹（九八九～一〇五二），字希文，蘇州人。兩歲隨母改嫁長山朱氏，從繼父姓朱名說，後中舉，迎母歸養，方還姓更名。曾於山東長白山醴泉寺（以後寺旁之醴泉改名為范公泉）之中苦讀，曾以二升小米煮成稀飯，經一夕寒凍凝結，再以刀分為四塊，每早晚各取兩塊就細切鹽菜。即後人云：「斷齏畫粥。」讀倦，則以冷水洗面。某日皇帝御駕降臨，人爭往觀之，范曰：「異日見之未晚。」果中舉蒙召見。傳詞僅六闋。

▼宋祁

宋祁（九九八～一〇六一），字子京，湖北省安陸縣人。與歐陽修同修《唐書》，十餘年間史稿從不離身。累官至工部尚書、翰林學士承旨。有《宋景文集》及筆記等，今所存詞但數首，人以「紅杏枝頭春意鬧尚書」相稱。即王國維《人間詞話》曰：「著一『鬧』字，而境界全出。」

▼葉清臣

葉清臣（一〇〇三～一〇四九），字道卿，北宋長洲人。進士出身，官翰林學士，三司史，死後贈諫議大夫。

▼柳永

1. 生平

柳永（一〇〇四～一〇五四），字耆卿，初名三變，景祐元年及第，更名永，崇安（今福建）人。有兄三復、三接，皆工文，柳永排行七，故號「柳七」，且與其兄號稱「柳氏三絕」。進士後，曾任餘杭縣令，累官屯田員外郎，世稱「柳屯田」。喜作詞，常收俚俗入詞。為舉子時，多遊狹邪，教坊樂工每得新腔，必求永為之詞，始行於世。於是聲傳一時，至「凡有井水飲處，即能歌柳詞」（葉夢得《避暑錄話》）。又據宋羅大經《鶴林玉露》曰：「孫何帥錢塘，柳耆卿作〈望海潮〉詞贈之……此詞流播，金主亮聞歌欣然，有慕於『三秋桂子，十里荷花』，遂起投鞭渡江之志。」亦可見柳永詞名之盛。永之為人，熱中名利，又疏雋少檢束，填詞復好為纖佻鄙俗語，頗不為士大夫所喜。後因永曾作〈鶴沖天〉詞，有「青春都一餉，忍把浮名，換了淺斟低唱」，仁宗雖愛其詞，然惡其為人，殿試落榜，御筆批云：「此人風前月下，好去淺斟低唱，何要浮名？且填詞去。」遂自稱「奉旨填詞」。晚年縱酒歌樓酒肆，落拓以終。窮愁潦倒，家無餘財，死後由群妓合資葬於襄陽南門外，每當柳永忌日上墳，謂之「弔柳七」。有《樂章集》，傳詞二百餘首。

柳永詞擅長以慢詞寫旅愁別情，或寫歌酒之浪漫，纖豔中間多抑鬱。宋人陳振孫《直齋書錄解題》云：「柳詞格固不高，而音律諧婉，語意妥帖，承平氣象，形容曲盡，尤工於羈旅行役。」

2. 柳永詞之特色

(1)形式方面——多採慢詞，蓋慢詞較小令能容納更多題材，必詞人始能優為之。而北宋前期四家，獨柳永專工詞（成就或不及詩）。

(2)內容方面——皆抒自身生活之寫照：懷才不遇、羈旅飄零、沈溺歌酒等。

(3)表現方面——工於鋪敘，以此抒情，情自纏綿；以此寫景，景自如畫。

(4)字句方面——柳永詞多以俚俗語句為之。蓋作雅詞，必有所本，如以俚俗為之，則易於流傳。且平淺句可寫難狀之景，達難達之情。但以調卑而語多綺羅香澤，而為士大夫所不齒。

3. 代表作

據宋人吳曾《能改齋漫錄》載，柳永為仁宗所斥事——仁宗留意儒雅，務本向道，深斥華豔之文。柳三變作〈鶴沖天〉詞云：「忍把浮名，換了淺斟低唱。」及臨軒放榜，御筆批之曰：「且去淺斟低唱，何要浮名？」後改名永，方得官。詞人因詞而進身得寵，而柳永卻終生為詞所累。茲將此詞錄之於次：

黃金榜上，偶失龍頭望。明代暫遺賢，如何向？未遂風雲便，爭不恣遊狂蕩？何須論得喪，才子詞人，自是白衣卿相。　煙花巷陌，依約丹青屏障。幸有意中人，堪尋訪。且恁偎紅倚翠，風流事，平生暢。青春都一餉，忍把浮名，換了淺斟低唱。（〈鶴沖天〉）

▼歐陽修

1. 生平

歐陽修（一〇〇七～一〇七二），享年六十六歲，字永叔，廬陵（今江西省吉安縣）人。修四歲而孤，母鄭氏守節自誓，親誨之學。家貧，以荻畫地學書。幼敏悟過人，讀書輒成誦。十歲時，得韓愈遺稿於廢書簏中，讀而心慕焉。苦心學習，至忘寢廢食；必欲並轡結馳，而追與之並。始與古文家尹洙、詩人梅堯臣遊。天章閣待制范仲淹因直言被貶，修（時年三十）以書痛詆諫官高若訥依附權貴，顛倒是非，因而貶夷陵縣（湖北宜昌）令。旋復舊官，修《崇文總目》，拜右直言。以直言正論受知於仁宗，奉命修起居注，知制誥。三十九歲上疏論朋黨，為韓琦、范仲淹等辯護，遂為小人誣陷，貶知滁州，在滁自號「醉翁」。〈醉翁亭記〉即作於滁州，此文寫景物之美，醉翁之樂，活現紙上。四十八歲，擢翰林學士，詔命修《唐書》。五十一歲知貢舉，拔取蘇軾、曾鞏等為進士。五十四歲，《新唐書》修成，因功拜樞密副使。次年，參知政事，與韓琦同心輔政，極著政績。六十五歲以與王安石政見不合，乞致仕。

後歸隱潁州，潁州有西湖，景色優美，其〈采桑子〉十闋，即詠西湖景物之作。卒諡「文忠」，有《歐陽文忠集》行世。詞集附後，名「近體樂府」。明毛晉收入《宋六十一家詞》，改名《六一詞》，蓋歐陽修晚年自號「六一居士」。其自著〈六一居士傳〉曰：「吾家藏書一萬卷，集錄三代以來金石遺文一千卷，有琴一張，有棋一局，而常置酒一壺。以吾一老翁，老於此五物之間，是豈不為六一乎？」

2. 在文學上有多方面成就

• 文：倡宗經重道之古文，為宋代古文運動領袖。

• 詩：一手掃清西崑體浮豔之習，為純宋詩奠定基礎。其《六一詩話》，以論詩為主，兼記本事，開諸家詩話之先例。

• 詞：真情畢露，為北宋初期詞壇柱石。

3. 馮、晏、歐三家詞比較：

馮延巳	詞重情感。	較剛。	對人生悲苦有負荷之熱情——「不辭鏡裡朱顏瘦。」
晏　殊	詞富思致。	較婉。	對人生悲苦有接受之勇氣與處理之方法——「落花風雨更傷春，不如憐取眼前人。」
歐陽修	介於前二者。	較柔。	對人生悲苦有賞玩到底之意興——「莫為傷春眉黛蹙。」

4. **歐陽修詞亦有豔情之作**：宋人多為之辯護。但詞本屬豔科，藉此體一抒詩文所不能抒之情，寫詩文不便寫之語，自亦人情之常。

• 歐陽公閒居汝陰時，有二妓甚穎慧，凡修歌詞盡記之。修於筵上戲與之約，言他年當來做守。去後數年，修果自維揚移汝陰，二妓已不復見矣。視事之明日，飲同官於湖上，種黃楊樹子，修因作詩留於「擷芳亭」云：「柳絮已將春色去，海棠應恨我來遲。」後三十年，東坡做守，見詩而笑曰：「是豈杜牧之『綠葉成蔭』之句耶？」（宋・趙令畤《侯鯖錄》）

• 錢文僖宴客後園，客集而一官妓與永叔後至。詰之，妓云：「中暑往涼堂睡；覺，失金釵，猶未見。」錢曰：「若得歐陽推官一詞，當即償汝。」永叔即席賦〈臨江仙〉詞云云（即下引「柳外輕雷池上雨」一首），坐皆稱善。命妓滿斟送歐，而令公庫償釵（明・蔣一癸《堯山堂外紀》）。

柳下輕雷池上雨，雨聲滴碎荷聲。小樓西角斷虹明。闌干倚處，待得月華生。　燕子飛來窺畫棟，

玉鈎垂下簾旌。涼波不動簟（簟，竹蓆也。）紋平，水晶雙枕畔，猶有墮釵橫。（〈臨江仙〉）

▼晏幾道

1. 生平

晏幾道（一〇三一～一一〇六），字叔原，號「小山」，晏殊第七子。晏幾道為人耿介，不和於俗，又豪邁不拘小節，自難望仕途騰達。文學史上，父子俱以詞名家，南唐有中主、後主，北宋則大晏、小晏。有《小山詞》一百三十首。而父子二人詞皆由《花間》溫、韋而來。

黃庭堅（《小山詞‧序》）言晏幾道保有赤子之心，而有四痴（不奔走權貴之門；不作新進士語；家人飢寒交迫，彼仍面有孺子之色；不恨人之負我）。

2. 作品依其生平可分前後二期

(1)前期——年輕時當北宋承平之世，家門全盛，生活優裕，於是浮沈酒中，為其一生黃金時代，作品多富貴風流之作。

(2)後期——晏殊既卒，幾道亦漸步入中年。時王安石行新法，政治日亂，民生凋敝。鄭俠上書言新法不便，並繪流民圖呈上。結果移鄭俠英州編管，並窮治平時與鄭俠往還厚善者；幾道亦遭株連下獄。後雖獲釋，時晏氏門祚已式微，生活艱難，其心情自有急劇之轉變。此時期作品多沈鬱悲涼。

以下試舉晏幾道前後時期之作各一：

翠袖殷勤捧玉鍾，當年拚卻醉顏紅。舞低楊柳樓心月，歌盡桃花扇底風。　從別後，憶相逢，幾回魂夢與君同？今宵賸把銀釭照，猶恐相逢是夢中！（〈鷓鴣天〉）

小令尊前見玉簫，銀燈一曲太妖嬈。歌中醉倒誰能恨？唱罷歸來酒未消。　春悄悄，夜迢迢，碧雲天共楚宮遙。夢魂慣得無拘檢，又踏楊花過謝橋。（〈鷓鴣天〉）

3. 大晏、小晏詞風比較

晏殊	思致深廣。	多人生哲理。	平淡溫潤。	少激情烈響。	理性重於情感，且身居顯職，故多不肯言、不敢言。
晏幾道	思致淺狹。	局限於個人悲歡。	直率深切。	能動搖人心。	寫盡風流歡愉而不輕淺。

▼蘇軾

1. 生平

蘇軾（一〇三六～一一〇一），字子瞻，自號「東坡居士」，眉州眉山（今四川眉山縣）人。十歲時，父洵遊學四方，母程氏親自授讀，聞古今成敗，輒能知詳語要。比冠，博通經史，好賈誼、陸贄書，讀《莊子》，嘆曰：「吾昔有見，口未能言，今見是書，得吾心矣。」嘉祐元年（一〇五六）二十一歲試禮部，主司歐陽修語梅聖俞云：「吾當避此人出一頭地。」神宗即位，王安石創行新法，因用人不當，又操之過急，東坡上書論不便。安石素惡異己，東坡遂外貶開封府推官，通判杭州三年，「淡妝濃抹總相宜」寫成。次歲改知密州，〈水調歌頭〉寫成。再徙徐州，次年〈江城子〉寫就。

神宗元豐二年（一〇七九），安石黨人李定等又媒孽東坡詩，謂其託諷新法不便民者為訕謗朝政，逮赴台獄，欲置之死。幸神宗憐才，以「黃州團練副使」安置。在獄百餘日，宋人朋九萬所編《烏台詩案》記其經過甚詳。東坡雖歷盡憂患，九死一生，屢遭貶抑，英華卻更內斂。自此堅信佛理，愛及萬物，奉戒吃素。其膾炙人口之作品多數作於黃州謫居時。軾曾與田父野老相從溪谷之間，築室於「東坡」，自號「東坡居士」。並兩遊赤壁，作賦以記之。年五十四出知杭州，疏濬西湖，築蘇堤。次年哲宗又信讒言，將東坡由杭州而揚州、定州而惠州，一路貶謫。故其生平由北至南，足跡幾遍中國之半。並曾知密、徐、湖、登、杭、潁、揚、定等八州。貶黃州、惠州；責授瓊州別駕，徙永州。六十五歲遇赦召還，次年卒於常州。

軾資稟忠愛，高宗追贈太師，謚號「文忠」。議論英發，為人喜交遊，推獎後進，不遺餘力，知名之士歸之。如黃庭堅、秦觀、晁補之、張耒，號「蘇門四學士」，再加陳師道、李廌，則稱「六君子」。其詞名《東坡樂府》。

蘇軾才情絕高，相傳出生時，眉州眉山草木枯萎，乃因其已囊括天地靈秀之氣。東坡性情獨厚，在朝忠君愛國，任職地方，造福廣遠，深受愛戴。雖宦海浮沈，仍胸懷豁達，泰然自若，最能表現文學「真」之境界。

蘇東坡乃北宋文壇上罕見的全才。就「文」言，嘗自謂：「作文如行雲流水，初無定止，但常行於所當行，止於所不可不止，雖嬉笑怒罵之辭，皆可書而誦之。」文風雄渾，議論縱橫，為唐宋八大家之一。就「詩」言，清疏雋逸，興象高遠，得陶潛、李白之神韻氣象，與黃庭堅並稱「蘇、黃」。有《東坡集》傳世。詞則別開風氣，有詞集《東坡詞》，後稱《東坡樂府》，存詞三百零五首。

2. 蘇軾詞之貢獻與特色

蘇東坡為北宋詩人詞時期的代表。在詞的發展史上，為詞風轉變的關鍵人物。《四庫提要・東坡集》云：「詞自晚唐、五代以來，以清切婉麗為宗。至柳永而一變，如詩家之有白居易；至軾而又一變，如詩家之有韓愈，遂開南宋辛棄疾等一派。」王易《詞曲史》亦云：「柳詞足以充詞之質，蘇詞足以大詞之流；非柳無以發兒女之情，非蘇無以見名士之氣。」蓋自唐、五代乃至北宋初期，以短詞寫豔情為主，柳永雖倡慢詞，仍因襲晚唐、五代遺風，未盡打破「詞為豔科」之約束，詞體之開拓，實始於蘇軾。至其貢獻與特色，約有三端：

(1)詞的詩化：以清新雅正之字句，縱橫奇逸之氣象，形成詩化之詞風。南宋人陳師道《後山詩話》云：「退之以文為詩，子瞻以詩為詞，如教坊雷大使之舞，雖極天下之工，要非本色。」東坡詞，以豪放著稱，與傳統之婉約詞風，大為不同。

(2)拓展詞境：五代至宋初之詞，專寫兒女之情、離愁傷感。蘇軾擴大詞之領域，或弔古傷時、悼亡送別，或說理詠史、山水田園，無所不寫，內容廣泛，「無意不可入，無事不可言」。故宋人胡寅《酒邊詞序》云：「眉山蘇氏，一洗綺羅薌澤之態，擺脫綢繆宛轉之度……逸懷浩氣，超然乎塵垢之外。

自是花間為皂隸，而柳氏為輿台矣。」誠如蘇軾〈書吳道子畫後〉所謂：「出新意於法度之中，寄妙理於豪放之外。」在詞的內容題材、形式技巧，以及意境風格上，蘇軾實展現劃時代的改變。

(3) 詞與音樂初步分離：詞本由合樂而生，必須協律可唱。蘇軾詞，卻有擺脫音樂的趨勢。吳曾《能改齋漫錄》引宋人晁無咎語：「蘇東坡詞，人謂多不諧音律，然居士詞橫放傑出，自是曲子中縛不住者。」蘇軾非不懂音樂，但豪放不喜剪裁以就聲律，又以詞的生命重於音樂的生命。即蘇軾為文學而作詞，非為音樂歌唱而作詞，以下試舉證：

・蘇軾守錢塘，官妓秀蘭，宴飲來遲。坐中一倅（副官），怒其晚至，詰之不已。蘇因作〈賀新涼〉「乳燕飛華屋」篇，令女歌之以送酒，倅怒頓止（楊湜《古今詞話》）。

・子瞻在惠州，與朝雲對蕭蕭落木而坐。蘇命朝雲唱〈蝶戀花〉「花褪殘紅」，朝雲淚滿衣襟，詰之則曰：「奴所不能歌，是『枝上柳綿吹又少，天涯何處無芳草』也。」子瞻翻然大笑曰：「是吾正悲秋，而汝又傷春矣。」遂罷（《林下詞談》）。

3. 代表作

夜飲東坡醒復醉，歸來彷彿三更，家童鼻息已雷鳴。敲門都不應，倚杖聽江聲。 長恨此身非我有，何時忘卻營營？夜闌風靜縠紋平。小舟從此逝，江海寄餘生。（〈臨江仙・夜歸臨皋〉）

缺月掛疏桐，漏斷人初靜。誰見幽人獨往來？縹緲孤鴻影。 驚起卻回頭，有恨無人省。揀盡寒枝不肯棲，寂寞沙洲冷。（〈卜算子・黃州定惠院寓居作〉）

4. 柳、蘇詞風比較

「柳郎中詞，只好十七八女郎，執紅牙板，歌『楊柳岸、曉風殘月』；學士詞，須關西大漢，銅琵琶、鐵綽板，唱『大江東去』。」（宋・袁綯《吹劍錄》）簡言之：

柳永	詞情纏綿。	足充詞之質。	發兒女之情。	陰柔之美。	善抒豔情而失之淺。
蘇軾	詞氣暢旺。	足大詞之流。	見名士之氣。	陽剛之盛。	蘇詞起而代之。

▼黃庭堅

黃庭堅（一〇四五～一一〇五），宋分寧（今江西修水縣）人，字魯直，號「山谷道人」。與秦觀、張耒、晁補之遊蘇軾門，號「蘇門四學士」。又其詩與軾並稱為「蘇、黃」，為江西詩派開山祖，詞風格清新，有詞集《山谷詞》，共一百七十首。哲宗紹聖初年，知鄂州，為蔡京所惡，貶宜州卒。工文善詩，奇崛放縱。又長行草。

▼李之儀

李之儀（一〇四五～一一二五），字端叔，無棣（今山東省無棣縣）人，神宗元豐年間進士。曾任朝議大夫，甚受蘇軾稱賞。有《姑溪詞》，詞格近秦少游之婉約。

▼秦觀

1. 生平

秦觀（一〇四九～一一〇〇），字少游，一字太虛，學者稱為「淮海先生」。揚州高郵（今江蘇省高郵縣）人。少豪雋慷慨，溢於文詞。見蘇東坡於徐州，為賦黃樓，東坡以為：「雄辭雜今古，中有屈宋姿。」又推介其詩於王安石，安石亦謂：「清新似鮑謝。」三十七歲中進士，歷官定海主簿、蔡州教授、國史院編修，文名重於宮廷。後坐元祐黨籍，貶杭州、雷州。赦還，行至藤州（今廣西藤縣）光華亭，為客道夢中長短句，索水欲飲，水至，笑視而卒。有《淮海集》，詞風柔婉，長於情韻，故《四庫提要》云：「（秦）觀詞情韻兼勝，在蘇、黃之上，流傳雖少，要為倚聲家一作手。」。李清照曾評少游詞，專主情致而少故實，譬如貧家美女，雖極妍麗豐逸而終乏富貴態。據胡仔《苕溪漁隱叢話》載：少游所讀之書為黃紙印之「黃本」，又「家貧食粥」，「日典春衣」，穆父以二石米送之。至中進士已三十七歲，十年後又逢東貶西謫，直至死於放還途中，真古之傷心人也。又少游喜讀兵書，於籌邊防、治盜賊皆有獨到之見。又少游詞

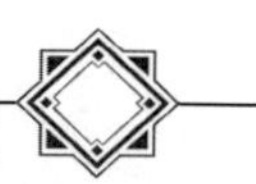

善用口語，寫情景皆刻至，音節鏗鏘，韻味妍麗，雅俗共賞，詞國之一大宗也。

2. 詞風

詞介於晏殊婉約、東坡疏朗之間，而作風近於周邦彥之工麗細密。

蘇軾	意境高曠，以氣韻勝。	屢遭徙放，而胸襟較闊，常縱筆直書。
秦觀	格律工細，以情致勝。	屢遭徙放，苦悶牢騷不能自已，乃純情詞人。

少游名作甚多，而俚詞亦不少，最為人傳誦者，大半於徙放之後。清・陳廷焯《白雨齋詞話》曰：「秦少游自是作手。近開美成，導其先路；遠祖溫、韋，取其神，不襲其貌。詞至是乃一變焉，然變而不失其正。」可謂至評。

▼賀鑄

1. 生平

賀鑄（一〇五二～一一二五），字方回，衛州（今河南省汲縣）人。其先世居山陰，山陰有慶湖，故晚年自號「慶湖遺老」。

鑄本宋太祖孝惠后之族孫，又娶宗室濟良恪公趙克彰女為妻，原可顯達；以尚氣使酒，終不得美官，遂悒悒不得意。五十八歲，以承議郎致仕。退居吳下，往來蘇、常間，以高隱終。鑄身長七尺，貌奇醜：寡髮，面色青黑，而眉目聳拔有英氣，時人謂之「賀鬼頭」。又因其〈青玉案〉詞有「梅子黃時雨」之句，人皆服其工，謂之「賀梅子」。喜劇談天下事，可否不略少假借，人以為近俠；雖貴要權傾一時，少不中意，極口詆無遺辭。然博學強記，喜校書，丹黃不去手。晚年退居，遠離世故，英光豪氣，收斂殆盡矣。詞集名《東山詞》。

賀鑄之詞，工麗協律，且善以唐人詩句入詞，尤尚李商隱、溫庭筠二家。

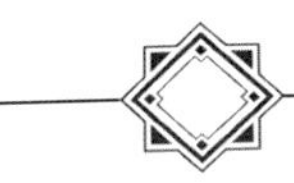

2. 特色

(1) 融化原句入詞——如〈感皇恩〉之「羅襪塵生步」句，用曹植〈洛神賦〉：「凌波微步，羅襪生塵。」

(2) 逕以原句用之於詞，不稍改易——如〈晚雲高〉、〈愛孤雲〉、〈替人愁〉三闋，皆逕襲杜牧詩全首，不稍改易。

3. 代表作

凌波不過橫塘路，但目送芳塵去。錦瑟年華誰與度？月台花榭，瑣窗朱戶，唯有春知處。　碧雲冉冉蘅皋暮，彩筆新題斷腸句。試問閒愁都幾許？一川煙草，滿城風絮，梅子黃時雨。（〈青玉案〉）

▼周邦彥

1. 生平

周邦彥（一〇五六～一一二一），字美成，自號「清真居士」，錢塘人。疏雋少檢，不為州里所重，而博涉百家之書。神宗元豐初，北遊京師，就讀太學；獻〈汴都賦〉萬餘言，多古文奇字。神宗異之，由太學諸生擢為太學正。歷仕神宗、哲宗、徽宗三朝，職雖非顯，而詞名甚盛。其為人雅好音樂，能自度新聲；自名其齋為「顧曲」。徽宗時，提舉大晟府，得以討論古音，審定古調，又復增演慢曲、引、近。北宋詞調，產生於此時者最多，皆邦彥之功也。詞集名《清真集》。三百年以來，以樂府獨步。

2. 特色

(1) 周詞能集各家之大成

- 宋初晏、歐諸作，因襲南唐，範圍褊狹。
- 柳永詞，則卑弱俚俗，不登大雅。
- 蘇軾繼起，一洗綺羅，以豪放為主；然又矯枉過正，不協音律。
- 周邦彥則調融各家，取長棄短，故能集北宋詞之大成。

(2) 律度嚴整——張、柳慢詞多屬自度，未能嚴整統一。邦彥精音律，又提舉大晟府，輒審音訂律。釐

訂舊調，增製新聲，故其作品之字句、音律，均有定格。故邦彥每製一詞，名流輒為賡和，不敢出其繩墨之外。

詞之體裁形式，由晚唐、五代小令獨盛，至柳永、蘇軾，慢詞始盛，及周邦彥出，重審音調律。故宋人沈義父《樂府指迷》云：「凡作詞當以清真為主，蓋清真最為知音，且無一點市井氣，下字運意，皆有法度。」又《四庫全書總目‧方千里和清真詞提要》云：「邦彥妙解聲律，為詞家之冠。所製諸調，不獨音之平仄宜遵，即仄字中上去入三音，亦不容相混。」故為詞家中之巨擘（ㄅㄛˋ）。

(3)詞句工麗，鋪敘委婉——用字造語鍛鍊周琢，或運用典故，或融化前人詩句。由於句句有出處，如〈蘭陵王〉、〈瑞龍吟〉，使宋詞有古典之風。

美成之作詞，重用典鎔鑄，鍛鍊字句，故宋人陳振孫《直齋書錄解題》評云：「多用唐人詩語，檃括入律，渾然天成。長調尤善鋪敘，富豔精工。」唯王國維《人間詞話》評曰：「但恨創調之才多，創意之才少耳。」其言是也。

(4)多詠豔情景物——邦彥除刻畫山水景物，更善寫豔情。其人乃柳永一流，縱情妓酒之風流才子，其豔情或為工麗外衣所掩，乃能免士大夫之譏評耳。如與姑蘇營妓岳楚雲相戀，後楚雲從人，感而作〈點絳唇〉「遼鶴歸來」篇（宋‧洪邁《夷堅志》）。周邦彥與汴京名妓呂師師相戀，將君王攜新橙訪師師之謔語，檃括成〈少年遊〉，君王怒而將之押出國門，師師求之，卒以〈蘭陵王〉詞，復召為大成樂正（宋‧張端義《貴耳集》），此事古今豔傳。

邦彥詞以豔情與寫景詠物為主，與東坡之無所不寫，相去甚遠。唯其講究形式之美，遂為格律詞派之奠始者。王國維《人間詞話》評云：「美成深遠之致，不及歐（陽修）、秦（觀），唯言情體物，窮極工巧，故不失為第一流之作者。」

3.代表作

柳陰直，煙裡絲絲弄碧。隋堤上，曾見幾番拂水飄綿送行色。登臨望故國，誰識京華倦客?長亭路，年去歲來，應折柔條過千尺。　閒尋舊蹤跡，又酒趁哀絃，燈照離席，梨花榆火催寒食。愁一箭風快，半篙波暖，回頭迢遞便數驛，望人在天北。　悽惻，恨堆積。漸別浦縈迴，津堠岑寂，斜陽冉冉春無極。念月榭攜手，露橋聞笛，沈思前事似夢裡，淚暗滴。（〈蘭陵王・柳〉）

▼李清照

1. 生平

李清照（一〇八四～一一四五），山東濟南人，自號「易安居士」。父李格非曾任禮部員外郎，作《禮記說》，母乃狀元王拱辰孫女；父母俱工詞章，堪稱詩書世家。

十八歲——適吏部侍郎趙挺之之子明誠（明誠時為太學生）。明誠每朔望謁告出，質衣取錢半千，市碑文果實歸，相對展玩咀嚼，自謂「葛天氏之民也」。明誠亦能詞，唯不逮清照。「易安作〈醉花陰〉詞，明誠嘆絕，苦思求勝之；乃忘寢食三日夜，得十五闋，雜易安之作以示友人陸德夫。德夫玩之再三，曰『只有「莫道不銷魂」三句絕佳。』」（見元・伊世珍《瑯嬛記》）

二十歲——趙挺之拜相；明誠亦出仕，歷知青州、萊州。夫婦樂金石書畫不疲，曾因無錢購徐熙牡丹圖而太息。

四十四歲——奔明誠母喪至建康（南京），攜出十五車金石書畫。是年十二月，金兵陷青州。其留置青州故第之十餘屋珍藏，全付一炬。

四十六歲——六月，明誠知湖州，隻身赴任。七月末，中暑臥病。清照聞訊趕往，一日夜舟行三百餘里。比至，明誠已疾危；於八月十八日卒。無子女，乃孑然一身，流轉台、溫、越、杭間，往依其弟迒。金石書畫，亡失殆盡。

或云清照曾改嫁張汝舟；汝舟待之不善，清照又訟而離之。以五十九歲終老金華。

・宋人記載頗為鑿鑿——如：胡仔《苕溪漁隱叢話》引洪适《隸釋》卷二十四〈跋趙明誠金石錄〉、王灼《碧雞漫志》、陳振孫《直齋書錄解題》、李心傳《建炎以來繫年要錄》等。

・其他辯解同情之言——明・徐𤊹《徐氏筆精》、清・盧見曾《重刊金石錄序》、俞正燮《癸巳類稿》、胡薇元《歲寒居詞話》、沈曾植《菌閣瑣談》、吳衡照《蓮子居詞話》。

2.作品風格

乃婉約派代表。自宋以來女子作家，自當推清照為第一。沈東江以李白、後主、清照為詞家三李。王漁洋以易安為婉約之宗。有《漱玉集》一卷傳世。至清照之生平與作品可以四十三歲為界，畫分前後二期：

(1)前期——生活美滿，偶因夫婦小別而繫離愁，究無重大曲折，其詞篇多詠生活美滿者。

(2)後期——自明誠疾歿，國破家亡，孑然一身，歷盡顛沛流離之苦，作品多流露悲淒慘痛。如其〈上工部尚書胡公詩〉述之甚詳。茲將其前後期作品各引一首如下，以做比較：

薄霧濃雲愁永晝，瑞腦銷金獸。佳節又重陽，玉枕紗廚，半夜涼初透。　東籬把酒黃昏後，有暗香盈袖。莫道不消魂，簾捲西風，人比黃花瘦。（〈醉花陰・九日〉）

紅藕香殘玉簟秋，輕解羅裳，獨上蘭舟。雲中誰寄錦書來？雁字回時，月滿西樓。　花自飄零水自流，一種相思，兩處閒愁。此情無計可消除，才下眉頭，卻上心頭。（〈一剪梅〉）

四、南宋詞

(一)概說

音律極工，題材風格極變。因南宋偏安半壁，屈辱苟安，多國破家亡之創痛，或壯志難酬之血淚交迸之作。溯其詞風變易在：

1.政治劇變：宋欽宗靖康元年，西元一一二六年，金兵陷汴京，徽、欽二帝及后妃太子宗戚共三千餘人被擄北去；由徽宗第九子康王趙構即位於南京（今河南商邱），改元建炎，是為南宋。

2.詞風：士人由酣歌醉舞中覺醒，發為歌詞，乃多慷慨悲歌之音，此時作品直抒家國之痛，不假雕琢。周邦彥所建之古典詞風又為不拘格律之蘇派所取代。以下試簡列其要：

南宋詞

- 南宋前期 約五十年
  - 風格近蘇軾之不拘格律。
  - 作家代表
    - **朱敦儒**——前後期詞風不同，由狂放而曠遠。
    - **陸　游**——愛國詞人。
    - **辛棄疾**——與北宋蘇軾，並稱「蘇、辛」，為南宋大家。
    - **劉克莊**——雖處南宋後期古典詞風盛行時，與劉過祖述辛棄疾，時稱「二劉」。
    - **劉　過**——豪邁、纖秀。
- 南宋後期 約百年
  - 慷慨之音漸隱，古典之風復熾，有閒情究格律、鍊字句（因南宋君臣苟安逸樂，高宗不圖北進，杭州風光迷人——「暖風薰得遊人醉，直把杭州作汴州。」——林淇作詩）。
  - 作家代表
    - **姜　夔**——為此期「大家」，精音律。
    - **史達祖**——奇透清逸。
    - **吳文英**——詞句炫人耳目。
    - **張　炎**——多以翻筆、側筆以寫身世。論詞之作有《詞源》。
    - **王沂孫**——沈鬱渾化。

(二)代表作家及其作品

▼葉夢得

葉夢得（一〇七七～一一四八），字少蘊，蘇州吳縣（今江蘇吳縣）人。宋哲宗紹聖四年（一〇九七）進士，徽宗時累官至龍圖閣直學士。南渡以後，屢任軍政要職，對支援抗金頗有貢獻。晚年居於吳興（今浙江湖州市）弁山，家中藏書數萬卷，時以讀書吟詠自樂，自號「石林居士」，有《石林詞》行世，有一百零三首詞。其詞作早年婉麗，晚年則詞風漸趨簡淡，感懷國事之作則有雄傑之氣。

▼朱敦儒

1. 生平

朱敦儒（一〇八〇～一一七五），字希真，河南洛陽人，長壽。早年志行高潔，有麋鹿之性，不求爵祿。雖為布衣，而有朝野之望。屢詔不至，其故人勸之曰：「何不聲流天京，風動郡國？」始幡然而起，為祕書省正字，兼兵部郎官，遷兩浙東路提點刑獄。後上疏請歸。敦儒素工詩及樂府，婉麗清暢。時秦檜當國，喜獎用騷人墨客，以文飾太平。檜子熺（ㄒㄧ）亦好詩，於是先用敦儒子為刪定官，復除敦儒鴻臚少卿，為時極短，人或譏其晚節不終。檜死，敦儒亦廢。其詞集名《樵歌》。

2. 作品風格

綜觀敦儒一生，可分為三階段：

(1)早年狂放——南渡前，中原歌舞昇平，敦儒亦縱情詩酒，自樂閒曠而屢召不至，有視王侯如無物，以功名為糞土之狂放氣魄。

(2)中年悲慨——隨宋室倉皇南渡二、三十年，而開始其流亡生涯。時權臣當國，無由一展才華，悲慨而請歸。於《樵歌集》中，即以婉麗之筆，寫感傷之情，此時作品，最為上選。

(3)晚年曠達——敦儒自四十九歲以後二十餘年閒居，閱世已深，對人生已然看透，作品純用白描，部分真摯生動，部分則失之枯淺。試各舉詞一首以代表三期不同：

我是清都山水郎，天教嬾慢帶疏狂。曾批給露支風敕，累奏留雲借月章。　詩萬首，酒千觴，幾曾著眼向侯王？玉樓金闕慵歸去，且插梅花醉洛陽。（〈鷓鴣天〉）

金陵城上西樓，倚清秋。萬里夕陽垂地，大江流。　中原亂，簪纓散，幾時收？試倩悲風吹淚，過揚州。（〈相見歡〉）

老來可喜，是歷遍人間，諳知物外。看透虛空，將恨海愁山，一時挼（ㄋㄨㄛˊ）碎。免被花迷，不為酒困，到處惺惺地。飽來覓睡，睡起逢場作戲。　休說古往今來，乃翁心裡，沒許多般事。也不蘄

〈二〉仙不佞佛，不學栖栖孔子。懶共賢爭，從教他笑，如此只如此。雜劇打了，戲衫脫與獃底。

（〈念怒嬌〉）

▼岳飛

岳飛，字鵬舉，宋代相州湯陰人。事母至孝，屢破金兵，高宗賜「精忠岳飛」，為秦檜所害。作〈滿江紅〉，忠愛之氣，溢於言表。有《岳武穆集》。

▼張孝祥

張孝祥（一一三二～一一六九），字安國，自號「于湖居士」，歷陽烏江（今安徽和縣）人。宋高宗紹興二十四年（一一五四）中進士第一（即狀元）。孝宗時，歷任中書舍人、直學士院等，主草擬皇帝詔令。在建康（今江蘇南京市）留守任內，極力贊助張浚之北伐計畫，受到主和派之打擊，被免職。後來擔任荊南荊湖北路安撫使，頗有政聲。同時，亦是南宋初年著名的古文、詩詞家，作品有英姿奇氣。所作詞有二百首，單行本稱《于湖詞》（又名《于湖長短句》）。宛敏灝評張孝祥之詞謂：「于湖詞之風格，在蘇、辛之間，蓋兼有東坡之清曠與稼軒之雄豪。」

▼陸游

1. 生平

陸游（一一二五～一二〇九），字務觀，號「放翁」，越州山陰（今浙江紹興）人。其母夢秦觀（字少游）而生，故以其字為名，以其名為字。年十二能詩文，至三十八歲，文名滿天下。二十九歲試禮部，應舉進士，名列秦檜孫秦塤之前，為檜嫉而黜之。檜死，始為福建寧德主簿。孝宗賜進士出身，修國史。孝宗二年，范成大帥蜀，請游為參議官，以文字交，不拘禮法，人譏其頹放，因自號「放翁」。有《渭南詞》一百三十首，乃以作詩萬首之餘而寫。

乾道八年（一一七二）陸游四十八歲，十一月赴南鄭任宣撫司治下文書、參議工作，因其地為西北前線軍事要地，故亦曾戎裝騎馬，隨軍外出宿營，並曾親在野外雪地上射虎，似從軍生活。乃其一生最意氣風發、最愛追憶之時。

寧宗嘉泰二年（一二〇二），游奉祠多年後，以孝宗、光宗兩朝實錄及三朝史未就，詔游權同修國史，實錄院同修撰。三年，書成，遂升寶謨閣待制致仕。

游才氣縱橫，忠愛出於天性，時時不忘以復中原為念，後世尊為「愛國詩人」。作品時有孤忠悲慨，惜其壯志未遂。如：〈太息篇〉有句云：「平生鐵石心，忘家思報國。即今冒九死，家國兩無益。中原久喪亂，志士淚橫臆。切勿輕書生，上馬能擊賊。」臨終猶有〈示兒詩〉云：「死去元知萬事空，但悲不見九州同。王師北定中原日，家祭無忘告乃翁。」

據宋・周密《齊東野語》、陳鵠《耆舊續聞》等載，陸游初娶表妹唐琬，伉儷相得，而弗獲於其母，不得已而出之。既出而未忍絕之，則為之別館，時時往焉，然事不得隱，竟絕之。其後陸游另娶，而唐氏亦改嫁同郡趙士程，春日出遊，相遇於紹興禹跡寺南之沈氏園。唐以語趙，遣致酒餚，陸游悵然，為賦〈釵頭鳳〉一詞，題園壁間。後陸游六十八、七十五、八十一歲皆曾遊沈園，各賦詩句以寄。悠悠四、五十年，猶不能稍減對唐氏思念之深情。

2.作品風格

陸游於文、詩、詞皆工，作品頗豐，所謂「無詩三日卻堪憂」，《劍南詩稿》有九千二百首詩。有氣而乏韻。《四庫提要》曰：「游生平精力，盡於為詩；填詞乃其餘力……楊慎《詞品》則謂其『纖麗處似淮海，雄快處似東坡』。」其以作詩之法作詞，時時掉書袋則是一病。其代表作如：

紅酥手，黃縢酒，滿園春色宮牆柳。東風惡，歡情薄，一懷愁緒幾年離索。錯！錯！錯！　春如舊，人空瘦，淚痕紅浥（ㄧ，濕也）鮫綃（鮫綃，絲帕也）透。桃花落，閒池閣，山盟雖在錦書難託。莫！莫！莫！（〈釵頭鳳〉）

另附唐氏答詞一首：

世情薄，人情惡，雨送黃昏花易落。曉風乾，淚痕殘，欲箋心事獨語斜欄。難！難！難！　人成各，今非昨，病魂常似秋千索。角聲寒，夜闌珊，怕人尋問嚥淚裝歡。瞞！瞞！瞞！

▼辛棄疾

1.生平

辛棄疾（一一四〇～一二〇七），字幼安。有室曰「稼軒」，因以自號。歷城（山東濟南）人。當其出生，歷城陷金已十餘年。年二十二，決意南歸，功業頗可觀：如於江西提點刑獄任上，討平茶寇；於湖南安撫使任上，創立飛虎軍。旋於江西安撫使任上，以「閉糴者配，強糴者斬」之果敢手段賑荒，民賴以濟（見《宋史》本傳）。然竟因此遭監察御史王藺彈劾：「用錢如泥沙，殺人如草芥。」遂落職。由四十二至五十三歲，十一年中閒居上饒，營建帶湖新居，享庭園山水之樂。後於福建安撫使任上，建「備安庫」以儲蓄軍費，以應緩急；又擬整頓武備，以保治安。又為台臣所彈劾，再度廢罷（一一九五～一二〇三）。

蓋棄疾兼資文武，慷慨有大略；平生以氣節自負，功業自許。所交皆知名之士，隱然負天下重望。然以北人而喜談功利，臨事又近於操切，與南宋泄沓因循之政風不合，頗為當路所忌。屢黜屢起，未盡其才，忠憤鬱勃之氣，皆發之於詞，乃成南宋巨匠。詞集名《稼軒長短句》，簡稱《稼軒詞》，詞融會經史子集，多方引用，內容無所不包，而詞風豪奇。

2.作品風格

劉克莊《辛稼軒集・序》曰：「公所作大聲鏜鞳，小聲鏗鍧；橫絕六合，掃空萬古。」《四庫提要》云：「棄疾詞，慷慨縱橫，有不可一世之概。」

故辛詞特色有三：

(1)形式方面——有詩、詞、散文合流之現象。縱橫運用古籍，筆力彌見。

(2)內容方面——無意不可入，無事不可言，於剪紅刻翠之外，屹然別立一宗。

(3)風格方面——有多方面特色，而以豪放雄奇名家。

3.蘇、辛詞比較

二人並稱，為豪放詞人之領袖。

蘇軾	氣體高。	心地磊落，忠愛本性。	詞極超曠，意極和平。	豪放中有高曠。
辛棄疾	魄力大。	有吞吐八荒之概，而機會不偶。	詞極豪雄，意極悲鬱。	英豪之中見雄奇。

4. 代表作

寶釵分，桃葉渡，煙柳暗南浦。怕上層樓，十日九風雨。斷腸片片飛紅，都無人管，更誰勸啼鶯聲住？鬢邊覷。試把花卜歸期，才簪又重數。羅帳燈昏，哽咽夢中語。是他春帶愁來，春歸何處？卻不解帶將愁去。（〈祝英台近．晚春〉）

千古江山，英雄無覓，孫仲謀處。舞榭歌台，風流總被，雨打風吹去。斜陽草樹，尋常巷陌，人道寄奴曾住。相當年，金戈鐵馬，氣吞萬里如虎。　元嘉草草，封狼居胥，贏得倉皇北顧。四十三年，望中猶記，烽火揚州路。可堪回首，佛狸祠下，一片神鴉社鼓。憑誰問廉頗老矣，尚能飯否？（〈永遇樂．京口北固亭懷古〉）

▼劉過

劉過（一一五四～一二〇六），字改之，自號「龍洲道人」，吉川太和人（今江西省泰和縣）。性疏狂，嘗伏闕上書，頗得「抗直」之譽。終因輕率直言而窮死，有《龍洲詞》。

劉過詞學辛棄疾，故多壯語。然其詞之豪邁者，常一放不可收，乏辛詞沈鬱之致；而詞之纖秀者又不似辛詞纏綿委婉。學辛詞以豪邁中見情致，最為難得。如其詞：

蘆葉滿汀洲，寒沙帶淺流。二十年重過南樓。柳下繫船猶未穩，能幾日，又中秋。　黃鶴斷磯頭，故人曾到否？舊江山渾是新愁。欲買桂花同載酒，終不似，少年遊。（〈唐多令．安遠樓〉）

▼姜夔

1. 生平

姜夔（一一五五～一二三五），字堯章，饒州鄱陽（今江西省鄱陽縣）人。幼從父宦遊，居漢陽久之，

識蕭德藻。德藻自謂四十年作詩，始得此友；以其兄女妻之。因寓吳興武康，與白石洞為鄰，自號「白石道人」。

一生不仕，嘯傲山林，兼長詩、詞、書法、音樂，以詞之成就最高，能自度新腔。有《白石道人歌曲》傳世，其中有十七首注明工尺譜，是研究宋詞樂譜寶貴資料。其為宋、元間名詞人，張炎著《詞源》一書，特尊白石，稱其「清空」、「騷雅」，開清世（以姜夔、張炎為主的）浙西詞派。

寧宗慶元三年（一一九七），時南渡已七十年，樂典久墜；姜夔乃進〈大樂議〉及「琴瑟考古圖」，論當時樂器、樂曲、歌詩之失。惜時嫉其能，不獲盡所議。乃嘯傲山水，以布衣遊公卿間，皆愛重之。據元・陸友《硯北雜志》曰：「小紅，順陽公（按：即范成大）青衣也，有色藝。順陽公之請老，姜堯章詣之。一日，授簡徵新聲；堯章製〈暗香〉、〈疏影〉兩曲。公使二妓肄習之，音節清婉。堯章歸吳興，公尋以小紅贈之。其夕大雪，過垂虹，賦詩曰：『自作新詞韻最嬌，小紅低唱我吹簫。曲終過盡松陵路，回首煙波廿四橋。』堯章每喜自度曲，吹洞簫，小紅輒歌而和之。」

2. 作品風格

姜白石詩詞俱工，其詩為江湖詩派之健者，詞尤為南宋大家。其句琢字鍊，使詞又歸醇雅。加之史達祖等翼之，吳文英等又師之於前；蔣捷、張炎效之於後，影響南宋詞甚大。

白石詞之特色，有以下各點：

(1)審音創調——由姜夔上書論雅樂，並進〈大樂議〉、「琴瑟考古圖」，可知其精通音律及樂器；由「小紅低唱我吹簫」之詩句，足見其不唯精通樂理，且能親自演奏。再觀《白石道人歌曲》中，琴曲則著指法；越九歌則著律呂；令、慢數首及自度曲、自製曲，則著旁譜宮調：為詞家所絕無僅有。又有自度曲如〈揚州慢〉、〈淡黃柳〉等。自製曲有〈翠樓吟〉、〈秋宵吟〉等。視柳永、周邦彥等集僅注明宮調者，更進一步。使宋詞之音調與歌法，得傳一線於後世。至其〈小序〉中附論音律處，每多精到。周邦彥以精通音律得提舉大晟府，一展所長；姜夔則竟以布衣終，其所上〈大樂議〉亦遭嫉忌者擱置；可謂有幸有不幸也。

(2)琢鍊字句——白石作詞造句常千錘百鍊，過旬而定稿，故多佳句。有如野雲孤飛，去留無跡。如：「嫣然搖動，冷香飛上詩句。」（〈念奴嬌〉）「二十四橋仍在，波心蕩冷月無聲。」（〈揚州慢〉）但如琢鍊過分則欠真切，亦無深情與興寄，故覺無言外之味，絃外之響。蓋白石性放曠，故情淺。

(3)妙用典故——作詞能避免淺俗質實而達清空，則必講究用典與鍊字。姜夔賦梅名作〈暗香〉、〈疏影〉兩詞，全以有關梅花之典故融化連綴而成；由於手法高妙，讀來並無拼湊堆砌之感。

(4)唐、五代詞，但題詞牌，不另加題目；至北宋，始於詞牌下附加題目。至姜夔所作，部分題目已擴充成一序文；或論音律，或敘作此詞之過程，貴在後者常有極清雋可喜之文字。

4.**周、姜詞比較**

姜夔重視音律，琢鍊字句，妙用典故，一如周邦彥，故詞家每將周、姜並稱。

周邦彥	任官職責所在。	婉約。	雄健。
姜　夔	同時受蘇、辛之影響。	豪放。	清剛不拘。

5.代表作：有〈揚州慢〉（見後引）等。

▼史達祖

1.**生平**

史達祖（一一五五～一二二〇），字邦卿，號「梅溪」，開封人。才華極高，但在窮愁（「尚須索冰長安陌」、「一錢不值貧相遇」）中。少舉進士不第，依權相韓侂胄，為掌文書；奉行文字，擬帖撰旨，俱出其手，頗有權勢。曾隨節使金，故有〈龍吟曲〉等作。後韓侂胄被殺，達祖亦遭黥。

其詞奇秀清逸，後人常以白石、海溪並稱。史詞詠物用典，一如姜詞，但格調則誠不及姜詞之高。所以如此，除作者之人品使然外，姜主清空，史趨工麗，著力處不同，亦為一因。故二人雖同出周邦彥，而史於周邦彥為尤近。梅溪詞之詠物作，如〈綺羅香〉（詠春雨）、〈雙雙燕〉（詠春燕）、〈東風第一枝〉（詠春雪）等闋，尤受姜夔稱賞（語見黃昇《花庵詞選》）。又薛礪若《宋詞通論》曾讚其詞境如淡煙微雨、紫霧明霞、嬌花映日、綠楊著雨。有《梅溪詞》傳世。

2. 代表作：有〈綺羅香〉等。

過春社了，度簾幕中間，去年塵冷。差池欲住，試入舊巢相並。還相雕梁藻井，又軟語商量不定。飄然快拂花梢，翠尾分開紅影。　芳徑，芹泥雨潤。愛貼地爭飛，競誇輕俊。紅樓歸晚，看足柳昏花暝。應自棲香正穩，便忘了天涯芳信。愁損翠黛雙蛾，日日畫欄獨憑。（〈雙雙燕・詠燕〉）

▼劉克莊

劉克莊（一一八七～一二六九），字潛夫，自號「後村居士」，莆田（今福建莆田縣）人。與錢塘陳起友善；陳起以《江湖集》行世，克莊之《南嶽稿》亦相與也。嘉定末，史彌遠擁立理宗，旋殺濟王竑。而陳起有詩云：「秋雨梧桐皇子府，春風楊柳相公橋。」哀濟邸而誚彌遠（立理宗）。諫官併克莊詠〈落梅詩〉論列（按：此詩有句云：「東風謬掌花權柄，卻忌孤高不主張。」）二人皆坐罪；劈《江湖集》板。於是詔禁作詩，詩人多改作長短句。史彌遠死，詩禁始解。理宗淳祐元年（一二四一），特賜克莊「同進士」出身，除祕書少監。累官至權工部尚書，出知建寧府，以煥章閣學士致仕。克莊詩名亦盛，《四庫提要》許為江湖詩派之領袖；然其詩頗傷平庸淺易，蓋楊萬里、陸游輩之末流。詞集名《後村別調》，又名《後村長短句》。有〈一剪梅〉等作。

南宋後期百年中，詞人多受姜夔影響，因之古典詞風大盛。獨劉克莊卓然獨立，宗主辛棄疾。然辛詞難學，劉過學辛，即流於粗豪；劉克莊亦奔放跅（ㄊㄨㄛˋ，蕩也）弛，毫無含蘊。而直陳中有虛字、俚語，使詞益散文化、議論化。故明楊慎《詞品》曰：「《後村別調》一卷，大抵直致近俗，效稼軒而不及也。」

▼吳文英

1. 生平

吳文英（約一二〇〇～一二六〇），字君特，號「夢窗」，晚號「覺翁」，四明（今浙江寧波）人。其生平事蹟不甚可考，有《夢窗詞》。

2.作品風格

或評之曰：「如七寶樓台，眩人眼目，碎拆下來，不成片段。」（張炎《詞源》）又尹煥《夢窗詞・敘》以之為南宋詞代表：「前有清真，後有夢窗。」

小令清蔚可讀，長調則堆砌雕琢。「夢窗深得清真之妙，其失在用事下語太晦處，人不可曉。」（宋・沈義父《樂府指迷》）

又沈義父《樂府指迷》載吳文英論作詞之法曰：協律、雅正、含蓄、柔婉。於周詞工麗、姜詞清空之外，別開奇麗一境。其詞之二大特色為：

(1)造語奇麗——字詞一一生動飛舞，如萬花迎春，錯綜工麗，得清真之妙。

(2)善以時空錯綜法組篇——其脈絡深藏，令人難以追尋。

▼張炎

張炎（一二四八～一三二〇），字叔夏，號「玉田」，又號「樂笑翁」。南渡時名將循王張俊六世孫，為南宋詞壇後勁。宋亡前，炎家居未仕，過著湖邊醉酒、小閣題詩之富貴生活。二十九歲，元入臨安，被抄家，漸貧。入元，曾北遊燕都。南歸後，潛縱東南山水間，窮困至於賣卜，落魄而終。其宋亡後作品，確多身世之慨。炎曾以〈南浦・春水〉詞得名，人稱「張春水」。詞集名《山中白雲詞》。

張炎於詞學研究極深，所著《詞源》，為論詞要籍。所論音律、作法意趣、賦情、評詞等，至有精意；而「清空」一義，尤為得力之處。以其主清空，故推崇姜夔而抑吳文英，其詞風亦較近姜。而詞以翻筆、側筆取勝，其章法、句法俱起而自成一家，為南宋詞之結束者。

▼王沂孫

王沂孫，字聖與，號「碧山」，會稽（浙江紹興）人。有《碧山樂府》（或名《花外集》），存詞五十一首，而以詠物詞最多，而寓意深微，故張惠言《詞選》言：「碧山詠物諸篇，並有君國之憂。」

王沂孫詞，清代詞人最為推崇。周濟《宋四家詞選》，即以沂孫與周邦彥、辛棄疾、吳文英並列。其詞沈鬱渾化，蓋沂孫身歷南宋之亡，因物起興，自多感慨，故其詞常流露傷痛之情。

▼蔣捷

蔣捷，字勝欲，號「竹山」，陽羨（今江蘇省宜興縣）人。宋恭帝德祐年間進士。宋末格律派詞人。宋亡，隱居太湖，抱節以終。有《竹山詞》一卷。內容多元，用字精深，譜韻和諧，詞風受白石、稼軒影響。劉熙載《藝概》稱其為「長短句之長城」。與周密、王沂孫、張炎並稱「宋末四大家」，亦為「遺民詞人代表」。

▼元好問

元好問（一一九〇～一二五七），字裕之，號「遺山」，太原（今山西省忻縣）人，祖系出自拓拔魏。二十七歲時，蒙古軍南下，流亡至河南。三十二歲中進士，曾任行尚書省左司員外郎，金亡不仕。工詩文，有沈鬱詩詞。《論詩絕句》三十首，以「尚自然」評建安以來詩篇。

▼楊慎

楊慎（一四八八～一五五九），字用修，新都人。有《升庵集》八十一卷，重擬古。

五、宋以後之詞（近代詞）

(一)概述

自清代以來，詞評為多，詞作較少

清為詞之復興期——元、明兩朝為詞之衰落期；清代則為復興期。

清代詞的成就，在詞學之研討、詞集整理。清代詞在創作方面，雖不出前人範圍，而於詞譜、詞韻、詞評、詞選等紛紛出版，可謂盛極一時。

1. 清代有四大詞派

(1)嘉靖前兩派對峙：

陽羨派——宗主蘇軾、辛棄疾（豪放）。

浙西派——宗姜白石、張炎（雕琢、音律），末流於空疏。

(2)嘉靖後有常州詞派——重比興寄託，以張惠言為首。

(3)另有不隨流派——以清初納蘭性德及晚清蔣春霖為首。

㈡詞派介紹

1. 陽羨派

(1)陽羨派以陳維崧為領袖。維崧，宜興人；宜興在漢、唐時稱陽羨縣，故稱陽羨派。

(2)此派奉蘇、辛為宗主，任才使氣，偏於豪放。

(3)作家有陳維岳、陳維岱、曹亮武、萬樹等，人才鼎盛，以豪放名家，而以陳維崧為代表。

▼陳維崧

陳維崧（一六二五～一六八二），字其年，號「迦陵」，江蘇宜興人。性落拓，饋遺隨手盡；獨嗜書，無不漁獵。雖舟車危駭，咿唔如故。疾篤，吟斷句云：「山鳥山花是故人。」猶振手作推敲勢，遂卒。維崧清癯多鬚，海內稱為「陳髯」，與字並行。

《清史》列傳謂維崧：「集中文有散有駢，文亞於駢體。詩由雄麗而入杜子美沈鬱之調，詞有一千八百首。其《烏絲詞》，論詞篇數量為古今詞人之冠。以身世之感，故涉筆便作驚雷怒濤，豪邁詞風亦如其人，不論小令、慢詞，皆以豪放雄俊為主；氣魄之壯，視辛棄疾並無遜色。然偏尚才氣，時失於粗。」

(4)陽羨派末流，失之粗獷叫囂。

2. 浙西派

浙西派詞因講究音律，雕琢字句，致內容流於空洞，興寄亦付闕如。

(1)此派主格律，重清空，事琢鍊；奉南宋姜夔、張炎雅正為圭臬。

(2)浙西派以朱彝尊為領袖。加龔翔麟、李良年、李符、沈皞日、沈岸登五人，合稱「浙西六家」。厲鶚為朱彝尊後之浙西派領袖。

▼朱彝尊

朱彝尊（一六二九～一七〇九），享年八十一。字錫鬯，號「竹垞」，浙江秀水人。自少時以詩古文辭，見知於江左之耆儒遺老。又博通書籍，顧炎武、閻若璩皆亟稱之。康熙十八年，詔舉博學鴻儒科，彝尊以布衣試；入選，除翰林院檢討，與所擢五十人同纂修《明史》。又彝尊詩，少時規撫王、孟，未盡所長。中年以後，學問越博，風骨越壯，長篇險韻，出奇無窮。詞則近姜白石，作品句琢字鍊，歸於醇雅，確有南宋姜夔一派風格。南宋之後，此格殆成絕響，故彝尊能獨樹一幟，領袖浙西詞人。

▼厲鶚

厲鶚（一六九二～一七五二），字太鴻。少貧，性孤峭，不苟合，始學為詩，即有佳句。幽新雋妙，刻琢研鍊。尤工五言，取法陶、謝，及王、孟、韋、柳，而別有自得之趣。其詞琢句鍊字，吟宮咀商，淨洗鉛華，力除俳鄙，生香異色，無半點煙火氣，如入空山，如聞流泉，尤擅南宋諸家之勝。故自朱彝尊後，厲鶚崛起，浙西派聲勢益熾。

▼項鴻祚

項鴻祚（一七九八～一八三五），字蓮生，錢塘人。家世業鹽，至鴻祚中落。不樂酬酢，嘗避喧南山，讀書僧院。後家毀於火；奉母北行，母、姪皆歿於舟中。道光間，常州派詞盛行，浙西派日益衰落。得三十八歲之項鴻祚出，浙西派始得稍振。蓋其人多愁善感，純情率真；其詞則哀感頑豔，沁人心脾，一掃浙西啽腻破碎之習。有《憶雲詞》；詩則不多作。

(3)浙西末流，失之委靡堆砌。

3. **常州派**

因浙西派末流，詞流於空疏，文句堆砌衰頹，常州派因之而起，重比興寄託，反虛詞濫調。

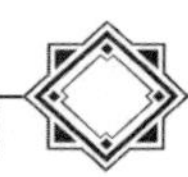

(1)以詞須有內容，有寄託；不可無病呻吟，不可徒事雕琢。此種主張，完全針對浙西派末流堆砌餖飣之習而發。

(2)朱彝尊曾以姜夔、張炎等清空雅正之作品為標準，朱氏編輯《詞綜》一書。張惠言則尊溫庭筠、周邦彥等，而薄視姜、張；以深美閎約、比興寄託為旨，張氏編《詞選》凡詞四十四家，一百十六首。由唐逮宋，所選止此，可謂嚴矣。其題多詠物，其言率有寄託。兩派各有選本，可謂壁壘分明。

(3)常州派以張惠言（一七六一～一八〇二）為領袖，其為江蘇武進人，有《茗柯詞》，僅四十六首，可見其寫作不苟。有《詞選》，取唐、五代北宋詞，重自然性情。

▼周濟

周濟（一七八一～一八三九），秉承張惠言理論而推廣者為周濟。周濟字保緒，常州人。熟讀文史，兼通兵略。周濟常與張惠言甥董士錫論詞，服膺惠言理論，更推廣其說，使常州派益顯。其《介存齋論詞雜著》曰：「初學詞，求有寄託。有寄託，則表裡相宜，斐然成章。」其立論一如張惠言。

(4)常州派取徑既較浙西為廣，論詞亦較浙西合理。故嘉慶、道光以降，常州派盛行，幾奪浙西之席。惜常州派詞人立論雖高，所作則不出擬古一途；過分講求比興寄託，反致詞旨隱晦。要之，詞至南宋，變化已窮；以後作者，縱有天才，亦難超越前人矣。

4. 不隨流派

▼納蘭性德

納蘭性德（一六五五～一六八五），乃清初多愁善感之天才詞人。納蘭性德字容若，滿洲正黃旗人。大學士納蘭明珠之子。善為古文辭。既善詩，尤工詞，所作〈飲水詞〉、〈側帽詞〉，當時傳寫遍於村校郵壁。生平淡於榮利，書史外無他好。愛才喜客，所與遊皆一時名士，蓋性德為一純情詞人。

論門第才華，性德直越北宋晏幾道而上。其詞纏綿婉約，能極其致。《花間》、南唐一派詞風，自晏幾道以降，衰歇已久，至性德而重振。若天假以年，所造當不止此也。自其妻亡之後，性德多悼亡之作，極淒涼哀婉之致。性德小令最佳，慢詞則非所擅也。如：

長記碧紗窗外語，秋風吹送歸鴉。片帆從此寄天涯。一燈新睡覺，思夢月初斜。　便是欲歸歸未得，不如燕子還家。春雲春水帶輕霞，畫船人似月，細雨落楊花。（〈臨江仙〉）

性德與同時詞人顧貞觀友善。貞觀有〈彈指詞〉，並以〈金縷曲〉兩首著名。貞觀有知交吳兆騫因科場案遠戍寧古塔。顧以直率奔放之〈彈指詞〉二首代信寄予吳，字字肺腑流出。性蘭一見，為泣下數行，並懇之大傅，提早五載入關。其詞之感人，性德之純情，由此足見。

▼蔣春霖

蔣春霖（一八一八～一八六八），晚清代表詞人。蔣春霖字鹿潭，江陰人。少工詩，其《東淘雜詩》二十首，不減杜甫秦州之作。咸豐時，官兩淮鹽大使。中歲棄官，專力於詞，遂負盛名。有《水雲樓詞》，氣韻既高，聲律復密。不專寄託，而情景交融；不費雕琢，而吐屬自然深穩。律度之細，既無與倫，文筆之佳，更為出類。有清一代以其為冠也。

道光、咸豐年間，內憂外患迭興。鴉片戰爭、英法聯軍，暴露清廷之積弱；而洪、楊起事，清廷幾陷覆亡，戰爭歷咸豐一朝（一八五一～一八六一）猶未平息。此際人民飽嘗兵燹流離之苦，社會陷入空前紊亂狀態；而多數詞人，仍斤斤於常州、浙西之爭，獨蔣春霖不為二派所囿。

5. 近代詞

至民國以來，尤其自五四運動後，倡白話文，詩作已匪易，詞作成為士人抒愁舒懷案上之作。是以詞漸俗化為歌詞，甚而俗化為〈竹枝詞〉，其時之作，蒐羅匪易。試擇其一二，餘則有待來日。

我　五十自壽　**韋瀚章**

我問天公，倒不如捫心問我：
五十年來，這歲月怎生度過？
年少才華輕一世，偏逢處處迎頭挫；
更況那，連年災難，
殘書卷，都遭秦火。

凌雲志，早消磨，
貧病債，交相禍。只落得，嶙峋瘦影，短髮蕭疏。
只賸得，衷誠一片，愛人如我。
血汗千金隨手盡，強抛心力為人助，
從不肯，回頭恨錯；
也不管，自身結果。
我師古人，只怕古人笑我！
我誤詩書？還是詩書誤我？
想一想呀，呵！呵！呵！

此為作者五十自述，言與妻四處飄泊，曾暫居香港、英屬北婆羅洲及沙勞越，為華文編輯。下又引其為悼念夫人吳玉鸞作〈鷓鴣天〉：

撒手無言去不還，空留一我在人間。哀愁喜樂憑誰說？冷暖飢寒只自憐。　思宛轉，淚闌干，幾回看罷又重看。曾知畫裡無尋處，猶欲含酸覓舊歡。

【作者】

韋瀚章，生於乙巳年十二月二十三日，任音專教務長，商務印書館編輯，滬江大學祕書。與黃自（耶魯大學音樂學院畢業，近代作曲家。力主唱詞、曲詞宜細密結合）、林聲翕為友。瀚章偏愛李後主〈浪淘沙〉詞，曾作〈思鄉〉、〈春思曲〉、〈滬江舊雨〉，及歌劇《易水送別》（一九八三）。得台灣基金會「特別貢獻獎」。創作清唱劇（結合詩詞曲），有愛國熱忱，曾作雄渾激昂之〈旗正飄飄〉：

旗正飄飄，馬正蕭蕭，槍在肩，刀在腰，熱血似狂潮，好男兒，報國在今朝！快奮起，莫作老病夫，快團結，莫貽散沙嘲。國亡家破，禍在眉梢。要爭強，須把頭顱抛。戴天仇，怎不報？不殺敵人恨不消！

白雲故鄉　作於淺水灣

海風翻起白浪，浪花濺濕衣裳，寂寞的沙灘，只有我在凝望。群山浮在海上，白雲躲在山旁，層雲的後面，就是我的故鄉。海水茫茫，山色蒼蒼，白雲依戀在群山的懷裡，我卻望不見故鄉。血沸胸膛，仇恨難忘，把堅決的意志築成壁壘，莫讓人侵占故鄉！

思鄉

柳絲繫綠，清明才過了，獨自箇憑欄無語，更那堪牆外鵑啼，一聲聲道：「不如歸去！」惹起了萬種閒情，滿懷別緒。問落花，隨渺渺微波，是否向南流？我願與他同去。

卜算子　寄所思

經歲末還鄉，鄉思因人老。屢約歸期總誤期，知道和春惱。　欲待不言愁，翻覺愁多好。俯首捫心細料量，春為儂顛倒。

蝶戀花　重遊西湖

十載重來尋舊處，山水依稀猶記當年路，芳草盈堤花滿樹，清明歷亂黃鶯語。　拂面垂楊千萬縷，尺尺柔絲欲綰行人住。最是啼鵑牽別緒，聲聲卻喚人歸去。

自〈思鄉〉一首，經黃自一九三二年四月二十四日譜曲後，創作益多。七十四歲生日作〈金縷曲〉：

七十童齡耳，到今朝，三年才滿，四年開始。世路遙遙行未倦，漫步於今至此。且莫問：前程能幾？半世周旋貧病債，近年來，更嚼孤零味。吾命運，豈如是？　平生酷愛雕蟲技，苦沈吟，尋詩覓句，把閒情寄。往事那堪回首看，由他消沈自萎。但樂得，人隨心喜。願把斯文傳後學，便餘生，萬樣皆閒事。名與利。早休矣！

一九七七年印行《野草詞》百篇，一九八八年又有一百二十餘篇增補。

我要歸故鄉　第一章　何處棲留　李韶

烏雲掩蓋白日，煞氣籠罩神州。
魔鬼張牙，豺狼狂吼。
東家逃，西家走。
路旁骨暴，水雨屍浮。
爸媽活埋山上。弟妹餓死灘頭。
伶仃孤苦，何處棲留？
淚橫流，淚橫流，
何年何月，雪此大恨深仇！（民國四十一年獲文藝獎）

【作者】

李韶，清末民初人（黃友棣一九八三年為其詞譜曲，已四十年）。

李韶（士秀），平素沈默寡言，有「靜觀自得」之哲人風範。長於水墨梅花、隸書筆法，以畫梅筆法為詞，故溫柔敦厚，簡潔幽雅；以書法功力鑄詞，故柔中帶剛，清新脫俗。曾任粵南德明（國父幼年名）中學校長，聲譽遠播。並任珠海大學文學系教授。作詞宏揚教育，以陸放翁「鏡裡流年兩鬢殘，寸心自許尚如丹」之熱忱創作，有〈我要歸故鄉〉、〈北風〉、〈寒夜〉、〈歲寒三友〉為代表作，有獨到意境。

三友頌　李韶

歌三友，頌三友，三友高風感我儔。
同聲相應，同氣相求。
堅貞可範，勁節長留。
君見否？松老，竹疏，梅瘦，
霜欺雪壓，永不低頭。
君莫愁！冰雪見春羞①，

花自芳菲水自流。

生紫筍，吐蒼虬②，銀英簇簇，綠萼油油，

燕語鶯歌互唱酧③。

歌三友，頌三友，三友高風感我儔。

霜欺雪壓，永不低頭。

堅貞可範，勁節長留。

【注釋】

①冰雪句——言冰雹見春而融化。

②虬——虯之俗字，見《韻會》，音ㄑㄧㄡˊ；又《通訓定聲》言：「雄有角，龍子一角者曰蛟，兩角者虯。」

③酧——「酬」之俗字，見《正字通》。

【賞析】

此作於一九六三年，作者以卓越國畫筆法，繪寫松、竹、梅之高逸與韻律。

6. 詩餘詞歌

永達工業專科學校校歌　王天賞

屏東平野。大武山雄。麟洛毓秀①。巍巍黌宮②。稻香椰影。四面青蔥。環境幽美。絃歌融融。工業報國。科學是崇。英才樂育。遠景無窮。厚生利用。創造奇功。達人自達。有始有終。達人自達。有始有終。

【作者】

王天賞（一九〇三～一九九四），字獎卿，號高峰，高雄市旗后人。其父以捕魚為業。自幼立志向學，刻苦耐勞。拜林介仁為師，研讀經史，又向陳梅峰、陳錫如等人請益詩文。十八歲時，與陳錫如與學長陳皆興共同創立「旗津吟社」。十九歲時，加入「台灣文化協會」，參與抗日民族運動。二次大戰期間，曾因反對日本政府之殖民政策，而被捕繫獄一年，在此期間賦詩約一百零二首，名為《幽窗集》，載於王天賞所著《環翠樓吟草》中，其內容均為獄中生活寫實。光復後出獄，被連謀市長聘為教育科長兼社會課長。

其一生可分為從事政治、金融與社會服務等三個階段。各時期所擔任之職位相當多，其中，與文教有關者為高雄市文獻委員會顧問、壽峰詩社社長和顧問、永達工業專科學校（今永達技術學院）董事長、高雄市文化推行委員會委員等。有《環翠樓吟草》、《環翠樓詩草續集》、《環翠樓文集》、《王獎卿先生八秩雙慶紀念集》等書。

天賞先生乃永達工商專科（即永達技術學院前身）創辦人。平日愛作詩。曾於其詩集自序中言：「愛詩如嗜鴉片」，「生活中無處不是詩」。故將喜怒悉匯詩篇並邀同好組成詩社，相與唱和。先生自十五歲始作詩，至年八十餘，猶活躍詩壇，時以「振興詩風為己任」，故得教育部「功在詩運」獎之殊榮。

獎卿努力創作，詩凡千餘首，其子仁宏，其女貞美，為繼述先人之志，遂集刊其作為《環翠樓吟草》（一九八三年二月由壽峰詩社發行）。有詩吟集（二十五首）、喜慶集（二十八首）、弔唁集（二十五首），壽社酬應集（二十三首），旅遊集（二十四首）、閒詠集（二十六首），擊鉢吟集（一百二十四首），聯語續集（五十二首），凡三百二十七首。又《環翠樓文集》（一九八三年元月，收有一百三十五篇），其孝可嘉，其意至善。《續集》（一九八二年十月）共收詩詞五百六十九首。《劫餘拾遺集》（十五首），《續拾遺集》（六首）（乃秦火後追憶之作）。

《幽窗吟集》（九十二首）（惜缺其中和歌二十首）。

《光復集》（一百一十七首），《賦閒集》（一百三十首），《偷閒集》（六十五首）。

《扶桑小遊》（三十二首），《旅菲集》（二十一首），《環遊集》（二十五首）。

《近詠集》（十八首），乃至《聯語集》（六十一首）。

最可貴在詩篇創作外，另有《詩餘歌詞》九首（乃於留鴻軒所作，惜其中〈一剪梅〉詞作已散佚）。

上引天賞先生五百六十九首之作，經永達技術學院同仁選注一百九十二首，內容為：

田園山水（二十五首），敘事（三十一首）、書懷（二十二首）、記遊（三十四首）、詠物（四十三首）、送別酬唱（八首）、題敘、悼亡（二十九首）。

因「環翠樓」寓意在「放眼湖山一望收」（〈題環翠別墅〉詩），「最愛山林環翠裡」（〈環翠別墅雅集〉），益知先生或與寄田園、敘事述懷，乃至記遊酬唱，皆抽精啜髓，蘊涵無窮，已臻真情實景之境界（王國維《人間詞話》語）。

近日永達技術學院文史科同仁，又就其《環翠樓吟草》中，僅有之《詩餘歌詞》九首，加以選注，以饗同好及學子。

【注釋】

①毓：音ㄩˋ，同「育」，為從「㐬」從「每」之會意字，指草能順育茂盛也。

②黌宮：校舍。黌，音ㄏㄨㄥˊ，形聲字，從黃，學省聲。

【賞析】

本首以創校人就「永達工業專科學校」之創校環境、特色、精神，一一寫就。其「稻香椰影，四面青蔥」，用辭修美，足以狀寫校境。「工業報國，科學是崇」以言立校特色，而「達人自達，有始有終」，則言立校教學之精神。層迭有序，涵意深永。

細繹先生好詩能詞，其來有自。早年組成旗津吟社，主持壽峰詩社，有《滿鮮吟草》、《環翠樓吟草》等著作。乃因每晨散步旗山，日誦詩書而奠基，且具「有教養者不可無詩」（〈自序〉）之理念，自達達人，教導後學。且引朱熹之言為念曰：「所感有邪正，所形有是非，感者無不正，所言是從為教，其言粹然無不出於不正者，聖人固已協之音律，而用之鄉人，用之邦國，以化天下」，可見詩教之作用也大矣。由校歌指引方向，永達學子，得此詩文素養，必可為國之棟樑。

更漏子 除夕　王天賞

燭搖紅，梅綻白，又是一聲除夕。驚歲暮，喜春回，合家團聚來。　杯酒酌。擁爐樂，感謝蒼天恩澤，時尚亂，世何危？太平還共祈。

【賞析】

此首從紅燭梅綻、爆竹一聲以言除夕到來，舉家團聚，圍爐酌酒。除感謝天恩，當共警危難，祈求太平，行文直實，引人共鳴。

陳皆興序《環翠樓吟草》即美誦天賞先生之作「發之於性情，輔之以學養，自然寫實，雖以白描點染，能言之有物，無造作斧斲之痕」。

又試觀先生《幽窗集》，乃因反對其時日本皇民化政策，以致入獄而作，珠玉聯篇，多迴環默識，感時觸事，詞意憤悱而切實，與此首對照，當不誣也。又與此首同為感時之作尚有：

菩薩蠻 待除夕

朔風獵獵吹除夕，光陰似箭驚過客。爆竹餞殘年，圍爐欣再圓。　梅花香氣襲，柳眼青可挹。明日醉屠蘇，今吾仍故吾。

【賞析】

以「爆竹」、「圍爐」、「梅香」點染除夕節慶，頗能點睛。

虞美人 感時

烽煙塵劫幾時了，苦悶期能少。蝸廬此日望春風，禹甸①那堪回溯夕陽紅。　吳山楚水青仍在，只怕人心改。思家無限別離愁，又是漫天風雨阻歸舟。

【注釋】

①禹甸：禹所治之地，後世以中國九州之地為禹甸。典出自《詩經·小雅·信南山》：「信彼南山，雖禹甸之。」毛傳：「甸，治也。」

【賞析】

由自居蝸廬以追憶往事前塵，「塵劫」、「苦悶」何堪？「吳山楚水青仍在，只怕人心改」，化用李後主詞「雕闌玉砌應猶在，只是朱顏改」，以言思家離愁，只要「人心」不改，何能阻「歸舟」？細味之，怎不令人唏噓共鳴。

憶秦娥　秋月

何皎潔，中天輪滿中秋節。中秋節，清光千里，萬家愉悅。　月宮盼望情殷切，良宵美景怕離別。怕離別，前塵影事，從頭細說。

【賞析】

此借「輪滿」「清光」以狀月，「別離」「前塵」由此推拓。

作者才華過人，詞篇多點就而成。蓋作者「胸懷豁達，智力過人。馳逐商場，饒有子貢之風；醉臥騷壇，有子建人才」（林友笛序於《環翠樓吟草》）。又先生幼即穎悟，賦性恬淡，能「口誦文章，肩擔道義」（林玉書序於《環翠樓吟草》），是以先生於四季之景，感悟尤多，有春有秋之寫。

作者之詞多就景色入之，其餘詞篇，又有：

浪淘沙　秋慨

路上霧茫茫，人世匆忙，秋收未蓄隔年糧。宇內未思生似寄，永自憂傷。　且漫肆輕狂，不盡風霜。哀時恨莫把時匡，花謝月虧人易老，轉眼滄桑。

【賞析】

由花謝、月虧、人老以言人世憂傷。勸人休輕狂，且要及時匡時救世。

浣溪沙　春情

爛熳花開柳展眉，東風駘蕩入香帷。底事芳心轉惆悵，不勝痴。　好夢共遊青草地，別情猶繫綠楊枝。春日靚妝無箇事，惹相思。

【賞析】

由春至人間，而言相思之痴、別情之苦、夢中之遊。

感皇恩　春何處

處世厭風塵，桃源尋到，光景仍如昔時好。綠陰初展，更喜芳華還俏。欲圓蝴蝶夢，天將曉。一再惜春，柳條婀婀，轉眼雲山忽飄渺。纏綿情緒，屢向梅花魂繞。相思人易老，何堪擾。

【賞析】

芳華「還俏」，不因「風塵」老，惜春之難，相思之苦，人何以堪？詞文直抒，撩人情思。

念奴嬌①　殘秋

港都②樓上感秋深，旗鼓兩峰③青翠。憑弔舊時爭戰地，仍剩荒台殘壁。跨海艨艟④，騰空機艇⑤，

絡繹猶無絕⑥。和平談判，蹉跎⑦幾許人傑。刮目探險蟾宮⑧，西風⑨拂遍。消息時時發，此日誰家甘落後，壯志安⑩能消滅。頑敵⑪當前，爭雄場裡，怕變蒼蒼髮。那堪回首，中原⑫萬里涼月。

【注釋】

①念奴嬌：詞牌名。「念奴」為唐玄宗天寶年間著名娼女，善歌。後世以「念奴嬌」為詞曲名。

②港都：高雄市為港口都市，有「港都」之稱。

③旗鼓兩峰：旗，指高雄市半屏山。《鳳山縣誌》載：「半屏山，形如旂，亦號旂山。形如列嶂，如畫屏，故名。」旂，旗上繪龍與有鈴者。後人多以旂、旗二字混用。鼓，指萬壽山，又名鼓山。

④跨海艨艟：意指橫渡台灣海峽的戰船。跨：渡也，見《說文》。艨艟（ㄇㄥˊ ㄊㄨㄥˊ）與「艨衝」同，指戰船。《釋名‧釋船》載：「外狹而長曰艨衝，以衝突敵船也。」

⑤機艇：指飛機與船隻。艇：小舟也。

⑥絡繹猶無絕：仍然往來不絕。

⑦蹉跎：耽誤時光。

⑧刮目探險蟾宮：指一九六九年美國阿姆斯壯等乘坐太空梭阿波羅十一號登陸月球探險之壯舉，令人刮目相看。蟾宮：月宮。

⑨西風：指西方國家的科技、文化等風氣。

⑩安：何也。

⑪頑敵：指中國共產黨政權。

⑫中原：意指中國。古代稱河南與其附近之地為中原，至東晉、南宋時，亦有指黃河下游一帶為中原者。

【賞析】

本闋詞為作者感嘆大陸失守後，兩岸對峙，年深日久，期望早日踏上和平之路。作者在高樓之上，感覺秋意正濃，遠望著青蔥翠綠之半屏與萬壽二山，憑弔昔日先人為了保衛鄉土而與入侵者發生戰役，至今還留下荒廢的砲台與殘破之牆垣。在台灣海峽中，戰船與機動小艇仍然絡繹不絕。國人冀望兩岸能早日和平，但是，卻久久未能實現，徒然令多少菁英蹉跎時光。人類已經登上月球探險，其成就已令人刮目相看，藉著媒體時常發布消息，西方國家的科技、文化已經大大地影響台灣社會。在日新月異的時代裡，有誰甘居人後？面對頑強的敵人，怎能失去保衛國土的壯志呢？在兩岸政權互爭雌雄的局勢下，只怕光陰易逝，轉眼白髮蒼蒼。想起明月淒冷地普照著尚未收復的萬里江山，實在令人不堪回首啊！全詞藉景抒情，用字淺顯，簡樸達意，為平順而寫實之作。（楊悅春注）

台灣風物竹枝詞　**鄭大樞**

迎年紅紫鬥春風，四季花開浥露叢。未字女兒①休折採，王昌只在此牆東。

【作者】

鄭大樞，字子如，福建侯官人。乾隆初渡台，入府幕。喜優遊，亦喜體察民俗。

【注釋】

①未字女兒：台俗，未字女兒元夜偷折花枝，為人詬詈，云急覓佳婿。

【賞析】

〈竹枝詞〉原為樂府之名，亦呼〈巴歈詞〉，或通稱〈竹枝歌〉。淵源自巴歈（歈，歌也。巴為古國名，後滅於秦，改置巴郡；蜀之保寧、順慶、夔州、重慶等舊四府及瀘州，皆其轄地，治巴，即今四川省巴縣）。此一民歌，劉禹錫改為新詞，用以詠長江三峽風光與男女戀情，輾轉繁衍於其他地區。且歷史悠久，影響深遠，不時引入一般吟詠之中。

《樂府詩集》：「竹枝本出於巴歈。唐貞元中，劉禹錫在沅湘，以里歌鄙陋，乃依騷人〈九歌〉作〈竹枝〉新詞九章，教里中兒歌之，由是盛於貞元、元和之間。禹錫曰：『竹枝巴歈也。巴兒聯歌，吹短笛擊鼓以赴節，歌者揭袂睢舞，其音協黃鐘羽，末如吳聲，含思宛轉，有淇濮之豔焉。』」

劉禹錫、白居易等，皆有此作。後人效其體詠土俗瑣事，亦多謂之〈竹枝詞〉。後又用作詞牌名，因其體本於樂府之「竹枝」也。此一稱為「竹枝」之唐代教坊曲名，後成詞牌名，單詞十四字，分平韻、仄韻兩體。

白居易在〈聽竹枝贈李侍御〉詩中言：

巴童巫女竹枝歌，懊惱何人怨咽多。

杜牧在〈見劉秀才與池州妓分別〉詩中言：

楚管能吹柳花怨，吳姬爭唱竹枝歌。

陸游在〈雨中遊東坡〉詩中言：

木蓮花下竹枝歌，歡意無多感慨多。

〈竹枝歌〉有引誘力，易滋感慨。是以，何宇度老早在談資中說過：「竹枝悽惋悲怨。蘇長公（稱蘇軾也。《兩般秋雨盦筆記》載：世稱東坡為長公，而實則排行老二也）云：有楚人哀弔屈、賈之遺聲焉。」然究其實，卻未必盡是。〈竹枝歌〉是形式（格調），悽惋悲怨與否?全決定於內涵（遣詞），絕大部分皆諷詠「土俗瑣事」，則都摒除了「悽惋悲怨」了。

〈竹枝歌〉的原始唱法，是一曲四句，每句各分兩截，上截為「主唱」（竹枝），下截為「和聲」（女兒）。

蘇東坡作〈竹枝歌〉——

自過鬼門（竹枝）**關外天**（女兒），**命同人鮓**（竹枝）**甕頭船**（女兒）。

北人墮淚（竹枝）南人笑（女兒），青嶂無梯（竹枝）問杜鵑（女兒）。

黃山谷作〈竹枝歌〉——

一聲望帝（竹枝）花片飛（女兒），萬里明妃（竹枝）雪打圍（女兒）。

馬上胡兒（竹枝）那解聽（女兒），琵琶應道（竹枝）不如歸（女兒）。

艋舺竹枝詞（《台灣竹枝詞選集》頁一六八）

艋舺繁華列第三①，奇珍異品不須談。溪通八到鬮集，佛祖山王各有庵②。

酒肉奔馳大有人，醉翁之意獨輪囷。雖在繁衍華聲色裡，卻思何物值紋銀③。

私邀密約趕聽香④，僻巷偏街四散藏。忽有枝搖蛇草動，無郎心上頓生郎。

【注釋】

①俗有「一府二鹿三艋舺」之諺。

②龍山寺祀觀音佛祖；青山宮祀寧安尊王，俗呼青山王。

③紋銀，成色最佳之銀。

④聽香，為「聞卜」之一種，閨女偷偷用之，以卜配偶或吉期。即手執篾香一枝，隱於偏街僻巷，竊聽人語，以先聽到的第一句話為兆。多於元宵、中秋夜行之。

溫故知新話詞問

唐

1. 簡述敦煌曲子詞與詞之興起。
2. 列述晚唐五代詞概況。
3. 試簡述宋初詞家與詞風。

宋

4. 說明柳永、蘇軾在宋詞發展上的地位及影響。
5. 略言周邦彥、姜夔二家之詞。
6. 評述辛棄疾在詞史上之地位與成就。
7. 簡述夢窗詞、碧山詞、玉田詞。
8. 舉述元代重要之詩詞家及其作品特色。

清

9. 清詞有何重要派？各派代表作家及風格如何？
10. 簡介周濟《介存齋論詞雜著》、劉熙載《藝概》、王國維《人間詞話》之詞學理論。
11. 舉出有清一代較重要的詞籍整理、詞學研訂之書。
12. 民國以來詞的發展，何去何從？

問題與討論

1. 詩與詞的不同何在？
2. 何以宋詞最發達？
3. 宋詞後詞之發展如何？
4. 李後主與李清照詞風有何不同？
5. 東坡與辛棄疾詞有何異同？
6. 試述你最欣賞之詞兩首。

參、詞之內容分析

一、言情

(一)相思

秋風詞①　李白

秋風清，秋月明。落葉聚還散，寒鴉棲復②驚。相親相見知何日，此時此夜難為情③。

入我相思門，知我相思苦。長相思兮長相憶，短相思兮無窮極。早知如此絆④人心，何如當初莫相識。

【注釋】

①秋風詞：詞牌名。一名〈秋風清〉，又名〈秋風引〉，始自李白所作。本闋詞，因詞之首句而命名。《詞譜》載：「此本三五七言詩，後人採入詞中，其平仄不拘。」

②復：又也。

③難為情：形容相思之情苦悶難耐。

④絆：羈絆，糾結。

【賞析】

秋風清爽，月色皎潔，是洋溢著無限柔情的夜晚，最易撩起對愛人的相思情懷！落葉被秋風吹聚又吹散，象徵著情侶的相聚又分離；已經棲息的寒鴉因外力的干擾又驚醒，比喻著愛侶間幸福美好的日子，因為離別而

倍覺無奈！心想著：不知何時才能再與伊人相見？今夜此時，相思之情何等苦悶難耐！自從被伊人闖入愛的心門，自己就體驗了刻骨銘心的相思之苦。內心深處，有令人苦楚的無盡相思，也有永不休止的時刻牽掛，交織糾結，日夜縈繞，真是痛苦不堪哪！早知相思是如此的苦澀難耐，倒不如當初不要相逢又相識啊！

本闋詞對情侶間因熱切思念卻又無法見面所引發的無盡相思與苦楚描寫得淋漓盡致，生動感人。「落葉聚還散，寒鴉棲復驚」之句，為作者藉景抒情，映襯自己與伊人聚散無常的哀怨與無奈，藉「長相思」、「短相思」、「長相憶」、「無窮極」等語強調相思之綿遠與無窮無盡，令人體會出主角的深情無限。末句以「早知如此絆人心，何如當初莫相識」作結，反而襯托出作者無法自拔的深情，已經到了「雖然苦楚，仍願甘之如飴」的地步。（楊悅春注）

夢江南　**溫庭筠**

梳洗罷，獨倚望江樓。過盡千帆皆不是，斜暉①脈脈水悠悠②，腸斷③白蘋洲④。

【注釋】

①斜暉：夕陽餘暉。
②脈脈：含情欲吐，默默相視的樣子。
③悠悠：閒靜的樣子。
④腸斷：喻傷心至極。
⑤白蘋洲：古詩詞中常用以代指分手的地方。

【賞析】

此詞牌或作〈望南子〉。這是一首閨怨詞，寫思婦盼望愛人歸來，卻不見歸舟的惆悵之情。「望」字總領全篇，望前梳洗，望時獨倚，望後腸斷，心情從熱切的盼望轉為幽怨的失望，一片痴心真情，感人至深。

詞的首句僅三個字，就概括了女子在倚樓眺望之前，已用心梳妝修飾的經過和切盼重逢的心情，「獨倚」句的「獨」字，則特別突出她的孤寂之感。「過盡千帆」不但形容數不盡的船隻，更表示一份迫切焦急的心情。越感到帆船一艘一艘過去，卻越發現沒有一艘是載著伊人歸來的。「皆不是」三字，很能反襯其失望之深。至於「脈脈」「悠悠」四字，用的是含蓄蘊藉之筆，雖寫的是斜陽流水，卻象徵思婦落寞的心情。倚樓久望不見遠客歸來，只有水邊一片白蘋洲，其上芳草離離，蘋花搖曳，令人愁思滿懷。兩句即景抒情，委婉而有餘韻。整首詞僅寥寥二十七字，卻寫得情韻兼勝，因而傳誦人口，歷久不衰。（吳雅文注）

女冠子　韋莊

昨夜夜半，枕上分明夢見。語多時，依舊桃花面①，頻低柳葉眉②。　半羞還半喜，欲去又依依。覺來知是夢，不勝悲。

【注釋】

①桃花面：《妝台記》：「隋文帝宮中，梳九真髻紅妝，謂之桃花面。」又《解酲錄》：「御史中丞祝公，嘗為妻合脂與粉調以塗之，號桃花面。」

②柳葉眉：世以「柳葉」喻美人之眉細長而柔媚也。

【賞析】

此首由夢中寫相思之深。起首二句點明是夢。後三句，記夢中之伊人依然嬌美。換頭二句承前續寫夢境，寫盡伊人羞怯愛戀之情。結尾言酒醒後不勝悲傷之情。

楊湜《古今詞話》云：韋莊以才名寓蜀，蜀主建羈留之。莊有妾，姿質豔麗，兼善詞翰，建聞之，託以教內人為辭，強奪去。莊追念而作此淒怨之篇，姬聞之，遂不食而卒。

溫飛卿、韋莊為《花間》詞之代表，同寫豔情，而溫詞含蓄，多陰氣麗藻；韋則豪放樸直，有陽剛之美。（吳雅文注）

應天長

韋莊

別來半歲音書絕，一寸離腸千萬結。難相見，易相別，又是玉樓花似雪①。　暗相思，無處說，惆悵夜來煙月。想得此時情切，淚沾紅袖黦②。

【注釋】

①上闋（「別來……似雪」）：分別至今已有半年之久，再也沒有任何聯繫了。寸寸柔腸，卻有著千萬個相思的愁結。相見是那麼的困難，而分別竟是如此容易，兩地睽違的今天，身在玉樓中的我，再度看到飛花如雪的情景，不知你是否見及？

②下闋（「暗相思……紅袖黦」）：暗自思念著你，卻不敢在他人面前傾訴。面對朦朧的月色，內心倍增惆悵。此時此刻，越想越是悲慟，情不自禁地流下淚來，紅袖上沾滿斑斑點點的淚痕。黦，音ㄩˋ，指顏色著濕而變成黃黑的斑點。

【賞析】

詩詞創作貴在起結，「起」指開端，「結」指收結。「別來半歲音書絕」為實寫之手法，基於傳統女性與情人分離無法抑止的情感需求，作為詞之開端。「一寸離腸」與「千萬愁結」對比，用有形的離腸，表徵無限離愁的程度。在兩地相隔睽違多時之際，「又是玉樓花似雪」，映照起句「別來半歲」，又為下闋詞意開拓嶄新寬廣的視野。

下闋繼續從女主角的處境，描述朦朧月夜之下，悲苦無處傾訴的相思之情，不知所愛的人是否在此情此景中也有同樣的思念？越想越加惆悵，在情不自禁的情況下，看見衣袖上無數滴滿淚痕的污斑，用「紅袖」與「清淚」相映成趣，以表達了她一次又一次地流下相思的情淚為收結，同時與此詞的開端相互呼應。韋莊「著意設色」的手法，表達深刻的相思之情，便是這首詞最為精彩之處。（陳丁立注）

長命女　馮延巳

春日宴，綠酒一杯歌一遍，再拜陳三願。　一願郎君千歲；二願妾身常健；三願如同樑上燕，歲歲長相見。

【賞析】

此首淺白易解，語氣平和，描寫一女子要與夫君共同廝守的願望。讀來似乎平淡無奇，然卻可透露出女子濃濃的情意。郎君千歲，妾身常健，才能白頭偕老。然也須長相廝守，健康長壽方有意義。一南一北或一東一西，常是離別多於相聚，相思多於相守，情何以堪？（王貞麗注）

一剪梅　李清照

紅藕香殘①玉簟秋②。輕解羅裳，獨上蘭舟③。雲中④誰⑤寄錦書來？雁字⑥回時，月滿西樓⑦。　花自飄零⑧水自流。一種相思，兩處閒愁。此情無計可消除，才下眉頭⑨，卻上心頭。

【注釋】

①紅藕香殘：紅色藕花已凋殘。「藕」與「偶」諧音，新婚燕爾以紅色比況，而「新婚乍別」則生「香殘」幽怨。

②玉簟秋：玉簟、竹蓆之美稱。指所用玉蓆，至秋已有涼意襲人。如白居易〈長恨歌〉云：「翡翠衾寒誰與共」之閨中淒涼。故陳廷焯《白雨齋詞話》，評此句曰：「清秀特絕，真不食人間煙火者。」

③輕解句：在秋涼無聊中，只好輕輕解去薄羅裙，換上秋裝，希望獨自上小船，蕩漾在碧波中，以排解寂寞。

④雲中：指遠方，與「雁字」呼應。言飄遊的雲，可曾捎來那人訊息？但所等到的是月滿時，雁兒竟排成「人」、「一」字樣由空中掠過。

⑤誰：反問句，表等不到人之怨意。

⑥雁字：雁群飛時，每列成「人」字。以雁喻，乃因雁能傳書信也。

⑦月滿西樓：一樓滿月，指月正挾其團圓之姿向地上離人示威。

⑧花自飄零：花自花，水自水，無法隨緣湊泊，喪氣表出無可奈何之喟嘆。

⑨才下眉頭：同范仲淹〈御街行〉詞：「都來此事，眉間心上，無計相迴避。」清照脫換更真切。眉頭稍展，心上又湧悵惘。

【賞析】

這闋詞是李清照，也是中國文學史上最出色的女詞人，於婚後因夫婿趙明誠負笈遠遊，為表達她深情款款的思慕之意，書於錦帕中真情流露的寄情之作。

上片藉凋殘的紅色藕花（「藕」與「偶」諧音）來比喻新婚燕爾（以紅色比擬），卻又須與君別離的無奈幽怨。自別後，秋意的蒼涼，深閨的孤寂，只得輕輕解去薄羅裙而換上秋裝，並且獨自登上蕩漾在碧波中的小舟；遙望著飄遊的雲，可曾捎來遠方的訊息？然而，儘管滿心期盼雁兒能帶回夫婿的歸期，卻只見月圓時分，雁兒竟排成「人」、「一」字樣地由空中掠過。

承接上片的望穿秋水，下片緊接著描寫，花自花（女子青春如花，容易凋謝），水自水（郎君悄然如水自流而音訊全無），無法隨緣湊泊的真實喟嘆。自此深刻又細膩地表露出女子對情感的期待與落空，嚮往與失落。所謂「一種相思，兩處閒愁」，象徵著兩人堅貞愛情，即使身處異地，對彼此思念仍可心領神會。如此無可掩飾與逃脫地深情蜜意，李清照嬌羞拈為「才下眉頭，卻上心頭」；即使眉頭稍展，心上卻又湧上悵惘。真可說是沈浸在摯愛中的男女真情流露，至情至性的絕妙形容。正宋‧王灼《碧雞漫志》所云：「作長短句能曲折盡人意，輕巧尖新，姿態百出。」（陳靜美注）

(二)閨情

更漏子　溫庭筠

玉爐香，紅蠟淚，偏照畫堂秋思①。眉翠②薄，鬢雲殘③，夜長衾枕④寒。　梧桐樹，三更雨，不道⑤離情正苦。一葉葉，一聲聲，空階滴到明。

【注釋】

①畫堂秋思：畫堂指華美的廳堂。秋思則指悲秋的人。
②眉翠：古代婦女以翠黛畫眉，故云眉翠。
③鬢雲殘：鬢髮散亂不整。殘，亂的樣子。
④衾枕：被子和枕頭，泛指臥具。
⑤不道：不管、不顧。

【賞析】

這是一首閨怨詞，藉「更漏」夜景詠婦女相思情事，詞從夜晚寫到天明。

上片用綿麗之筆，描寫在美麗的畫堂中，冷清寂靜，只有香煙裊裊的玉爐，微光搖曳的蠟燭，褪色的眉翠，凌亂的鬢髮，微寒的衾枕，從環境到人物，烘托出女主人公在秋夜孤寂難眠的淒涼閨怨。

下片以疏淡之筆，明寫離情。透過對單調雨聲入微的描寫和渲染，襯出女主人公徹夜不眠，深夜懷人的幽怨心緒，寫得十分傳神。尤其「一葉葉，一聲聲，空階滴到明」的語句特別空靈優美。此詞落筆自然，由景而情，由密而疏，上下片相映成輝，展現綿麗與疏淡的交錯變化之美，益見得作者設身處地感情之真切。（吳雅文注）

謁金門　春閨　馮延巳

風乍起①，吹皺一池春水。閒引鴛鴦芳徑裡②，手挼③紅杏蕊。

鬥鴨④闌干獨倚，碧玉搔頭⑤斜墜⑥。終日望君君不至，舉頭聞鵲喜⑦。

【注釋】

①風乍起：東風忽起，吹皺一池春水。觸景生情，牽引起痴情苦待女子空閨獨守的漣漪。

②閒引句：閒愁無聊，惆悵不已，忽在花徑中逗引鴛鴦，忽又無心搓揉紅杏花蕊，痴痴出神。以香徑、鴛鴦襯其空寂；又以挼搓花蕊暗惜春光難留，春愁難遣。

③挼：音ㄋㄨㄛˊ。同捼，搓揉。

④鬥鴨：古人好養鴨相鬥。三國吳孫權的兒子孫慮和唐朝的陸龜蒙皆有鬥鴨闌。今臨湘鬥鴨磯即當時孫慮鬥鴨遺址。

⑤搔頭：髮簪之別名。

⑥墜：通綴，插上去之意。蓬頭散髮，懶起梳妝，思君令人苦。

⑦鵲喜：俗以喜鵲聒噪為報喜之好兆頭。

【賞析】

通首描寫女子在春日寂寞無聊，埋怨丈夫在外遊蕩之心情。吹皺一池春水，正如心被攪亂。春風春水香徑鴛鴦，襯出惆悵、閒愁之感，獨倚闌干出神看鬥鴨，玉簪斜墜，卻渾然不知，乃望君苦思，忽聞鵲聲起，將通篇愁思凝注到一個「喜」字上，為未來帶來無限希望與吉兆上。全首細膩入微，絲絲入扣。

相傳南唐中主李璟常與臣酬唱，曾問馮延巳：「吹皺一池春水，干卿底事（與你有什麼相干）？」馮回答：「安得如陛下『小樓吹徹玉笙寒』之句？」這首詞當時遍傳。

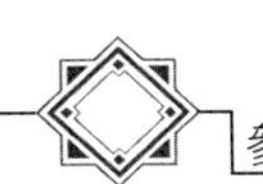

菩薩蠻　李煜

花明月黯（同暗）籠輕霧，今宵好①向郎邊去！剗②襪步香階，手提金縷鞋③。　畫堂④南畔見，一向偎人顫⑤。奴為出來難，教郎恣意憐⑥。

【注釋】

①好：道盡內心曲折。

②剗：剗（ㄔㄢˇ），本來是削平的意思。這裡的「剗襪」，解作只以襪貼地。剗通鏟，旁邊開口之襪子，因匆匆步上香階，未及繫好。

③金縷鞋：指鞋面以金線繡成的鞋。

④畫堂：彩畫裝飾的廳堂叫「畫堂」。

⑤一向句：「向」和「餉」通，即片時的意思。《妙選》、《草堂詩餘》注：「一餉謂一食之頃。」

⑥恣意憐：恣意，即縱情、盡情意思。憐，江東的方言，相愛叫憐，見郭璞注《爾雅・釋詁》。

【賞析】

據《全唐書》載，此詞乃狀寫純綺而情竇初開之小周后與後主幽會情事，刻畫入微。又據陸游《南唐書・后妃傳》曰：當大周后臥病，妹妹小周后入內探看，住了數日，大周后不知情，等小周后率真回話已來數日，大周后始變色，至死面不外向，正所謂：「花明月暗是良媒，誰遣深宮侍疾來？驚問可憐人返臥，心知未解避嫌猜。」後主與小周后私會豔史，遂盛傳於世。設想那好個朦朧月夜，趁此匆匆離開住處，趕會情郎，手提金鞋，以襪代步輕悄悄溜上香階，投懷送抱，寫盡少女情真意怯之嬌羞怕怕，驚魂甫定，手法細膩。以下試由結構以言：

起句：以「花明」句寫幽會之良辰美景，是因。

次句：寫以「今宵」句寫幽會動機是果。前二句言因、果，是動機。

三、四句：承上寫幽會過程，小周后手提金縷鞋，以襪貼地，寫出「向郎邊去」又怕人發現之情狀，描摹十分傳神。

換頭四句：寫「向郎邊去」幽會結果，中「畫堂」二句，寫相見之地點與情景，是所見之狀。由「偎人顫」承上片三、四句，傳達相見之嬌態。

末二句：透過小周后之口，以「奴為」句寫出幽會之歡愛，是因，「教郎」句是果，且總結前文，餘韻無窮，正「描寫雖膩，而不流於淫淺」（陳弘治《唐宋詞名作析評》）。少女趁花明月暗背景，心思忐忑不安，由手提金縷鞋、穿剗襪以行，驚險中去赴得來不易的約會，撒嬌會情郎之情，躍然紙上（施芳齡注）。

㈢友情

南鄉子 送述古 蘇軾

回首亂山橫，不見居人只見城。誰似臨平山上塔，亭亭，迎客西來送客行。

歸路晚風清，一枕初寒夢不成。今夜殘燈斜照處，熒熒，秋雨晴時淚不晴。

【賞析】

此詞貴由常見之聚散，以見深厚之友情。

陳述古，名襄，視東坡年長。曾向宋神宗推薦蘇軾是難得的人才，以後二人皆因反對新法離朝外任。述古於神宗熙寧五年（一〇七二）五月由陳州移知杭州時，蘇軾已任杭州通判半年。二人於杭州風景名城同聚宴集唱酬，十分相得。熙寧七年（一〇七四）七月，陳調赴南都（宋之南京，今河南商丘）新任，於「有美堂」宴會僚佐，蘇軾賦〈虞美人〉（「湖山信是東南美」）贈別。不久，陳離杭，蘇軾追送至臨平（在杭州東北面，即今餘杭），作此送別詞。

篇首由眼前實景衍出惜別之情，點出「居人」，含蓄地反映陳述古在杭任上之愛民。

接寫臨平山上塔之無知，以襯寫東坡主觀之情。「誰似」二字，既言東坡不似亭亭聳立之塔，但目送友人遠去。又言東坡不似塔之無情，無視客之往來自去。

下闋承上闋，以塔之無情送客，襯己之惜別深情。再由正面和實處抒發——友人已去，惜別情思不絕。由時序秋寒之「夢不成」，向地處「殘燈斜照」之「淚不晴」層層遞進深化。直抒「初寒」、「雨晴」中，情思不斷，以見二人情誼之深。

江城梅花引　雨中接雲姜信①　顧𡖖

故人千里寄書來，快些開，慢些開，不知書中安否費疑猜②。別後炎涼時序改③，江南北，動離愁，誰念自徘徊④。　徘徊，徘徊，渺余懷⑤，天一涯，水一涯⑥。夢也夢也，夢不見、當日裙衩⑦。碧雲凝佇費腸迴⑧。明歲君歸重見我⑨，應不是，別離時，舊形骸⑩。

【注釋】

①雲姜：姓許，宰相阮元子阮福之妻。雲姜與妹雲林，俱為顧𡖖摯友。雲姜因病回阮家原籍江蘇儀徵休養。

②安否：平安與否。疑猜：猶疑猜測。

③炎涼：炎熱和涼爽，指夏天和秋天。時序改：謂別後季節已經改換。

④自：獨自。

⑤渺余懷：我心裡感到一片渺茫。

⑥天一涯，水一涯：謂天各一方。涯，邊際。

⑦裙衩：因婦女穿裙插釵，故稱婦女為裙衩。此指雲姜。

⑧凝佇：長時間凝神而立。腸迴：即迴腸，喻離愁無法排除。

⑨歸：指回到京城。

⑩舊形骸：原來的形貌體格。骸，形體的總稱。

【賞析】

詞題中「雲姜」（宰相阮元媳婦）同作者（奕繪貝勒側室），身分地位相當，為閨中密友。因雲姜回南方養病之後的一個雨天，作者在京城忽接其信，拆信之前，揣想矛盾之心情。

上片分兩個層次：

前四句，寫接信剎那間之舉棋不定，多所揣想，有深情之寫。

後四句，寫離愁。「別後」句，寫時間由夏入秋，言分離之長度。

「江南北」由空間相隔千里，以言關懷深切。

「離愁」是內心思念；「徘徊」是由內而外化愁苦，由內而外，已概括友情之深厚。

下片，承上又疊用「徘徊」，以凸顯沈思頻率之高、時間之長，進一步渲染離情別緒。

「渺余懷」乃「余懷渺茫」句之倒裝。由徘徊而離愁惆悵、渺茫（加以「天一涯，水一涯」之烘托），形象益增。此三句，乃化用東坡〈前赤壁賦〉：「渺渺兮余懷，望美人兮天一方」之心理寫照。然白天思故人而不可得，是以寄望夜夢，然疊三「夢」字，以寄思裙衩密友之不可得。於是回到現實，凝神似心，離愁又增一層。

末四句一氣貫之，遙想故人明年返京，一定康復，有祝福，也有寬慰。

【作法】

此一詞牌乃複合〈江城子〉、〈梅花引〉，有句式參差、節奏強烈、抑揚抒情等特色。而採用白描直抒法。

上片首句：切題「接雲姜信」。二、三句揭出收信剎那心情。第四句回答所以然。第五句追溯別後時地。「動離愁」寫心；「自徘徊」寫形；心形，互映。

下片：首句疊「徘徊」，重在以形寫心；「渺」字點出心情。而後兩句以景襯托「渺茫」心情。四、五句由晝入夜，望在夢中與友人相會。第六句又由夜入晝，再寫懷人情狀。末二句遙想重逢情景，以真誠祝福，回應上片「費疑猜」之原因。（施芳齡注）

(四)離情傷別

長相思　李煜

雲一緺①，玉一梭②，淡淡衫兒薄薄羅，輕顰雙黛螺③。　秋風多，雨相和，簾外芭蕉三兩窠④，夜長人奈何！

【注釋】

①雲一緺：雲，指頭髮。緺，音ㄍㄨㄚ。《說文》：「綬，紫青色也。」這裡是指飾髮用的紫青色的絲條。《南唐書》記：後主昭惠后創高髻纖裳，人皆效之。

②玉一梭：指紮髮用的玉簪之屬，或形容牙齒潔白如玉。梭是引橫線織具，以狀牙齒之細緻整齊。

③輕顰句：顰（ㄆㄧㄣˊ），皺眉。黛螺，青綠色的顏料，古代婦女用以畫眉。

④窠：窠（ㄎㄜ）同棵，植物一株叫一窠。

【賞析】

此詞描寫懷人的心情。前段勾畫出佳人之神韻動人，只輕描數筆，佳人素麗神韻，已和盤托出，有別於「巧笑倩兮」。反向用「輕顰」，更造成內在相思。後段寫秋風雨打芭蕉，迴盪相思，徒見夜更深長。此種風情——男女風晨月夕談情，令人懷念。（施芳齡注）

江城子　秦觀

西城楊柳弄春柔①，動離憂，淚難收。猶記多情②，曾為繫歸舟。碧野朱橋③當日事，人不見，水空流。　韶華④不為少年留，恨悠悠⑤，幾時休？飛絮⑥落花，時候一登樓。便做⑦春江都是淚，流不盡，許多愁。

【注釋】

①春柔：春天新生柔嫩的枝條。弄，舞弄，此指「飄拂」。
②多情：所愛之人（曾為自己歸來，殷勤繫住歸舟）。
③碧野朱橋：綠的原野，紅的橋欄。
④韶華：青春的時光。白居易〈寫真〉詩：「勿嘆韶華子，俄成皤叟仙。」韶，音ㄕㄠˊ。
⑤恨悠悠：憂思深長。
⑥飛絮：暮春時，柳花結實，熟後帶有白茸毛，可隨風飛散。
⑦便做：李後主〈虞美人〉：「恰似一江春水向東流。」做，當也。

【賞析】

秦少游為蘇門四學士（其餘三人為黃魯直、晁無咎、張文潛）之一。少游詞尚婉約、究音律，與東坡豪放詞風不同。

此為春日傷別，懷人追思，一句「韶華不為少年留」，道盡內心「時不我與」之慨。作者工麗細密，鍛鍊深至之風，令人低徊不已。

言在西城傷情之地，柔柳舞擺，觸動離憂，不禁令人落淚。憶當年愛人繫歸舟，而今景物依舊，人去也，唯有無情江水空自流。

換頭則忽感韶光易逝，恨意深——柳絮落花紛飛中登樓，但見春江皆是情淚，流不盡愁思。正同後主「一江春水向東流」之情深。（楊悅春注）

鳳凰台上憶吹簫　李清照

香冷金猊①，被翻紅浪②，起來慵自梳頭。任寶奩③塵滿，日上簾鉤。生怕④離懷別苦，多少事、欲說還休。新來瘦，非干病酒⑤，不是悲秋。　休休，者回⑥去也，千萬遍陽關⑦，也則難留。念武陵人⑧遠，煙鎖秦樓。唯有樓前流水⑨，應念我終日凝眸。凝眸處，從今又添一段新愁。

【注釋】

①金猊：金屬做成，形如狻猊（ㄙㄨㄢ ㄋㄧˊ，獅子）之香爐，在漫漫長夜後已燒完而冷卻。

②被翻紅浪：沒有摺好的紅被散亂在床上，也懶得去整理。

③寶奩：鏡匣。

④生怕：最怕、只怕，怕那離情別苦。

⑤非干病酒：不是酒吃壞了。

⑥者回：這回。

⑦陽關：送別曲。王維〈陽關曲〉有「勸君更盡一杯酒，西出陽關無故人」之句。言勸其盡酒也沒能留下他來。

⑧武陵人：晉陶淵明〈桃花源記〉，記載武陵（今湖南常德）漁人偶然沿著溪水划船進入桃花林，在林的盡頭也是溪水的發源處，發現了一個與世隔絕的村舍。後人把桃源和武陵源轉嫁給劉晨、阮肇入天台山採藥迷路，遇到兩位仙女，結為夫婦，後來又思家求歸（見《續齋諧記》）。近人葉德均據《北詞廣正譜》卷二〈醉扶歸〉曲：「有緣千里能相會，劉晨曾醉入武陵溪」，謂元曲中武陵溪，乃指劉阮和天台二女事（見近人王季思《西廂記校注》）。這裡的武陵人也是指劉、阮二人，乃作者用來比喻她的丈夫。

⑨樓前流水：天天在樓頭憑欄凝視流水，只有它知我痴心，但它卻只管往前日夜奔流。

【賞析】

此詞寫別後情懷。

上片不說離愁，卻說生怕離愁；不說因離愁而消瘦，卻說不關病酒和悲秋。下片不說雲遮視線，卻說煙鎖秦樓；不說我念伊人，卻說流水應念我；都是深一層的寫法。

一剪梅　余赴廣東①，實之②夜餞於風亭③　劉克莊

東縕宵行十里強④，挑得詩囊，拋了衣囊⑤。天寒路滑馬蹄僵⑥，元是王郎，來送劉郎⑦。　酒酣耳熱說文章⑧，驚倒鄰牆，推倒胡床。旁觀拍手笑疏狂⑨，疏又何妨，狂又何妨！

【注釋】

①余赴廣東：宋理宗嘉熙三年（一二三九）冬，劉克莊因左丞相李宗勉之薦，赴廣州任廣南東路提舉常平官。

②王實之：實之，姓王名邁，劉克莊摯友，二人唱和甚多。王之秉性剛直英豪，人稱子昂、太白。劉克莊稱讚他：「天壤王郎，數人物方今第一。」（〈滿江紅・送王實之〉），劉克莊遠行，夜半相送，情誼甚深。

③風亭：驛名，在今福建莆田縣。

④東縕句：開門見山地描寫連夜而行的情狀。一枝火把引路，來到十里長亭餞別。「東縕」，是把亂麻綑起來，做成照明的火把。「宵行」，由《詩經・召南・小星》：「肅肅宵徵，夙夜在公」轉化而來，暗示遠行者之辛苦。

⑤挑得二句：東縕夜行，天寒路滑，行李繁重，不堪其苦。寧拋衣囊而挑詩囊，表現了作者的書生本色。

⑥天寒句：言道路的泥濘難行，一個「僵」字，寫盡了人馬冒風寒趕路之艱苦。

⑦劉郎：以劉禹錫自況。因劉禹錫有詩諷刺朝中新貴，因而被貶，即：「玄都觀裡桃千樹，盡是劉郎去後

栽。」（〈元和十年自朗州召至京，戲贈看花諸君子〉）而劉克莊，亦有〈落梅〉詩，中有「東風謬掌花權柄，卻忌孤高不主張」之句，被言官指為「訕謗當國」，而被罷官。這首詞之前，他已被三次削職。他在〈病後訪梅九絕〉詩中說：「夢得因『桃』數左遷，長源為『柳』忤當權。幸然不識桃並柳，卻被梅花累十年！」其悵然憤慨之情，溢於言表。

⑧說文章：由評論文章及於評論時事、抒發理想，以及傾訴憂憤等。

⑨疏狂：不受拘束，縱情任性。

【賞析】

此為兩不甘屈服狂士之告別詞。一是「天壤王郎」，另一是詩豪劉郎，二豪相別，酒酣耳熱，高談闊論，言辭激烈，手舞足蹈，豎目揮臂，大有不可一世之概，狂上加狂，所以能「驚倒鄰牆」。全詞由始而愁苦，繼而激憤，最後是慷慨奔放，全首洋溢宏大抱負、有志難伸之壯士豪情，不同宋詞一般離情別緒之作。

賀聖朝　葉清臣

滿斟綠醑①留君住，莫匆匆歸去。三分春色二分愁，更一分風雨。　花開花謝，都來幾許？且高歌休訴。不知來歲牡丹時，再相逢何處？

【注釋】

①醑：音ㄒㄩˇ，形聲字，從酉胥聲，指精製之美酒。

【賞析】

留人本不易，留下情人更難。

此首上片，以酒留人，更以春色、離愁，引動愁緒之風雨悽惋遞進，以至欲留歸客。東坡〈水龍吟〉：「春

色三分，二分塵土，一分流水」，狀外物意象，未若此首使人思及年華逝去，離別悲戚。

下片以花開花謝言年華似水，今如不留住，再重逢則是個未知數，不如拋卻離愁高歌盡歡，把握目前。

此首悲歌，哀轉連連，層層遞進，且字字細緻，感人至深。

一斛珠　李煜

晚妝初過，沈檀輕注①些兒個②，向人微露丁香③顆。一曲清歌，暫引櫻桃④破。　羅袖裛殘殷色可⑤，杯深⑥旋被香醪涴⑦，繡床斜憑嬌無那⑧；爛嚼紅茸，笑向檀郎⑨唾。

【注釋】

①沈檀輕注：檀，淺絳色，色深而帶潤澤叫「沈」。這種色澤，唐宋婦女閨妝多用之：或用於眉端，或用於口唇。《花間集》閻選〈虞美人〉詞：「臂留檀印齒痕香」，毛熙震〈後庭花〉詞：「歌聲慢發開檀點」，都是以檀注唇的例證。「輕注」，是輕輕注入，即「輕點」的意思。

②些兒個：是當時方言，即「些子兒」。這句的意思是承上句說，梳妝好了，口唇還點了一些兒「沈檀」。

③丁香：本植物名，又叫「雞舌香」，常用作女人舌的代稱。這句是說向人微微地露出自己的舌頭，表示得意挑逗。

④櫻桃：女人的口嬌小紅潤像櫻桃一般，因而被稱為櫻桃。白居易詩：「櫻桃樊素口」，是明顯的例子。這句是說她歌唱時張開了小口。

⑤裛殘殷色可：裛（ㄧˋ），是沾濡。殷色：是深紅色，一說是赤黑色。可，連下文看，義「猶可」、「猶閒可」，即還不在乎、還不算什麼的。《西廂記》：「而今煩惱猶閒可，久後思景怎奈何？」都是在兩句中由淺到深的說法。這裡的「殷色可」比之下一句「香醪涴」，應也是有程度淺深的差別。

⑥杯深：是說酒喝得多了。正所謂「酒好不嫌多」。

⑦香醪涴：醪（ㄌㄠˊ），是汁滓相兼的醇酒，味甜。涴（ㄨㄛˋ），同污。

⑧嬌無那：「那」讀「ㄋㄛˇ」，無那，猶無可奈何。嬌無那，是說無限嬌娜，身不自主。

⑨檀郎：古代婦女稱情郎為檀郎。李賀〈牡丹種曲詩〉：「檀郎謝女眠何處？」曾謙益注：「潘安小字檀奴，故婦人稱呼所歡為檀郎。」

【賞析】

由大周后一張小嘴特寫，在輕注「沈檀」香，微露「丁香」舌，暫破櫻桃口，曼飄「清歌」音；在薄醉之下，斜靠繡床，對著檀郎，嬌笑嚼吐紅絨線，活生生描繪出女子嬌憨，十分傳神。下寫後主與大周后閨房之樂，大周后亦秀亦豪飲酒後之舉止。細繹後主實享受人間富貴。如其宮中掛具皆素縑，上精繪花鳥。又置琉璃屏風，上畫人像，某日馮延巳進宮奏事竟徘徊不前，險些撞個正著。後主又愛花成癖，宮中有如錦繡洞天，並有紫風流等異卉。又其時並無香水，後主常焚香，以宮女主其事。以沈香、甲香等加鵝梨汁蒸三次而味益香。並以夜珠照明不點燭。後主重衣飾，宮女以茶油花餅貼額曰：「北苑妝」，並收露水染衣，取其碧澄也。（施芳齡注）

(五)懷念情愁

鷓鴣天　晏幾道

翠袖①殷勤捧玉鍾②，當年拚卻③醉顏紅。舞低楊柳樓心月④，歌盡桃花扇底風⑤。　從別後，憶相逢，幾回魂夢與君同。今宵賸把銀釭⑥照，猶恐相逢是夢中⑦。

【注釋】

①翠袖：指穿「彩衣、翠袖、紅袖」之佳人。如韓偓詩：「紅袖擁門持燭炬，解勞今夜宴華堂。」辛棄疾〈水龍吟〉詞：「倩何人喚取，紅巾翠袖，搵英雄淚。」此用修辭法的「借代」，以「穿著」代「人」。

②玉鍾：精美的酒器。

③拚卻：不惜，甘願，任憑。拚，音ㄆㄢˋ。「卻」字作「助動詞」用，「拚卻」猶言「拚得」。《史記・滑稽列傳・淳于髡答齊威王飲酒》，言各人酒量分別為一斗至一石，相差十倍，卻開懷暢飲。此句言儘管不勝酒力，盛情下，也不惜一醉。

④舞低楊柳樓心月：原本在柳梢頭上照進樓中的月亮，因跳舞而低沈。言跳舞通宵達旦，歡樂時久。另一說，月亮被舞姿吸引著。

⑤歌盡桃花扇底風：歌扇揮舞不停，唱的次數多了，乃致風盡。桃花扇，歌舞用的扇子。盡，有竭力發揮之意。一說歌聲透過桃花扇，散入風裡。二句並言樓頭之月，因久舞低沈；桃花扇之歌，因歌多已盡。

⑥賸把銀釭：賸把，盡持。銀釭，銀燈，釭，音ㄍㄤ。賸，亦作「剩」，猶「唯」也。「賸把」與下句「猶恐」呼應。

⑦猶恐相逢是夢中：語出杜甫〈羌村〉詩：「妻孥怪我在，驚定還拭淚……夜闌更秉燭，相對如夢寐。」唐人司空曙〈雲陽館與韓紳宿別〉詩：「乍見翻疑夢，相悲各問年。孤燈寒照雨，深竹暗浮煙。」唐人戴叔倫詩：「還作江南會，翻疑夢裡逢。」

【賞析】

從《詩經・鄭風・野有蔓草》，看到民間坦率以述的男女歡情。那是人性從禮教解脫出來後，一種自由開放的表現。雖然不很優雅，卻非常坦白而真切。其實，在貴族的社會中，也有這種浪漫熱烈的愛情。只是他們揹著禮教的枷鎖，有時不能不用一些儀節來妝點這份愛情。然而，對於一個純真、熱情的人而言，即使生活在高級的貴族階層中，禮教仍無法去束縛他的情感。不過，我們必須認識的是，不肯鑽入世俗禮教枷鎖中的人，並非都罪不可赦。這有時得看他們在捨棄禮教之後，是否還能把握一份人性的真善。像晏幾道就以一份真善之性，為其行為基點的貴族子弟。他往往以一份最純真、最熱烈的態度，擺脫禮教的枷鎖，赤裸裸地去處理自己的喜怒哀樂。像這首〈鷓鴣天〉，就很率真地表達了一份讓他追懷不忘的男女歡情。

他的喜悅來自於突然遇到一個從前所曾喜愛過的女子。因為這場重逢，使他追憶起舊日種種的歡樂。所以這闋詞一開始，便以倒敘筆法追述了一段多彩多姿的往事。

伊穿著很美麗的衣裳，從彩色絢爛的袖中伸出一雙玉手，手上捧著一隻非常美好的酒杯，並且很殷勤地向他勸著酒。當時，他年輕、熱情，而浪漫，喝酒根本用不著推辭，更何況勸酒的是這樣一個動人的女子。那麼，即使拚著醉到滿面通紅，他也情願喝下一杯杯甜美的酒。這兩句，「當年」把時間拉向過去，明白地點出是追述之筆。

那天晚上，伊跳著舞。在一座種著楊柳的樓台中，他們通宵地歡樂。舞一直跳到月亮升上樓頂，又向西低斜下去。伊一面跳著舞，還一面唱著歌。手上搖著一把畫著桃花的扇子，從扇子底下搖出陣陣輕輕的微風。一直唱到扇子搖不動才作罷。這真是何等華貴的歡樂場面，是採用豔麗的辭采，寫著豔麗的歡情。樂而不淫，豔而能雅，真是寫歡情的好言語。

後來，伊走了，也不知走到何處，一直都未曾再見。但他卻總念念不忘這般歡樂相聚的往事。有好多次，在夢中與伊在一起，但夢醒卻是一場虛幻。

今天晚上，他們在一個偶然的場合中，又突然相逢了。他又驚又喜，不敢相信這是真的，提起燈來照著伊，再仔細看一看，恐怕這回相見，也和過去在夢中相見一般，終歸是一場虛幻。人恆常在這種突來的喜事時，會有疑真誤假的驚詫感。杜甫的〈羌村詩〉：「夜闌更秉燭，相對如夢寐。」戴叔倫的〈江鄉故人偶集客舍〉詩：「還作江南會，翻疑夢裡逢。」司空曙的〈雲陽館與韓紳宿別〉詩：「乍見翻疑夢，相悲各問年。」都是這種驚詫感的表現。

這闋詞很熱烈、浪漫地描述了一種貴族社會中的男女歡情。前半闋極力追敘過去的歡樂，正用以反襯今日乍見的驚喜。這也是從禮教的枷鎖中解放出來的一種浪漫歡情，但詩人的確懷著一片純真、坦率之心，去看待這份歡情。所以我們只覺得它美得動人，而不會覺得它低下淫靡。真情，永遠都是屬善、屬美的。

此首言初會，又別夢縈，盼相逢，末二句，言今宵果真重見，須拿著銀燈相照，確認眼前的重逢是實境而非虛幻。正杜甫〈羌村詩〉：「妻孥怪我在，驚定還拭淚。」宋人陳師道〈示三子〉詩：「了知不是夢，忽忽心未穩。」

俞陛雲《唐宋詞選釋》評云：「兩『相逢』是本篇下片的轉折關節所在。第一『相逢』實是初逢；第二『相逢』應是重逢，卻同用這『相逢』字。回憶本是虛，因憶而有夢。夢也是虛，卻疑為實。及真的相逢，翻疑為夢。」其言鞭辟入裡，精闢透徹。（潘高穎注）

臨江仙　晏幾道

夢後樓台高鎖，酒醒簾幕低垂。去年春恨卻來①時，落花人獨立，微雨燕雙飛②。　記得小蘋③初見，兩重心字羅衣④，琵琶絃上說相思⑤。當時明月在，曾照彩雲⑥歸。

【注釋】

①卻來：又來，再來。唐人鄭谷〈杏花〉詩：「小桃初謝後，雙燕卻來時。」

②落花人獨立，微雨燕雙飛：人獨自佇立在落花前，燕子雙飛於微雨中。五代・翁宏〈春殘〉詩：「又是春殘也，如何出翠幃？落花人獨立，微雨燕雙飛。」用成句言情，尤為閒婉出色。

③小蘋：為晏幾道所寵愛之歌姬。

④心字羅衣：衣領曲如心字之羅衣。又一說用「心字香」薰過之羅衣。又解作「衣上之花紋」如心形。

⑤相思：晏幾道詞中，常用「相思」一詞，約有二十五首用相思，尤以〈長相思〉用六次為最：「長相思，長相思。若問相思甚了期，除非相見時。長相思，長相思。欲把相思說似誰，淺情人不知。」

⑥彩雲：指小蘋。白居易〈簡簡吟〉：「彩雲易散琉璃脆。」李白〈宮中行樂詞〉：「只愁歌舞散，化作彩雲飛。」以彩雲喻美人，又因小蘋藝名蘋雲，故以彩雲比之。且意味著彩雲易散，彩雲般的戀情，亦將隨伊人歸去而消散無蹤。

【賞析】

上片以夢後酒醒，以言人之佇立落花前，目見燕子雙飛於微雨之中。

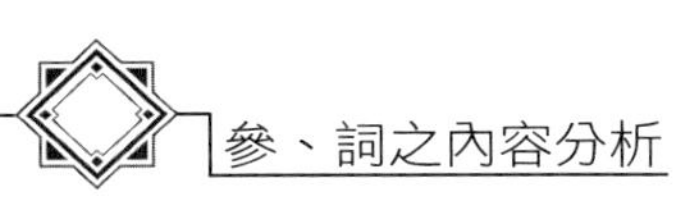

下片分三層——初見佳人，驚豔傾心，永誌難忘。進言其含情地彈奏，曲傳心事。第三層敘分手情景，月光之下飄然歸去。

晏氏此首，技法出眾者有三：

1. 今昔對比：以「春恨」為關捩。「夢後」二句敘眼前；「落花」二句憶去年，「記得」三句憶往，「明月」二句懷昔傷今。由近及遠，層層翻轉，首尾貫串。
2. 多用對偶：對偶句法，詩中常用，此首多用，益見詞的柔媚本色。
3. 情景交融：上片景中寓情，且以「春恨」句，直接抒情。下片每句言情，卻皆顯現具體的形象，洵即景生情者也。

江城子　乙卯①正月二十日夜記夢　蘇軾

十年生死兩茫茫②。不思量，自難忘。千里孤墳③，無處話淒涼。縱使相逢應不識，塵滿面，鬢如霜。

夜來幽夢忽還鄉。小軒窗④，正梳妝。相顧無言。唯有淚千行。料得年年腸斷處：明月夜，短松岡⑤。

【注釋】

①乙卯：北宋神宗熙寧八年（一〇七五），時蘇軾任密州（山東諸城）知州。

②十年生死兩茫茫：蘇軾妻王弗，眉州青神人，生子蘇邁。英宗治平二年（一〇六五），二十七歲死於汴京，追封「通義郡君」，由死至作此詞，恰為十年。

③千里孤墳：王氏死後先葬在汴京西郊，次年還葬眉州彭山縣安鎮鄉，與作者所在密州相距遙遠。

④小軒窗：小窗，軒為窗之別稱。

⑤料得年年腸斷處，明月夜，短松岡：設想亡妻每當明月之夜，在墓地中為思念自己而悲傷斷腸。短松岡，為遍植松樹的小山岡，此指墓地。孟棨《本事詩》載，幽州衙將張某妻孔氏亡故後，忽於墳中出，題詩贈張：「欲知腸斷處，明月照孤墳。」

【賞析】

這是蘇軾於喪妻十年之後，因夜夢亡妻所作的一闋悼亡詞。

東坡十九歲時，與年方十六的王弗結縭，不料王弗二十七歲就謝世。東坡於其〈亡妻王氏墓誌銘〉中言，記得父親曾說：「婦從汝於艱難，不可忘也。」然直至熙寧八年（一〇七五），東坡於王弗忌辰十年，方作此文。

首三句，概括人隔生死，懸念難遏，不思量已是難忘；如思量，則情何以堪？

在此記述了十年來對於亡妻之深切思念與所經歷的淒涼苦楚：「人生無離別，誰知恩愛重？」生離的人因身在情長在，也許還有機會互訴情衷；然而死別卻只能嘗「千里孤墳，無處話淒涼」的沈愴悲涼。十年的人世滄桑與變遷幻化，已使當年英挺俊逸的青年變成滿面風塵、雙鬢如霜的壯年了。即使能再重逢，可能也無法辨識了。

在下片中，東坡則描繪了和亡妻夢中相會，及夢醒望月斷腸之情景；雖然，事實上是再也無法碰面了，但總還有「夜來幽夢忽還鄉」之途徑可資憑依；因為只要輕輕閉上眼，全心全意地深深追憶著她，彷彿即可清晰地望見她款款端坐在家裡的小軒窗旁，正在梳髮整妝。只是時空遠隔，往昔之親密相伴，如今卻只能「相顧無言，唯有淚千行」；即使因為愛妻王弗之早逝，東坡未能予她以全部的愛情，然自「料得年年腸斷處，明月夜，短松岡」之情境中，足見東坡對於王弗之真性情與永難忘懷的情愫。（陳靜美注）

二、寫景

天仙子　時爲嘉禾①小倅，以病眠不赴府會　張先

水調②數聲持酒聽，午醉醒來愁未醒。送春春去幾時回？臨晚鏡，傷流景③，往事後期④空記省。

沙上並禽池上暝⑤，雲破月來花弄影⑥。重重簾幕密遮燈⑦，風不定，人初靜，明日落紅應滿徑。

【注釋】

①水調：曲調名，相傳為隋煬帝所創作。
②流景：流逝的歲月。景，同「影」字，日光的影子，即光陰。
③暝：同「眠」。
④雲破句：雲移月照花，花正在舞弄影子自憐，全句以花狀己之孤寂。
⑤落紅：落花。

【賞析】

張先任浙江嘉興縣之小官時，在病中看到春光將盡，而作是詞，把內心的前塵如夢、後期成空的感傷和惆悵，一筆道出，將愁字擬人化，而倍覺情致生動。

時人因張先作品中，有「心中事」、「眼中淚」、「意中人」而稱張先為「張三中」。但張先更喜歡自己嵌「影」的句子，認為應稱他為「張三影」，他說：「余生平之詞，『雲破月來花弄影』、『嬌柔懶起，簾壓捲花影』、『柳徑無人，墮飛絮無影』為得意之中。」此外，含有「影」字的句子中，還有「浮萍斷處見山影」、「隔牆送過秋千影」、「無影楊花過無影」等。

這首詞的上片，利用一邊喝酒一邊聽著水調曲子，把傷春的憂愁，偷偷地放進優閒的歲月裡。用「臨晚鏡，傷流景」，把自己攬鏡自照，驚春覺老愁，而想到將與春光俱逝的哀愁，一下傾瀉出來，更覺設語奇特，如天外飛來。

下片寫作者心帶閒愁，凝視周遭景致，看到「沙上並禽池上暝，雲破月來花弄影」的外景，又看到「重重簾幕密遮燈」的內景，把景物與感情重疊凝聚成一幅傷春又惜春的心情，但覺語語深刻。

全篇寫景出色，句句實寫，不做虛筆，所以沒有惝恍模糊之象，反而讓人覺得真實深入。（黃吉村注）

永遇樂　彭城①夜宿燕子樓②，夢盼盼，因作此詞　蘇軾

明月如霜③，好風如水，清景無限。曲港跳魚，圓荷瀉露，寂寞無人見。紞④如三鼓，鏗然⑤一葉，黯黯夢雲⑥驚斷。夜茫茫，重尋無處，覺來小園行遍。　天涯倦客，山中歸路，望斷⑦故園心眼。燕子樓空，佳人何在？空鎖樓中燕⑧，古今如夢⑨，何曾夢覺？但有舊歡新怨。異時對⑩黃樓⑪夜景，為余浩嘆！

【注釋】

①彭城：徐州，今江蘇省銅山縣。

②燕子樓：唐代張建封娶名妓關盼盼而建。此詞作於神宗元豐元年（一〇七八）。

③明月句：「明月如霜，好風如水」由大處寫。「曲港跳魚，圓荷瀉路」則由小處寫。

④紞：音ㄉㄢˇ，打鼓聲，古以更鼓計時，三鼓即三更。鼓聲、墜葉聲驚醒好夢，夢醒百感交集，不能入眠。

⑤鏗然：連一片落葉聲都聽得見。

⑥夢雲：藉楚王夢巫山神女行雲行雨事、喻夢盼盼。在陰暗深夜，由如雲夢中醒來，無從續夢。宋玉〈高唐賦〉云楚襄王「遊於雲夢之台，望高唐之觀，其上獨有雲氣」。夢醒，哪有楚先王曾夢見的「巫山之女」——「旦為行雲，暮為行雨」之神女？

⑦驚斷：驚醒夢斷。

⑧空鎖句：縱然樓能鎖得住燕子，不使牠飛走，但卻鎖不住流逝的歲月以及隨之而去的情愛愁怨。

⑨古今如夢：夢醒後回憶夢境，常重尋無處。劉義慶《幽明錄》述賈客楊林至焦湖廟求神，廟巫教他由柏枕洞中進入，娶太尉之女為妻，所生六子皆高中，幾十年後夢醒，原來皆夢中所見。唐．沈既濟《枕中記》亦述盧生在夢中享盡榮華，夢醒後，道士指迷津曰：「人生之適，亦如是矣。」

⑩異時對：設想若干年後，後人對於黃樓（懷念改建此樓之太守蘇軾）亦當如我今日對燕子樓想起佳人。

⑪黃樓：在徐州城東門上。東坡在徐州二年餘，以防洪有功，明詔獎勵改建黃樓於東門上，子由為作〈黃

樓記〉。

【賞析】

此詞為東坡四十三歲，知徐州時所作。時王安石執政，東坡外放，以中年之身，而宦途失意，遷徙不定，身心俱倦。

關盼盼是唐代張建封尚書愛妓，後納為妾，風姿綽約，能歌善舞又長於詩。由於張特別鍾愛盼盼，置於徐州張氏舊第中，築燕子樓供其起居。後張亡後歸葬東洛，盼盼感於知遇，長住樓中十餘年，並作〈燕子樓〉詩三首。白居易曾作絕句贈之曰：「黃金不惜買蛾眉，揀得如花三四枝，歌舞教成心力盡，一朝身去不相隨。」盼盼遂不食十日死。蘇軾任徐州太守，夜宿燕子樓，曾夢見盼盼，有感而作此首〈永遇樂〉。然此稿件未傳於外，不意竟流傳城中，經追查方知出於該樓守更人之默記，由此足見被視為末技小道之詞，流風所至，連守更人亦略識音律詞道（見宋・曾敏行《獨醒雜志》）。

鷓鴣天　鵝湖歸①，病起作。　辛棄疾

枕簟溪堂冷欲秋②，斷雲依水晚來收③。紅蓮相倚渾如醉④，白鳥無言定自愁⑤。　書咄咄⑥，且休休⑦，一丘一壑也風流⑧。不知筋力衰多少⑨，但覺新來嬾上樓。

【注釋】

①枕簟：簟，音ㄉㄧㄢˋ，竹蓆子。枕簟，躺在蓆上，有休息的意思。

②咄咄：音ㄉㄨㄛˋ。晉人殷浩遭廢黜，常於空中書「咄咄怪事」字，事見《世說新語・黜免篇》。

③休休：司空圖隱居中條山，作休休亭，見《唐書・卓行傳》：「量才一宜休，揣分二宜休，耄而聵三宜休。」隱居而休。《詩經・唐風・蟋蟀》：「好樂無荒，良士休休。」此有賦閒退居的意思。

④風流：有風韻、特殊秀美的韻味。

⑤嬾：同「懶」，看淡一切，不如寄情山水。與丘壑為伴，詞意曲轉，言病後已不足為國辛勞。

【賞析】

題目已經說清楚了是「病起作」，不說歡愉之情，至少也該有些閒適的味道。「枕簟溪堂」輕輕扣題，然後接「冷欲秋」，秋多帶有肅殺之氣，然而在辛詞中，「秋」多以清淡的姿態出現，並且同時在秋的背面，故意把自己的辛酸隱藏起來，例如其〈醜奴兒〉詞（「少年不識愁滋味」）：「而今識盡愁滋味，欲說還休，欲說還休，卻道『天涼好個秋』。」愁若沒有了心，自然成了「秋」了。「斷雲」可解作片斷的雲，事實上，雲、雁多不宜用「斷」字，但詞中卻多斷雁、斷雲，無非是聯在自己的「斷魂」、「斷腸」上。

「紅蓮相倚渾如醉，白鳥無言定自愁。」更是「生派愁怨與花鳥」，但讀來卻很自然。杜甫的〈春望〉：「感時花濺淚，恨別鳥驚心。」取花之易零落、鳥之疾如箭，自然就有濺淚驚心的效果。辛詞愛移情於山水花樹，如其〈菩薩蠻〉：「西北是長安，可憐無數山。」不說長安不見使人愁之語，卻轉鏡頭照映無數山，愁在其中矣！而這裡的花、鳥相對，不取杜詩那種激烈感人的寫法，卻是恬然自有愁味，尤其是顏色的對比十分值得注意：「紅蓮」的紅，用「相倚」而融洽一處，用「渾」字揮成一片，用「醉」字喻花又可喻己。在這樣一片紅中，卻用了「白鳥」，白鳥和鳥的形象差了很大的距離——鳥給人易逝、無常、軟弱、流浪的感覺；而「白鳥」卻是「神定氣閒」，自有一番雍容氣度。而且是最鮮明的紅、白對比，我們可以想見「白」在此處是顯眼的、絕對的、凝聚突出的，更由底色——一片蓮紅襯得十分清晰冷靜。

「白」在中國詩詞有它獨特卓越的地位，如姜白石〈踏莎行〉：「淮南皓月冷千山，冥冥歸去無人管。」蘇東坡〈東欄梨花〉：「惆悵東欄一株雪，人生看得幾清明。」謝靈運〈歲暮〉：「明月照積雪，朔風勁且哀。」由月色、雪光所引出的清冷、晶瑩，已立下了白色孤高而略帶惆悵的形象。也只有白才能在一大片醉了的紅中，依舊不為所動地存在自己的愁——再也無法化解的愁中，像白色在紅中顯明清晰，絕不是那種「才下眉頭，又上心頭」的不可捉摸的愁，或「剪不斷」、「理還亂」的那種淡淡的纏繞不休的愁，而根本是永遠繫在心間，無法消除的一股憂鬱。況且又用「醉」和「愁」對，李太白〈宣州謝朓樓餞別校書叔雲〉詩名句：「抽刀斷水水更流，借酒澆愁愁更愁。」與權審〈絕句詩〉：「今宵有酒今宵醉，明日愁來明日愁。」這醉不僅無力解愁，更加深了愁的力量，醉是花色醉，愁是情人愁，只是由眼前即目的景色——紅蓮白鳥，而濃愁就陡然升上心間了，於是後面的心灰意懶有了最好的交代。

一方面自然是由於病情，一方面是辛詞中永不避免的「失意」，於是起了仿效古人的心理，開始「咄咄」、「休休」，這兩句意境不高，寫出了「勉強」的意味，勉強看得開，勉強隱居水畔，然後勉強自己放情於山色，「一丘一壑也風流」。末尾用個懶洋洋的並不要答案的問句：「不知筋力衰多少？」其實與筋力的多衰少衰，根本無干，這「但覺新來嬾上樓」，正是基於那份常存心底，化解不開的愁苦之情。（潘高穎注）

臨江仙　葉夢得

白酒一杯還徑醉，不見跳魚翻曲港，湖邊特地經過，蕭蕭疏雨亂風荷。微雲吹盡散，明月墮平波。歸來散髮婆娑①，無人能唱採菱歌。小軒攲枕簟②，檐③影掛星河。

【注釋】

①婆娑：舞姿曼妙狀。

②簟：音ㄉㄧㄢˋ，竹蓆。攲，音ㄑㄧ，斜靠。形聲字，從攴，奇聲。

③檐：音ㄧㄢˊ，屋簷。

【賞析】

夢得愛以〈臨江仙〉為題，此首言與友人湖上飲後歸來，散髮弄舞，閒看天際星斗而怡然自得。

上片起首五句，寫入夜湖畔之景——曲港中魚躍有聲，荷葉在細雨中隨風搖曳；雲散月出，又似落入水光接天之湖面。此善運動詞「翻」、「亂」、「吹」、「墮」，景色益為生動鮮活，尤以「跳魚翻曲港」最為傳神。

下片五句寫酒後自適，言其行走小徑上，頭髮散亂，舞步婆娑，放情高歌，惜無人能唱採菱謠。返回軒室，斜倚枕蓆，仰望星河，優閒自得。

夢得詞有林下逸氣，多仿東坡。如〈念奴嬌〉「雲峰橫起」仿東坡「大江東去」；〈鷓鴣天〉「一曲青山映小池」仿東坡〈贈劉景文〉。故毛子晉《石林詞跋》、宋王灼《碧雞漫志》卷二，皆以夢得學東坡，得其泰半也。

相見歡　張惠言

年年負卻花期①。過春時，只合安排愁緒送春歸②。　梅花雪③，梨花月④，總相思。自是春來不覺去偏知。

【注釋】

①負卻花期：謂辜負了大好春光。

②只合：只得。

③梅花雪：謂初春時梅花在雪中傲然挺立。

④梨花月：謂梨花在月光的照射下，更加楚楚動人。

【賞析】

張惠言（一七六一～一八〇二），字皋陶，清武進人，官編修。邃於《易》，言《禮》亦精審，少為辭賦，嘗擬司馬相如、揚雄。

此首直抒胸臆，用韻卻多轉。

首二句，以「花期」代表「春」。古人為接近大自然，比今人更常踏青尋芳。但作者因忙碌而錯過花期，不禁自怨自艾。面對狼藉殘紅，一腔愁緒便油然而生，未能觀賞春光之遺憾，人生易老之感嘆，皆於此表露。

下片前兩句轉折跳脫。因作者暫時擺脫暮春引發之愁緒而追憶春光美好。以春雪中梅花、月光下梨花以概括暮春之靜美淡雅。

杜甫〈江梅〉詩云：「梅蕊臘前破，梅花年後多。」五代吳越・錢鏐〈百花亭題梅〉亦稱美梨花開在暮春，「百花中我最先開」。

金・元好問〈梨花詩〉亦云：「梨花如靜女，寂寞出春暮。」又由意境言，梅花帶雪而冷豔，卻春意甚濃；梨花色白，月色下，更為動人。南朝梁・蕭子顯〈燕歌行〉：「洛陽梨花落如雪。」

「輕輕籠月倚牆東。」（宋・黃庭堅〈次韻梨花〉）

「靚妝長與月為鄰。」（宋・朱淑真〈梨花〉）

「月朦朧，一樹梨花細雨中。」（宋・陳克〈豆葉黃〉）

「總相思」三句，稱美春光，反襯上片首句「年年負卻」。

原來是春神腳步輕捷，稍縱即逝。當人們渴盼時，春神已悄悄來臨；而才感覺其存在，春神又悄悄逝去。帶給人們，惆悵多於快樂。

【作法】

作者乃清代「常州詞派」之開山祖，原應重比興寄託，而多以直敘法以表胸臆，乃體現作者諸體皆備而理論創作未必一致。

此首純用賦筆而一波三折。

上片首句，自道年年辜負春光。「只合」二字　寫出「無可奈何」。「愁」字乃全篇詞眼。

下片筆鋒逆轉。前二句道出年年渴盼春光，與上片首句對映。第三句反接前二句，而以「總相思」雖稱美春光，亦道出此正上片首句「負卻花期」之因，乃是春神來去無蹤。

三、情景兼寫

相見歡①　李煜

林花謝了春紅②，太匆匆，無奈朝來寒雨晚來風。　胭脂淚③，相留醉，幾時重？自是人生長恨水長東。

【注釋】

①相見歡：詞牌名。

②春紅：春花的顏色。

③胭脂淚：胭脂，本指女人化妝用的紅粉，在此比喻林花。「胭脂淚」指林花被風雨淋濕，正如美人哭泣時，眼淚和著胭脂流下一般。

【賞析】

本闋詞為李後主晚期的代表作之一。作者藉著春殘花謝的自然景象，即景寫情，抒發自己失意人生的無限悵恨！

上片描寫暮春時分，原本燦爛嫣紅的林花，在朝雨晚風的摧殘之下，匆匆凋謝。一片殘破衰敗的景象令人感嘆：春花雖美，至終仍須凋零，正如生命短暫，好景不長。「春紅」原指春花的美色，此處因作者的身世，亦可暗喻他於亡國被俘之前在宮中的歡樂時光。「太匆匆」感嘆那段時光正如春花的短暫，令人倍覺無奈！又以「朝來寒雨」「晚來風」說明林花凋謝的原因。「朝」、「晚」二字並用，顯示林花受到外力摧殘的「急速」與「頻繁」，暗喻人生要承受諸多相繼而來的無情打擊，令人無法盡興自在地享受其美好，只能無奈地接受命運的捉弄，其痛苦的心境自然是不言而喻。

下片抒發對好景不再的哀愁，也感嘆自己的遭遇所帶來永無止盡的悵恨與痛苦。「胭脂淚」運用擬人法，「胭脂」本是女人化妝用的紅粉，在此代表「林花」，「胭脂淚」指林花被風雨淋濕，正如同美人哭泣時，眼淚和著胭脂流下一般。花兒並不會落淚，但是，作者因為自己的身世感傷而覺得花兒也在悲哀流淚，即王國維《人間詞話》所謂：「以我觀物，故物皆著我之色彩。」「相留醉」是在描述花兒互相挽留，期待長在人間？花留人，期待人常常垂愛？人留花，期待它長伴相隨？或是人留人，期待對方能長相左右？「醉」，是指花兒醉？人醉？人因相愛相惜而沈醉？「幾時重」，是指何時花兒再開與人相見？人何時能再見春花之豔麗？作者何時能與心中所思慕的人再相見？「胭脂淚」三句，除了描述花與人之「淚」、「醉」與「幾時重」外，也是作者因亡國而成為階下囚的心境之表述。回憶起當年與小周后的恩愛情景仍歷歷在目，如今，卻只能想像她因想念著自己而落淚，盼望能再重逢。這也表示作者依然期待失去的時光能再復返，與小周后得以常相廝守。然而，人生的憾恨恐怕如同東流水一般地永遠流不盡。作者以「自是人生長恨水長東」作結，正像對生命中的諸多無奈做了一聲永恆的嘆息！

本闋詞以「紅」、「匆」、「風」、「重」、「東」協韻，而以「東」韻尤為響亮。「胭脂淚，相留醉，幾時重？」皆為三字，節奏相同，情詞哀婉。全闋詞悲愁幽怨，意韻無窮，頗為耐人尋味。作者將「林花謝了春紅」之「景」與「太匆匆」、「無奈」、「胭脂淚」之「情」相互交融，使得物我合一而成為千古絕唱，其文學藝術所呈現的感人力量非常值得讚賞！（楊悅春注）

玉樓春　李煜

晚妝初了明肌雪，春殿嬪娥魚貫列①。鳳簫②吹斷水雲間③，重按④霓裳歌遍徹⑤。

臨風⑥誰更飄香屑⑦，醉拍闌干情未切。歸時休放燭花紅，待踏馬蹄清夜月。

【注釋】

①魚貫列：隊伍整齊有序，有如魚貫而排列。

②鳳簫：古之雲簫，編小竹管為之。應劭《風俗通》：「舜作簫，其形參差，以象鳳翼。」鳳簫，一作「笙吹」。
③吹斷水雲間：吹斷，吹盡，盡與吹至極致。水雲間，言其地遠離塵俗，亦可指樂聲悠揚。
④重按：重奏。
⑤霓裳歌遍徹：霓裳，舞曲名，即〈霓裳羽衣曲〉。此起於唐玄宗時，但唐末已殘缺不全。夏承燾《唐宋詞人年譜・南唐二主年譜》：「乾德元年（九六三），後主二十七歲。周后作此曲。」李後主與大周后曾重理此曲，再現人間。遍徹，大曲之名目。大曲，整套之歌舞曲。其結尾部分稱「曲破」。破又有許多遍。徹，指曲破的最後一遍。「重按」，言其得意再奏。「遍徹」，言此曲熱鬧，聽者興致高，至聽罷全曲。
⑥臨風：一作「臨春」。
⑦飄香屑：香屑，沈檀香之屑末，臨風撒之，酒酣之玩耍。

【賞析】

〈玉樓春〉敘南唐宮中歌舞享樂之盛況。

上片描寫春夜宴樂之情景，起首「晚妝」二句，言春宵良辰，宮中明豔美女，魚貫羅列，準備上場做歌舞表演。「鳳簫」二句，言歌舞登場，盡情享樂。

下片描寫曲終醉歸的情景。「臨風」二句，言香屑臨風而飄散，酒酣手拍闌干。如此極盡聲色、嗅、味之陶醉。「歸時」二句言宴散曲終，騎馬踏月而歸。後主在回寢宮之際，特地吩咐侍從，不要點上紅燭，照明通路，因為他要欣賞春夜月色。細味「清夜月」之「清」，詞意雙關，兼指「夜清」的環境清幽，與「月清」的月色清明。

前後兩片相比，已見後主風流瀟灑、意興遄飛之神情。後主兼君王醉情宴樂，以文寄興夜月之雅興。

蝶戀花　蘇軾

花褪殘紅青杏小，燕子飛時①，綠水人家繞②。枝上柳綿吹又少③，天涯何處無芳草！　牆裡秋千牆外道，牆外行人，牆裡佳人笑。笑漸不聞聲漸悄，多情卻被無情惱。

【注釋】

①燕子飛時：點明了時序是在春社（立春後第五個戊日），與起句所寫的景色相合。

②繞：句中的「繞」一作「曉」。明人俞仲茅《爰園詞話》云：「余謂『繞』字雖平，然是實境：『曉』字無皈著。試通詠全章便見。」沈際飛亦言：「合用『繞』字，若『曉』字，少著落。」但宋・魏慶之《詩人玉屑》卷二十一引《爰園詞話》卻以為「曉」字好，與「繞」字相比，有「霄壤」之別。其實就詞意而言，「曉」字雖虛，僅能點明時間；「繞」字雖實，卻描繪了具體的形象，令人產生優美的聯想；而村上人家，綠水環抱，也於其中可見。

③枝上句：清人王士禎《花草蒙拾》稱美其得婉約，故曰：「『枝上柳綿』，恐屯田（柳永）緣情綺靡，未必能過。」

【賞析】

此詞寫暮春景色。作者藉春景，反映自己在貶途中之失意。

上半寫途中所見——落英凋殘、青杏未熟、群燕呢喃、綠水正繞遠村人家。萋萋芳草，天涯綠遍。正失意人之傷情。楊花亂撲行人面，拂之不去，正如遊人心頭不易抖落之春愁。

下半轉寫春物春情，一牆之隔，情景迥異，正貶途所見——銀鈴嬌笑，正隨春風由牆頭飄漾，躡腳引領，上半秋千索正迴盪，任衣裙在飛舞，佳人嬉春之景，難以窺得。無可奈何秋千索靜止了，飛動裙角也不見，佳人是否正嬌喘連連，頻拭香汗……牆外人被笑聲引起的惆悵低喟，正延伸著走向茫然。而多情（自己）卻被無情（牆內人）惱。此詞之「牆外道」承「綠水人家」；「佳人笑」呼應「天涯句」，而「笑漸」語正寫出作者的淒迷、哀怨。

東坡有兩妻一妾，原配王弗，亡於二十七歲。繼配為弗之堂妹，亡於四十六歲。妾朝雲（姓王，字子霞，錢塘人）是東坡最喜愛之詩妾。在他任錢塘通判時迎回（據陳桂芬《千古風流蘇東坡》及李一冰《蘇東坡新傳》記：一日東坡遊西湖，飲酒賦詩，請錢塘名妓朝雲為伴。只見她輕移蓮步，款款而來，聞其已淪落「朝為雲，暮為雨」之風塵達四年，苦尋出水火獄之裏王久矣，只因「他若見憐，妾又嫌他酒肉；妾如可意，他又嫌妾風塵」。東坡笑曰：「我倒不厭你風塵，但不知你可嫌我酒肉否？」朝雲自此為東坡之妾）。她雖出身不佳，但經學書學、學佛調教之後，由於朝雲婉媚善解人意，東坡對她憐愛有加。

據費袞《梁溪漫志》載：東坡某日食罷，捫腹徐行，請侍兒猜其腹中所藏何物，或曰「文章」，或曰「識見」。未以為當。至朝雲乃曰：「學士一肚皮不入時宜。」東坡捧腹大笑……朝雲之善解人意，可以窺見一斑。

又據清・張宗橚《詞林紀事》引《林下詞談》，言東坡五十八歲謫居惠州（今屬廣東），某秋日與朝雲閒坐，時落木蕭蕭，淒然有悲秋之意，命朝雲低唱此〈蝶戀花〉詞，朝雲歌喉將囀，淚滿衣襟。東坡問其故，回答說：「如所不能歌者，是『枝上柳綿吹又少，天涯何處無芳草』也。」東坡翻然大笑曰：「是吾正悲秋，而汝又傷春矣。」遂罷。不久朝雲（三十四歲）抱疾而亡，東坡終生不復聽此詞。

此詞乃兼豪、婉之作。何以？蓋上片言傷春而故作曠達，如起句「花褪殘紅青杏小」，殘紅褪盡，青杏初生，既寫了衰亡，也寫了新生。「燕子」句，由燕子村中盤旋，平添春意，使一、三句之悲涼，得以轉化。「枝上」二句，先跌宕，後騰揚。由「枝上」句與起句「花褪」中，運「燕子」二句插入，令人於傷感之中，得以疏朗。絮花漸落，非止一次，惜春之情，不言而喻。

下片於景中寓情，東坡善於「高牆外」、「綠水人家」中，寫秋千，因而露出佳人之笑。其「藏」處，正使人由想像中飛越牆內，欲睹佳人。寫女性詞不洵於輕綺，甚為可貴。

然下片一至四句，詞意流走。如其用「牆」、「笑」二字頂真格外，如自詞律言此為雙疊——上下片宜為四仄韻、字數、節奏相等。然此詞上下片不同。即晁補之所云「曲子中縛不住者」，乃其性格「豪放不喜裁剪以就聲律耳」。

如由詞情言，此詞亦不一。如上片「枝上」句感情低沈；而「天涯」句又頗樂觀，此為「情」與「情」之矛盾。何也？

「天涯」句，語本《離騷》：「何所獨無芳草兮，爾何懷乎故宇」，乃卜者靈氛勸屈原之語，與東坡〈定風波〉中所言：「心安處是吾鄉」同。然現實中，東坡屢遭遷貶，故宇僅足自慰，正思想、現實之不一。東坡雖能泰然處之，朝雲卻不禁落淚。

此上片言哀情，下片重歡樂，乃「情」與「情」之矛盾。末結句「多情」，不唯言情與情之矛盾，亦「情」與「理」之不合。佳人笑、行人多情，結果是佳人含笑，杳然而去，行人煩惱頓生。俞陛雲《宋詞選釋》即云：「多情而實無情，是色是空，公其有悟耶？」所言切中肯綮。

細繹東坡詞兼豪、婉，正陸游〈跋東坡七夕詞後〉云：「歌之曲終，覺天風海雨逼人。」南宋·王灼《碧雞漫志》中亦云：「東坡先生以文章餘事作詩，溢而作詞曲，高處出神入天，平處當臨鏡笑春。」這兩種風格以平一一融於此詞，誠為不易。

水調歌頭　丙辰①中秋，歡飲達旦，大醉，作此篇，兼懷子由②　蘇軾

明月幾時有，把③酒問青天。不知天上宮闕，今夕是何年？我欲乘風歸去，唯恐瓊樓玉宇④，高處不勝寒。起舞弄清影⑤，何似在人間？　轉朱閣⑥，低綺戶⑦，照無眠⑧。不應有恨⑨，何事長向別時圓？人有悲歡離合，月有陰晴圓缺，此事古難全。但願人長久，千里共嬋娟⑩。

【注釋】

①丙辰：宋神宗熙寧九年（一〇七六），歲次丙辰，蘇軾四十一歲。

②子由：作者的弟弟蘇轍，字子由。兄弟二人在文學方面齊名，號稱大小蘇。時蘇軾在濟南，已七年沒有見面。

③把：拿著。

④瓊樓玉宇：指月中宮殿。

⑤「起舞弄清影」句：意謂月下起舞，清影隨人。

⑥轉朱閣：月光轉移，照在華美的閣樓上。

⑦低綺戶：指月光低低地照進雕花的門窗裡。

⑧照無眠：照著有心事的人不能安眠。

⑨不應有恨：意謂月亮對人間應無恨，為何偏要趁著人們離別、孤獨時團圓，增加人們的愁苦呢？

⑩嬋娟：指明月。

【賞析】

這首詞為長調，作於宋神宗熙寧九年即丙辰年中秋節。時作者正任密州（今山東諸城）知州。依題序來看，是蘇軾醉後抒情，為懷念弟弟子由而作，旨在抒發謫官外放抑鬱惆悵之情；但因其襟懷曠達，並沒有在險惡的宦海中消極悲觀，不能自拔，而是以達觀的思想排遣憂慮，豁達地面對現實生活。故詞中雜用道家思想，觀照世界，並自為排遣。

本詞通篇詠月，月是詞的中心形象，卻處處關合人事。上半闋藉明月自喻清高，下半闋用月圓襯托別離。開篇首句，既是中秋，抬頭便見一輪明月，卻偏偏要問一句「明月幾時有？」，可見詞人內心因在異鄉度佳節，有說不盡的辛酸滋味。藉著對蒼天的既問且訴，使人感受一顆溢滿人間熱愛的心靈，是多麼的掙扎痛苦。「不知天上宮闕，今夕是何年」以下數句，筆勢曲折跌宕，說明作者在「出世」與「入世」，亦即「退」與「進」、「仕」與「隱」之間的抉擇上，深沈徘徊與困惑的矛盾心態。既然人生必須面對現實，倒不如將人間看作天上，故而「起舞弄清影」以自我排遣憂愁，覺得天上人間也無甚差別了。

下半闋融寫實為寫意，化景物為情思，寫對弟弟的思念之情，對著如霜似水的月色，東坡是難以成眠的。「不應有恨，何事長向別時圓」兩句，承「照無眠」而下轉深一層，表面上是惱月照人，增添人「月圓人不圓」

的悵恨，實際上是抱懷人心事，藉見月而表達。「人有悲歡離合，月有陰晴圓缺，此事古難全」二句，說明人生的不完美，人事的難以盡善，是任誰也拗不過的現實，不應對圓月而感睽離，生無謂的悵恨。於是由感性轉入理智，化悲怨而為曠達。親人間的歡聚既不能強求，當此中秋月圓，則唯有期盼「但願人長久，千里共嬋娟」足以慰情，轉出更高的境界，為全詞增添了積極正向的意蘊。下片詞意三轉，越轉越深，可見作者懷念手足的至誠情深，溢於字裡行間。又由於它說出了天下一切離人的共同心願，故千百年來傳頌人口，成為良辰佳節，人們思親念友、遙寄祝福的最佳禱詞。

本詞在藝術特色上，作者運用現實主義與浪漫主義結合的表現手法，而以浪漫主義為主；作品以現實生活為基礎，通過幻想來表現由此而生的情懷，可謂虛實相縈；而抒情委婉細膩，襟懷飄逸豪放，可謂豪放、婉約兼具。再者，作者將寫景、抒情、說理三者結合，抒幻想而不捨人世；傷別離而心處達觀，富於哲理，境界高妙。胡仔《苕溪漁隱叢話》說：「中秋詞自東坡〈水調歌頭〉一出，餘詞盡廢。」說明了這闋詞是歷來中秋詞中被公認的絕唱。（吳雅文注）

少年遊　周邦彥

朝雲漠漠散輕絲①，樓閣淡春姿。柳泣花啼，九街泥重，門外燕飛遲②。　而今麗日明金屋，春色在桃枝。不似當時，小樓銜雨，幽恨兩人知。

【注釋】

①朝雲句：言於春日漠漠朝雲、輕輕細雨中，二人相識於小樓。

②柳泣三句：言雨越下越大，雨大把花柳打得一片憔悴，連燕子都因而拖著一身濕毛，飛得十分吃力。「泣」、「啼」、「遲」皆以「主觀」而言。

【賞析】

北宋初，由《花間》、《尊前》式的小令，至晏幾道已臻絕詣。柳永、張先又創造了許多長詞慢調。柳永新詞，連名滿天下之東坡，亦稱羨其「柳七郎風味」（〈與鮮于子駿書〉）。然柳詞未能用以述事，連貫「情」「景」，而美成則能彌補此一缺陷。觀此詞即從「而今」連貫前後，韻味無窮。

上片追憶以往的戀愛故事，二人相會於朝雲輕淡、輕輕絲雨之逼仄小樓中。「柳泣」三句，言於雲低、雨密中所見外景，直與室內相互烘托，兩人之相會如此難堪，卻已對應下片「小樓」二句。「小樓」應接「樓閣」，那是兩人會晤的處所。「雨」照應上片的「泣」、「啼」、「重」、「遲」，點明當時兩人冒著春雨，踏著泥濘別離，有緊張、淒苦、抱恨。而且點明，因為抱恨而別，在他們眼中，門外的花柳才如泣如啼；雙飛的燕子也才如此艱難地飛行。

下片由「而今」二字轉說目前——今日二人已在風和日麗、桃花明豔中金屋藏嬌。即由已賦同居，所見之「春色」無憂，自不同前。連合上下片：情、景、事，則自感美成詞之意味深長。

西江月　題溧陽三塔寺①　張孝祥

問訊湖邊春色，重來又是三年②。東風吹我過湖船，楊柳絲絲拂面。　世路如今已慣③，此心到處悠然④。寒光亭⑤下水連天，飛起沙鷗一片。

【注釋】

①題溧陽三塔寺：此詞原本無題，宋人黃昇《花庵詞選》題作〈洞庭〉；周密《絕妙好詞》題作〈丹陽湖〉。今依清人查為仁、厲鶚《絕妙好詞箋》引《景定建康志》所載。又宋人岳珂《玉楮集》說：「溧陽三塔寺寒光亭柱上，刻張于湖詞」，當指此篇。

②「重來」句：言自其二十七歲起，三年內任中書舍人、知撫州，皆因主戰，不合主和派而被彈劾。

③世路如今已慣：《宋史‧張孝祥傳》說他「年少氣銳」，此指經過多年宦海風波，已能坦然面對世路的炎涼坎坷。

④悠然：閒適自得。

⑤寒光亭：在今江蘇溧陽縣三塔寺內。

【賞析】

詞上片寫景，景中有情；下片抒情，融情入景。起筆二句，以擬人法，向「春色」發問，則自答「重來又是三年」。三年之間，詞人歷經仕途坎坷，如今回味，百感交集，舊地重遊，只怕是景物依舊，人事已非。「東風」二句，言輕舟隨風盪過湖面，楊柳依依輕拂臉頰，一片春風和暢之景，正似內心平靜。

下片起首二句之「已慣」句，有滲透世情之無奈。由此省悟，浴火重生，無往而不自得。「寒光亭」二句，寫寒光亭下，水光接天，於藍天碧水的晴空下，但見群鷗自在飛翔，猶人之悠然自得，正似東坡之豪曠。

四、懷人念遠

女冠子　韋莊

四月十七，正是去年今日，別君時。忍淚佯①低面，含羞半斂②眉。

不知魂已斷，空有夢相隨。除卻天邊月，沒人知。

【注釋】

①佯：音一ㄤˊ，假裝。

②斂：聚蹙。

【賞析】

韋莊是個多情的人，愛情在他的生命中，似乎占了很大的分量。入蜀之後，據楊湜《古今詞話》說，他有一名寵姬，容貌豔麗，善填詞。王建得知，便以教宮女填詞為名，強行奪去。韋莊自此悒鬱不樂，寫了許多懷念她的詞。此首，即其一。

上片一開始便點出分別的時間——「四月十七」，可見是確有其事。接著寫分別時的情景，「忍淚佯低面，含羞半斂眉」，仿女子忍淚含悲神態，含羞帶怯，不忍離去，已將神態寫活。

下片寫她內心的感情。「不知魂已斷，空有夢相隨」，寫出她沒有表現出的傷心欲絕。如此一別，不知何日才能再相見，又教她如何不斷腸？但是一入深宮，只能將這份感情埋在心底，時時思念，在夢中相聚罷了。「除卻天邊月，沒人知」，更道出不能言的苦。只有悄悄對月呢喃。模仿對方語氣，頗為成功。（吳雅文注）

蝶戀花

晏殊

檻菊愁煙蘭泣露①，羅幕輕寒，燕子雙飛去。明月不諳離恨苦，斜光到曉穿朱戶。　昨夜西風凋碧樹，獨上高樓，望盡天涯路。欲寄彩箋兼尺素②，山長水闊知何處？

【注釋】

①檻菊愁煙蘭泣露：欄檻之菊花籠著霧氣，蘭花沾著露水。漢武帝〈秋風辭〉：「蘭有秀兮菊有芳，懷佳人兮不能忘。」江淹〈別賦〉：「見紅蘭之受露。」晏殊〈清平樂〉：「燕子歸飛蘭泣露。」

②彩箋兼尺素：彩箋，詩箋，也指書信。尺素，書信。漢樂府〈飲馬長城窟行〉：「客從遠方來，遺我雙鯉魚。呼兒烹鯉魚，中有尺素書。」

【賞析】

〈蝶戀花〉旨在於秋夜中懷遠人。時間由夜而曉；空間由室內、室外而登樓遠眺。首三句以煙霧中之「愁」菊、沾露水之「泣」蘭、穿簾燕子之「雙」飛，反襯輕寒中人之孤寂。「明月」二句，言明月不解離愁，由夜而曉，側照懷人之長夜無眠，愁思難解。

下片首三句，為倒裝句，言一夜相思——由登樓遠望一片空闊，猛憶昨夜西風凜烈，一夜間，已將樹葉吹落。

結出欲寄書訴相思，無奈山高水長，欲寄何由？此三句筆力曠遠。王國維《人間詞話》即引入。如：

古今之成大事業、大學問者，必經過三種之境界。「昨夜西風凋碧樹，獨上高樓，望盡天涯路。」此第一境也。「衣帶漸寬終不悔，為伊消得人憔悴！」此第二境也。「眾裡尋他千百度，回頭驀見（應作『驀然回首』），那人正（當作『卻』）在燈火闌珊處。」此第三境地。此等語皆非大詞人不能道。

其所引之第一境「昨夜西風」即出自晏殊〈蝶戀花〉，原詞描述秋日之悵望，王國維以喻意謂：追求理想的嚮往之情。

第二境所引「衣帶漸寬」出自柳永〈蝶戀花〉：「衣帶漸寬終不悔，為伊消得人憔悴！」原詞敘別後相思之苦，王國維借喻意謂：追求理想的艱苦歷程。

第三境所引「眾裡尋他」，出自辛棄疾〈青玉案〉：「眾裡尋他千百度，驀然回首，那人卻在燈火闌珊處。」原詞敘乍見之驚喜，王國維借喻意謂：理想實現後的驚喜。

五、感事．傷時

攤破浣溪沙①　李璟

菡萏②香銷翠葉殘，西風愁起綠波間③。還與韶光共顦顇，不堪看！　細雨夢回雞塞④遠，小樓吹

徹玉笙⑤寒。多少淚珠何限恨！倚闌干。

【注釋】

①攤破浣溪沙：別名〈山花子〉，就〈浣溪沙〉原調結句、破句為兩句，增七字為十字。本調為紀念李璟，亦名〈南唐浣溪沙〉。

②菡萏：音ㄏㄢˋㄉㄢˋ，荷花的別名。

③西風句：菡萏生長在綠波中，西風吹動菡萏蕩起波波愁恨，所以說「西風愁起」荷花已香銷葉殘，由人的感受來說明物的感情。翠葉，青翠蓮葉。顦顇，即憔悴。

④雞塞：即雞鹿塞。《後漢書．和帝記》：「永元元年夏六月，竇憲出雞鹿塞。」又《漢書．匈奴傳》：「漢遣長樂衛尉高昌侯董忠、車騎都尉韓昌將騎萬六千，又發邊郡士馬以千數，送單于出朔方雞鹿塞。」地在今陝西省橫山縣西，內外蒙交界地。在此用以代表夢醒後荒涼邊遠的地點，也簡稱「雞塞」。此句言在綿綿細雨中渾然入夢，當午夜夢回，已孤處異地。

⑤笙：一種樂器，共十三管，依次裝置在一個圓匏裡面，管底安放薄葉，吹之發聲。細雨無聲而夢回，玉笙與游子心情相遇，而小樓空寂，故有「吹徹」之感。邊關小樓徹夜淒寒，獨倚危欄，何等無奈。

【賞析】

此詞抒寫秋思滿懷愁恨的小詞；前段就景物寫，後段就人事寫。

開首先描繪出香銷葉落的殘荷，更從西風愁起、韶光憔悴來襯說，以說明「不堪看」的境況。然後轉從人事說細雨織愁，在細雨中入夢，夢醒時竟依然一身遠在邊荒的雞鹿塞。再就思婦說，為了思念遠人，在小樓上（月明時）吹玉笙，清寒入骨，仍未能使遠人歸來。獨處小樓，唯風雨樓高，笙聲吹徹而寒凝，悲恨無從化解，亦無從寄出，唯落淚倚闌干。尤以「徹」字最傳神，有「鬧」異曲之妙。

此詞自來備受讚許。陳亦峰曰：「還與韶光共憔悴，不堪看，沈之至，鬱之至，淒然欲絕。」王國維曰：

「大有眾芳蕪穢，美人遲暮之感。」全詞表達對美好事物之依依，故王安石推此詞為南唐詞之代表。又據《十國春秋》記：此詞為中主暑月於北苑曲宴而賜給王感化，後主即位，感化獻之云。

浣溪沙　晏殊

一向①年光有限身，等閒②離別易銷魂③，酒筵歌席莫辭頻④。　滿目山河空念遠，落花風雨更傷春，不如憐取眼前人。

【注釋】

①一向：即一晌，片刻的意思。
②等閒：輕易，尋常。
③銷魂：黯然神傷。
④頻：頻仍，多的意思。

【賞析】

此首由把握現實以寫別離（並非如杜牧「蠟燭有心還惜別，替人垂淚到天明」的傷感不已）。上片首二句，由道出生命短暫，以言離別之感嘆，如何排遣離情？唯有珍惜相聚，盡情歡樂，正「勿嫌酒筵歌席之太多」，有曹操「對酒當歌，人生幾何」之悲涼意味。

下片筆鋒一轉，想像別後之情——為慰解相思之苦，唯有登高慰解之。登高遙望，但映入眼簾的只是遼闊的河山，逢到風雨飄搖，落花繽紛的時候，每每睹物思人，更會嘆息歡樂日子的消逝。詩人「傷春」，常暗示生命中的良辰不再；其中悲愁，正似李煜的「流水落花春去也」、「林花謝了春紅，太匆匆」之傷感。與其那時空自為相思所苦，何不把握現在相聚的時候，珍惜眼前的人呢？人生多得是無奈，待來時追悔之已晚，不如珍惜眼前所擁有的。

六、述懷

㈠愁思

踏莎行　晏殊

小徑紅稀，芳郊綠徧①，高台樹色陰陰見②。春風不解禁楊花，濛濛亂撲行人面③。　翠葉藏鶯④，朱簾隔燕，爐香靜逐遊絲轉⑤。一場愁夢酒醒時，斜陽卻照深深院⑥。

【注釋】

①小徑二句：花漸少，草漸豐，葉漸茂，正是「綠肥紅瘦」，乃暮春景象。亦喻君子少、小人多也。

②高台句：高台，指樓閣、帝王。見同「現」。樓閣在茂密樹林中隱約可見，亦暮春靜態。陰陰，幽闇貌。

③春風二句：不解、不知貌。時至春暮，春風若無事，吹動楊花，滿天飛舞亂撲行人面。看似動態，因「亂撲」輕盈而無聲，仍覺其靜，乃「動而愈形其靜」之寫法。喻小人如楊花輕薄，易動君心。楊、柳據《本草》釋為同類二種，楊枝硬而上揚；柳枝弱而下垂。早春先葉後花，花小有白毛，花落隨風揚，故曰「水性楊花」。

④翠葉句：乃春「鶯藏」、「燕隔」之靜寫，喻事多阻隔也。樓台邊、樹叢中有鶯鳴，垂簾外有燕穿梭飛翔。

⑤爐香句：古代士人，常於室內燃檀香以增幽靜氣氛。乃暮春內景，喻寫內心之鬱悶難排也。爐香無風而上揚，陽光由窗外投射如千絲萬縷，二者交會，彷彿追逐。

⑥一場二句：點出主旨在作者之愁，乃夢回酒醒時見夕陽映深庭而起，以上各句之靜寫皆為烘襯此句。喻日之受蒙蔽，難以照此深院，君子之難見，君可知矣。

【賞析】

此詞舊題〈春思〉。乃寫春宴後之閒愁。

此詞由遠而近，由外而內，敘寫靜與愁。「陰陰」、「濛濛」、「深深」皆有清靜濃愁之妙。

黃蓼園云：「元獻此闋，首三句言花稀葉盛，喻君子少小人多也。高台指帝閽。東風二句言小人如楊花輕薄，易動搖君心也。翠葉二句喻事多阻隔。爐香句喻己心鬱紆也。斜陽照深深院，言不明之日，難照此淵衷也。」可供參照。

蘇幕遮① 懷舊　范仲淹

碧雲天②，黃葉地，秋色連波③，波上寒煙翠④。山映斜陽天接地，芳草⑤無情，更在斜陽外⑥。

黯⑦鄉魂，追旅思，夜夜除非，好夢留人睡⑧。明月樓高休獨倚⑨，酒入愁腸，化作相思淚。

【注釋】

①蘇幕遮：是一首寫離情的詞。《西廂記‧長亭送別》第一支曲子〈端正好〉即用此首二句。

②碧雲天：碧，乃湛藍色之意，碧雲是指天上微雲輕遮的天氣。

③秋色連波：指秋風吹著水面，一波一波搖蕩而來。

④寒煙翠：指水面上的煙霧，亦即水蒸氣，茫茫水蒸氣之的以「翠」，是因為它把青翠的草木籠罩起來，使人透過寒冷的煙霧看到青翠的高山，那種如夢似幻的美。

⑤芳草無情：芳草暗喻自己思念的人。無情是指自己思念的人，為何在這優涼季節，不趕快回來跟我見面。

⑥斜陽外：是指在夕陽沒有照到的地方，亦即自己看不到的地方。

⑦黯：失意貌。

⑧夜夜除非句：好夢，指可以在夢中和你相見。整句是說：除非每晚可以在夢中和你相見，否則便睡不著。

⑨休獨倚：不敢獨自站在樓上，眺望遠方。

【賞析】

此乃作者鎮守陝西寫邊愁之詞。

宋朝自「澶淵之盟」後，對異族的侵略，一直採取安撫政策，邊疆雖然駐有重兵，也只是一種象徵而已。可是帶領數千個將士，在陝西一帶固守回疆的范仲淹，在秋風颯颯，涼意已深的季節，卻不免要百感交集，思鄉情厚，因此寫下這一首膾炙人口的〈蘇幕遮〉。

詞的上片，先從高處眺望遠方，來描寫蕭條的景色，用碧雲天、黃葉地，把一片蕭瑟的深秋，點染出來，然後在觸景生情中，勾起自己的思鄉情懷。

下片用黯鄉魂、追旅思，直接鋪敘征戍在外，鄉思無限的痛苦，使整首詩一口氣呵成。

黃蓼園云：「文正一生並非懷土之士，所為鄉魂旅思，以及愁腸思淚等語，似沾沾作兒女想，何也？不過藉秋色蒼茫，以抒其憂國之意。因內心之憂愁不自聊賴，始動其鄉魂旅思而夢不安枕，酒皆化淚矣，其實憂愁並非思家。」

即使不是思家，也要用酒來消愁，讓思家與憂國的眼淚，隨著江水滔滔而去，讓世人知道自己的辛酸和寂寞。（黃吉村注）

蘇幕遮　周邦彥

燎①沈香，消溽暑②。鳥雀呼晴，侵曉窺簷語③。葉上初陽乾宿雨④，水面清圓，一一風荷舉⑤。

故鄉遙，何日去？家住吳門⑥，久作長安旅。五月漁郎相憶否？小楫輕舟，夢入芙蓉浦⑦。

【注釋】

①燎：燒。點燃沈香來消散悶熱的暑氣。沈香，又名蜜香、沈水香，產於海南及兩廣。

②溽暑：熱濕之暑氣。溽，音ㄖㄨˋ。
③簷語：鳥雀因放晴在屋邊探頭歡呼，吱喳不停。侵曉，破曉。
④宿雨：昨夜所下之雨。初升的朝陽，曬乾了昨夜葉上所留的雨滴。
⑤水面句：水面上渾圓的荷葉，一個挨一個飄動；亭亭荷花也在此起彼落搖曳生姿。
⑥吳門：蘇州。周邦彥家本在蘇州。
⑦芙蓉浦：有荷花的水邊。芙蓉就是荷花。不知在五月裡，當年在家鄉和我一起遊湖的漁郎，是否還記得——我們划小槳，居然在睡夢中漂進荷花叢的那段往事。

【賞析】

此闋詞述寫作者在京中之生活，並追憶家鄉的景物。從眼前的荷花，說到夢中故鄉的荷花，前後段自然地聯繫了。描寫荷花，既在初升的太陽下，又經宿雨的清洗，並寫出它在風中飄舉，用字極精練，是以展現脫俗的荷葉、荷花。

(二)仕隱

鷓鴣天　西都作　朱敦儒

我是清都山水郎①，天教嬾慢帶疏狂②。曾批給露支風敕，累奏留雲借月章③。　詩萬首，酒千觴，幾曾著眼向侯王④？玉樓金闕慵歸去，且插梅花醉洛陽⑤。

【注釋】

①清都山水郎：清都，乃道家稱「紫微上帝」之宮闕。此指天上負責管山水之郎官。
②天教句：故天性既好山水，故生來放浪不受禮法拘限。

③曾批二句：曾批示「給露」「支風」之奏章。此藉批、給、支、奏、留、借六字，以道作者能疏狂呼風喚月，遣雲使露之無所不能。似乎能支配整個宇宙。

④詩萬首三句：我任意在詩國裡馳騁，是以高官厚祿公侯帝王，皆不放在眼裡。

⑤玉樓二句：金玉樓闕之富貴非我所羨（亦懶得歸去），只願由醉中離現實而高蹈。蓋自古以來梅花皆為冰潔代表，作者舉之以象徵心靈超俗。只願在繁囂洛陽城上，頭插梅花，醉倒忘憂。

【賞析】

此詞原題〈西都作〉。西都乃洛陽。《宋史・文苑傳》載：「靖康中召朱敦儒至京師，將處以學官。敦儒辭曰：麋鹿之性。自樂閒曠，爵祿非所願也，固辭還山。」

此詞為南渡前，由汴京至洛陽之作，篇中足見其卑視權位，尋求塵外之解脫。

宋人梅堯臣有詩同此，曰〈魯山行〉（河南省山名）：「適與野情怯（正與我愛好大自然之脾胃相同），千山高復低，好峰隨處改，幽徑獨行迷。霜落熊升樹，林空鹿飲溪。人家在何許？雲外一聲雞。」可與此首並看。

從旨意看來，作者因處亂世，是以稍顯消極。雖有不忮不求心態，但卻不能兼善天下（求政局完好），只有表現獨善其身的疏狂，看開名利，融入大自然裡去做自己——恍如給露、支風、留雲、借月，在大自然裡休憩不做作。「且插梅花醉洛陽」，言且去療傷，忘卻眼前憂思，或可保住自己高潔，不同流合污。（施芳齡注）

念奴嬌　朱敦儒

老來可喜，是歷遍人間，諳知物外①。看透虛空，將恨海愁山，一時挼碎②。免被花迷，不為酒困，到處惺惺地③。飽來覓睡，睡起逢場作戲④。　休說古往今來，乃翁心裡，沒許多般事。也不蘄⑤仙不佞佛，不學栖栖孔子。懶共賢爭⑥，從教他笑，如此只如此。雜劇打了，戲衫脫與獃底⑦。

【注釋】

①物外：世外。佛教稱我們生活的世界是器（物）世間，物外即世外。人老了可喜之事經歷已多，不只對人世看透，連世外也聽多、聞多，熟知其中。

②挼：同挼，音ㄋㄨㄛˊ，北方人稱兩手搓摩狀。年老已看透，一切不再陷入深深恨海和落在重重的愁山中。

③到處句：年歲大了，看花不迷，喝酒隨量，已能從心所欲，隨興所至。

④逢場作戲：隨意而安，煞有介事地隨興而忙。

⑤蘄：音ㄑㄧˊ，祈求。

⑥「懶共」三句：賢，對人之尊稱。人到了老年，已洞達世事，離開爭執的洪流，不在乎世俗毀譽，隨興適性。老夫懶得和你爭什麼，你以為我可笑，就盡情笑吧！只因為老夫已領悟「如此只如此！」沒什麼大不了。

⑦雜劇句：老夫戲已落幕，脫下戲衫，鞠躬下台，且留給各猷子們接戲吧！

【賞析】

作者早年狂妄，中年不能一展長才，至晚年罷官後，長期居嘉禾（浙江嘉興），放浪煙霞，逍遙自適。因愛憎已淡，故詞意清新。宋・汪華曰：「其清氣自不可沒。」王鵬運《樵歌拾遺・跋》曰：「希真詞清雋諧婉。」黃昇《花庵詞選》稱其詞為逸品有「神仙風致」。希真後期之作，辭淺意深，令人透悟。

作者另首〈西江月〉可與此詞參看：

世事短如春夢，人情薄似秋雲。不須計較苦勞心，萬事原來有命。　幸遇三杯酒美，況逢一朵花新。片時歡笑且相親，明日陰晴未定。

謝池春　陸游

壯歲從戎，曾是氣吞殘虜。陣雲高、狼煙①夜舉。朱顏青鬢，擁雕戈西戍。笑儒冠自來多誤。

功名夢斷，卻泛扁舟吳楚。漫悲歌，傷懷弔古，煙波無際，望秦關何處？嘆流年又成虛度。

【注釋】

①狼煙：戰火，烽火。古代烽火由狼糞燃燒，煙直向上凝聚，風吹不斜，遠處一望即見。

【賞析】

上片念舊，下片寫今，以沈痛作結。

上片六句，乃老年追憶從戎欲復失地事。其詩亦屢言其事，如〈獨酌有懷南鄭〉：「投筆書生古來有，從軍樂事世間無。」〈愁懷〉：「朝看十萬閱武罷，暮馳三百巡邊行。」而下句：「笑儒冠自來多誤」正同其〈觀大散關圖有感〉：「五十猶癯儒。」及辛棄疾〈破陣子〉：「可憐白髮生」一句與杜甫〈奉贈韋左丞丈二十二韻〉：「儒冠多誤身。」

下片寫老年家居江南水鄉的生活和感慨。「功名夢斷，卻泛扁舟吳楚。」言願望落空，被迫隱居家鄉，泛舟鏡湖等地，以自我排遣。正其〈鵲橋仙〉：「獨去作江邊漁父。」〈漁父詞〉云：「回首功名一夢中。」而「煙波」句，由寬解而感慨——為何江南美景，猶不能消除對秦關的想望？老年的隱居，還要怕什麼流年虛度？這就是因為抱國無路所使然。

西江月　示兒曹，以家事付之。　辛棄疾

萬事雲煙忽過，百年蒲柳先衰①。而今何事最相宜？宜醉、宜遊、宜睡。

早趁催科了納②，更量出入收支。乃翁依舊管些兒？管竹、管山、管水。

【注釋】

①百年句：世事如雲似煙匆匆而過，蒲柳縱有百年之壽，葉兒仍會早早凋落。

②早趁句：你們該早早納完田賦，量入為出。

③乃翁句：至於我老人家，除了喝酒、遊樂、睡覺，還管些賞竹、遊山、玩水的雜事。

【賞析】

幼安落職二十年，皆在上饒帶湖及鉛山新居度過。在優遊徜徉之餘，乾脆交下家事，且沈醉於山水、美酒之中。

鷓鴣天　送人　辛棄疾

唱徹〈陽關〉淚未乾①，功名餘事且加餐②。浮天水送無窮樹，帶雨雲埋一半山③。　今古恨，幾千般，只應離合是悲歡④？江頭未是風波惡，別有人間行路難⑤。

【注釋】

①起首二句：言送別。〈陽關三疊〉是唐人送別歌曲，加上「唱徹」、「淚未乾」五字，尤覺傷感無限。

②功名句：以「功名」為身外「餘事」，乃隱言不滿朝廷對金屈膝求和，自己報國壯志難酬，被迫退隱，有憤激之辭。「且加餐」，連用《古詩十九首》：「棄捐勿復道，努力加餐飯」之句，亦是憤激反語。

③浮天句：言送別時翹首所見。而「帶雨雲埋一半山」，隱指君子為小人所蔽。

④今古恨三句：言離別並非唯一可悲可恨之事。

⑤江頭二句：行旅艱困離別之苦，並非最險惡，人事鬥爭之無形風波，尤甚於此。如劉禹錫〈竹枝詞〉：「瞿塘嘈嘈十二灘，人言道路古來難。長恨人心不如水，等閒平地起波瀾。」白居易〈太行路〉：「行

路難，不在水，不在山，只在人情反覆間。」

【賞析】

此為稼軒中年之作，由送人情景，進言世路艱難。稼軒一生志在舉國大業，如其籌款練兵，又執法嚴厲，多得罪投降派與豪強富家，幾度被劾去官。如在湖南安撫使任內，籌建「飛虎軍」，後來在兩浙西路提點刑獄公事任內，即以此事被彈劾為「奸貪凶暴」、「虐害田里」，卒而罷官，直為人事上「風波惡」最佳例證。此詞明言送別，另有所指，又《稼軒詞》，用語甚白，有承東坡詩詞合流之情況。如此首末二句即是。其他如：

人不堪其憂，一瓢自樂，賢哉回也。（〈水龍吟〉）

不恨古人吾不見，恨古人，不見吾狂耳。（〈賀新郎〉）

昨夜松邊醉倒，問松：「我醉何如？」只疑松動要來扶，以手推松，曰：「去。」（〈西江月〉）

而今識盡愁滋味，欲說還休。欲說還休，卻道天涼好個秋。（〈醜奴兒〉）

上列已將散文化句法融入詞中，尤便於抒發議論。此一形式的開拓，已較東坡「以詩為詞」更進一層。

(三)亡國

望江南　李煜

多少恨，昨夜夢魂中，還似舊時遊上苑①。車如流水馬如龍②，花月正春風。　多少淚，斷臉復橫頤③。心事莫將和淚說，鳳笙④休向淚時吹，腸斷更無疑。

【注釋】

①上苑：飼養禽獸林木之大花園。秦漢時始置，後泛稱古代帝王遊獵之所為上林、上苑。苑，音ㄩㄢˋ。

②車句：形容車馬多，絡繹不絕。
③斷臉句：頤，面頰。形容眼淚縱橫交流貌。
④鳳笙：相傳簫史、弄玉夫婦善吹簫，至引動鳳凰來聚，後人遂以「鳳」狀笙簫，以示其為好樂器。

【賞析】

此詞為作者入宋後之作，怕提繁華舊事，怕聽鳳笙細樂，深示當時悲苦心境。

起首「多少恨」音節陡峻。至「昨夢」句而緩和，表出情感之無奈。「車如」句之流利滑囀，到「花月」句之低抑回響，句句逼人，餘韻無窮。

詞首言恨，撒得極寬，挑得極深，撥得極亂，而歸結到夢。夢魂尚且如此，何況現實？舊時上苑之遊，車水氣象，春光旖旎，終究是過眼雲煙，寂寞中見繁華，淒苦中見歡樂，短短二十七字將國破家亡之恨思，與美好幻滅之追思，表露無遺。（施芳齡注）

相見歡　李煜

無言獨上西樓，月如鉤①，寂寞梧桐②深院鎖清秋③。　剪不斷，理還亂，是離愁，別是一般滋味在心頭④。

【注釋】

①月如鉤：缺月。
②梧桐：落葉喬木，葉闊大，幹端直，夏開黃色小花。言後主囚禁於幽深庭院中，如秋日梧桐被鎖於庭中。
③鎖清秋：鎖，閉也。幽深庭院中的梧桐，也感染了寂寞，緊緊鎖住清冷的秋。
④別是句：別是，另外還有。除了離愁，另有一種莫名滋味盤桓。一般，一種。

【賞析】

趙癸《行營雜錄》：「後主歸朝後，每懷故國，且念嬪妾散落，鬱鬱不自聊。」《花庵詞選評》曰：「此詞最悽惋，所謂亡國之音哀以思。」

「無言」、「獨」畫出愁容；「深院」、「梧桐」、「清秋」道出愁境，皆烘托寂寞悽惋之情。與囚徒苦鎖之難堪。滿腹愁絲紛亂已極，剪理不得，和盤道出離愁之多，離恨之深。「別」句，言無人嘗過之滋味，唯昔為南朝天子，後為北地幽囚之後主所獨嘗，難為外人道也。

〈相見歡〉（一名〈烏夜啼〉）亦是李後主歸宋後自抒感懷之作，旨在敘離愁。上片寫景，下片抒情，全篇融會出淒涼的氣氛。

上片敘登樓之景。「無言」以下三句，由西樓、深院、鉤月已寫幽暗閉鎖場景與落寞心境；下片抒亡國之愁。運「剪不斷」以下三個緊湊短句，用具體之「絲」喻抽象之「愁」，驅不走，跳不出。不可說，亦說不出，原來是理不出的離緒，與國愁交織之悔恨。

李後主不愧為詞壇天子，敘愁恨獨步古今，從「一江春水向東流」、「人生長恨水長東」的長句，一氣直下，到「離恨恰如春草，更行更遠還生」的短語一波三折，從「多少恨，昨夜夢魂中」到「剪不斷，理還亂」的離愁，皆以纏綿長句以喻愁恨。（呂仁偉注）

破陣子　李煜

四十年來家國①，三千里地山河②。鳳閣龍樓③連霄漢，玉樹瓊枝作煙蘿④，幾曾識干戈？　一旦歸為臣虜，沈腰⑤潘鬢⑥銷磨。最是倉皇辭廟⑦日，教坊⑧猶奏別離歌，垂淚對宮娥⑨！

【注釋】

①四十句：南唐自西元九三七年開國至九七五年李煜作此詞，已近四十年。

②三千句：據《南唐書・建國譜》，南唐「共三十五州之地，號為大國」。

③鳳閣龍樓：指帝王所居之樓閣。

④煙蘿：草樹茂密，煙聚蘿纏，指宮中御花園。

⑤沈腰：沈約有志台司，而帝不用。據《南史・沈約傳》：「（約）與徐勉素善，遂以書陳情於勉，言己老病，百日數旬，革帶常應移孔；以手握臂，率計月小半分。欲謝事求歸老之秩。」後來因把「沈腰」作為腰肢瘦減的代詞。

⑥潘鬢：潘岳年衰，感秋而作〈秋興賦〉：「斑鬢以承弁兮。」斑是斑白。後來因把「潘鬢」作為鬢髮斑白的代詞。以上兩句是說，一旦做了俘虜，在哀愁苦惱中銷磨日子，腰肢就會漸瘦，鬢髮就會漸白，不復再有以往美姿。

⑦辭廟：古代帝王把自己的祖先供奉在家廟裡，「辭廟」是表示辭別了祖先，即是離開了祖先創建的國家。

⑧教坊：唐初設置於宮禁中，掌理伎樂。唐玄宗（李隆基）開元二年（七一四）復置內教坊於蓬萊宮側，京都（長安）置左右教坊，猶今國家音樂院。後來也包括官家戲班子與官妓住處。

⑨宮娥：即宮女。古帝王縱情淫樂，宮娥常至數千人。《隋遺錄》：「帝（隋煬帝楊廣）嘗幸昭明文選樓，車駕未至，先命宮娥數千人升樓迎侍。」李煜宮娥的名字，現可考見的有黃保儀、流珠、喬氏、慶奴、薛九、宜愛、意可、窅娘、秋水、小花蕊等人。

【賞析】

由四十年三千里的故國眷戀，描出故國宮殿的壯麗，由於苟安縱樂，不識干戈，以致肉袒出降，歸為臣虜，度其囚虜老瘦歲月。忽憶當年金陵陷落，後主哭廟，宮娥哭主之慘慟，令人一掬同情之淚。譏之者如《東坡志林》曰：「倉皇辭廟日，不揮淚對宮娥，其失業也宜矣。」

東坡云：「後主既為樊若水所賣，舉國與人，故當慟哭於九廟之外，謝其民而後行。顧乃揮淚對宮娥，聽教坊離曲哉！」有人說李煜當宋將曹彬下江南時，曾令積薪宮中，誓言若國家淪亡，當攜家人赴火死，用以證

實此詞係出於後人偽作，似不可信。李煜是否發過誓要與國家共存亡，發過誓後是否就會實踐，姑且不論，但他降宋，則是無可否認的事實。

子夜歌　李煜

人生愁恨何能免？銷魂①獨我情何恨！故國夢重歸，覺來雙淚垂！　高樓誰與上？長記秋晴望。往事已成空，還如一夢中。

【注釋】

①銷魂：指別恨。江淹〈恨賦〉：「黯然銷魂者，唯別而已。」

【賞析】

此為後主入宋後，抒寫亡國哀思之作。

人生不免有愁恨，然何獨我多？夢歸故國之問語，其情何深？夢醒何悵？近日獨上高樓，秋晴獨望，而故國杳杳，欲歸不得，何等失望？全首寫盡後主縈思故國心境。自來舊事全是空幻的，只是像一場大夢罷了。從悲痛之極，無可奈何，歸結到人生如夢。（杜英賢注）

七、壯志閒情

漁歌子　李煜

浪花有意千重雪，桃李無言一隊春。一壺酒，一竿綸，世上如儂有幾人。

【賞析】

此首有道家解脫及佛家禪意，由漁父的坦然，春日桃李，跳脫名利是以言如「儂有幾人」！

此詞見於《全唐詩》、《歷代詩餘》，筆意凡近，疑非後主作也。彭文勤《五代史注》引《翰府名談》，張文懿家有「春江釣叟圖」，衛賢畫，上有李後主〈漁歌子〉（又名〈漁父詞〉）二首云云。詞意殊佳，茲從《五代史》引列。

首二句以「有」「無」對言，浪花與桃李狀景有形似之處。乃漁翁以酒、漁竿自在往來，浪花似雪，桃李迎春。亦見後主輕鬆一面，故後主非賢君，乃有才華之詞家。（施芳齡注）

念奴嬌① 赤壁②懷古 蘇軾

大江東去，浪淘③盡、千古風流人物。故壘④西邊，人道是、三國周郎⑤赤壁。亂石崩雲，驚濤裂岸，捲起千堆雪。江山如畫，一時多少豪傑。　遙想公瑾⑥當年，小喬⑦初嫁了，雄姿英發⑧。羽扇綸巾⑨，談笑間、檣櫓⑩灰飛煙滅⑪。故國⑫神遊，多情應笑我，早生華髮⑬。人生如夢，一樽還酹江月。

【注釋】

①念奴嬌：詞牌名。「念奴」為唐天寶年間著名倡女，善歌。後世以「念奴嬌」為詞曲名。

②赤壁：三國時代孫權、劉備聯軍大破曹操的地方。一般人認為在今湖北省嘉魚縣，或說在蒲圻縣。而蘇軾所遊覽之地為黃州赤壁，俗稱赤鼻磯。《齊安拾遺》以赤鼻山為赤壁之戰發生之地，蘇軾殆依此說，但因仍有疑問，故在詞中有「人道是三國周郎赤壁」之語。

③淘：用器皿盛顆粒狀的東西，加水攪動，或放在水裡簸動，使除去雜質。

④故壘：昔日的營壘。

⑤周郎赤壁：三國時周瑜戰勝曹操之赤壁。

⑥公瑾：周瑜，字公瑾，曾大破曹軍於赤壁。

⑦小喬：漢朝太尉橋玄（按：後周時，「橋」姓改作「喬」）之次女，與長姊大喬姿色均佳，世稱「二喬」。其後，大喬適孫策，小喬適周瑜（詳見《三國志・吳志・周瑜傳》）。

⑧雄姿英發：風姿壯偉，英氣勃發。

⑨羽扇綸巾：手持白羽扇，頭戴綸巾，形容神態瀟灑，從容不迫。羽扇，以鳥羽製成的扇子。綸巾，以青色絲帶編製的頭巾，傳為三國諸葛亮所創，又名「諸葛巾」。綸，音ㄍㄨㄢ，此用以狀寫周瑜之神采。

⑩檣櫓：指船隻。檣，帆柱，俗稱桅竿。櫓，又作艣，船之槳楫。一本作「強虜」，指曹軍。

⑪灰飛煙滅：燒成灰燼，化作雲煙而消失。

⑫故國：指古蹟、古戰場。任思緒馳騁於當時。

⑬多情句：為「應笑我多情，早生華髮」之倒裝句。華髮：白髮。

⑭樽：酒器。

⑮酹：音ㄌㄟˋ，灑酒在地以祭神。

【賞析】

蘇軾所作的長短句，以〈水調歌頭〉「明月幾時有」與本闋最為著名，普遍流傳，千古不衰。本詞為蘇軾謫居黃州之時，遊歷黃岡（宋黃州治）赤鼻磯，因該地與三國周瑜破曹之赤壁地名相似，因而引發懷古之思，藉憑弔赤壁戰爭之人物為引言，以文學的筆法重新呈現歷史上的風雲故事，主旨則在抒發作者對人生的深刻體悟與感慨！

上片詠赤壁，氣勢磅礴，意象雄偉，詞境豪邁，聲韻鏗鏘。首句「大江東去，浪淘盡、千古風流人物」數語，已能揭示主題，並籠蓋全篇氣象，十分奇創。以大江浪濤「淘盡風流人物」的特有筆法，刻畫出在歷史長河中，英雄人物的相繼零落與交替，為相當傑出的靈感創作。「故壘西邊，人道是，三國周郎赤壁。」意韻飄忽，作者憑弔遺蹟，尋尋覓覓，若是若非，流露出對歷史的渺茫之感，也藉著「人道是」一語，把江邊故壘與周瑜主戰的赤壁巧妙地聯結在一起，以引發當年戰場上水湍船急、雷鼓吶喊的場景與氣勢。下句「亂石崩雲，驚濤裂岸，捲起千堆雪」描寫亂石穿雲，高聳欲崩，驚濤駭魄，江浪似雪，可謂筆力雄健，極富動感！又將眼前之實景與首句相互呼應，凸顯人事之飄渺與自然之真實。「江山如畫，一時多少豪傑」一語，又將「大地山

河」與「歷史人物」加以融合而結束上片。

下片以懷想英雄人物周瑜的事蹟為引。「遙想」二字予人「悠然神往」的印象。「小喬初嫁了，雄姿英發」一語，在雄偉江山與英雄事業之中，穿插風流美豔令人欣羨的情節，剛柔相襯，映照生色，為絕妙的文學藝術。在「小喬初嫁了」之後，描述公瑾新婚，「雄姿英發」，風采翩翩，更見傳神。接下句「羽扇綸巾，談笑間，檣櫓灰飛煙滅」的俊逸神秀之語，更表現出令人神往豔羨的風流倜儻與與掌握戰局的功力。蘇軾在此展現了描寫人物的罕見技巧，述及戰爭，卻不見兵卒，也未著筆於沙場上生民塗炭的慘烈，只見到主將羽扇綸巾，神氣若定，在談笑風生之中，已卻敵百萬，將其兵力付之一炬，化為灰煙，是何等瀟脫俐落的神來之筆！然而，與三十歲左右即功成名就的周瑜相比，年近半百的蘇軾卻被貶謫於黃州，眼見雄偉壯闊的江山，又緬懷英雄的往事，未免平添無限的感傷，而有消極的情懷。詞中描述公瑾當年的事蹟，詞語俊快，追述及自身之感觸，則諸多神傷，終以「人生如夢，一樽還酹江月」的感嘆作結，讓後人讚嘆不絕！

東坡之豁達不羈人格，反映於其詩文中。

此詞為託景抒情之作，所謂〈赤壁懷古〉，並非遊歷周瑜大破曹軍所在，乃藉黃州「赤鼻磯」以緬懷三國英雄，由「人道是」即已說明。

上片寫景，首句便不同凡響，氣勢磅礡，以滔滔的江水，喻流逝的歲月，亦言帶走當年叱咤一時的風流名士。在那昔日營寨的西邊，人傳是三國時周瑜大破曹軍的赤壁。今日只見凸出江岸的亂石，使捲向岸邊的江浪全碎成浪花，正似一朵朵白雲；而一波波洶湧而至的驚濤駭浪，就像要將江岸扯裂。

此詞人置身如畫江山中，而追憶英雄豪傑。

下片遙想周瑜新娶小喬，意氣風發，搖羽扇，戴綸巾，談笑中，已將曹軍化為灰燼與輕煙，似乎在周瑜身上寄託一己瀟灑自若之英雄本色。然在興會淋漓中，自己又返回現實，自悟一己乃謫居罪臣，故自嘲自己多情。又悟人生如夢，是非成敗轉眼成空，又何必計較這些呢！且把手中的一杯酒灑向江月，和它對飲吧！

東坡與李白，皆有豪情，卻為現實所囿，唯寄情詩酒，神遊天地耳。（楊悅春注）

袁絅《吹劍錄》載：

東坡在玉堂日，有幕士善歌，因問：「我詞何如柳七？」對曰：「柳郎中詞，只好十七八女郎，執紅牙板，歌『楊柳岸，曉風殘月』；學士詞，須關西大漢，銅琵琶、鐵綽板，唱『大江東去』。」坡為之絕倒。

足見本闋詞於東坡之作品中極具代表性，頗能體現其詞風。

臨江仙　壬戌九月雪，夜醉歸臨皋　蘇軾

夜飲東坡①醒復醉，歸來彷彿三更，家童鼻息已雷鳴②。敲門都不應，倚杖聽江聲③。　長恨此身非我有④，何時忘卻營營？夜闌風靜縠紋平⑤。小舟從此逝⑥，江海寄餘生。

【注釋】

①東坡：黃州地名。作者曾躬耕於此，亦以此為別號，乃東坡仰慕白居易於忠州東坡墾地而曰：「平日自覺出處，老少粗似樂天。」首二句言在夜裡喝酒的東坡醉了又醒，醒了又醉，迷迷糊糊地在三更半夜裡回到了家。

②家童句：此時家童已在熟睡，以打鼾聲如同打雷，居然連打門聲都聽不到。

③倚杖句：不去砸門也不跳江，只有倚著手杖，站在門外靜靜地傾聽江水的聲音。

④長恨句：「營營」本義是往來不息，引申為奔走名利。心想長久以來都在怨恨這肉體，竟不是我自己所有。日夜奔忙，不知要到什麼時候？

⑤夜闌句：縠，音ㄏㄨˊ，以縐紗喻水波之細。夜已深，風也停了，江面上的波紋也細平如縐紗。

⑥小舟句：設想之句。還是坐上小船，到江上海上去度過這殘燭的晚年吧！

【賞析】

此詞足見東坡胸襟豁達，何以？他一生宦海浮沈，遊遍山川。加以學李太白詩之故（據陳師道《後山詩

話》：蘇詩始學劉禹錫，故多怨刺；晚學太白，至其得意則似之矣。劉詩以「玄都觀裡桃千樹，盡是劉郎去後栽」而遭播州之貶。東坡則以詠檜「根到九泉無曲處，世間唯有蟄龍知」，不敬天子而被押）。

細繹此詞作於神宗元豐五年（一〇八二），時東坡甫出獄未久，被貶黃州，有「就地被看管」之意。詞末二句則引起誤傳，以為東坡有掛冠而逃的可能。

據葉夢得《石林避暑錄話》載：「子瞻在黃州……與客飲江上。夜歸，江面際天，風露浩然，有當其意，乃作歌詞，所謂『夜闌風靜縠紋平，小舟從此逝，江海寄餘生』者，與客大歌數過而散。翌日，喧傳子瞻夜作此詞，掛冠服江邊，拿舟長嘯去矣！郡守徐君猷聞之，驚且懼，以為州失罪人，急命駕往謁，則子瞻鼻鼾如雷，猶未興（起床）也。」

西江月　夜行黃沙道中　辛棄疾

明月別枝驚鵲①，清風半夜鳴蟬。稻花香裡說豐年，聽取②蛙聲③一片。　七八個星天外，兩三點雨山前。舊時茅店社林④邊，路轉溪橋忽見。

【注釋】

①明月句：別，離開。因月光明亮，樹上棲息之喜鵲兒，驚飛離開枝頭而去。此句或由蘇軾詩「月明驚鵲未安枝」中化出。

②聽取：聽著。

③蛙聲：蛙鳴古時認為是豐年的象徵，所以詩詞裡常用。作者設想稻花香裡的蛙聲是說年成好。

④社林：土地廟附近的樹林。

【賞析】

這首詞據梁啟超《辛稼軒先生年譜》考證，約作於作者家居上饒之時。即稼軒年在五十二歲以後，對辛棄

疾來說，只是在官場裡受了長久的冷落，生活暫時平穩輕快。

夜行旅描述鄉居山徑恬適。明月升上林梢，喜鵲以為天明，不免驚噪。夜半清風吹動樹枝，蟬也嘶叫著。稻花香的爽風飄送中，農民正低聲談論今年的豐收。蛙鳴蛙鼓也在鳴唱豐年。陣陣軟風仍吹送「稻花香」。天色微明，寥落寒星在遠天外眨映，山前灑落兩、三點細雨，路途一轉，在舊時茅店小土地廟的樹林邊，忽然露出以前似曾相識的小橋淺溪。此詞以平易之語表恬靜之境，洵高手也。

宋江湖詩派詩人戴復古〈夜宿田家〉詩曰：

蓑笠相隨走路歧（指草帽、雨傘隨身帶，以喻四處漂泊），一春不換舊征衣，雨行山崦（ㄧㄢ）黃泥坡，夜扣田家白板扉，身在亂蛙聲裡睡，身從化蝶（《莊子‧齊物論》）夢中歸，嚮十寄九多不達，天北天南雁自飛。

青平樂　村居　辛棄疾

茅簷低小，溪上青青草。醉裡吳音相媚好，白髮誰家翁媼①？大兒鋤豆溪東，中兒正織雞籠。最喜小兒亡賴②，溪頭臥剝蓮蓬。

【注釋】

①醉裡吳音相媚好，白髮誰家翁媼：不知是誰家老公公、老婆婆喝醉了，操著吳儂鄉音，談笑取樂。作者此時所居住的上饒（今江西），舊屬吳國。白，音ㄅㄛˊ。媼，音ㄠˇ。

②亡賴：江淮之間，稱小兒頑皮、狡滑為亡賴。亡，音ㄨˊ，同無。

【賞析】

此詞宋人黃昇《花庵詞選》題為〈村居〉，乃辛棄疾於江西上饒帶湖閒居時所作。此時他被削去官職，賦閒在家，故作成此一農村詞，與其豪壯詞，截然不同。

上片起首二句，靜寫江南農村環境。「醉裡」兩句以倒裝句法，側寫老農夫婦，以柔和吳儂野語談說家務事之怡然自得。

下片速寫三子之操持農務實況——大兒子在溪東遠處的田裡鋤豆，二兒子正在編織雞籠，唯有小兒不解耕種之事，躺臥溪邊，剝嘗蓮蓬裡的蓮子。一句「亡賴」是對小兒天真、頑皮的包容與暱愛，故說「最喜」；「臥剝蓮蓬」四字，是「亡賴」的形象化，已將稚子自然神態，活躍於紙上。此段實寫，俞平伯以為是從漢樂府古辭〈相逢行〉：「大婦織綺羅，中婦織流黃，小婦無所為，挾瑟上高堂」化出，具異曲同工之妙。

小重山　岳飛

昨夜寒蛩①不住鳴，驚回千里夢，已三更。起來獨自繞階行。人悄悄，簾外月朧明②。　白首為功名，舊山松竹老③，阻歸程。欲將心事付瑤琴④。知音少，絃斷有誰聽？

【注釋】

①寒蛩：蛩，音ㄑㄩㄥˊ，秋蟲，亦指蟋蟀。
②朧明：朦朧。
③山松竹老：指一些尸居上位，不圖恢復的朝官。
④瑤琴：美好之琴瑤美玉。

【賞析】

岳武穆雖是武人，亦有文采之作，於夜長更漏、九轉夢回之時，牽情思，引鄉思，岳飛想到的是國家的不幸，慨嘆忠心無人同。

上片表憂心，於秋蟲唧唧，三更鼓遲，驚起夢中心，只因心有所思，披衣庭中行，唯朦朧月色下，照著隻影。

下片託言為功名而歸程，知音少，唯將心事付與瑤琴。

岳飛有首名詞，〈滿江紅〉：

怒髮衝冠，憑欄處，瀟瀟雨歇。抬望眼，仰天長嘯，壯懷激烈。三十功名塵與土，八千里路雲和月。莫等閒，白了少年頭，空悲切。　靖康恥，猶未雪；臣子恨，何時滅？駕長車，踏破賀蘭山缺，壯志飢餐胡虜肉，笑談渴飲匈奴血。待從頭，收拾舊山河，朝天闕。

寫國愁家恨與兵旅辛苦。蓋三十年來，風塵僕僕，功名微似塵土，轉戰南北八千里路，只見雲和月。然所繫念者唯雪恥報國者也。

八、詠物

雙雙燕　史達祖

過春社①了，度簾幕中②間，去年塵冷。差池③欲住，試入舊巢相並。還相雕樑藻井④，又軟語、商量不定⑤。飄然快拂花梢，翠尾分開紅影⑥。　芳徑，芹泥雨潤⑦。愛貼地爭飛，競誇輕俊⑧。紅樓歸晚，看足柳昏花暝⑨。應自棲香正穩，便忘了、天涯芳信⑩。愁損翠黛⑪雙蛾，日日畫欄獨凭。

【注釋】

①春社：古節候之名，按《月令廣義》載：「立春後五日為春社。」乃舊俗祭祀土地神之日。相傳燕子於此時，自南方飛回。

②差池：形容燕飛之時，羽毛參差不齊。《詩經・邶風・燕燕》：「燕燕于飛，差池其羽。」差，音ㄘ。

③還相雕樑藻井：還細看那雕花的屋樑，與畫有水草花紋的天花板，是否仍如往昔？相，細看，音ㄒㄧㄤˋ。藻井，俗稱天花板。《文選・西京賦注》：「藻井，當棟中交方木為之，如井幹也。」

④花梢：花枝的頂梢。

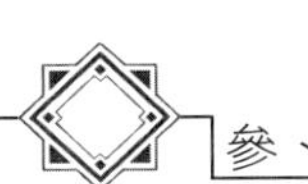

⑤芹泥：水邊長芹草的泥地。受春雨潤濕，正可修補燕巢。

⑥輕俊：輕盈、俊俏。

⑦紅樓歸晚：回巢已晚。紅樓，指富貴人家燕子巢居之所。

⑧柳昏花暝：寫黃昏時的景色。以言人各有志。頗有蔡邕〈飲馬長城窟行〉「枯桑知天風？海水知天寒？入門各自媚，誰肯相為言」的意味。雙燕何知憑欄人之苦，故貪玩而不省。暝，音ㄇㄥˊ。

⑨應自棲香正穩兩句：燕子在香巢中睡得正甜，便忘了為閨中女子傳達遠方來的信息。應，揣測語氣，恐怕、大概。

⑩愁損翠黛雙蛾兩句：形容閨中女子懷念遠人的愁苦之情。古時女子畫眉用翠黛（青綠）色，故翠黛、雙娥，皆用以借稱閨中女子。凭，同「憑」字，倚著，靠著。

【賞析】

上片描寫雙燕在春社後歸來築巢、戲春；下片則進而由燕子的歡樂，反襯閨中女子的孤寂。

首三句點明燕子由南飛回之時地——說燕子總在春分以後、清明之前，自南方飛回，牠們穿簾渡幕，探望去年築過巢的地方，可惜已布滿灰塵，冷冷清清。此三句似言燕子，其實也暗指閨婦們的居處，簾幕重重，人事寥落，為下文託燕傳信、畫欄獨憑，預設伏筆。

「差池欲住」二句，言燕子煞住了舒張不齊的羽翼，試著雙飛入舊巢。一個「試」字，摹出燕子辨認舊巢，徘徊不定，而終於佇足在舊巢之上的神態；「並」字亦顯現二燕親密。「還相」四句，進而摹寫燕子飛進飛出的姿態——先是在巢內東張西望，細看雕繪花草的樑木、天花板上的藻飾，是否依舊；接寫細聲商量、交換意見；然後輕快地自花梢飛掠而過，翠綠的燕尾在花叢中穿梭，似分開花影的利剪。「欲」、「試」、「還」、「又」，四字已生動刻寫擬人之雙燕。

下片首四句，言花徑長芹草之泥地，經雨濕潤，本可用來築巢，而燕子卻流連春光，只愛貼近雨後泥地爭逐飛舞，競相誇耀自己的輕盈俊俏（其中「芳徑」，與上文之「花梢」、「紅影」緊相連貫；「輕俊」是「爭飛」的補述，也與上片的「快拂花梢」相呼應）。「紅樓」二句，言雙燕看夠了柳昏花暝的黃昏景色，很晚才飛回紅樓。「應自」五句，藉雙燕可傳書事，力勸燕子莫因安穩棲息香巢，而忘記傳書，使閨中婦人因盼望、愁苦而瘦損容顏。以雙燕，反襯出閨中女子的孤寂愁苦，自是相得益彰。全首工筆以詠雙燕，頗為傳神。

解連環　孤雁　張炎

楚江空晚，悵離群萬里，怳然驚散①。自顧影、欲下寒塘。正沙淨草枯，水平天遠②。寫不成書，只寄得、相思一點③。料因循誤了，殘氈擁雪，故人心眼④。　誰憐旅愁荏苒⑤，謾長門夜悄，錦箏彈怨⑥。想伴侶、猶宿蘆花，也曾念春前，去程應轉⑦。暮雨相呼⑧，怕驀地、玉關重見。未羞他、雙燕歸來，畫簾半捲。

【注釋】

①起首三句：「楚」泛指南方。怳，音ㄏㄨㄤˇ，怳然失意貌。言暮色中，楚江孤雁，為離群分飛而驚惶不已。「悵」、「驚」二字，分別凸顯孤雁神情的無助與惆悵。

②自顧影四句：言孤雁自憐孤單，欲飛下寒塘，棲止在水邊沙洲、野草枯黃的水平天遠之處。「欲下寒塘」，與下片的「暮雨相呼」，化用了崔塗的〈孤雁〉詩：「暮雨相呼急，寒塘欲下遲。」

③寫不成書三句：言雁行橫空，常排成人字，今只排成「相思一點」，此將人雁雙寫，而蘊涵對家國的無限相思之情。用語巧妙，故張炎被稱為「張孤雁」。周密《草窗詞選》評曰：「如此等詞雖丹青難畫矣。」繼蓮畦亦評：「名目巧思，皆不落恆蹊。」

④殘氈擁雪，故人心眼：《漢書‧蘇武傳》載，匈奴「幽武置大窖中，絕不飲食。天雨雪，武臥齧雪與氈毛並嚥之，數日不死」。此化用蘇武被囚在北地齧雪、吃氈毛事，表明心繫北方受難的友人，巧妙地將孤雁與遺民事綰合，亦隱含故國之思。

⑤荏苒：音ㄖㄣˇㄖㄢˇ。謂旅愁與日俱增。謂有誰會憐惜這與日俱增的羈旅愁懷呢？

⑥謾長門夜悄，錦箏彈怨：「謾」同「漫」，徒然也。「長門」，乃漢武帝時陳皇后被棄置的冷宮。「錦

箏」，箏的美稱，聲調甚淒清哀怨。此處藉冷宮錦箏的淒涼，渲染孤雁的哀怨。因「雁」、「人」同有淒冷哀怨的心情。

⑦去程應轉：言一己於開春前，應回轉北方，蓋友人已在花叢中等候。

⑧暮雨相呼：在暮雨中相互呼朋引伴。

【賞析】

張炎的詞集中，有詠物詞數首，而以〈南浦〉詠春水、〈解連環〉詠孤雁兩首，最為有名，當時有「張春水」、「張孤雁」之稱。此首藉由失群的孤雁，以喻自己飄泊的生涯。

前半言雁之失群分飛，孤寂無助，由此引出心繫北地友人，一己旅愁，何人得知？已是「人」「雁」雙寫。下片以「想」字帶出「猶宿蘆花」、「去程應轉」、「暮雨相呼」、「玉關重見」等，企盼來日能與友人有重逢之驚喜。

綜覽全詞，張炎雖未挑明「孤」字，而意已寫足，通過對雁的孤獨形象，以物喻人，託物言志，而將詞人亡國後的孤寂愁苦心境，和盤托出，不愧為詠物詞的傑作。

摸魚兒　元好問

乙丑歲，赴試并州。道逢捕雁者云：「今旦獲一雁，殺之矣。其脫網者，悲鳴不能去，竟自投於地而死。」予因買得之，葬之汾水之上，累石為識，號曰雁丘。時同行者多為賦詩，予亦有〈雁丘〉詞。舊所作無宮商，今改定之①。

問人間，情是何物②，直教生死相許？天南地北雙飛客③，老翅幾回寒暑。　歡樂趣，離別苦，是中更有痴兒女④。君應有語：渺萬里層雲，千山暮景，隻影為誰去⑤？

【注釋】

①序：金章宗泰和五年（一二〇五），作者時十六歲，於前往并州應試途中，由捕雁者口中得知雁兒殉情之事。於感動之餘，買下此對有情之雁，並葬於汾水邊雁丘，而為題〈雁丘詞〉。多年後，苦於此詞不能歌，故改寫為此首〈摸魚兒〉。晉人干寶《搜神記》亦載此類故事：戰國時，宋康王舍人韓憑娶美妻何氏。王奪為己有，並囚韓憑築城。何氏寄書曰：「其雨淫淫（言愁且思也），河大水深（不得往來也）；日出當心（心有死志也）。」不久韓自盡。何氏亦著腐衣登台，並自台上躍下，不及救也。衣帶有遺書盼言合葬，王使二墳遙望。不意一夕之間，各生一梓木，十日已合圍，根連於下，枝連於上，樹上棲鴛鴦，且暮悲鳴。人曰乃韓氏夫婦精魄所化。

②情是何物：濃得化不開，黏得分不散，而難以言喻。同於李賀〈金銅仙人辭〉曰：「天若有情天亦老。」張先〈一叢花〉：「無物似情濃。」賀鑄〈感皇恩〉：「脈脈兩情難語。」

③天南地北雙飛客：這對雁兒天南地北往返雙飛多年，歷經寒暑，翅已老，飽嘗歡樂與別苦。

④是中更有痴兒女：到如今，成雙中的單隻被捕殺，脫網的不願獨活。正歐陽修〈玉樓春〉：「人生自是有情痴。」

⑤君應句：痴雁臨死前曾對死去老伴哭訴：「無你作伴，誰願單一飛向萬里層雲，看那千山暮景？」

【賞析】

此詞乃作者有感於雁兒殉情，藉以反映人類亦有殉情之痴。此為詠物詞。作者以「至情」發問，譜寫大雁忠於情之悽惻，而寓人生哲理於淡語之中。如作者在詞前小序所言雁殉情而死，由是激發作者寫出激情之作。

詞之首三句，陡然發問，破空而來，由稱美雁之殉情，而欲嘆起世人之「生死相許」於「情」。「直教」二字，尤加重「情」之「生者可以死；死者可以生」之震撼。

次言雁之生活、心理、殉情。「天南地北」，由空間言大雁秋日南下，春天北歸；「幾回寒暑」，由時間落墨，言大雁乃相依為命、情意深摯之「雙飛客」。其共同生活中，亦曾是有悲有歡之「痴兒女」。「君」以下四句（「君」指「孤雁」），言孤雁心理矛盾與殉情原因。「萬里」、「千山」言征途遙遠，「層雲」、「暮雪」言征途之艱辛，孤雁遽失情侶，何以自存於征途遙遠、艱辛之中？

過片後，以景烘襯孤雁殉情之淒苦。由今日孤雁長眠之處，追思昔日漢武帝渡汾河、祀汾陰之所。其時簫鼓喧天，棹歌四起，何等熱鬧！而今，荒煙如織，簫鼓聲絕，一派蕭條冷落。今昔相比，自是景色淒涼，孤雁悲苦，更兼山鬼悲啼，招魂何濟，蓋雁死亦不能復生也。

詞結尾禮讚大雁殉情之能永世長存，上天亦應生妒。「千秋萬古」，從正面歌頌；「鶯燕黃土」，從反面襯托。全詞由擬人、想像手法，以言「情」之可貴。

九、理趣

定風波　蘇軾

三月七日，沙湖道中遇雨①。雨具先去，同行皆狼狽②，余獨不覺。已而遂晴，故作此詞。

莫聽穿林打葉聲③，何妨吟嘯且徐行④。竹杖芒鞋輕勝馬⑤，誰怕？一蓑煙雨任平生。⑥　料峭⑦春風吹酒醒，微冷，山頭斜照卻相迎。回首向來蕭瑟處⑧，歸去，也無風雨也無晴。

【注釋】

①三月七日，沙湖道中遇雨：宋神宗元豐五年（一〇八二）的三月七日，東坡在沙湖道中遇雨（時東坡四十七歲，乃謫居黃州，今湖北黃岡時）。

②狼狽：喻進退失據。唐・段成式《酉陽雜俎》：「狽前足絕短，每行常駕於狼腿上。狽失狼則不能動，故世言事乖者稱狼狽。」又以其相附而行，故世亦謂相互倚重曰狼狽，今謂人勾結肆惡曰「狼狽為奸」。

③穿林打葉聲：指雨聲。

④吟嘯且徐行：吟詠長嘯，緩緩行走，表示意態閒適，從容不迫。《晉書・謝安傳》：「嘗與孫綽等泛海，風起浪湧，諸人並懼，安吟嘯自若。」

⑤竹杖芒鞋輕勝馬：穿著草鞋，拿著竹杖，走路比騎馬還要輕快。

⑥一蓑煙雨任平生：即使披著蓑衣在風雨中生活一輩子，也處之泰然。「一蓑」之用，合於「一抹」斜陽。東坡於元豐八年所作另一首〈定風波〉：「萬里歸來年愈少，微笑，笑時猶帶嶺梅香。試問嶺南應不好？卻道：此心安處是吾鄉。」〈哨遍〉：「君看今古悠悠，浮宦人間世。這些百歲，光陰幾日，三萬六千而已。醉鄉路穩不妨行，但人生要適情耳。」皆道盡東坡曠達心胸。

⑦料峭：風寒貌。峭，音ㄑㄠˋ，高峻也，嚴厲急躁也。

⑧回首向來蕭瑟處：回顧剛才遇雨的地方。向來，剛才所來處。蕭瑟，風雨吹打草木聲，亦指心情之寂寞淒涼。東坡〈獨覺〉詩云：「翛（ㄒㄧㄠ，指無牽掛貌）然獨覺午窗明，欲覺猶聞醉鼾聲。回首向來蕭瑟處，也無風雨也無晴。」

【賞析】

此詞作於宋神宗元豐五年（一〇八二），東坡貶謫黃州後的第三年三月七日，東坡於沙湖道中遇雨。寫眼前景，寓心中事；因外景，談人生哲理。「沙湖」，據《東坡志林》說：「黃州東南三十里為沙湖，亦曰螺師店，余買田其間，因往相田。」

首句「莫聽」二字已見「外物不足縈懷」之個中性情。延伸之次句「何妨雨中徐行」，乃呼應小序「同行皆狼狽，余獨不覺」，又引出下文「誰怕」即「不怕誰」。徐行而又吟嘯，是加倍寫：以「莫聽」「何妨」引述後情。一「獨」字，即言其與人不同。

「竹杖」句，言閒人（〈南歌子〉云：「我是世間閒客此閒行」），「步行」用竹杖芒鞋（〈初入盧山〉）詩中云：「芒鞋青竹杖，自掛百錢遊；可怪深山裡，人人識故侯。」）之輕巧輕便，遠勝騎「馬」，有

「無官一身輕」之意。蓋東坡之由「官」而「隱」，乃因反對新法。於元豐二年，人由其詩中尋章摘句，說成是「謗訕朝政」，於知湖州任上逮捕送入御史台獄；羈押四月餘，得免一死，謫任黃州團練副使，本州安置。元豐三年到黃州後，即〈答李之儀書〉云：「得罪以來，深自閉塞，扁舟草屨，放浪山水間，與樵漁雜處，往往為醉人所推罵，輒自喜漸不為人識。」印證〈初入廬山〉之言深山中「人人識故侯」，自了然其欲「歸隱」之心路。

又「一蓑」句，非寫著蓑衣於風雨中，泰然處之之身體感受，乃心欲去——江湖上煙波浩渺、風片雨絲而歸隱。此〈定風波〉三月寫成，至九月作〈臨江仙〉詞，又有「小舟從此逝，江海寄餘生」之句。而東坡在〈答李之儀書〉中所述的「扁舟草屨，放浪山水間，與樵漁雜處」而自覺可喜，所透露之心事，皆可互證。又由陸游〈題繡川驛〉的「曾買一蓑來釣雨」，和〈舟過小孤山有感〉的「商略人生為何事？一蓑從此入空濛」，對「一蓑」之用法，亦可得其旁證。

東坡甚為嚮往張志和〈漁父〉詞：「青箬笠，綠蓑衣，斜風細雨不須歸」，而恨其曲詞不傳，曾改寫為〈浣溪沙〉入歌（吳曾《能改齋漫錄》卷十六）。江湖上的「斜風細雨」，自然界之小風小雨，當可「不覺」「莫聽」，「何妨」就此度過一生。

「山頭」三句，寫實。「斜照相迎」，正詞序言「已而遂晴」之喜感。「回首」以下，言回顧來程所歷蕭瑟風雨聲，由自然界上言，可以循環過去，而宦途之風雨，則難逆料。此一弄晴歸去心情，正如黃庭堅〈謫居黔南〉所謂：「病人多夢醫，囚人多夢赦」之寫照。（呂仁偉注）

臨江仙 《廿一史彈詞》第三段《說秦漢》開場詞① 楊慎

滾滾長江東逝水，浪花淘盡英雄②。是非成敗轉頭空。青山依舊在，幾度夕陽紅。　白髮漁樵江渚上③，慣看秋月春風。一壺濁酒喜相逢。古今多少事，都付笑談中。

【注釋】

①《廿一史彈詞》：這是楊慎創作的長篇彈詞，以正史所記事蹟為題材，以淺近文言寫成，是一部通俗歷史。全書分為十段，每一段相當於一回，故原名《歷代史略十段錦詞話》。這首詞是第三段《說秦漢》之開場詞。

②淘盡：蕩滌一空。

③漁樵：漁父和樵夫。渚：水中的小塊陸地。

【賞析】

此為《說秦漢》之「開場詞」而在秦漢史實、人物之上，以「高屋建瓴」寫出人們之共鳴。

首二句概括客觀歷史，化用杜甫〈登高〉之詩意：「無邊落木蕭蕭下，不盡長江滾滾來。」與東坡〈念奴嬌・赤壁懷古〉之詞意：「大江東去，浪淘盡、千古風流人物。」「滾滾長江」象徵歷史長河之「逝者如斯」、「後浪推前浪」。但英雄生前雖叱咤風雲，但隨時間推移，歷史浪花總將沙石沖刷得無影無蹤。

第三句，透悟出歷史結論在英雄長眠後，榮辱成敗、是非得失之差距不啻天壤，於景語中直透一己歷經坎坷之達觀。

第四、五句於景語中，蘊涵作者由感傷而悟出人生哲理。「青山」乃自然與宇宙之象徵，雖歷盡滄桑，依然屹立；「夕陽紅」則象徵人生美好時光之短暫，與「青山」相比，更是微不足道。由「依舊」謂不變，「幾度」謂難得；兩相比較，益見人生渺小。

下片「白髮漁樵」，或是作者化身。

一、二句寫出作者遠離塵囂、遁跡山林之生活，慣看「江上清風」與「山間之明月」（東坡〈前赤壁賦〉）。乃風懷高潔之老者。

第三句寫老者以「秋月」「春風」為背景，飲「一壺濁酒」，何等淡泊之情趣！

第二句言高士藉酒論古今成敗之曠達。

【作法】

上片一、二句化用前人成句，以言英雄豪傑亦無法抗拒自然規律。第三句，伸足前二句，反思歷史。第四、五句，掉轉筆鋒，於景語中寓哲理，意境深邃。

下片由「白髮漁樵」抒發人生、歷史之感慨。

首二句直道老翁生活，由大處落墨。

第三句伸言老翁隱居山林之情趣和襟懷。

第四、五句又言老翁博通古今之形象，寄寓作者人生理想。

楊慎一生起伏甚大，初為首輔之子，少年得志，考中狀元，授翰林院修撰。然好景不常，於三十六歲時，因直言切諫，觸怒嘉靖帝，被流放三十餘年，殘酷的現實，使其悟徹人生與歷史，而有「高屋建瓴」之評。

十、其他

生查子　牛希濟

春山煙欲收①，天淡稀星小。殘月臉邊明，別淚臨清曉。　語已多，情未了，回首猶重道。記得綠羅裙，處處憐芳草②。

【注釋】

①春山句：天剛破曉，煙霧漸散，星稀殘月，朦朧中正見淚痕相映。離人之不忍遽別，由夜裡話別直到天明。語多是虛，情未了是實，蓋心中結，萬語千言訴之不盡。

②記得句：由近而遠，是因記得情人羅裙的顏色，像嫩綠的草色，由愛屋及烏因而連芳草也覺得可愛。

憐，愛。由遠而近說，即使芳草無情，也因年年綠而令人憶及憐愛之羅裙。

【賞析】

此詞寫晨光朦朧，兩情惜別，淚眼相向，觸目芳草，思憶羅裙美人之作。因見綠草，憶起羅裙，益憐綠草。因見桃花，思及人面，唐人崔護詩：「去年今日此門中，人面桃花相映紅。人面不知何處去，桃花依舊笑春風。」看見秋千，則想起纖手，吳文英〈風入松〉詞：「黃蜂頻撲秋千索，有當時纖手香凝。」皆以逼真、細緻手法刻畫深厚戀情，及心中的曲意。

蝶戀花　歐陽修

雨橫風狂

庭院深深幾許①？楊柳堆煙，簾幕無重數。玉勒雕鞍②游冶處③，樓高不見章台④路。

三月暮，門掩黃昏，無計留春住。淚眼問花花不語，亂紅飛過鞦韆⑤去。

【注釋】

①庭院深深幾許：庭院因重重阻隔，雖似甚深而實不深。「庭院深深」用疊字，與「深幾許」疊用「深」字，屬「句中頂針」——指文句中上下片語，用同一字詞頂接。

②玉勒雕鞍遊冶處：玉勒雕鞍，指玉勒雕鞍，指玉質的馬銜、雕飾的馬鞍。遊冶，恣情聲色之遊。李白詩：「岸上誰家遊冶郎，三三五五映垂楊。」

③章台路：漢代長安章台宮，近旁有章台街。《漢書・張敞傳》：「時（任京兆尹）罷朝會，走馬章台街，自以便面（摺扇）拊馬。」本形容張敞之風流自賞，後世遂以「走馬章台」為「冶遊」之意。一說章台街是妓女居住之地，「章台」用來代稱妓女住所。

④雨橫風狂：形容風狂雨驟。

⑤問花花不語：此亦用「句中頂針」，形容痴心乃至問花。溫庭筠〈惜春〉詞：「百舌問花花不語。」唐

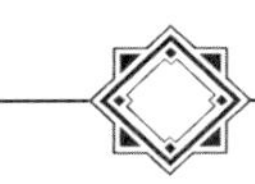

人嚴惲〈落花〉詩：「盡日問花花不語，為誰零落為誰開？」

⑥亂紅飛過鞦韆去：亂紅，指凌亂的落花。「鞦韆」，同「秋千」。

【賞析】

〈蝶戀花〉或題「春晚」，即「暮春」之意，旨在敘惜春之情。上片由庭院深深，追憶當年遊樂生活；下片由雨橫風狂，悵恨無計留春。

起句「庭院」四句，以激問言庭院的看似幽深，引發春深似海。又以庭院之幽寂深邃，反襯主人之孤寂。李清照〈臨江仙〉題下自注云：「歐陽公作〈蝶戀花〉，有深深深幾許之句，余酷愛之，用其語作庭院深深數闋。」如：「庭院深深深幾許？雲窗霧閣常扃（ㄐㄩㄥ），柳梢梅萼漸分明。」而「楊柳」句，言殘春景象在——庭院裡楊柳茂密，樹梢煙霧迷漫，似簾幕重重掩映。一連三句皆疊「深」字，足見佳人隔絕在樹多霧濃、簾幕重重之中。「玉勒」二句，言煙柳迷茫所以樓高，已不見通往遊冶處的章台路。兼寫實景（少年騎馬浪遊處，而今已是煙柳迷濛，庭院深深，難覓原地），與虛寫（年少輕狂作樂事，已在腦中深處隱現），令人油然而生悵然之情。

下片首句，言暮春風雨，落紅飄零。「門掩」句接言黃昏寂寞，重門深閉，難留美好春光（作者不只想挽留春景，亦想留住個人青春）。結句「淚眼」二句，由情景交融之痴語渾成，故清・王又華《古今詞論》引明人毛先舒的《評析》，言「淚眼」句情意有四層：因花而有淚，此一層意也；因淚而問花，此一層意也；花竟不語，此一層意也；不但不語，且又亂落，飛過秋千，此一層意也。言人越傷心，花越惱人，言近意深，天然渾成。又《草堂詩餘》載沈際飛評云：「末句參之點點飛紅兩句，一若關情，一若不關情，而情思蕩漾無邊。」可謂切中肯綮（ㄑㄧㄥˋ，筋骨交結之重點）。（張明垣注）

揚州慢　姜夔

淳熙丙申至日①，予過維揚②，夜雪初霽③，薺麥彌望④。入其城，則四顧蕭條，寒水自碧，

暮色漸起，戍角悲吟。予懷愴然，感慨今昔，因自度此曲。千巖老人⑤以為有〈黍離〉⑥之悲也。

淮左名都⑦，竹西⑧佳處，解鞍少駐初程⑨。過春風十里⑩，盡薺麥青青。自胡馬窺江⑪去後，廢池喬木，猶厭言兵⑫。漸黃昏，清角吹寒，都在空城。　杜郎俊賞⑬，算而今，重別須驚。縱豆蔻詞工⑭，青樓夢好，難賦深情。二十四橋⑮仍在，波心蕩，冷月無聲。念橋邊紅藥⑯，年年知為誰生？

【注釋】

①淳熙丙申至日：宋孝宗淳熙三年（一一七六年）的冬至，時作者二十二歲。

②維揚：即揚州（今江蘇市名）。因其位於運河、長江之樞紐，宋代即以為淮南東路治所。

③薺麥彌望：放眼望去，都是薺菜和野麥。薺，音ㄐㄧˋ。

④戍角：指軍營中號角響起。

⑤千巖老人：即蕭德藻，字東夫，晚年居吳興弁山，有千山巖之勝，因自號「千巖老人」。以姪女嫁白石。

⑥〈黍離〉之悲：感慨國家今昔興衰之悲。〈黍離〉，出自《詩經‧王風》篇，此詩之作，仍因見到故都宮城盡是禾黍，悼念國家的覆亡，徬徨不忍去。正似商代箕子見王宮殘破，悲吟〈麥秀歌〉。

⑦淮左名都：宋置淮南東路，亦稱淮左；揚州是淮左地區名都。

⑧竹西：揚州城北有竹西亭，在五里禪智寺旁。杜牧〈揚州禪智寺〉詩：「誰知竹西路，歌吹是揚州。」

⑨初程：作者初次至揚州。程，里程。

⑩春風十里：寫揚州的繁華景象。杜牧〈贈別〉詩：「春風十里揚州路，捲上珠簾總不如。」

⑪胡馬窺江：江，指長江。宋高宗建炎三年（一一二九），金兵初犯揚州。紹興三十年（一一六〇），完顏亮南侵，江淮軍敗，揚州又致殘敗。孝宗淳熙三年（一一七六），冬至，大雪初止，白石路過此地，而發哀情。

⑫猶厭言兵：厭，極端憎惡；兵，金主南侵之兵，指人經城破，而多厭戰。

⑬杜郎俊賞：杜郎，指杜牧。俊賞，最愛賞之地。

⑭縱豆蔻詞工三句：言縱使有杜牧寫〈豆蔻〉、〈青樓〉詩的才華，也難以表達劫後揚州悲愴之情。即杜牧〈贈別〉詩：「娉娉嫋嫋十三餘，豆蔻梢頭二月初。」〈遣懷〉詩：「十年一覺揚州夢，贏得青樓薄倖名。」

⑮二十四橋：二十四橋舊址在今揚州西郊，杜牧〈寄揚州韓綽判官〉詩：「二十四橋明月夜，玉人何處教吹簫？」相傳古代有二十四個美人，曾於此吹簫，故名。另一說，指二十四座橋。沈括《補筆談》謂唐時揚州確有二十四座橋，但至北宋時已不全存。

⑯念橋邊紅藥：二十四橋一名「紅藥橋」，橋邊盛放紅色芍藥花。

【賞析】

白石，二十二歲時，目睹揚州城遭受金人掠奪後的淒涼景象，而自度此曲。細繹其所運之技法：

1. **對比法**：詞之首二句，乃白石於大雪後，過揚州，遙想揚州昔日乃淮南名都，城北竹西亭尤為勝景，故稍作駐留。此處拈出「名都」、「佳處」，形容昔日勝景，以與下文「空城」對比。而「過春風」二句，言一路行來，所見十里之遙，已遍生青綠之「薺」、「麥」，喻人跡罕至，故「薺麥青青」、「廢池喬木」乃至「清角吹寒」。又「杜郎俊賞」、「豆蔻詞工，青樓夢好」與今日「難賦深情」、「波心蕩，冷月無聲」成強烈對比。

2. **擬人法**：由「自胡馬」以下四句，言揚州兵燹劫後之荒蕪，連無知無情之廢池喬木，尚厭談兵戰，況有知有情之人！故清人陳廷焯《白雨齋詞話》說：「『猶厭言兵』四字，包括無限傷亂語，他人累千百言，亦無此韻味。」由此可見白石善於鍊字鍛句。

接以「漸黃昏」三句融合暮色漸臨的視覺、號角聲淒清的聽覺，及感受寒意的觸覺，以勾勒揚州劫後。而以「空城」二字，和盤托出其狀。

3. **虛擬法**：下片藉杜牧以自況。「杜郎」以下三句，言遊過揚州之杜牧，以其過人才華，曾作〈贈別〉（「豆蔻梢頭二月初」）、〈遣懷〉（「贏得青樓薄倖名」）等名詩，如杜牧舊地重遊，亦難一寫悲情。

又「二十四橋」等三句，亦鎔鑄杜牧「二十四橋明月夜，玉人何處教吹簫」的詩意。中「波心蕩」之「蕩」字兼有「湖心蕩漾、內心激盪淒楚」之意。

下片「算而今」二句及「念橋邊」二句，以問語作結，言花開花謝，何能體會人事全非之沈痛？其中領字「算」、「念」之假設字，令感慨落於虛處，令人悟其言外，低徊不已。

問題與討論

1. 詞的內容，以寫何者為最多？為什麼？
2. 哪首情詞最能引人共鳴？為什麼？
3. 哪首寫景詞令你神往，為什麼？
4. 情景兼寫，先後順序如何安排？
5. 古今詞人中你最欣賞誰？為什麼？
6. 哪種述懷詞最感人？試舉一、二例。
7. 詞中亦有理趣？何以見得？試舉例以明。
8. 詞的賞析，要注重技巧表達嗎？

肆、詞之寫作

講求寫作技巧，可以修飾文章之美，正如《文心雕龍‧情采篇》所謂：「水性虛而淪漪結，木體實而花萼振。」溯我國重視為文技法，由來已久。《易‧文言》曰：「修辭立其誠。」《詩‧大序》言賦、比、興。李白以誇飾而成豪放之風；孔融以〈離合詩〉言諧音析字；楊修妙解〈曹娥碑〉為「絕妙好辭」；六朝民歌之「子夜」與「華山畿」語多雙關；陶淵明詩多嵌字與藏詞；而《文心雕龍》尤論述技法有神思、情采、聲律、章句、比興、事類等；至唐代日本沙門遍照金剛《文鏡祕府‧序》言披閱漢文卷帙雖多，要樞則少……總有一十五種類。」在其所述辭格中有借代、比擬、映襯等；劉知幾《史通》又有省略、仿擬等；而《藝文類聚》有「連珠」（即今「頂真」）；宋‧桑世昌《四文類聚》又申重言（即疊字、複詞）。又有南宋‧陳騤《文則》，清‧俞越《古書疑義舉例》，元‧王構《修辭鑑衡》；民國以來陳望道《修辭學發凡》，黃慶萱《修辭學》，黃麗真《實用修辭學》等，則欲詩文合乎技法，必析解其作法，以為創作之參考指引。

一、填詞步驟

(一)多讀

除了廣泛讀些優美的詞篇之外，填詞尤其須選同一詞牌的作品讀上它幾十首，如此對這一詞牌的聲韻、句式熟諳之後，到填詞的時候，才不會受到詞譜的限制，陷入削足適履、縫合拼湊的困境。

(二)擇詞

詞牌就是曲譜，雖然曲子用音階、拍子、節奏去表達，但詞牌與曲調卻各有其特性。如〈滿江紅〉、

〈賀新郎〉、〈水調歌頭〉是表達壯烈的、〈南浦少年遊〉是表達喜悅的。〈江城子〉、〈高陽台〉是表現悲哀的，如果不慎加選擇，選錯了調或配錯了樂，自不能恰適表達喜怒的感情。

(三)選韻

詞韻在詞牌中，不只是被規定在一定的位置上，而且全首詞要用多少個韻，都有一定。因此在決定詞牌後，要慎重地去選些能表達我們的情緒的節奏旋律，而且含字較多的韻門。韻有多至一、二百，少至四、五十才不會牽強難填，否則，只藉偶得的佳句末字為韻，往往較難得心應手。就是勉強湊好，也難成為出色的好詞。充其量只像是一件補上美布的醜衣。

(四)布局

當我們有了要表達的題材，在擇調、選韻之後，就要將表達的思想感情做一精密的結構組織：或由景或自情寫起，或由近而遠，由遠而近，或由虛而實，實而虛，才能有理想的寫作形式。

(五)按譜填詞

先率意鋪寫為長短句，而後協之以律，或就古調略予增改，以成新調新詞。

(六)修改

當我們思想凝煉安排之後，再依照詞的平仄、韻調、規律一一鋪填之後，過三兩天，再逐字逐句細心修飾，看看哪些句子意思淺薄、庸陋、直露不能做深入的描寫，總要求字少意多，情深字淡、韻味無窮才好。

(七)校譜和對韻

雖然在填詞之初，選定了詞牌和詞韻，但在寫作過程中，為了文思的表達，文義的更動，可能所用的

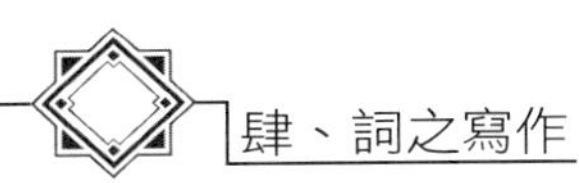

韻也隨之改動，尤其是事前不曾翻閱詞韻的話，更要逐一校對。且在訂正的過程中，最好先翻詞譜，逐字對過，看是否有脫譜之處，再一一核對，有無出韻的地方。否則即使用對了韻也是枉然的，經過這一連串的過程，才能定稿。

二、認識詞

在填詞之前，最好對詞的「個性」，如體裁、詞牌、押韻、平仄、字數、表情、說理、言事、修辭、意境等有更多一些了解與掌控。

(一)詞的特性

1.由音樂性言

詞不同於漢樂府：

由音樂言——漢樂府所用音樂為漢族傳統的國樂；而詞的音樂則是隋、唐時代，外來的音樂結合當時的民間音樂而產生之新樂。

又由配樂先後言——漢樂府是先作詩，再至樂府機關去配樂；而詞則是有了曲調，然後按調填詞。故「詞」乃供伶工配樂演唱之歌詞。至南宋後詞、曲分開，詞只供案上欣賞。

2.由形式上言

詞有詞牌——規定詞的字數長短和聲調押韻。

白居易的〈憶江南〉：

江南好，風景舊曾諳。
日出江花紅勝火，春來江水綠如藍。
能不憶江南。

它的格律是五句及三個平聲韻：

一＋｜，＋｜｜一一（韻）。

＋｜＋一一｜｜，＋一＋｜｜一一（韻）。

＋｜｜一一（韻）。

（「一」平，「｜」仄，「＋」可平可仄。）

創作時，皆須合於此一規定，所以作詞也叫「填詞」。

3.由風格言

詞體含蓄宛轉，故多用比、興。

詩的特色在莊重典雅，曲的特色在淺白通俗。而詞因受形式局限，篇幅短，韻律嚴，所以其內容非詩、曲所能比，又因多用比、興，所以詞意常在篇外。故王國維《人間詞話》說：「詞之為體，要眇宜修，能言詩之所不能言，而不能盡言詩之所能言。詩之境闊，詞之言長。」

如杜甫〈羌村三首〉詩中第一首：「夜闌更秉燭，相對如夢寐」，比照晏幾道的〈鷓鴣天〉詞：「今宵賸把銀釭照，猶恐相逢是夢中」，詩意與詞意相同，都是描寫久別重逢，燈燭下相對，如在夢中的感覺，詞卻比詩顯得婉轉蘊藉。

白居易的〈長恨歌〉、〈琵琶行〉等長篇，也難在詞作中見之。

(二)詞的體制

1.依字數多寡分

有小令、中調、長調。

詞在晚唐、五代、北宋初期，篇幅短小，以小令為主，直到柳永以後，長調成為流行的詞體。至於小令和長調的區別，依清人毛先舒《填詞名解》的說法，以五十八字以內為小令；五十九字至九十字為中調；九十一字以外為長調。即：

(1)小令（又稱令、小調）——是唐、五代詞的特性，在作法上傾向以簡練的語言，表達含蓄不盡之意。

(2)中調（又稱引或近）——較小令稍長。

(3)長調（又稱慢）——則典雅莊重，重視鋪述轉折的作法。

2.依分段言

詞一篇通稱為一闋，一闋詞多分兩段，上半段稱上片或前片，下半段稱下片或後片。從「前片」轉到「後片」，稱為「過片」，或「換頭」。在此轉換，不能接得太死板，最好是似接未接，將斷未斷。分有單調、雙調（分前後兩段最常見，如朱敦儒〈西江月〉同一絃律唱兩遍）；分三段的稱為「三疊調」，分四段的稱為「四疊調」。至全首第一句為「起拍」，末句稱「結拍」。例如蘇軾〈水調歌頭〉：

明月幾時有，把酒問青天。（起拍）不知天上宮闕，今夕是何年？我欲乘風歸去，又恐瓊樓玉宇，高處不勝寒。起舞弄清影，何似在人間？（上片）（換頭）轉朱閣，低綺戶，照無眠。不應有恨，何事長向別時圓？人有悲歡離合，月有陰晴圓缺，此事古難全。但願人長久，千里共嬋娟。（下片）（結拍）

3.依結構分片

是配合絃律音節的不同，而衍生的。如：

(1)不換頭——雙調詞上下片，首句字數相同。

(2)換頭——雙調詞上下片，首句字數稍有不同，而後回到原來的絃律。「換頭」又有兩種：

「換頭」之一，是雙調詞上下片，首句字數不同的「換頭」。如晏幾道〈鷓鴣天〉：

翠袖殷勤捧玉鍾，當年拚卻醉顏紅。舞低楊柳樓心月，歌盡桃花扇底風。　從別後，憶相逢，幾回魂夢與君同。今宵賸把銀釭照，猶恐相逢是夢中。

有前後片完全不同之換頭。如晏殊〈訴衷情〉：

芙蓉金菊鬥馨香，天氣欲重陽。遠村秋色如畫，紅樹間疏黃。　流水淡，碧天長，路茫茫。憑高目斷，鴻雁來時，無限思量。

4.依詞牌分

各有聲情，可於其下，附加詞題或小序。

(1)詞牌是用以規定字數、句法、平仄、用韻等。同一詞牌，因音節、字數的不同，可分數體。如〈臨江仙〉的詞牌，即有九體之多。其發展過程：

(2)早期，詞牌的名稱會與該詞的內容相關。如：白居易〈憶江南〉「江南好，風景舊曾諳」即是追憶江南；而〈南鄉子〉重在描寫南方風物。後來，詞牌與內容無涉。所以詞人便會在詞牌底下，另加詞題或小序說明。如：辛棄疾於〈水龍吟〉詞牌下附加「登建康賞心亭」；陸游於〈卜算子〉詞牌下附加「詠梅」等小序，藉以說明詞旨、寫作緣由及時、地。

細味各詞牌多具其特色，如〈賀新郎〉、〈沁園春〉、〈水調歌頭〉等，適合描寫慷慨激昂的感情；〈壽樓春〉、〈千秋歲〉乃是悼亡專用，而非頌寫春詞。

(3)詞牌是表示音樂之聲調，故重平仄陰陽用韻，以便歌唱。如南宋詞人張炎《詞源》說：「先人（炎父樞曉暢音律）每作一詞，必使歌者按之，稍有不協，隨即改正。」然宋、元後，舊譜零落，詞多不能唱。如欲按律填詞，可參考宋代張炎的《詞源》、清代萬樹的《詞律》、戈載的《詞林正韻》、王奕清等奉敕編纂的《欽定詞譜》、舒夢蘭的《白香詞譜》等。

(三)詞的專有名詞

1.詞牌：係曲譜名稱。詞牌並不是題目，它好此一個公式，詞文往往被帶入這公式之中。從一首歌曲來說，詞牌就是譜，詞文就是歌辭，所以譜只有一個，卻能有許多首（段）不同的歌辭。考詞牌之名，初本與詞意相符。如〈菩薩蠻〉一詞，本是唐宣宗時女蠻國入貢，娼優所製之曲，此世作此曲詞者甚多，詞意不必與女蠻國有關。如〈漁歌子〉、〈憶江南〉則調名與詞意相符，是詞牌即是詞題。而〈虞美人〉、〈浣溪沙〉、〈天仙子〉的詞牌，不過是代表宮調音節而已。又詞一篇為一闋，言此一樂曲終也。一闋又有分片或不分片之詞。

如〈漁歌子〉不分片，〈浣溪沙〉則分為二片。

考詞之詞牌，其來源有：

(1)自民間歌謠及祀神曲、軍歌變成，如〈漁歌子〉、〈二郎神〉、〈破陣子〉。

(2)自外國或邊地傳來，如〈梁州令〉、〈霓裳羽衣曲〉。

(3)自大晟府（國家音樂院）製成，如〈黃河清〉。

(4)文人為妓女製作，如〈隔簾聽〉（柳永）。

(5)詞人自度，如姜白石作〈淡黃柳〉、〈揚州慢〉。

(6)截取隋唐大曲，如〈水調歌頭〉。

今日填詞，詞調不必與詞意相合，但亦不能相背。如〈千秋歲〉作壽詞，〈賀新郎〉賀新婚用。

2. **攤破**：在某曲子上增加些新音階（裝飾音）而產生的叫攤破曲，如〈攤破浣溪沙〉比原曲就多了幾個襯字。也就是唱歌的時候多幾個好聽的裝飾音。

3. **減字**：與攤破剛好相反，是在原調中減少幾個字，如〈木蘭花〉的原調為七字八句五十六字，〈減字木蘭花〉成了四字、七字各四句的四十四字。

4. **偷聲**：是前半闋用原調，後半首減字成功的詞調。如〈偷聲木蘭花〉。

5. **犯調**：就是從幾個字不同的曲譜中各抽幾句，拼起來製成的樂曲（如同今日的雞尾歌，或組曲）。如將〈解連環〉、〈雪獅兒〉、〈醉蓬萊〉各抽幾句拼成〈四犯翦梅花〉。其他有〈八犯玉交枝〉、〈玲瓏四犯花犯〉、〈小鎮西犯〉等帶犯字的詞牌。

6. **歌頭**：整套曲子的第一樂章，如〈水調歌頭〉就是水調歌的第一首樂曲之意。

7. **令**：即席隨口唱出的遊戲小詞。

8. **引**：將簡單樂曲加工引申為繁複的樂章。

9. **行**：不同於唐詩中的〈琵琶行〉、古樂府的〈樂歌行〉的以「行」表體裁，詞牌中的「行」如〈踏莎行〉、〈望遠行〉、〈御街行〉的「行」字，只是「步行」意。

10. 近：是指與某曲子的調子相近。如〈祝英台近〉，是說這曲子近乎〈祝英台〉那首曲子。
11. 慢：較長的曲子。
12. 過拍：起拍之後到換頭之間那一段。
13. 換頭：第二段再起頭。
14. 結拍：全首詞最後一句。
15. 雙拽頭：同一首中不止一次地換頭，如〈鶯啼序〉。

三、詞的要件

(一)詞牌

詞牌（如今之歌譜）是詞的重要特色，因為詞通篇依詞牌有固定字數、長短句的變化，也由單片演化為雙片甚或三疊、四疊。

字數增多，則表達更豐富。初期的詞多由五、七言律詩、絕句加減字而來，至北宋已有新詞牌產生。

(二)句型

長短句——格式多變，由不同的基本句式表達不同的思想和情懷。如詞較纖細穠麗，寫閨情愁思較多。詩則廣闊蒼茫，表家國之悲、身世之嘆為多。

1. 一字獨立成句：常用於十六字令或作「領」字，用於句首。有料、記、被、方、漸、嘆等字。
2. 二字句，如：

調笑令　馮延巳

明月！明月！照得離人愁絕。更深影入空床，不道幃屏夜長。　長夜！長夜！夢到庭花陰下。

這首詞的「明月」用於句首，「長夜」用於句中。「長夜」還兼有換韻的功能。

3.三字句：一般詞牌的三字句多用於起句、換頭和結尾。如：

芳草渡　**歐陽修**

梧桐落，蓼花秋。煙初冷，雨才收，蕭條風物正堪愁。人去後，多少恨，在心頭。　燕鴻遠，羌笛怨，渺渺澄波一片。山如黛，月如鉤。笙歌散，夢魂斷，倚高樓。

這首詞起頭連用四句三字句，「燕鴻遠，羌笛怨」用為換頭，結尾更連用五句三字句，這種體例在詞裡也不多見。

4.四字句：四字句的組織約有三種，即上一下三、上三下一和上二下二。

(1)上一下三的四字句：

「揾英雄淚。」（辛棄疾〈水龍吟〉）

「都無人管。」（辛棄疾〈祝英台近〉）

這種組織的四字句並不多見，唸時，應在「揾」字稍微停頓，「英雄淚」自成一義。

(2)上三下一的四字句：

「捽挼花打。」（潘元質〈倦尋芳〉）

這種組織的四字句甚為少見，讀的時候，以「捽挼花」為一頓，「打」又是一頓。

(3)上二下二的四字句：

「柔情似水，佳期如夢。」（秦觀〈鵲橋仙〉）

「薄雨收寒，斜照弄晴，春意空闊。」（賀鑄〈石州慢〉）

四字句中以上二下二的結構為最多，到處可見。

5. **五字句**：五字句法約有上二下三、上三下二、上一下四、上四下一等四種。

(1)上二下三的五字句：

「小雨一番寒。」（万俟詠〈昭君怨〉）

「但願人長久，千里共嬋娟。」（蘇軾〈水調歌頭〉）

(2)上三下二的五字句：

「了不知南北。」（秦觀〈好事近〉）

(3)上一下四的五字句：

「渺空煙四遠。」（吳文英〈八聲甘州〉）

「過春風十里，盡薺麥青青。」（姜夔〈揚州慢〉）

(4)上四下一的五字句：

「向鳳簫人道。」（呂渭老〈醉蓬萊〉）

「窗影燭花搖。」（周邦彥〈憶舊遊〉）

唐詩的五字句多為上二下三，很少有例外。韓愈上一下四的五言詩，被稱為走奇險的偏鋒，不是正體。詞卻沒有這個限制，作者可以自由運用。

6. **六字句**：六字句法有六種。

(1)上二下四的六字句：

「無奈、雲深雨散。」（王詵〈燭影搖紅〉）

「始知、青春無價。」（司馬光〈錦堂春慢〉）

(2)上四下二的六字句：

「三十六波、春色。」（姜夔〈惜紅衣〉）

「怎不教人、易老。」（司馬光〈錦堂春慢〉）

(3)二二二平分的六字句：

「雲淡、天高、露冷。」（柳永〈採明珠〉）

「廢沼、荒墟、疇昔，明月、清風、此夜。」（辛棄疾〈水調歌頭〉）

(4)三三平分的六字句：

「又還是、春將暮。」（黃庭堅〈望江東〉）

「靈均逝、魄無憑。」（黃巖叟〈望海潮〉）

(5)上一下五的六字句：

「況、蕭索青蕪國。」（周邦彥〈大酺〉）

「蝶、尚不知飛去。」（司馬光〈錦堂春慢〉）

(6)上五下一的六字句：

「做得黑頭公、未。」（陳亮〈瑞雲慢〉）

六字句中以二二二平分者最多，上五下一的最少，讀者若事先沒有準備，初看到不是二二二平分的句子，怕會有不知從何讀起的感覺。

7. **七字句**：七字句法也有六種。

「見說、蘇堤晴未穩。」（張炎〈珍珠簾〉）

「了卻、君王天下事，贏得、生前身後名。」（辛棄疾〈破陣子〉）

(1)上三下四的七字句：

「八百里、分麾下炙，五十絃、翻塞外聲。」（辛棄疾〈破陣子〉）

「水風輕、蘋花漸老，月露冷、梧葉飄黃。」（柳永〈玉蝴蝶〉）

(2)上四下三的七字句：

「夜來幽夢、忽還鄉。」（蘇軾〈江城子〉）

「萋萋芳草、憶王孫，柳外樓高、空斷魂。」（李重元〈憶王孫〉）

(3)上五下二的七字句：

「日暮望高城、不見。」（姜夔〈長亭怨慢〉）

(4)上一下六的七字句：

「但、悵望蘭舟容與。」（葉夢得〈賀新郎〉）

「想、離情別恨無窮。」（李清照〈行香子〉）

(5)上六下一的七字句：

「情懷記得劉郎、否。」（李甲〈八寶妝〉）

唐詩的七字句以上四下三為正體，上三下四為別體。詞裡上三下四的七字句很多，雖然不見得能壓過上四下三的聲勢，卻也足以得知詞人刻意求變的心態了。

8. 八字句：八字句法也有六種，但以八字句原就不多，只取兩種加以介紹。

(1)上一下七的八字句：

「對、瀟瀟暮雨灑江天。」（柳永〈八聲甘州〉）
「妒、千門珠翠倚新妝。」（賀鑄〈金人捧露盤〉）

(2)上三下五的八字句：

「覩浩月、浸嚴城似雪。」（康與之〈寶鼎現〉）
「是何年、青天墜長星。」（吳文英〈八聲甘州〉）

9. 九字句：九字句法也有六種，亦取兩種加以介紹。

(1)上六下三的九字句：

「長向月圓時候、望人歸。」（晏幾道〈虞美人〉）
「只有多情流水、伴人行。」（蘇軾〈南歌子〉）

(2)上三下六的九字句：

「繡簾開、一點明月窺人。」（蘇軾〈洞仙歌〉）
「須著我、醉臥石樓風雨。」（辛棄疾〈洞仙歌〉）

(三)押韻

1. 由密而漸疏。如：

漁歌子　**張志和**

西塞山前白鷺飛，桃花流水鱖魚肥。青箬笠，綠蓑衣，斜風細雨不須歸。

漁歌子　**李煜**

浪花有意千重雪，桃李無言一隊春。一壺酒，一竿綸，世上如儂有幾人。

前首〈漁歌子〉與七絕相較，只少一字，而每句押韻。

用韻由密而疏，同是〈漁歌子〉，卻前後兩首全然不同。蓋早期的詞幾乎每句押韻，像白居易的〈長相思〉：「汴水流，泗水流，流到瓜州古渡頭，吳山點點愁。」句句用韻；到了宋朝，隔兩句或三句才押韻就很平常了，像柳永的〈八聲甘州〉：「對瀟瀟暮雨灑江天，一番洗清秋。漸霜風淒緊，關河冷落，殘照當樓。」很明顯押韻漸疏，詞人創作時，用字可以得到較多的自由。

2.用韻，比詩寬，規定卻比詩嚴。如：

昭君怨　春望　万俟詠

春到南樓雪盡，驚動燈期花信，小雨一番寒，倚闌干。　莫把闌干頻倚，一望幾重煙水。何處是京華，暮雲遮。

這首詞上片「盡」「信」兩字押仄韻，「寒」「干」轉為平韻；下片的情形和上片略同。所以用韻可平可仄。規定嚴，是全依韻譜而定，不得任意增刪。限制比詩嚴，所以叫「填詞」。

3.詩文之聲調高低清濁。李登《聲類》，沈約四聲八病，皆曾評論及此。又劉勰《文心雕龍・聲律篇》言：「異音相從，同聲相應。」文章鏗鏘，皆其流風所及。

臨江仙　晏幾道

夢後樓台高鎖，（句）酒醒簾幕低垂。（韻）去年春恨卻來時，（協）落花人獨立，（句）微雨燕雙飛。（協）（微韻）　記得小蘋初見，（句）兩重心字羅衣。（全首微、支韻互換）（未韻）（協）琵琶絃上說相思，（支韻）（協）當時明月在，（句）曾照彩雲歸。（協）（微韻）

垂、時、飛、衣、思、歸，諸「韻」、「協」之字皆本同一。第三部平聲韻中，可通用（見《詞林正韻》）。

水調歌頭　蘇軾

明月幾時有，（句）把酒問青天。（韻）不知天上宮闕，（句）今夕是何年？（協）我欲乘風歸去，（句）又恐瓊樓玉宇，（句）高處不勝寒。（協）起舞弄清影，（句）何似在人間？（協）　轉朱閣，（句）低綺戶，（句）照無眠。（協）不應有恨，（句）何事長向別時圓？（協）人有悲歡離合，（句）月有陰晴圓缺，（句）此事古難全。（協）但願人長久，（句）千里共嬋娟。（協）

此首所押韻如下引，都在同一個韻部，所以通押。

平聲：廿二元、廿五寒、廿六桓、廿七刪、廿八山、一先、二仙通用。

【元】元原源袁爰援媛園垣猿喧萱鴛蜿冤怨言軒掀翻嶓番反藩樊蕃煩繁燔蘩圈

【㊢】寒韓汗翰頇鼾看干乾肝竿杆安鞍跚珊姍餐殘單丹簞灘攤壇檀彈闌欄瀾難

【桓】桓完丸紈皖讙寬官冠觀般槃盤般蹣胖瘢蟠瞞漫蹣曼饅酸攢耑端湍團摶鸞鑾巒孌

【刪】刪潸關彎灣還環寰鬟圜姦菅顏班斑頒般攀蠻孌

【山】山訕潺孱閑嫻㊣艱殷鰥頑

【先】先千阡箋濺前邊編胼㊣顛巔㊣田填鈿㊣蓮憐零堅肩牽賢絃絃舷煙燕咽湮妍研涓鵑懸淵

【仙】仙群遷韆煎錢羶扇煽饘旃氈襉嬋蟬然邅纏廛連聯漣鏈嫣延筵焉愆褰搴乾虔鞭篇偏扁翩便平鎒棉緡宣詮銓拴筌荃旋還漩㊣泉穿川專船椽傳沿鉛捐蔫綠㊣員㊣卷權拳鬈

由以上，天、年、寒、間、眠、圓、全、娟等韻，叶的字都在第七部平聲韻中。

上聲：二十阮、廿三旱、廿四緩、廿五潸、廿六產、廿七銑、廿八獮通用。

實用《詞林正韻》，常用詞牌平仄譜。

(四)平仄

「｜」代表仄聲，「—」代表平聲。「⊥⊤+」代表可平可仄。

瀟湘神 平聲韻　劉禹錫

——韻——疊—＋｜｜——韻＋｜｜——｜句———｜｜——韻

斑竹枝，斑竹枝，淚痕點點寄相思。楚客欲聽瑤瑟怨，瀟湘深夜月明時。

鵲橋仙 仄聲韻　秦觀

＋—＋｜句＋—＋｜句＋—＋｜韻＋—＋｜｜——句｜＋｜讀——＋｜韻

纖雲弄巧，飛星傳恨，銀漢迢迢暗度。金風玉露一相逢，便勝卻、人間無數。

＋—＋—句＋—＋｜句＋—＋｜韻＋—＋｜｜——句｜＋｜讀——＋｜韻

柔情似水，佳期如夢，忍顧鵲橋歸路。兩情若是久長時，又豈在、朝朝暮暮。

上引兩首，所押平、仄不同。

而所謂「韻」，指該處押韻；「疊」指該句重複上句；「句」指不押韻的完整句。所謂「讀」，是不成一句，唸時卻須在該處稍微停頓。

也有一些同一詞牌，卻可通融押平仄，也可以換韻，如：

憶秦娥 仄韻　李白

簫聲咽，秦娥望斷秦樓月，秦樓月，年年柳色，灞陵傷別。　樂遊原上清秋節，咸陽古道音塵絕。音塵絕，西風殘照，漢家陵闕。

憶秦娥 平韻　賀鑄

曉朦朧，前溪百鳥啼匆匆。啼匆匆，凌波人去，拜月樓空。　舊年今日東門東，鮮妝輝映桃花紅。桃花紅，吹開吹落，一任東風。

這兩首詞的詞牌都是〈憶秦娥〉，字數相同，押韻處也相同。前一首押仄韻，後一首卻押平韻，是個特例。而換韻的詞較多，有平韻換仄韻，有仄韻換平韻，有平韻換仄韻再換平韻等等，在詞譜中，統稱為平仄韻轉換格。

南鄉子　**歐陽炯**

路入南中，桄榔葉暗蓼花紅。兩岸人家微雨後，收紅豆，葉底纖纖抬素手。

這首詞前兩句句尾「中」、「紅」兩字押平聲韻；後三句句尾「後」、「豆」、「手」三字卻押仄聲韻。這種平仄的轉換可以達到韻尾變化的效果，而在詞譜中，轉換是有規律的，該換處不能不換，該轉處不得不轉，與唐詩一韻到底的格式大異其趣。

四、詞的技法舉隅

(一)押韻

浪淘沙　**昨日出東城**　**蘇軾**

昨日出東城。試探春情。牆頭紅杏暗如傾。檻內群芳芽未吐，早已回春。　綺陌斂香塵。雪霽前村。東君用意不辭辛。料想春光先到處，吹綻梅英。

【詞牌】

押韻常由詞牌而定。

〈浪淘沙〉詞本調原為平起七絕一首，僅二十八字，至李後主始改雙調，每段尚存七言二句，蓋因舊曲別製新聲者。自南唐以後，亦名〈賣花聲〉、〈過龍門〉、〈煉丹砂〉諸名。

詞家沈英名先生《孟玉詞譜》曰：「本作五十四字，分二疊，前後片句法相同，本調以本譜（李煜『往事只堪哀』）為正體。」

押韻：因本調源自七絕，七絕往往有「孤雁入群」及「孤雁出群」之押韻格式，以東坡詩言之，如：

橫看成嶺側成峰。遠近高低各不同。不識廬山真面目，只緣身在此山中。（〈題西林壁〉）

第一句押二冬韻之「冬」字，二、四兩句則押一東韻之「同」與「中」字，此種押韻格式，稱為「孤雁出群格」，即末句換成他韻。本調既出自絕句詩，故其用韻嚴格，雜用五部真文部與十一部庚青部，但所用皆絕句之「孤雁出群格」。

【格律】

◎●●○○韻。◎●○○協。◎○◎●●○○協。◎●◎○○●●句，◎●○○協。◎●●○○韻，◎●○○協。◎○◎●●○○協。◎●◎○○●●句，◎●○○協。

【賞析】

首三句，言東坡貶黃州，與潘丙、郭溝走出杭州東門城外，只因那兒最近東風（春風）。牆上深紅杏花，燦爛繁茂，如水傾出。

次三句，言欄檻內其他花朵，雖未露出花芽，但由紅杏推測春已到人間。花團錦簇的道上，斂聚著杏花花瓣的芳香塵埃，前村雪花已停止，日光亦從雲堆中出現。

末三句，言東君春神（或日神）不辭辛勞，在使百花齊放，以點綴春光。猜想春光先到之處，一定先讓梅花先行開花，只因梅花是最早綻放之花。

虞美人　蘇軾

定場賀老今何在，幾度新聲改。怨聲坐使舊聲闌，俗耳只知繁手不須彈。　斷絃試問誰能曉，七歲文姬小。試教彈作輥雷聲。應有開元遺老淚縱橫。

【詞牌】

本調又名〈一江春水〉、〈玉壺冰〉、〈憶柳曲〉、〈虞美人令〉。

《詞譜》：「〈虞美人〉雙調，五十六字，前後段各四句，兩仄韻，兩平韻。」又云：「《樂府雅詞》名〈虞美人令〉，周紫芝詞有『只肯怕寒難近玉壺冰』句，故名〈玉壺冰〉，張炎詞賦柳兒，因名〈憶柳曲〉，王行詞取李煜『恰似一江春水向東流』句，名〈一江春水〉。」

押韻：「在」、「改」押「賄」韻，「闌」、「彈」押「寒」韻。「曉」、「小」押「篠」韻；「聲」、「橫」押「寒」韻。

全詞押四韻，可見詞之押韻多變。

【格律】

◎○◎●○○●仄韻。◎●○○●協。◎●○○●協。◎○◎●●○○平韻。◎●◎○◎●○○協。

（以上參見陳師新雄《東坡詞選析》）

全首抒懷。

首二句以唐玄宗名樂工賀懷智，技藝可壓場（以喻元祐大臣之高尚），只因安史之亂不知流落何方（正似自己貶謫嶺南）。

次二句以「怨聲」喻紹聖新黨；「舊聲」暗喻元祐舊人。

則新黨迷惑哲宗，倒行逆施，迫害舊黨。

五、六句以文姬（蔡邕之女蔡琰）妙解音律，以喻周彥質所出善歌舞之小鬟，年幼而知音。

末二句流落江南之開元遺老，如聆聽李龜年之曲，如轟隆連出震動雷聲，自掩泣罷酒，老淚縱橫。

(二)平仄

平仄使詞能有抑揚頓挫之音韻美。

鷓鴣天　晏幾道

⊥|——⊥|—　　⊤—⊥||——　　⊥—⊤|——|　　⊤|——⊥|—
翠袖殷勤捧玉鍾，(韻)當年拚卻醉顏紅。(協)舞低楊柳樓心月，(句)歌盡桃花扇底風。(協)

—||　　|——　　⊥—⊤||——　　⊤—⊥|——|　　⊤|——⊥|—
從別後，(句)憶相逢，(協)幾回魂夢與君同。(協)今宵賸把銀釭照，(句)猶恐相逢是夢中。(協)

八聲甘州　柳永

|——⊥||——　　⊥—|——　　|——⊤|　　——⊥|　　⊤|——
對瀟瀟暮雨灑江天，(句)一番洗清秋。(韻)漸霜風淒緊，(句)關河冷落，(句)殘照當樓。

||⊤—||　　⊥||——　　—|⊤||　　⊤|——　　||⊤
(協)是處紅衰綠減，(句)苒苒物華休。(協)唯有長江水，(句)無語東流。(協)　不忍登

—⊤|　　|⊥—⊥|　　⊤|——　　|⊤—⊤|　　⊤||——　　|—
高臨遠，(句)望故鄉渺邈，(句)歸思難收、(協)嘆年來蹤跡，(句)何事苦淹留？(協)想佳

—　　⊤—⊤|　　||—　　⊤||——　　——|　　⊥——|
人、(豆)妝樓長望，(句)誤幾回、(豆)天際識歸舟。(協)爭知我、(豆)倚闌干處，(句)

⊥|——
正恁凝眸。

國音第一、二聲為平聲，以「—」代表。國音第三、四聲為仄聲，以「|」代表。只有入聲字，國音缺，游走方言中，如台語之「質」「角」發音短促者。

㈢用字

將中國字之形音（一字多音、多字一音）、義（本義、假借義、引申義、古今義）釐清，在語文上靈活運用，便生動人姿采。

1. 字喻法

唐多令　吳文英

何處合成愁？離人心上秋①！縱芭蕉不雨也颼颼。卻道晚涼天氣好，有明月，怕登樓。　年事②夢中休，花空、煙水流。燕辭歸客尚淹留③。垂柳不縈裙帶④住，漫⑤長是，繫行舟⑥。

【注釋】

①心上秋：「愁」可解為心上的秋意；上秋下心亦合成「愁」字。此為離合字形為喻之「字喻法」。如古詩：「藁砧今何在？山上復有山。」合兩「山」即為「出」字。

②年事：年華、世事。

③燕辭歸、客尚淹留：客，作者自稱。淹留，久留。曹丕〈燕歌行〉：「群燕辭歸雁南翔，念君客遊思斷腸。慊慊思歸戀故鄉，何為淹留寄他方？」

④垂柳不縈裙帶住：縈，旋繞。裙帶，指離去的女子。

⑤漫：音ㄇㄢˋ。徒然、空自。

⑥行舟：歸舟。

【賞析】

此為悲秋惜別之作。

上片鋪寫恨別，而以「愁」為基調。起拍兩句以「愁」字憑空發問，言離人心中愁緒正與眼前的秋景相契，「縱芭蕉」二句由人之愁，見景亦愁，謂縱使芭蕉不遇雨，也因風吹颼颼作響，而牽動離愁。以下三句縱筆言秋，秋既為團聚之日，而一己羈旅在外，故怕登樓而觸目傷懷。

下片抒發客居懷歸。首二句以花空、煙水流，以言韶光易逝，年華不再之愁思。而「燕辭歸」二句，言燕子春來秋去，歸去可期，而一己卻仍長期滯留他鄉，乃作客竟不如候鳥。「垂柳」三句，言垂柳不去留住佳人的裙帶，卻總去繫住歸舟，令人益發感受不能返鄉之無奈，與思念佳人之情摯。

夢窗之詞，多典雅奇險，此首則純用白描。蓋夢窗於蘇、杭曾納二妾，此因客居異地，由秋景而憶乃其所遣離之蘇女。

又此詞已見南宋詞之蛻變。如：增襯字——「縱芭蕉、不雨也颼颼」一句，按詞的格律，應為上三下四的，而此首已加一「也」為襯字，此其一。又本詞首二句，用拆字之「字喻法」乃詞俗化之現象，夢窗詞曲由雅而俗，至元曲而益見，此其二（此依葉嘉瑩《靈谿詞說》所言），已顯示出南宋後期的詞，漸轉化為曲的跡象。

南歌子　歐陽修

鳳髻①金泥帶②，龍紋玉掌梳③。走來窗下笑相扶，愛道畫眉深淺，入時無④？　弄筆偎人久，描花試手初。等閒⑤妨了繡工夫，笑問鴛鴦雙字，怎生⑥書？

【注釋】

①鳳髻：髮髻梳成鳳凰式，翹起之形如同鳳飛舞。

②金泥帶：屑金為泥，作為髻上之金絲條，為高貴女子所用。

③龍紋玉掌梳：玉製掌形梳子，梳背刻有龍形花紋。

④入時無：取朱慶餘〈近試上張水部〉詩：「洞房昨夜停紅燭，待曉堂前拜舅姑。妝罷低聲問夫婿，畫眉深淺入時無？」

⑤等閒：輕易。
⑥怎生：怎樣。

【賞析】

此詞寫新嫁娘親暱夫婿之嬌媚。由伊人與夫婿窗下靜賞梳妝，而至相扶相依之閨情樂，已足令人生羨。而伊人本弄筆描花，以展現女紅，無奈相偎一久，無心刺繡，足以道盡鴛鴦恩愛之情。

此首除用「鳳」、「金泥帶」以狀髮，又以「龍紋」、「玉掌」以狀梳。且用「鴛鴦」二字之狀寫襯映「畫眉深淺，入時無」之恩愛夫妻之情。

浣溪紗　秦觀

漠漠①輕寒上小樓，曉陰無賴②似窮秋，淡煙流水畫屏幽。
自在飛花輕似夢，無邊絲雨細如愁，寶簾③閒掛小銀鉤④。

【注釋】

①漠漠：寂靜無聲的樣子。
②無賴：百無聊賴，索然無味，狀心情煩悶。
③寶簾：珠簾。
④銀鉤：銀色的簾鉤。《宋史・樂志》：「翠簾人靜月光浮，但半捲銀鉤。」

【賞析】

此一小令寫春愁。上片由陰沈輕寒天氣、幽深寂靜之小樓，以言淒清氣氛。下片由飛花自在，細雨無邊，引發愁思。細繹之，則：

上片首二句，兼言天氣與心情。輕微寒氣，正靜悄悄襲入小樓，陰沈春天猶似深秋。「淡煙」句，描繪出樓內山水畫屏上，有煙雲淡抹，悠悠流水。

下片轉敘樓外之景。「自在」二句，言落花隨風飄散如夢，輕盈自在，雨絲正似愁緒綿長。結句「寶簾」又折回室內，言鑲嵌寶玉之珠簾，正優閒地掛在銀色簾鉤上，說明樓內一片清麗幽邃。

此詞用字工巧，如「輕寒」、「輕似夢」、「小樓」、「小銀鉤」、「淡煙」、「幽屏」、「絲雨」、「細愁」等，皆輕靈纖巧，具婉約之美。正似少游另一首敘離愁〈江城子〉：「韶華不為少年留，恨悠悠，幾時休。飛絮落花時候一登樓。便做春江都是淚，流不盡，許多愁。」李後主〈虞美人〉：「一江春水向東流」之餘韻無盡。

2. 疊字法

聲聲慢

李清照

尋尋覓覓①，冷冷清清，悽悽慘慘戚戚。乍②暖還寒時候，最難將息③。三杯兩盞淡酒，怎敵他晚來風急？雁過也，正傷心，卻是舊時相識。

滿地黃花④堆積，憔悴損⑤，而今有誰堪摘⑥？守著窗兒，獨自怎生⑦得黑！梧桐更兼細雨，到黃昏，點點滴滴，這次第，怎一個愁字了得？

【注釋】

①尋尋句：此十四疊字，極有層次述出思念之情。先是未信良人已去而尋尋。又細細覓找，果真已去，則不免覺得冷清凝纏而心碎。

②乍：忽然。

③將息：排遣調息，保養身體。王建詩：「千萬求方好將息。」喝酒固然可暖和身子，然淡酒卻無濟於事呀！自來酒意與詩情相關，清照似亦好二者相比，如「濃睡不消殘酒」、「東籬把酒」等。

④黃花：指菊花。《禮記‧月令》：「季秋之月，菊有黃華。」

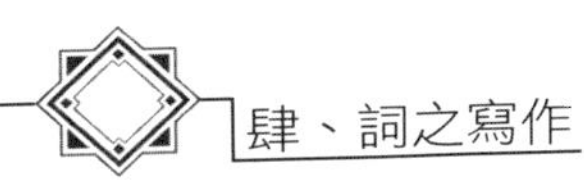

⑤憔悴損：又瘦又病又悲。《國語•吳語》：「民人離落而日以憔悴。」損，是傷。

⑥堪摘：能夠採摘？堪，乃勝任之意。

⑦怎生：怎麼能捱到天黑。《朱子全書•孟子》：「怎生便信得他？」

【賞析】

此首狀秋情之詞，以疊用十四字而名傳。由東翻西找去尋情覓愛，重重尋覓益發不得，清冷悽戚，遂襲上心頭。過往之「笑語檀郎，今夜紗櫥枕簟涼」（〈采桑子〉）固令人「最難將息」。而「雁過也」益令人惆悵，正所謂「征鴻過盡，萬千心事難寄」（〈壺中天慢〉）。「黃花堆積」已見嬌容憔悴；「怎生得黑」，益增情何以堪之感。加上梧桐細雨之引發，點滴自在心頭，而末結於「愁」字，自餘韻無窮。

3.虛字法

八聲甘州　張炎

辛卯歲，沈堯道同余北歸，各處杭、越。逾歲，堯道來問寂寞，語笑數日，又復別去。賦此曲，並寄趙學舟。

記玉關踏雪事清遊①，寒氣脆貂裘②。傍枯林古道，長河飲馬，此意悠悠。短夢依然江表③，老淚灑西州④。一字無題處，落葉都愁⑤。

　載取白雲歸去⑥，問誰留楚佩，弄影中洲？折蘆花贈遠，零落一身秋⑦。向尋常、野橋流水，待招來、不是舊沙鷗⑧。空懷感、有斜陽處，卻怕登樓⑨。

【注釋】

①記玉關踏雪事清遊：指年前在邊關，與沈堯道北地踏雪同遊。玉關，玉門關。

②寒氣脆貂裘：極言北地之酷寒使皮衣為之凍裂。脆，凍裂。

③江表：指江南。

④老淚灑西州：晉人羊曇為謝安器重，因謝安病時，曾經過西州門，故謝安死後，羊曇遂望西州門痛哭而去，語見《晉書・謝安傳》。此借羊曇事寄寓家國之悲。西州，古城名，在今南京市西，借指杭州。

⑤「一字」二句：借用盧渥見飄流的紅葉上，題有詩句（語出范攄《雲溪友議》），說在極端的愁緒裡，甚至連見落葉，都是載滿情愁，哪裡還能題寫下隻字片語？

⑥「載取」句：指沈堯道來訪後別去，似偕白雲共隱。白雲，借指歸隱。陶宏景〈詔問山中何所有賦詩作答〉：「山中何所有？嶺上多白雲，只可自怡悅，不堪持贈君。」

⑦「問誰留」四句：借指對於沈堯道的惜別友情。語出《楚辭・湘君》：「捐余玦兮江中，遺余佩兮澧浦。」「君不行兮夷猶，蹇誰留兮中洲。」都是寫湘夫人對於湘君的懷念。以示自己一如湘夫人，徘徊於水渚之上，對沈君的離去傷感不已。並且特地「折蘆花贈遠」，以遙寄思友之情。且謂自我身世飄零，就如秋天蘆花的蕭瑟零落。

⑧「向尋常」四句：在閒適隱居日子，常去野橋流水邊漫遊，卻不見志同道合的舊友。

⑨「空懷感」三句：暗用辛棄疾〈摸魚兒〉詞：「閒愁最苦，休去倚危欄，斜陽正在，煙柳斷腸處。」言內心無限失落的愁慨，最怕登樓眺遠，觸景傷懷，更何況遠有夕陽在山，助人悽惋呢！

【賞析】

張炎四十四歲時，自北遊歸來，寓居杭州。次年，適好友沈堯道自越州（今浙江紹興）來訪，又離去，而作此一送別詞。詞中將對故國興衰（此時宋亡已十二年）、友朋聚散，及個人身世飄零，皆有蒼涼悲壯之寫，正異張炎早年之作的婉麗。

起首追述當年北地踏雪種種。而今日夢醒，依然身在江南，怎不令人老淚縱橫（一如羊曇之哭謝安、盧渥之見紅葉飄流），難題一字？家國興衰之痛，寓寄字裡行間。又思及沈堯道別去，將偕白雲共隱，我於沈之離別感傷，亦正似《楚辭》中湘夫人對湘君之懷念！但願沈君見秋天蘆花之零落蕭瑟，能感知飄零孤寂與亡國遺民之淒寂。今後即或走向隱居，亦無志同道合之友，思昔傷今，油然而起懷念故國舊友之情。末結於怕於夕陽時登樓，容易觸景傷情。

張炎之善用虛字，由這闋詞，可見一斑。如短夢「依然」江表、落葉「都」愁、「載取」白雲歸去、「待招來」不是舊沙鷗、「空」懷感、「卻」怕登樓等虛字，皆能使詞意氣脈流轉，情韻深長。

㈣運句

全首有警句、佳句，自足以名傳千古，《文心雕龍・章句篇》：「句句數字，待相接以為用；章總一義，須意窮而成體。」

1. 佳句

臨江仙　**歐陽修**

柳下輕雷①池上雨，雨聲滴碎荷聲。小樓西角斷虹②明。闌干倚處，待得月華③生。　燕子飛來窺畫棟，玉鈎垂下簾旌④。涼波⑤不動簟⑥紋平，水晶雙枕畔，猶有墮釵橫。

【注釋】

①輕雷：輕微、輕細的雷聲。
②斷虹：殘虹常現於雨後。
③月華：秋月的光彩。《月令廣義》：「月之有華，常出於中秋，或十三至十八之夜，其狀如錦雲捧珠，五色鮮熒磊落，匝月如刺錦。」
④簾旌：門窗上簾幕，打竹編之。
⑤涼皮：指蓆上閃光幻成之波紋。
⑥簟：音ㄉㄢˋ，竹蓆。

【賞析】

歐陽永叔在古文運動、西崑改革上都有貢獻。他在詩文上雖然一本正經地談載道教化，然而在休閒消遣的小詞上則流露出風流才子的真面目。像他在汝陰時，有兩位極聰慧的歌妓，都能牢記他的歌詞，他在酒宴中說：「來年當來此為汝陰太守。」永叔在數年後果調此地，而二妓已他去，在視事次日，與同事飲於湖上曰：「柳絮已將春色去，海棠應恨我來遲。」三十年後蘇軾做太守，見詩笑道：「是豈杜牧之『綠葉成蔭』之句耶？」

又宋．王楙《野客叢書》載：「歐陽永叔任河南推官，親一妓，時錢文僖公為西京留守。一日，宴於後園，客集，而永叔與妓皆不至，移時方來。錢責妓云，未至何也？妓云，中暑，往涼堂睡覺，失金釵，猶不見。錢曰，若得歐陽推官一詞，當為償汝。永叔即席賦此，座皆擊節，命妓滿斟送歐，而令公庫償釵。」正為妓夏日午後涼堂小睡之作也。

此調原為詠水仙而創，後泛演有七體之多，而以此文為正宗。本首詞乃歐氏為一愛妓所寫，乃綺麗風流驚才絕豔之作。

大意：夏日午後，柳外傳來輕輕雷聲，池上飄落疏疏細雨，雨聲淋打在荷葉上，碎響成一片。樓西橫跨一道殘虹，雨後天晴，小睡方醒，孤寂人兒倚欄杆，待雨止清明月色。畫堂玉鈎垂下，一片靜謐，簾幕半掩著，只有燕兒端詳畫棟，伊人起身，那平鋪竹蓆幻著波紋，一對水晶枕畔，溜下一股金釵。

寫伊人起身後床景，不假雕飾，自成絕唱。（張明垣注）

2.疊句

虞美人　李煜

春花秋月①何時了，往事知多少？小樓昨夜又東風②，故國③不堪回首月明中。　雕欄玉砌④應猶在，只是朱顏⑤改。問君能有幾多愁，恰似一江春水向東流。

【注釋】

①春花秋月：美景也，隱喻好時光。
②東風：喻故鄉（江南）吹來的風。
③故國：指李後主的國家——南唐。
④雕欄玉砌：指南唐的宮殿。
⑤朱顏：面貌、外表。

【賞析】

此詞情辭優美，哀怨淒涼，迴腸盪氣，千古傳誦不衰。春花秋月本是人間良辰美景，後主卻哀嘆其「何時了」，顯示他對人生的痛苦與絕望。「往事」是一代君王背負家國重任，卻因他經營不善，亡了國，其「不堪回首」的沈重可想而知。亡國之君緬懷祖先的基業、人民的託付，只有無限的感傷與自責。於是藉著流水的奔放傾瀉，把人間無邊、無盡的苦楚、無奈、哀怨、悲愁都消解清除吧！（杜英賢注）

千秋歲　張先

數聲鶗鴂，又報芳菲歇，惜春更把殘紅折。雨輕風色暴，梅子青時節。永豐柳①，無人盡日花飛雪②。
莫把么絃③撥，怨極絃能說。天不老，情難絕；心似雙絲網，中有千千結。夜過也，東窗未白孤燈滅。

【注釋】

①永豐柳：永豐，坊名，在洛陽。白居易〈楊柳枝詞〉：「永豐西角荒園裡，盡日無人屬阿誰。」
②花飛雪：指柳絮。
③么絃：楚人以小為么，羽（五音之一）絃最小，故聲之繁急者謂之么絃側調（見《燕樂考原》）。

【賞析】

這首詞亦是傷春之作。屈原《離騷》所謂：「恐鶗鴂（ㄊㄧˊ ㄐㄩㄝˊ）之先鳴兮，使百草為之不芳。」屈原常以美人、香草來比君子，所以百草不芳，詩人驚心。惜春只能折取殘紅。「天若有情天亦老」，芳菲消歇正說明天的無情。所以愁緒千結，一夜未睡。而以「中有千千結」為名句。

3.句序

漁歌子　張志和

西塞山①前白鷺飛，桃花流水鱖魚②肥。青箬笠③，綠蓑衣④，斜風細雨不須歸。

【注釋】

①西塞山：在浙江省吳興縣城西二十五里，磁湖鎮。又：湖北大冶縣東亦有西塞山。
②鱖魚：一種大口細鱗淡黃帶褐色的魚，鱖，音ㄍㄨㄟˋ。
③箬笠：以竹籜（ㄊㄨㄛˋ，筍殼）製成之笠為帽遮風雨。
④蓑衣：用棕櫚製擋雨之衣。

【賞析】

本首選自《尊前集》。作者張志和，生平不詳，卒於唐德宗建中年間（約七八〇年），本名龜齡，字子同，金華人，唐肅宗時曾任參軍，後因事貶，退居江湖，自號「煙波釣徒」。

此為一首詠本意之詞。所謂「本意」，即以調名為題目，詞的內容與詞調的涵義一致。

此首詞是描寫漁民的生活，強調打漁生涯的樂趣，不怕風雨，不怕窮困。作者居江湖，每垂釣不設餌，志不在魚也。又善圖山水，酒酣，或擊鼓吹笛，舐（ㄕˋ）筆輒成。所詠〈漁歌子〉五首所述皆景色似畫。

起筆二句，先輕輕勾勒眼前景，江南春的畫面立即呈現。「西塞山」「白鷺飛」，是遠景；「桃花」「流水」，是近物；而「鱖魚肥」卻是詩人的想像。首句靜中有動，次句動中有靜。足以激發人們的嚮往，喚起人們的美感。又在這畫面上設飾些人物的妝點，與風雨的陪襯——青箬笠、綠蓑衣與斜風細雨，使得色澤更加美麗生動。「風」是「斜」的，「雨」是「細」的，朦朧美境中，當然不欲急離去，故云「不須歸」。「不須歸」三字充分表現漁人生活愜意！

附其他四首：

釣台漁父褐為裘，兩兩三三舴艋舟，能縱棹，慣乘流，長江白浪不曾憂。

霅溪①灣裡釣魚翁，舴艋為家西復東。江上雪，浦②迎風，笑看荷衣不嘆窮。

松江蟹舍主人歡，菰③飯蓴④羹亦共餐。楓葉落，荻花乾，醉宿漁舟不覺寒。

青草湖中月正圓，巴陵漁父棹歌連。釣車子，橛⑤頭船，樂在風波不用仙。

【注釋】

①霅溪：霅，音ㄓㄚˊ，浙江水名。
②浦：音ㄆㄨˇ，水邊。
③菰：茭白。
④蓴：音ㄔㄨㄣˊ，湖中蔬。莖葉有黏液，可為羹。
⑤橛：音ㄐㄩㄝˊ，短木。

鷓鴣天　宋祁

畫轂雕輪①狹路逢，一聲腸斷繡簾中。身無彩鳳雙飛翼，心有靈犀一點通②。金作屋③，玉為

櫳④，車如流水馬如龍⑤。劉郎已恨蓬山遠，更隔蓬山一萬重⑥。

【注釋】

①畫轂雕輪：雕飾華美之車。

②身無彩鳳二句：喻兩人雖僅止於相望：但兩心卻早已默默相通。犀獸因有神異，故稱靈犀。「心有靈犀一點通」句，係掇拾李商隱〈無題詩〉之句。

③金作屋：《漢武故事》：「若得阿嬌，當以金屋貯之。」

④櫳：房櫳，房屋之泛稱。

⑤馬如龍：馬八尺以上曰龍。「車如流水馬如龍」句係掇拾李後主句。

⑥劉郎已恨二句：劉郎是指漢武帝，蓬山是海外仙山。此句為伊人離去，回到深宮裡，想再見到她，比漢武帝尋找蓬萊山更難上一萬倍。

【賞析】

此首為抒寫慕情而不失風流閒雅之詞。

上片寫相逢時之兩心相印，情感相通；下片寫離去後，魂牽夢縈之情懷。

傳言宋祁為學士時，一日過繁台街，逢內家宮女車數輛疾馳，不及迴避。車中忽有搴簾者曰：「此小宋也。」宋祁驚訝不已，歸賦此詞。竟傳唱達於禁中，仁宗聞之，因問「第幾車子」？何人呼「小宋」？有內人自陳云，頃因內宴，見宣翰林學士，左右內臣皆曰「小宋」，時在車中，偶見之，呼一聲耳。上召子京，從容語之，子京惶悚無地，上笑曰：「蓬山不遠」，即以內人（宮女）賜之。此宋子京以詞得美人也，王漁洋《花草蒙拾》曰：「此老一生享用，令人妒煞！」同為仁宗臣子之詞人柳永，則反因〈鶴沖天〉詞有「忍把浮名，換了淺斟低唱」惹得龍心怫然，潦倒一世，人之幸與不幸，竟有如此大的差異！

整闋詞從起首即點出不經意相逢的兩人，卻心靈相通，接著從金屋、玉櫳以及車馬陣仗中，娓娓繪出對方

所處之境，最後以蓬山之遠，流露兩人相知卻不能相守之恨。然而在現實生活中，此闋詞卻為宋祁帶來圓滿的結局。（洪櫻芬注）

望海潮　柳永

東南形勝①，江吳都會②，錢塘自古繁華。煙柳畫橋，風簾翠幕③，參差④十萬人家，雲樹繞堤沙，怒濤捲霜雪⑤，天塹⑥無涯。市列珠璣⑦，戶盈羅綺⑧，競豪奢。　重湖疊巘清嘉⑨，有三秋桂子，十里荷花。羌管弄晴，菱歌泛夜，嬉嬉釣叟蓮娃。千騎擁高牙⑩，乘醉聽簫鼓，吟賞煙霞，異日圖⑪將好景，歸去鳳池⑫誇。

【注釋】

①形勝：形勢險要。
②江吳都會：錢塘（今杭州市）位錢塘江北岸，舊屬吳，故云江吳都會。
③風簾翠幕：擋風簾與翠色帷幕。
④參差：屋有高低。
⑤霜雪：白色浪花。
⑥天塹：天然險阻，形容錢塘江形勢雄偉，江面寬闊。塹，音ㄑㄧㄢˋ。
⑦珠璣：珍珠寶物。
⑧羅綺：彩色絲綢。
⑨重湖句：有裡湖、外湖之重湖，層疊山峰之清秀美麗。
⑩高牙：軍前大旗。指其老友孫何（兩浙轉運使）隨從千騎之眾。
⑪圖：描繪。
⑫鳳池：鳳凰池。乃中書省或宰相辦事處，用以喻朝廷。

【賞析】

此詞繪出江南壯偉，希其老友孫何，能多加賞愛。

上半由史地以及內外著眼，繪出繁華大都會錢塘氣象。

下半由西湖點染，在裡、外湖中有「三秋桂子，十里荷花」之景，加之羌笛唱晴，菱歌泛夜，悠然垂釣者、嬉笑者。最後歸結到孫何顯赫，杭城繁華，企有朝一日將此美景向朝中同僚描述。

羅大經《鶴林玉露》載：「此詞流播，金主亮聞歌欣然，有慕於『三秋桂子，十里荷花』，遂起投鞭渡江之志。」足見此詞之引人入勝。

武陵春　**李清照**

風住塵香花已盡①，日晚②倦梳頭。物是人非事事休，欲語淚先流。　聞說雙溪③春尚好，也擬④泛輕舟。只恐雙溪舴艋舟⑤，載不動許多愁！

【注釋】

①風住塵香花已盡：風吹花落盡，塵土洋溢著花的芳香。花，一作「春」。
②日晚：日已高升。晚，一作「曉」。
③雙溪：地名，浙江金華的名勝，因東港、南港二溪合流而得名，又稱婺港。李清照晚年避亂依弟居金華。
④擬：打算。
⑤舴艋舟：小船，從「蚱蜢」取義。

【賞析】

〈武陵春〉係李清照流寓金華時所作，旨在敘春愁。

李清照時年五十二歲，夫趙明誠已逝世六年，由「夫君去世」、「漂泊異鄉」、「晚景淒涼」，乃至於「國事亂離」，種種感懷，交織成濃烈之春愁。

上片首二句並言，花落塵香，與佳人遲暮，是以意態闌珊，無心梳洗，一「倦」字已將女主角神態描出。「物是」句，承言國破、家亡。夫死，物散，所以「物是人非」。「事事休」承「花已盡」；「淚先流」承「倦梳頭」。一個「休」字，已流露出萬分惆悵與無奈。

下片臨空轉折。「聞說」二句言擬泛舟遣愁，又怕愁情過多，小舟難以裝載，此正脫胎於東坡：「無情汴水自東流，只載一船離恨向西州。」從船載離恨到「載不動許多愁」，更進一步。後來受此影響者，頗不乏其人：

金人董解元《西廂記・諸宮調》：「休問離愁輕重，向個馬兒上馱也馱不動。」

元人王實甫《西廂記・秋暮離懷》：「遍人間煩惱填胸臆，量這些大小的車兒如何載得起？」

且看余光中《碧潭——載不動許多愁》中第二、四兩段：

如果碧潭再玻璃些
就可以照見我憂傷的側影
如果舴艋舟再舴艋些
我的憂傷就滅頂

……

飛來你。如果棲在我船尾
這小舟該多輕
這雙槳該憶起
誰是西施，誰是范蠡？

李清照只恐具體的「舴艋舟」載不動抽象的「許多愁」；余光中更蛻化為「滅頂」，同樣耐人尋味。

踏莎行① 歐陽修

候館②梅殘，溪橋柳細，草薰③風暖搖征轡④。離愁漸遠漸無窮⑤，迢迢不斷如春水。　寸寸柔腸，盈盈⑥粉淚，樓高莫近危欄倚。平蕪⑦盡處是春山，行人更在春山外。

【注釋】

①踏莎行：詞牌名，又名〈柳長春〉。〈踏莎行〉之行，乃步行之「行」，與樂府歌行之「行」不同。

②候館：候同堠，驛站。堠館，是驛站旁的旅店。或是可以望遠之高樓。《周禮・地官》：「五十里有市，市有候館。」此指館前梅花已謝，溪橋畔柳條甚嬌嫩，甫正成長。

③薰：花草香氣。江淹〈別賦〉：「閨中風暖，陌上草薰。」指在草香風暖季節中，你前去騎馬別我而去。

④征轡：馬轡，此以代表馬。

⑤離愁句：你走越遠，愁更濃，正似春水不斷前去。

⑥盈盈：眼淚不絕盈眶。

⑦平蕪：平坦草地，草原盡頭是青山，你卻還在青山之外。

【賞析】

此為離別詞。首句說明別離之時與地，乍看之時，梅花初殘，柳葉尚細，自君別矣，離愁似春水。離別後，又不敢倚高樓。末二句言離別之遙——草外是山；山外是離別之人。用句有情，最為詞家稱許。如卓人月云：「不厭百回讀。」李于鱗云：「春水寫愁，春山騁望，極切極婉。」王元美云：「此淡語之有情者也。」

青玉案 賀鑄

凌波①不過橫塘路，但目送芳塵去。錦瑟華年②誰與度？月橋③花院，瑣窗④朱戶，只有春知處。
碧雲冉冉⑤蘅皋⑥暮，彩筆⑦新題斷腸句⑧。試問閒愁都幾許⑨？一川煙草，滿城風絮⑩，梅子黃時雨⑪。

【注釋】

①凌波：喻女子蓮步輕移。出自曹植〈洛神賦〉：「凌波微步，羅襪生塵。」設想美人當凌波而來，但芳蹤一去而未知。

②錦瑟華年：指年歲。出自李商隱〈無題〉：「錦瑟無端五十絃，一絃一柱思華年。」由關懷美人是否寂寞，家住何方！而輕喟唯有「春」知也。

③月橋：指橫塘之橫橋，在今江蘇吳縣城外橫塘上。

④瑣窗：古以玉連環（環形花紋）裝飾門窗，有時也用雕飾。又稱金鎖（鹿虔扆〈臨江仙〉「金鎖重門荒苑靜」——金鎖原為神宮門上之粉飾，此借指宮門緊閉），或稱青瑣。

⑤冉冉：流動貌。指碧空浮雲，冉冉飄向天際，暮色茫茫已籠罩芳草遍布之塘岸。

⑥蘅皋：蘅，指香草，皋是塘邊。此指目送美人由遍布芳草之塘岸遠去。

⑦彩筆：《南史・江淹傳》：「淹少以文章顯，晚節才思微盡……嘗宿於冶亭，夢一丈夫自稱郭璞，謂淹曰：『吾有筆在卿處多年，可以見還。』淹乃探懷中得五色筆以授之。爾後為詩，絕無美句，時人謂之才盡。」此指縱有泉湧才思與生花妙筆題盡了斷腸句子。

⑧斷腸句：乃傷春之作。杜牧詩：「芳草復芳草，斷腸還斷腸。」

⑨都幾許：有多少？

⑩一川句：指沿河蔓生無盡之淒迷蕪草，滿城飄飛柳絮之凌亂，黃梅時節雨之無窮盡。

⑪梅子黃時雨：農曆四、五月間多雨，正值梅子成熟時，俗稱梅雨。杜萊公詩：「杜鵑啼處血成花，梅子黃時雨如霧。」

【賞析】

此詞為作者任泗州通判時作，藉黃梅時節家家雨的情景，來抒寫懷人的情緒和心中的孤寂感。真可謂寫盡不得美人之苦悶。

首句以家住蘇州，門前有橫塘一片，本應有仙子凌波常來，然卻不再見美人輕盈蓮步，乃因其貌寢，仙子不久留乎？那次驚鴻目送伊人香塵而去，設想能與之共住月橋花院，瑣窗朱戶共度華年，無奈皆是虛幻而遙不可及。唯有春方知美人芳蹤乎！

下片首句，「碧雲冉冉蘅皋暮」乃用曹子建〈洛神賦〉「爾迺稅駕乎蘅皋」，指美人去遠，致人去塘空，何處覓？只能以筆寄斷腸意。「新」字為多次斷腸譜出萬般愁情。末以情景渾然道出閒愁岑寂，正似沿河蔓草，飄飛柳絮、綿綿細雨，淒迷、凌亂而無盡。故黃山谷有詩曰：「解道江南斷腸句，只今唯有賀方回。」山谷兄弟愛此詞，皆有和韻；山谷猶手抄錄，置於几硯，時加玩味。此詞之所以傳誦不已，非偶然也。

此首「梅子黃時雨」之寫愁，與李清照〈武陵春〉「只恐雙溪舴艋舟，載不動許多愁」及李後主〈虞美人〉「恰似一江春水向東流」，皆為寫愁名句。

采桑子　夏完淳

片風絲雨籠煙絮①，玉點香球，玉點香球②，盡日東風不滿樓③。

暗將亡國傷心事，訴與東流，訴與東流，萬里長江一帶。

【注釋】

①煙絮：如煙似霧的柳絮。

②玉點：形容柳絮。香球：比喻柳絮。

③盡日：終日。

【賞析】

夏完淳，字存古。七歲能詩文。年十三擬庾信作〈大哀賦〉，文采宏逸。父允彝死後二年以陳子龍獄辭連及，逮下獄，談笑自若，作樂府數十闋。臨刑，神色不變，年甫十八。

南明福王弘光元年（一六四五），清兵渡江，福王政權崩潰。當時，作者年僅十五歲，即隨父允彝舉兵抗清（他們先隨吳志葵水師參與恢復蘇州城的戰役；兵敗後，吳志葵被捕遭殺害，夏允彝投水殉難）。次年，作者隨父執陳子龍加入吳易義師，毀家紓難，不幸再遭失敗。此後，作者便漂泊於太湖，行動隱蔽，圖謀再舉。此詞即作於兵敗漂泊之際。

上片：刻畫暮春之景，以寫作者心情。

首二句，在陣陣清風、絲絲細雨襯托，柳絮飄動，正似作者迷茫心情（國破滅亡、舉義失敗、父親殉難、家產散盡，大明前途正似煙霧中的柳絮）。隨著思想變化，意識流動，柳絮成「玉點」，似「香球」。

第三句，依〈采桑子〉詞牌規定，此句疊前句，正與「片風絲雨籠煙絮」之背景，融而為一。

第四句，由反用唐人許渾名句「山雨欲來風滿樓」（〈咸陽城東樓〉）由表層言，「東風」是回應首句「片風」，抒寫作者惜春之情。由深層意蘊言，「山雨欲來風滿樓」反用為「盡日東風不滿樓」，即暗寓反清復明活動或有轉機。

下片：由景而情。

首二句，由「暗將」二字，沈痛以言國亡家破。

第三句，依例疊前句，深化渲染其亡國之痛。

末句歇拍，由東流逝水，引出「萬里長江」。由似海深愁如東流逝水、滾滾萬里長江（長江正似由其萬千愁緒合組之長帶）。細繹此句，化用李後主〈虞美人〉：「問君能有幾多愁，恰似一江春水向東流」，然後主之愁（但以昏君憶亡事），不如此首之愁（為國為民而憂）。

【作法】

上片：寫暮春之景。

首句，以清風、絲雨、輕霧籠罩下柳絮，突出暮春之景。

第二、三句，依〈采桑子〉例重疊，以言作者沈吟徘徊之態。

第四句，反用前人詩意，專寓作者對自然、政治之感受和期許。

下片：直抒胸臆。

首二句，作者將亡國之痛暗訴流水。

第三句，疊重傷悲。

第四句，化用前人詞意，謂「傷心事」訴諸東流後，一江春水盡為愁雲慘霧所籠罩，情景遞融而為一。

(五)點睛

乃將文義集中於一二句中，將其強化凸顯之。

玉樓春 宋祁

東城漸覺風光好，縠皺波紋迎客棹①。綠楊煙外曉雲輕②，紅杏枝頭春意鬧③。

浮生⑤長恨歡娛少，肯愛千金輕一笑？為君持酒勸斜陽，且向花間留晚照⑥。

【注釋】

①皺縠：即縐紗。此喻春日水上微波，似迎來船隻。縠，音ㄏㄨˊ。

②棹：音ㄓㄠˋ。船。

③綠楊句：朝雲輕寒飄飛在翠柳中，紅色杏花正熱鬧地綻滿枝頭。

④春意鬧：春意濃盛或春意盎然。

⑤浮生：消極看人生。《史記》：「其生若浮，其死若休。」人生歡樂時光太少，怎會為吝惜金錢，而置美人一笑於不顧？

⑥晚照：夕陽。且讓我舉杯勸斜陽，多在花中留下些餘暉。

【賞析】

作者以酣陽心情，寫出盎然春景——微波揚輕舟，綠楊拂春水，輕煙籠曉寒，紅杏春意鬧。輕千金，重一笑，因恨歡娛少，持酒留晚照。春光明媚，春意撩人，春遊酣樂皆因一「鬧」字而將春之意趣全盤托出，無怪乎歷代詞人，皆以為絕唱。

人生原屬樂少苦多，何必重利而輕笑樂。時至斜陽，人已遲暮，共為生之短暫而惜留吧！故此詞已由惜春、惜時而惜生！

蝶戀花①　柳永

佇倚危樓②風細細，望極春愁，黯黯生天際③。草色煙光殘照裡，無言誰會憑欄意？　擬把疏狂④圖一醉：對酒當歌⑤，強樂⑥還無味。衣帶漸寬⑦終不悔，為伊消得⑧人憔悴。

【注釋】

①蝶戀花：《彊村叢書・樂章集》題作〈鳳棲梧〉，是同一詞調的別名。

②佇倚危樓：佇，久立。危樓，高樓。

③望極春愁，黯黯生天際：此二句照詞意當標點為：「望極，春愁黯黯生天際。」黯，神傷貌。極目天涯，春愁油然而生。

④疏狂：狂放散漫，不拘禮法。

⑤對酒當歌：語出曹操〈短歌行〉詩：「對酒當歌，人生幾何？譬如朝露，去日苦多。」

⑥強樂：勉強尋歡作樂。

⑦衣帶漸寬：指為相思而消瘦，以致衣帶日漸寬鬆。此用修辭之「借代」法，以結果（衣帶漸寬）代替原因（因相思而消瘦）。乃脫胎自《古詩十九首・行行重行行》：「相去日已遠，衣帶日已緩。」

⑧消得：值得，也有解作「消瘦得」。

【賞析】

〈蝶戀花〉是一首客中懷人之詞。全篇以「春愁」為詞眼，從離愁別恨中流露漂泊落魄的失意感。上片登高懷遠，下片情語決絕。

上片「佇倚」三句，言於微風下，久立危樓，極目天涯，油然而生黯然離恨春愁。「草色」二句，黃昏中迷濛草色觸動春愁，默然久立，何人可解登臨之孤寂？正李煜〈清平樂〉詞云：「離恨恰如春草，更行更遠還生。」

下片首三句以宕筆言——欲以縱酒高歌而解春愁，終究興味索然。「衣帶」二句言即使為思念伊人而形容憔悴，顏色枯槁，亦無怨無悔。

此首〈蝶戀花〉敘客中懷人。上片寫外在活動，倚樓凝眺，春愁無邊，無人理解；下片寫內在心態，欲藉酒澆愁，愁結難解，衣寬人瘦，絕無悔意。其間顯示一往情深，義無反顧。

此詞所受佳評自來如潮：

如清人賀裳《皺水軒詞筌》，並舉韋莊、牛嶠之作，進言柳永此詞，視之情語執著而語意益婉。

王國維《人間詞話》亦評柳永此作有絕妙情語，除舉牛嶠之作，又舉顧敻之「換我心為你心，始知相憶深」與美成之「許多煩惱，只為當時，一餉留情」與之比並，以見摯情之執著，終生無悔。

葉嘉瑩《迦陵談詞・談詩歌的欣賞與人間詞話的三程境界》中，進言「擇」為一難，「衣帶漸寬」之艱苦為二難；「終生不悔」尤為三難，蓋人為感性擇其所愛，可以執著；為理性則擇其所善，而可以殉身。而既經感性、理性抉擇，即或艱苦，亦可應「生死以之」堅持，自成大事業、大學問之偉大境界。

長相思　納蘭性德

山一程，水一程〔平聲清韻〕，身向榆關那畔行①〔通平庚韻〕，夜深千帳燈②〔通平聲燈韻〕。　風一更③，雪一更〔通平聲庚韻〕，聒碎鄉心夢不成④，故園無此聲〔通平聲清韻〕。

【注釋】

①榆關：山海關的別稱。那畔：那邊，指關外。

②帳：指護衛皇帝軍隊的營帳。

③更：古代夜間的計時單位。一夜分為五更，半夜為三更。

④聒碎：攪碎。聒，嘈雜。

【賞析】

清康熙二十一年（一六八二）三月，清聖祖玄燁東巡，自京師出山海關赴盛京（遼寧省瀋陽市）。作者扈蹕巡狩，於出山海關途中，作此首。

上片，寫「身」之經歷。

一、二句「一程」二字重出，表明離故鄉越來越遠，旅途正漫長，而以「山」「水」概括道路之坎坷。第三句指明此行之方向、方位，「榆關那畔」之「那」指關外（滿族發祥地盛京）由於明、清之際，此地有多次激烈戰役，所以關外，有更深濃之滄涼。

作者是滿族貴公子，雖身向關外行，但心繫故國（他自幼居京師，重漢化，不以尋根盛京為念）。

第四句，述景——夜晚，京巡隊伍已休息，燈火如繁星。野外搭起的帳篷，已點上燈燭。御駕車迎，車騎極盛，有浩大聲勢與驚人規模，作者卻心情黯淡。

下片點明題旨。

首二句寫塞外氣候，初春時，塞外風雪依然強烈。隨於更數增加，風越刮越緊，雪越下越大。作者面對一盞孤燈，傾聽風雪聲正鋪天蓋地呼嘯而來，使寄鄉情於夢成為泡影。那淒厲、刺耳、驚心的風雪聲，直使人心亂如麻。由「卒章顯志」，讀者自感作者思鄉愛鄉之旨。

【作法】

上片：首二句，以對稱法概括旅途艱辛和漫長。由韻之轉化益知。第三句，點出此行目的在關外。句中「身」字與下文「心」字暗示身心不同向——身往榆關，心在故鄉。第四句以景作結，寄淒婉之情於雄壯之景。

下片：首二句，概括北國之夜氣候特徵，句法一如上片首二句有對稱之美，且具綿邈之境。第三句，寫風雪之聲，使人無法作夢，「身」「心」二字對舉，用意極深，由是揭出思鄉之旨，且寫出熱愛故鄉之情。

(六)對比

將字數、結構相同或相似的語句排列，形成意思相反或相關之形式，《文心雕龍・麗辭篇》：「高下相須，自然成對。」乃天地間事不孤立之證。

浣溪沙　晏殊

一曲新詞酒一杯，去年天氣舊亭台，夕陽西下幾時回？　無可奈何花落去，似曾相識燕歸來，小園香徑獨徘徊。

【賞析】

此詞寫傷春之淒婉。其中包括了人事變遷，光陰流轉。有回憶，有悵惘，寫來曲折纏綿。「無可奈何」兩句是當時傳誦的名句。作者一生未嘗戚戚為生活所迫，故對人生有圓融之觀照。二句正寫盡人力渺小、歲月不留之人生共鳴。

生查子①　歐陽修

去年元夜②時，花市③燈如晝。月上柳梢頭，人約黃昏後。　今年元夜時，月與燈依舊。不見去年人，淚濕④青衫⑤袖。

【注釋】

①生查子：詞牌名。
②元夜：上元之夜，即農曆正月十五日元宵夜。
③花市：指繁華的街市。花，華也。
④濕：「濕」字或作「滿」。
⑤青衫：一作「春衫」。

【作者】

又或以作者為朱淑貞。

朱淑貞（約一〇七〇～一一三一），號「幽棲居士」，宋朝錢塘（今浙江杭州）人（一說海寧人），通曉音律，工於繪畫，擅長讀書寫作，為名作家。由於她與丈夫的志趣懸殊頗大，又家境清寒，因此，婚姻生活並不美滿。雖然她頗有才氣，仍像一般婦女一樣地操作家事，服事翁姑，而非只顧寫作。在此種狀況之下，心情抑鬱淒苦，傷心愁煩，才思益加敏銳，經常有感人的作品。終而抑鬱而死。其部分遺稿被焚毀，所剩斷簡殘篇不多，今本《斷腸集》共有詩十七卷，詞一卷，合計約詩詞二百餘首（其中，詞作約有二十餘闋），由浙江人士集成專輯。後人宛陵魏端禮認為其文才足以媲美李清照，乃將該專輯命名為《斷腸集》，並為之作序，文中稱美其詞：「清新婉麗，蓄思含情，能道人意中事，豈泛泛者所能及？」又謂其詞哀感頑豔，讀之令人斷腸。後人以其詞媲美於李清照之《漱玉詞》，而並稱「雙絕」。近人冀勤編有《朱淑真集注》一書。

【賞析】

本闋詞在描述情侶不見舊日愛人的惆悵與悲傷情懷。上片藉著元宵節的夜晚「花市如晝」與「月上柳梢」托出情侶在黃昏之後的約會，令人覺得追求愛情生活的熱切大膽與幸福快樂。下片以今年與去年的元宵夜相互對比，月亮與花燈的美好依舊，卻人事全非。想起去年此刻，她與愛人相約見面之時，是何等的溫馨甜蜜；而今年此時，愛人卻不知在何方？心中平添了無限的感傷與惆悵，不知不覺地，淚珠兒濕透了衣裳。

本闋詞用字平順流暢，意境樸實真切，上下兩片各自獨立卻又相依，作者以「花市燈如晝」作為背景，描述在元宵節的夜晚，人們熱鬧地慶祝佳節，而自己卻因去年同遊的愛人不在而孤單落寞，淚濕衣裳，頗能凸顯主角在景物依舊，人事已非時的惆悵情懷，相當耐人尋味。

卜算子　李之儀

我住長江頭，君住長江尾。日日思君不見君，共飲長江水。　此水幾時休，此恨何時已？只願君心似我心，定不負相思意！

【作者】

李之儀（一〇四五～一一二五），字端叔，自號「姑溪居士」，滄州無棣（今山東無棣縣）人。宋神宗元豐進士，曾任朝議大夫。後從蘇軾於定州幕府，甚受蘇軾稱賞。徽宗初因故獲罪，被編管太平州（今安徽當塗），詞尤工，小令婉約清新，近秦少游，有《姑溪詞》。

【賞析】

此首白話詞以民歌樂府的樸質，明快地表達眷戀之情。上片以時空的長遠而凝聚在「共飲長江水」的情意上。下片以江水悠悠為喻，吐露至誠相思。

作者與所思之人東西相隔，關山阻絕，無由相見，如江之頭尾，幸而各居江邊，共飲江水維生，以此同處，聊慰相思、愛莫能見之情懷。

下片言願你心同我意，則別無所求。

前兩句悠悠江水，綿綿情意；後兩句殷殷其望，切切其思，別有一番感受。

此詞上片與東坡詩「共飲玻璃江」用意略同，以時空的長遠而凝聚在「共飲長江水」的情意上。下片以江水悠悠，吐露至誠相思。此詞的寫作手法，以民間易懂的仿民歌風格，展現民歌樂府的樸質氣息，圍繞長江，明快地表達眷戀之情。在相隔甚遠下，更顯相思之深。（洪櫻芬注）

青玉案　元夕　辛棄疾

東風夜放花千樹，更吹落，星如雨①。寶馬雕車香滿路，鳳簫②聲動，玉壺③光轉，一夜魚龍④舞。

蛾兒、雪柳⑤、黃金縷⑥，笑語盈盈暗香⑦去。眾裡尋他千百度，驀然⑧回首，那人⑨卻在燈火闌珊⑩處。

【注釋】

①花千樹、星如雨：皆喻燈火之多如千樹開花，繁星如雨。張鷟《朝野僉載》：「唐睿宗先天二年，正月十五、十六、十七夜，於京師安福門外做燈輪，高二十丈，衣以錦綺，飾以金銀，燃五萬盞燈，簇之如花樹。」東風吹拂著燦爛的千樹銀花，更將滿天煙火吹落得像萬點流星雨。吳牧《夢粱錄》：「元宵夜諸營班院於法不得與夜遊，各以竹竿出燈毬於半空，遠睹若飛星，寶馬雕車香滿路，鳳簫聲動，玉壺光轉，一夜魚龍舞。」皆敘寫元宵夜，車馬滿路飄香、笙簫吹奏、花燈閃耀的熱鬧場面。

②鳳簫：簫之美稱。相傳簫史與弄玉善吹簫，聲如鳳，鳳凰止其屋，穆公遂作鳳凰台。

③玉壺：指精美之燈，南宋時福州進燈，多用玉製如冰片玉壺。周密《武林舊事》：「燈之品極多，每以蘇燈為最，圈片大者徑三、四尺，皆五色琉璃所成……後福州所進，則純用白玉，晃耀奪目，如清冰玉

壺，爽澈心目。」

④魚龍：指魚形與龍形之燈，或古代百戲雜伎之一。《漢書・西域傳》顏師古注曰：「魚龍者，激水化為比目魚。化成黃龍，遨戲於庭，炫耀日光。」

⑤蛾兒、雪柳：皆元宵節時女子之頭飾，《宣和遺事》：「京師民有似雪浪，盡頭上戴著玉梅、雪柳、鬧蛾兒，直到鰲山下看燈。」此以側寫女人之美，於盈盈笑語中幽香漸遠。

⑥黃金縷：本指柳枝。李商隱〈謔柳〉詩：「已帶黃金縷，仍飛白玉花。」此述良宵佳節，女子頭飾爭奇鬥豔，有蛾兒、雪柳等飾品，或纏以金黃色絲帶。

⑦暗香：此指美人笑語盈盈，暗香滿身爭看燈火。

⑧驀然：忽然。驀，音ㄇㄛˋ。

⑨那人：念念不忘之人。

⑩闌珊：零落貌，喻燈火稀少。

⑪眾裡句：在人堆中已不只千回百次尋找她，猛一回頭，原來伊人正在燈火幽暗處。

【賞析】

稼軒這首詞的成功，在善於將元宵佳節習見的火樹銀花、香車寶馬、觀燈仕女等，透過思維，生動地組合起來。而在繁華熱鬧的烘襯下，倏見孤寂的意中人，成功寫就意外驚喜，亦恰如其分表出一已不願強出頭。細繹這首詞別有所託，胡雲翼云：「作者追慕的是一個不同凡俗，自甘寂寞，而又有些遲暮之感的美人。這所反映的正是他自己在政治失意以後，寧願閒居，不肯同流合污的品質。」（《宋詞選注》）梁啟超亦曰：「自憐幽獨，傷心人別有懷抱。」（《藝蘅館詞選》引）

王國維《人間詞話》卷上曾指出人生追求大事業的三個境界可以用三首詞來代表：

第一首是晏殊〈蝶戀花〉。要在「昨夜西風凋碧樹」之際，登上高樓高瞻，立定人生志向。

第二首是柳永〈蝶戀花〉。人生既定志向，更要執著，歷經「衣帶漸寬」的艱苦耕耘。

第三首即幼安此詞。既定志向，又能執著努力，必有「那人正在」水到渠成的收穫喜悅。想想當年晉公子重耳去國，田野乞食，人投以土塊。齊桓公助以駿馬美姬，如以此則頓忘復國大志，何能返國？王氏以詞代表人生境界，頗有見地。

醜奴兒　辛棄疾

少年不知愁滋味，愛上層樓①。愛上層樓，為賦新詞強說愁②。　而今識盡愁滋味，欲說還休，欲說還休，卻道天涼好個秋。

【注釋】

①層樓：指高樓。年少不知真愁，愛登層層疊疊之高樓。

②強說愁：沒愁勉強說有愁，故登高樓，只為一學墨客作新詞、吟愁怨。

【賞析】

此首原題「書博山（今江西廣豐）道中壁」，作者閒居信州（江西上饒）經常往來博山道中，本首抒寫秋愁，少年不知愁，勉強學文人作新詞吟愁說怨；而今飽經憂患，本可傾吐少年愛說之愁思，然當一切了然，反而欲說無言，心中充滿無限淒苦，因而改口作罷，但說：「天氣涼了，真是個好秋！」

胡雲翼《宋詞選注》說：「這首詞前後段中，『愁』的涵義是有區別的：前者指的是春花秋月的閒愁，後者指的是關懷國事、懷才不遇，所引起的哀愁。」（潘高穎注）

(七)比喻

乃以具體寫抽象，《墨子．小取篇》即云：「譬也者，舉他物而以明之也。」《墨子》從屈原《離騷》之文，依《詩》取興，引類譬喻，故將善鳥、香草以配忠貞；惡禽、臭物以比讒佞。一則比喻之明喻、隱

喻、博喻、自喻，皆可廣為運用。

1. 明喻

摸魚兒 淳熙己亥，自湖北漕移湖南，同官王正之置酒小山亭①，爲賦。 辛棄疾

更能消幾番風雨？匆匆春又歸去。惜春長怕花開早，何況落紅無數。春且住！見說道、天涯芳草無歸路。怨春不語，算只有殷勤，畫簷蛛網，盡日惹飛絮。 長門事②，準擬佳期又誤。蛾眉曾有人妒。千金縱買相如賦，脈脈此情誰訴？君莫舞，君不見、玉環③飛燕皆塵土。閒愁最苦，休去倚危欄，斜陽正在，煙柳斷腸處。

【注釋】

①小山亭：在湖北東漕衙之乖崖堂。

②長門事：漢武帝時陳皇后，曾被冷落在長門宮。後來請司馬相如作了一篇〈長門賦〉，漢武帝看了很感動，才又得寵幸。

③玉環：楊貴妃。飛燕：即趙飛燕。兩位漢、唐最著名的美女。

【賞析】

作者以惜春情懷交錯運用，低徊要眇，從歐陽修〈蝶戀花〉：「雨橫風狂三月暮，門掩黃昏，無計留春住。」蛻變出這神光離合的體貌。把詩人省察到春光蕪穢時的情感過程，用深刻而緊密的筆法表現出來。一開始即用逆筆破空而來：還能經得起幾番風雨呢？在感傷與詰問中，帶著無限憐惜。第二句說明這種感傷和惋惜的原因：是因春去匆匆，才興起了詞人無比的悲怨呀！底下續用對比的推進法：惜春，是詩人對流轉光陰企圖掌握的意念發展，因為惜春所以怕花開早，不料如今卻已落紅遍地。惜春是一種希冀與企望，花開如昔，不因詞人的傷怨而遲開，已對他這種希冀產生無情的挫折感；花落將盡，則是更深一層的哀感。惜春長怕花開早，如今卻連花也不能掌握了。這就是所謂「低徊要眇」的寫法，迂折而含蓄。

「見說道」，就是聽說的意思。暮春草長，春歸何處？而我也不知將歸何處。這是雙寫的筆法。從這種迷惘感傷發展出「怨春不語」，就有無窮的意味了。歸路已迷，冥眇蒼茫，怨春不語，不但對春有擬人化強烈詰責，也更顯示出作者內心的迷惘、徬徨與急切、無奈。底下二句是自我情懷的表訴。春已歸去，春已不語，不能稍作挽留，時光的交遞對個人的知覺來說，只是幻滅與流逝，生命在時間的限定中，也不能挹一絲永恆。但在覺察到這種宇宙的悲愴性時，人仍不能將自我多情的生命拋去，所以又說：「算只有殷勤，畫簷蛛網，盡日惹飛絮。」畫簷蛛網是譬喻自己，春雖不語而歸，我仍傷蛛網在風雨簾閣中，盡力想挽住一絲春的衣裾。這幾句纏綿悱惻，不但有詩人熱切執著的表白，還有著更深厚的沈哀。蛛網縱使殷勤又留得住春的腳步嗎？辛棄疾刻意用纖細遊絲和那廣漠無垠的春色造成強烈的對比，透顯出個人在宇宙流轉中渺小而深沈的哀愴。

人無法對抗時間的悲劇，其情感是屬於宇宙性的悲哀，所以從遊絲繫春的悲愴嗟嘆後，再一折而寫到玉環、飛燕這些風流豔跡、美人榮華也都將在時間的埋葬裡，化為烏有。李白詩：「天地一逆旅，同悲萬古塵。前後各嘆息，浮榮何足珍？」不也是這種嘆息與感悟嗎？詩人把這些嗟怨總名為「閒愁」。閒，意味著類似無聊的一種漠然、慵懶和幽思的心境，例如馮延巳〈蝶戀花〉詞：「誰道閒情拋卻久，每到春來惆悵還依舊。」詩人被一種無名、無端的「閒情」（一種倦怠、鬱悶、無由的悲哀之情）所煩惱，不可解脫，所以說「閒愁最苦」。末二句是從李商隱詩裡蛻化出的奇句。休去，代表一種制止或壓抑，暮春將近，正應多把握、多欣賞一下暮春的景致，但詩人在此很悽黯地描繪出殘春將盡時，斜陽正在煙柳斷腸處，是想像，也是實景，以此暗喻，具無窮幽怨。鄭海藏詩：「正是春歸卻送歸，斜街長日見花飛……昨宵索共紅裙醉，酒淚無端欲滿衣。」不也是這種春歸的無端閒情所引發的感傷嗎？（潘高穎注）

2.隱喻

卜算子　**蔣春霖**

燕子不曾來，小院陰陰雨。一角闌干聚落花，此是春歸處。　彈淚別東風，把酒澆飛絮。化作浮萍也是愁，莫向天涯去。

【賞析】

此詞描繪「無可奈何花落去」之渺茫。用隱喻法運「落花」、「春歸」、「飛絮」、「浮萍」等字眼，顯然既不是刻意傷春，也不是多情怨別，亦非寫個人之窮愁潦倒，而是哀嘆舊統治秩序之解體，可謂傷心人別有懷抱，著色不易顯露。陳廷焯《白雨齋詞話・五》曰：「何其淒怨若此！」非僅指個人窮愁。又一首：

踏莎行　癸丑三月賦

疊砌苔深，遮窗松密，無人小院纖塵隔。斜陽雙燕欲歸來，捲簾錯放楊花入。　蝶怨香遲，鶯嫌語澀，老紅吹盡春無力。東風一夜轉平蕪，可憐愁滿江南北。

【賞析】

此詞亦用隱喻法，反映太平軍攻克南京之史實。詞中無「角聲」、「戍鼓」、「譙樓」以及金戈鐵馬之類用於描繪戰爭的辭語，而有「斜陽」、「楊花」、「老紅」這一類常為詞人用作餞春和哀傷時序的字眼，但由題序「癸丑三月賦」五字提示可知。此詞絃外之音，非無達詁（見仁見智）。與作者同時代之譚獻（復堂）《篋中詞・五》中評此詞曰：「詠金陵淪陷事，此謂詞史。」可謂一語中的。則此詞並非哀傷時序，而是感嘆清王朝日薄西山，好景不常的淒涼景象。李義山〈錦瑟〉、〈藥轉〉一類的詩，隱喻過於綿密，晦澀難解，而此首則通過題序，巧妙地透露了作者的用心。這種形式，有初寫黃庭，恰到好處之妙。

3. 自喻

卜算子　元豐五年作，黃州定惠院寓居作。　蘇軾

缺月掛疏桐，漏斷①人初靜。誰見幽人獨往來，縹緲②孤鴻影。　驚起卻回頭，有恨無人省③。揀盡寒枝不肯棲，楓落沙洲冷④。

【注釋】

①漏斷：漏壺中的水滴盡了，言已夜深。古以「漏刻」計時，漏刻乃以銅壺盛水，壺底開一小孔，使水滴漏，壺中立有一百刻度之箭，以水所至刻度明示時間。

②縹緲：恍惚有無之意。隱約中遠方掠過鴻影，依稀有隱士常來往。

③省：知道、了解。驚雁回首，有滿腹怨恨無人知之意。省，音ㄒㄧㄥˇ。

④楓落句：此句別本多作「寂寞沙洲冷」。是說鴻不肯落下棲息，卻飛向寂寞寒冷的沙洲去。

【賞析】

此詞為作者以「孤鴻」自喻，抒寫其謫居黃川時之孤寂，亦明示其清流自持之生活態度。

起首寫深秋寂靜，人亦孤獨。孤鴻如幽人，心事何人知？唯無可奈何，孤高自賞。

黃蓼園評曰：「初從人說起，言如孤鴻之冷落。下專就鴻說，語語雙關。格奇而語雋，斯為超詣神品。」

據說此詞另一逸聞是：在惠州，有位溫都監之女超超，及長而未嫁，見東坡欣然道：「正是我所尋覓之夫婿。」自此天天徘徊窗前，聽東坡吟詠，被發覺，便溜走。東坡即曰：「將撮與王郎為婚。」不久，東坡渡海歸，超超已卒，葬於沙際，東坡乃作此詞以寄之（見楊湜《古今詞話》）。

(八)層次

又叫「漸層」、「遞進」，用以表達事物、事理之逐步深淺、大小、輕重之順序。如《孟子・公孫丑篇》：「天時不如地利，地利不如人和。」

行香子　**秦觀**

樹繞村莊，水滿陂塘①。倚東風，豪興徜徉。小園幾許？收盡春光：有桃花紅、李花白、菜花黃。

遠遠苔牆，隱隱茅堂②。颺青旗③，流水橋旁。偶然乘興，步過東岡：正鶯兒啼、燕兒舞、蝶兒忙。

【注釋】

①陂塘：池塘。

②隱隱：不分明貌。

③颺：音ㄧㄤˊ，被風吹起貌。

【賞析】

作者從細密觀察田野，寫出細膩之感觸。

上片以漸行漸細筆觸以寫田野——村落周圍樹木環繞，池塘春水滿溢，於東風頻吹適意中，興起經營大業之念頭。徜徉在那小小的庭園，竟也是春光明媚，桃李爭妍，菜花也不甘寂寞，紛紛綻露花朵的金黃。

下片作法自遠而近，意趣盎然——青苔長上牆頭，顯示此地久無人居（表示作者幽興，與眾不同）：茅堂深隱在林木圍繞中，小橋邊酒店旗招，伴著流水，正向人招手（正似作者超凡脫俗，任性逍遙）。乘著高昂的興致，走上東面山坡，迎面又是新鶯婉轉，燕兒弄春，蝴蝶採花翩翩，好一幅春景圖。

虞美人　　蔣捷

少年聽雨歌樓上，紅燭昏羅帳。壯年聽雨客舟中，江闊雲低斷雁叫西風。　　而今聽雨僧廬下，鬢已星星也。悲歡離合總無情，一任階前點滴倒天明。

【賞析】

這闋小詞，共五十六字，分二疊，前後片同。全首八句，共用平仄四韻，每韻二句。乃作者以「聽雨」的主題寫盡人生百態。貴在作者能將少年、壯年、老年三階段不同的人生際遇，融入各異其趣的聽雨情境。

少年聽雨歌樓上，紅燭昏羅帳。

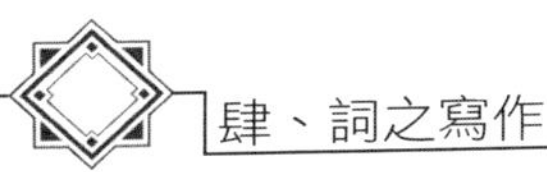

少年時的輕狂，凡事漫不經心，唯知沈醉在歌台舞榭、倚紅偎翠的浪漫氣氛裡：滴答的雨聲，伴著給燭光映照得昏紅朦朧的羅帳，填補了為賦新詞強說愁青春歲月的蒼白。

壯年聽雨客舟中，江闊雲低斷雁叫西風。

壯年時的落魄，為了生活奔波勞碌，能仔細聽雨的場合，總是在作客他鄉、浪跡四海的一舟漂泊之中。所面對的是遼闊的江水和低重的雲層，一股起自內心深層的恐懼感，像雨天的江雲，緊緊地壓過來；此時又夾雜著孤雁劃破西風的淒叫聲，伴奏著船篷頂上的雨聲，更增添了行役之苦的悲愴。

上片是回憶少年、壯年聽雨的情境，下片則將筆觸拉回現實：

而今聽雨僧廬下，鬢已星星也。

如今兩鬢霜白，聽雨的地方竟然是在寧靜的僧廬下，一生勞碌，到頭來仍然孤苦無依，只得託身在寺院之中。

悲歡離合總無情，一任階前點滴到天明。

鬢絲已如夜空裡的點點繁星，人已老矣！卻也體悟出人世間的悲歡離合只是一場無情的變遷，萬丈紅塵終究是空。這種孤寂無奈的心情正好陪伴著階前的雨水，點點滴滴直到天亮，徹夜難以成眠。而宋朝亡國之悲也隱然於詞筆之間，與作者晚年隱居不仕的心境是相互跌宕的。

眉嫵　新月　王沂孫

漸新痕①懸柳，淡彩穿花②，依約③破初暝④。便有團圓意，深深拜⑤、相逢誰在香徑？畫眉未穩⑥，料素娥⑦、猶帶離恨。最堪愛，一曲銀鈎⑧小，寶簾⑨掛秋冷。

千古盈虧休問。嘆謾磨玉斧，難補金鏡⑩。太液池⑪猶在，淒涼處、何人重賦清景？故山夜永，試待他、窺戶端正⑫。看雲外山河，還老盡、桂花影⑬。

【注釋】

①新痕：謂一彎新月緩緩初升，有如一抹淡淡的眉痕懸在柳梢。又「新月」易為「新痕」，與下句「淡彩」平仄對仗，分寫月之「形」與「色」。

②淡彩穿花：形容淡淡的月光，透過花叢灑落大地，劃破初夜黑暗。彩，指月色。

③依約：彷彿。

④初暝：黑暗的初夜。

⑤深深拜：新月為月圓的先兆，故唐代婦女有「拜新月」之俗，以祈求月圓人團圓。如李端〈拜新月〉詩：「開簾見新月，即便下階拜。」

⑥畫眉未穩：謂「新月」猶如未畫好的眉毛。

⑦素娥：月光素潔，故稱月宮的嫦娥為「素娥」。

⑧銀鉤：喻新月。謂新月在清冷的秋空中，如一彎小小的銀鉤，高懸在寶簾上，殊堪憐愛。以「銀鉤」呼應「新痕」、「淡彩」和「寶簾掛秋冷」的孤清。

⑨寶簾：窗簾的美稱。

⑩嘆謾磨玉斧，難補金鏡：嘆的是：以玉斧亦難以修補缺月，以喻故國破碎，難以收復。「磨玉斧」，是用玉斧修月的典故（見段成式《酉陽雜俎・天咫》）：謂鄭本仁與表弟遊嵩山，見一人，言月乃七寶合成，有八萬二千戶修之，此人即其中之一，打開包袱，中果有斤、斧、鑿數把。謾，徒然。金鏡，亦指月亮。

⑪太液池：漢唐宮苑的池名，此借指宋朝宮苑。宋太祖曾在此置酒賞新月，宰相盧多遜作〈新月〉詩：「太液池邊看月時，好風吹動萬年枝。」

⑫端正：指圓月。韓愈〈和崔舍人詠月二十韻〉詩：「三秋端正月，今夜出東溟。」

⑬看雲外山河兩句：暗示淪陷的山河，久未恢復。雲外山河，指遠方故土。「還老盡、桂花影」，一作

「還老桂花舊影」。桂花影，即月影，相傳月中有桂樹。

【賞析】

這闋詞，題為「新月」，旨在藉詠新月寄託家國之思。依詞意，應作於南宋滅亡前。

上片側寫新月之美。

首三句，言新月初現：緩緩升起，如淡淡眉痕，高懸柳枝，銀白清輝，穿過花木，灑落大地，劃破初夜的黑暗，則已寫出新月之形、色。

「便有」二句，由新月而企盼團圓，唐人即有拜月祝禱月圓人也圓之習俗。然「相逢誰在香徑」則知所盼之人並未出現。由望月欣喜、拜月憧憬，終而變為失望。「畫眉」句以下，轉以離人心情觀月，言嫦娥因傷離別，懶於梳妝畫眉，以抒一己之愁。而末小節「最堪愛」三句，以「銀鉤」呼應「相逢誰在香徑」、「料素娥、猶帶離恨」的淒涼。

下片藉月抒寫家國之感：

「千古」三句概括亙古以來月亮的陰晴圓缺，與人世的盛衰興亡。以「休問」二字頓住，以言難述之隱痛。又用「嘆謾」、「難補」等字，以道盡月之盈虧，歷史興亡之無奈。「太液池」三句，言昔日宋人賞月賦詩，而今一片荒涼，物是人已非。「故山」句言待月由缺而圓，亦盼早日收復河山。「試待」二字，有絕望中仍存希望的意味，是清人陳廷焯《白雨齋詞話》所言：「一片熱腸，無窮哀感」，讀來令人鼻酸。「看雲外」二句，重言月可圓而河山不易恢復。

全詞通篇明詠新月，暗寓故土未復的哀傷與期待，委婉曲折，而一無忠憤之語，恰如清人周濟《宋四家詞選》所說：「碧山胸次恬淡，故〈黍離〉、〈麥秀〉之感，只以唱嘆出之，無劍拔弩張習氣。」即言以淡筆唱嘆，表達亡國的哀思。

由望新月，而及拜月；由拜月而盼望月圓。進而由新月聯想人的悲歡離合、故國的興盛衰亡，遂層層連疊。

(九) 聯想

由此而及於彼，使人思緒纏綿迴盪。

念奴嬌　赤壁①懷古　蘇軾

大江②東去，浪淘③盡、千古風流人物④。故壘⑤西邊，人道是、三國周郎赤壁⑥。亂石崩雲⑦，驚濤裂岸⑧，捲起千堆雪⑨。江山如畫，一時多少豪傑！　遙想公瑾⑩當年，小喬⑪初嫁了，雄姿英發⑫。羽扇綸巾⑬，談笑間，檣櫓灰飛煙滅⑭。故國神遊⑮，多情應笑我，早生華髮⑯。人生如夢，一尊還酹⑰江月。

【注釋】

①赤壁：地名，有四處，皆在湖北：

在嘉魚縣東北，在長江南岸，岡巒綿亙，上鐫「赤壁」二字。乃三國時吳將破曹操大軍、赤壁燒兵之所。

在黃岡縣城外，亦名「赤鼻磯」，東坡遊此，以此作前後〈赤壁賦〉。

在武昌縣東南，又名「赤磯」，或稱「赤圻（ㄑㄧˊ，千里之地也）」。

在漢陽縣沌（ㄉㄨㄣˋ，昏濁也）口之臨漳山，有峰曰烏林，俗亦稱「赤壁」。

漢獻帝建安十三年（二〇八）有赤壁之戰。東坡作此文時（一〇八二）四十七歲。

②大江：長江。

③浪淘：淘，洗滌。白居易〈浪淘沙〉詞：「白浪茫茫與海連，平沙浩浩四無邊。暮去朝來淘不住，遂令東海變桑田。」淘湧奔騰的長江浪，淘盡多少卓犖的千古豪傑。

④風流人物：傑出的英雄豪傑，常留下流風餘韻，令人心嚮神往。

⑤故壘：殘留的舊時營壘。

⑥人道是，三國周郎赤壁：相傳是三國時吳將周瑜大破曹兵的赤壁。東坡亦知傳言不可信，故曰「人道

是」。周郎，周瑜曾任吳建威中郎將時，年僅二十四，英姿煥發，吳中呼為「周郎」。

⑦亂石崩雲：陡峭不平的崖石，好像要穿破雲層。崩雲，一作「穿空」。

⑧驚濤裂岸：洶湧的波濤似要衝破江岸。裂岸，一作「拍岸」。

⑨千堆雪：猶言似雪浪花成堆，喻驚浪駭濤。

⑩公瑾：周瑜字公瑾。

⑪小喬：周瑜妻。東吳喬玄有二女，皆國色，稱二喬：大喬嫁孫策，小喬嫁周瑜。

⑫雄姿英發：兼指外在風姿雄偉，英氣勃發；內在識見卓越。《三國志・呂蒙傳》載，呂蒙「果敢有膽」，然籌略言議則不及周瑜，可為佐證。

⑬羽扇綸巾：三國兩晉之名士，常喜揮羽扇，著綸巾。此用以形容周瑜輕便瀟脫，風度翩翩。羽扇，鵝毛扇。綸巾，青絲帶所為頭巾。綸，音 ㄍㄨㄢ。程大昌《演繁露》引《語林》：「諸葛武侯與晉宣帝戰於渭濱，乘素車，著葛巾，指麾三軍。」

⑭檣櫓灰飛煙滅：指赤壁之戰，周瑜用火攻，燒毀曹軍船艦。檣，船桅；櫓，船槳，此用以代指戰船。檣櫓，一作「強虜」。《三國志》敘吳軍以輕便戰艦，裝滿燥荻枯柴，浸以魚油，詐請降，駛向曹軍。一時間「火烈風猛，往船如箭，飛埃絕爛，燒盡北船」。東坡〈前赤壁賦〉云：「方其破荊州，下江陵，順流而東也，舳艫千里，旌旗蔽空，釃酒臨江，橫槊賦詩，固一世之雄也。而今安在哉？」

⑮故國神遊：神遊於古國（三國）的戰地。

⑯多情應笑我，早生華髮：用倒裝句法，謂：周瑜地下有知，應笑我多情善感，這麼早，頭髮都變得花白了。劉駕〈山中夜坐〉：「誰遣我多情，壯年無鬢髮。」

⑰酹：以酒灑地祭奠。酹，音 ㄌㄟˋ。

【賞析】

上片分三層寫景——首言奔騰波浪，淘盡千古英雄。進言於殘留之古壘之西，相傳為赤壁之役所在，東坡

遊此而憶往。再以山石、波濤之澎湃驚險，以言「地靈」而薈聚「人傑」無數。

下片抒發感慨——由周瑜與小喬之英雄美人相得，而儒將談笑用兵，自嘆不如，往事正「人生如夢」，末結於舉觴賞月而自解。

〈念奴嬌〉被公認為蘇軾最卓絕之代表作。南宋・胡仔《苕溪漁隱叢話》：「語意高妙，真古今絕唱。」明・王世貞《藝苑巵言》：「學士此詞，感慨雄壯，果令銅將軍於大江奏之，必能使江波鼎沸。」東坡於四十四歲貶黃州，四十七歲遊黃岡城外赤壁，作此以追憶三國時豪傑，以抒個人懷抱，洵為古今豪放詞之壓卷作。

卜算子　別意　王觀

水是眼波橫，山是眉峰聚。欲問行人去那邊？眉眼盈盈處。　才始送春歸，又送君歸去。若到江南趕上春，千萬和春住。

【賞析】

王觀（一一八〇年左右），字通叟，宋高郵人。曾任江都知府。有《冠柳集》。《絕妙詞選》中稱他為：「風流楚楚，詞林中佳公子。」

上片以大自然之「山」、「水」比人之眉眼——以「水」喻別時淚眼，以「山」狀緊鎖之愁眉，而後將行人點染其中，亦將別情擴散至行人可及之遠方。

下片三個「春」字，將送人與送春之心緒並列，送雖傷感，送至春處，則別有一番替代別情之欣悅。全詞最動人處，在送友之情與惜春之情相密合，並祝福友人能迎來新春。

全首充滿聯想之比興，是一特色。

(十)設問

以疑問句式，引人注意而啟發思考、加深印象。如李後主〈虞美人〉：「春花秋月何時了？往事知多少？」

清平樂　晚春　黃庭堅

春歸何處？寂寞無行路①。若有人知春去處，喚去歸來同住。　春無蹤跡誰知？除非問取②黃鸝③。百囀無人能解④，因風吹過薔薇。

【注釋】

①寂寞無行路：寂寞得無處可去。或春天無留行蹤可尋。

②問取：問。

③黃鸝：黃鶯別名。

④百囀句：黃鶯兒的鳴聲，清脆圓轉，但沒有人懂得牠說了些什麼。百囀，形容聲音轉折之多。囀，是轉動的鳴聲。

【賞析】

此詞全寫晚春，詞一開始就問：「春歸何處？」以後一直沒有答案。但黃鸝百囀，薔薇凋謝，實際上已做了答。似問答，非問答，靈活地表現了春光已去，不忍說明的惋惜心情。其流連好景，追尋春蹤，由痴情而忘情，終至物我皆忘。春蹤無處尋，黃鸝似知非知，忽見薔薇，已是暮春堪憐時分，令人傷感不已。全首盈溢暮春惜春之情。薛礪若說：「山谷詞，〈清平樂〉為最新警，通體無一句不俏麗，而結句『百囀無人能解，因風飛過薔薇』不獨妙語如環，而意境尤覺清逸，不著色相，為山谷詞中最上上之作，即此兩宋一切作家中，亦找不著此等雋美作品。」（《宋詞通論》）

如夢令　李清照

昨夜雨疏風驟①，濃睡不消殘酒②。試問捲簾人，卻道：「海棠依舊。」「知否？知否？應是綠肥紅瘦③。」

【注釋】

①昨夜句：昨夜飄著細雨霏霏，風力卻很強。

②濃睡句：為排遣孤寂而借酒消愁；酣睡後酒意仍未消。

③綠肥紅瘦：暮春時特色，草木綠葉茂盛，花漸萎謝了。清照以「新來瘦」、「人比黃花瘦」、「綠肥紅瘦」三句，被讚為長於寫「瘦」的「李三瘦」。

【賞析】

清照詞常以尋常語入句，詞意卻翻騰而得「平淡入妙」之趣。如此詞透過與捲簾人的對白，細膩投射詞人之多情敏感。又清照作詞能守音律又表情自然，堅決以為不能歌唱之長短句非詞也。據胡仔《苕溪漁隱叢話》，清照有其獨到詞論，據之以評南唐君臣、張子野、歐陽永叔、王介甫、賀方回等，語多獨得。

西江月　遣興　辛棄疾

醉裡且貪歡笑，要愁那得工夫①？近來始覺古人書，信著全無是處②。

昨夜松邊醉倒，問松：「我醉何如？」只疑松動要來扶，以手推松曰：「去！」③

【注釋】

①醉裡句：在醉意朦朧中，且盡情貪享片刻歡樂，哪有空閒去發愁？

②近來句：近來才領悟到完全相信古人的話，是欠考慮的。即《孟子・盡心篇》上所說：「盡信書，則不如無書。」

③只疑句：昨夜醉倒松樹邊，迷朦中問問松樹，它竟忙著來扶我，我卻用力一推松樹說：「去你的！」充分看出醉中仍倔強。

【賞析】

此詞描繪幼安醉酒憨態。上片寫醉中樂，下片寫醉後在朦朧中，仍有顯現那份固執的個性。

㈩言外

內意外象，是內心與外物合而為一。而言外之意，則是意外有意，乃由字面所言，飛馳溢出，另有寄寓。其絃外之音，乃由實而虛也。

雨霖鈴　柳永

寒蟬淒切①，對長亭②晚，驟雨初歇。都門帳飲③無緒④，方留戀處，蘭舟⑤催發。執手相看淚眼，竟無語凝噎⑥。念去去⑦，千里煙波，暮靄⑧沈沈楚天⑨闊。　多情自古傷離別⑩，更那堪冷落清秋節！今宵酒醒何處？楊柳岸、曉風殘月⑪。此去經年⑫，應是良辰好景虛設，便縱有千種風情⑬，更與何人說？

【注釋】

①寒蟬句：點明別離季節。「寒蟬」為蟬之一種。至深秋天寒時，常不鳴叫，故曰「噤若寒蟬」。

②長亭：交代別離地點。古時驛站十里一長亭，五里一短亭，供路人休息送別。

③都門帳飲：古代送別，主人先在城郊路邊設棚帳，備酒食，等行者來到，邀入帳內小敘，然後行者上馬踏灞橋、過柳陌；乘舟者離南浦……就此告別。

④無緒：心情不好。作者與送行者，就此互道珍重，無意於口腹之慾。

⑤蘭舟：蘭木之舟。據《述異記》載：春秋時巧匠魯班曾刻木蘭樹為舟，後沿用。催舟發行之人為船夫。

⑥凝噎：喉中似被堵住，聲音似斷似續，表示千言萬語說不出離情。

⑦念去去：下定決心，走向千里江流滔滔中，走向暮色陰沈籠罩下的廣大南方。煙波、霧氣籠罩的無邊水

面。

⑧靄：本指雲氣，此指晚上煙霧濃厚，正如別緒沈重。

⑨楚天：猶楚地，今兩湖一帶。

⑩多情句：自慰語。多情之人自古皆然，只是我倆分離在淒涼冷落的秋季，滋味更令人難以消受。「清秋」上承本詞前文「淒切」。「暮靄沈沈」上承長亭「晚」，用心刻畫，由此足見。

⑪楊柳岸句：酒醒時夢幻之推想：那將是懷著柳條一樣的絲絲離愁別恨，痴對著曉風輕拂、殘月西墜的淒迷寂寞。

⑫經年句：經年乃一年又一年的遠景。那時縱然明媚春花，皎潔月色，但身旁少了共賞的人，哪有心情去欣賞？如元稹在《鶯鶯傳》中述張生因科場失利，滯留京都，鶯鶯致函曰：「自去秋已來，常忽忽如有所失。於喧譁之下，或勉為語笑；閒宵自處，無不淚零：乃至夢寐之間，亦多感咽離憂之思。」正表情意深濃之意。

⑬風情：深情密意，欲訴憑誰？後主〈賜宮人慶奴〉詩：「風情漸老見春羞。」美景可虛設，情景必向人傾吐，而今別後，寂寞無奈，今夕酒醒將置身楊柳堆煙河岸邊，在曉風殘月裡心碎。即使面對美景，濃情又誰與共呢？

【賞析】

抒寫離別之情的中國文學中，柳永的〈雨霖鈴〉堪稱是傳誦最廣的代表作品。〈雨霖鈴〉是詞牌名稱，與詞意無直接關聯，其主旨是「秋別」，以抒寫情人送別時，難分難捨的依依離情，以及預想別後冷清孤寂的情景做主題。它的寫作手法是直寫的，在風格上和其他刻意烘托的作品有很大的差別。不單只〈雨霖鈴〉，幾乎所有柳永的作品全都這樣。眼前見到什麼便寫什麼，心中想到什麼便說什麼，他不喜歡矯揉造作，並且在字面上有時還融入些俚語。柳永的作品反映了大多數人難以形容的情緒，逼真地描繪出細緻的景物，從景物氛圍到人物表情，然後進入內心，層層深入，流暢地把非常複雜的事實，有條有理、清楚自然地說個明白。

寒蟬淒切，對長亭晚，驟雨初歇。

起頭短短十二字，就將離別的季節、地點、時刻、氣候、情境等景物氛圍交代清楚，自然流暢，毫不牽強。蟬是寒蟬，聲音是淒切，因「秋」而「寒」，因「別」而「淒切」，把「秋」和「別」字的影子先淡淡地浮現出。然後「對長亭晚」，由一個「對」字點出詞中的主人公來；再用「長亭」二字來凸顯「別」字；「晚」字是說明了時間正值傍晚時分。「驟雨初歇」是補述第一句蟬鳴的景色，雨才剛停，蟬鳴立起，在離情的催化之下，寒蟬的鳴聲聽起來自然格外淒切（有些版本作「暮雨初歇」）。至於為何要用「晚」、「暮」呢？因為古人出外起行，不外早上和晚上兩個時間，陸路多在早上啟程，水路多在傍晚起身上船，開船的時候在入夜或拂曉，才選定「晚」這個時間點，所以雨也是「暮雨」。這三句標定了「秋、別」的部分內容。然而這還只是寫聽到和看見的景物而已，接著：

都門帳飲無緒，方留戀處，蘭舟催發。

「都門帳飲（古時餞別，在都門郊外架帳幕，擺開送別的飲宴）無緒」，這句就漸入寫情，對於「秋別」的題意，繼「寒蟬淒切」、「長亭」之後再度地渲染，清楚地說明了主題「秋別」。「無緒」也回應了「淒切」的投射心理，接下去展開了「方留戀處，蘭舟催發」的詞境。「別」已經夠悲傷，已是「無緒」，何況還「蘭舟催發」立刻要開船了？這是一頓挫又一深入地描寫。船不候人，千言萬語不知從何說起！因此只有：

執手相看淚眼，竟無語凝噎。

看，多麼形象化的描寫，越是相看越是「淚眼」，正因「無語凝噎」，更顯得滿腹離情，此情此景，正彷彿大一寒假返鄉專車，台北車站月台送別的那一幕，心有戚戚焉。如果是別而後會有期，別而離去並不太遠，還不至於那麼「無緒」、「留戀」，那麼「淚眼」、「凝噎」，偏偏是：

念去去千里煙波，暮靄沈沈楚天闊。

教人怎不淒涼呢？

從一個「念」字，我們可以知道「千里煙波」和「暮靄沈沈楚天闊」等情景都只是聯想、預想罷了，船還沒真正開，只是在「無語凝噎」中想著馬上要發生的——開船後，眼中將只見千里煙波，暮靄沈沈，從此和故人隔著遼闊的楚天的可能發生或必然發生的情景。

下半闋寫的是開船後真實發生的情思和感慨。

多情自古傷離別，更那堪冷落清秋節。

在上半闋敘述完離別情景之後，「多情自古傷離別，更那堪冷落清秋節」是綜合各種形象表達出的中心思想，是作者的真感慨。循著「寒蟬」、「驟雨」到這裡說出「清秋節」；循「長亭」、「帳飲」、「催發」到這裡才說出「傷離別」。明白了這種形象與形象之間的聯結，對於詞的精妙脈絡也就能參透點消息了。開船後他又如何？

今宵酒醒何處？楊柳岸，曉風殘月。

索性躲在船艙裡胡思亂想：「今宵酒醒何處？」多麼強烈地表現了孤單的羈旅行役生活和飄零的情愫，他提出這問題是非常難以答覆的，這只是即將發生的現象，事實上還未發生，非但作者自己不知道，誰也不知道會在何處酒醒。他完全用推想，因為沿著河岸行船總離不了楊柳岸，醒來的時候可能是天亮了，當時的景象當然是曉風殘月了，所以他便寫下來。「楊柳岸曉風殘月」多麼富有推想力啊！我們從這句子可以見到一幅非常淒寂的羈旅圖。欣賞至此，我們還不能清楚地知道他離別的對象是怎樣關係的朋友，他在下面寫出來了：

此去經年，應是良辰好景虛設；便縱有千種風情，更與何人說！

寫離別的歲月和心情並聯想到別後的滋味。他覺得離開了他親愛的人，一切全走了樣。這是接著上面聯想到別後酒醒的景物而寫的別後生活，即使有時也會遇上「良辰」、「好景」，但親愛的人不在身邊，便不覺得「辰」如何「良」，「景」如何「好」，即使良辰好景結果也等同「虛設」了。這種心境的刻畫和深厚感情的形容，真可以說到了最高的境界，接著他還再加了工，用假設去回答「便縱有千種風情」，但知心的人不在身邊，「更與何人說」？這是多麼深厚的感情！親愛的人離開了他，歡樂也隨著離開了他，一切全走了樣。柳永的情感太豐富了。從「千種風情」我們可以斷言他離別的是個女人，是他的愛人，我們也從而了解他對愛情的真摯，難怪他死後歌女們要「弔柳七」了。

水調歌頭　丙辰①中秋，歡飲達旦，大醉作此篇，兼懷子由。　蘇軾

明月幾時有？把酒問青天②。不知天上宮闕，今夕是何年③？我欲乘風歸去，唯恐瓊樓玉宇，高處不勝寒④。起舞弄清影，何似⑤在人間？　轉朱閣，低綺戶，照無眠。不應有恨，何事⑥長向別時圓？人有悲歡離合，月有陰晴圓缺，此事古難全。但願人長久，千里共嬋娟⑦。

【注釋】

①丙辰：宋神宗熙寧九年，時作者四十一歲，任官山東高密。

②問青天：屈原〈天問〉：「天何所沓？十二焉分？日月安屬？列星安陳？」此師其意。又李白詩：「青天有月來幾時？我欲停杯一問之。」此用其語。

③今夕是何年：唐人小說《周秦行紀》有：「香風引到大羅天，月地雲階拜洞仙；共道人間惆悵事，不知今夕是何年？」

④高處句：想像之詞。「高」既不可上，「寒」又不勝，故下急作一轉語：「何似在人間？」（還不如在人間的好！）相傳神宗讀到這兩句，以為「蘇軾終是愛君」（以為高處不勝寒是指他說的）。

⑤何似：不如。

⑥何事：為何。

⑦嬋娟：美好的姿態。孟郊詩有〈嬋娟篇〉：「花嬋娟，泛春泉；竹嬋娟，籠曉煙；妓嬋娟，不長妍；月嬋娟，真可憐。」或即東坡所本。

【賞析】

此詞作於宋神宗熙寧九年中秋夜。乃八百年來最受人喜歡的歌詞之一。據宋蔡絛《鐵圍山叢談》云：作者原是寫給當時名歌手袁綯唱的。乃因作者與弟蘇轍分別已五年，佳節中，倍加思念。全首以向大自然痴問方式說出作者手足之情，對現實人生之迷惘而熱愛之心路歷程，充分表達作者曠達之人生觀。後人誦讀，終覺逸興遄飛、天風海雨逼人。

（十一）描摹

詞之美在形式合於詞譜，內質能長吟短諷。後主、端己諸家多以白描筆法，以寫委曲難傳之情，熱腸鬱思，諷味無窮，令人生同感，起共鳴，乃有寄興者也。或稱摹繪，是用耳、鼻、舌、目等感受外物之形貌。

訴衷情　**顧敻**

永夜拋人何處去？絕來音。香閣掩，眉斂。月將沈，爭忍不相尋？怨孤衾。換我心，為你心，始知相憶深。

【作者】

顧敻，前蜀人（九三三左右在世），後蜀時官至太尉。他的詞一向被認為是豔詞的上品，就因為他「以豔之神與骨為清，其豔乃益入神入骨」（況周頤《蕙風詞話》），可惜留下的只有十五首，見於《花間集》。

【賞析】

痴情人不能忍受淒寂，漫漫長夜，常由寂寞而迷惘，似為永夜所拋，手法曲婉，實則由於「來音」絕所致。

「香閣掩」寫意緒的無聊；「眉斂」是愁恨之深。在音節上，助長此一意態的發展，便從容地過渡到殘夜

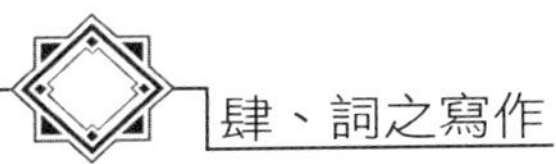

「月沈」的景物上。又由於景物的點染，更照見自己的孤衾獨擁，於是責怪所歡，怎麼如此忍心不來相尋?結尾三句全從「怨」字生出。出語之平淡，人常不可及。

采桑子

歐陽修

群芳①過後西湖好，狼籍②殘紅③，飛絮濛濛，垂柳闌干盡日風④。　笙歌散盡遊人去，始覺春空⑤，垂下簾櫳⑥，雙燕歸來細雨中。

【注釋】

①群芳：百花。
②殘紅：落花。
③狼籍：《蘇氏演義》：「狼籍草而臥，去則滅亂，故凡物之縱橫散亂者，謂之狼籍。」
④盡日風：整天地刮風。
⑤春空：春事歸於沈寂。
⑥簾櫳：窗簾。櫳，窗也。

【賞析】

此詞為作者晚年退居穎州西湖之作，原詞十三首，多由山河壯麗而感受老境變幻。此詞在寫暮春西湖之靜美。百花凋殘之暮春，作者由殘紅飛絮、垂柳、風，描繪成「落葉繽紛」、「微風輕拂」、「柳枝搖曳」的獨特境界。笙歌人散，萬紅已去，且垂下窗幕，享受這份恬靜，而似曾相識雙燕，又從細雨中飛來，自在恬靜中顯現出盎然可觀的喜悅。(張明垣注)

㈢綜合

乃採用兩種以上技法以寫之。

水龍吟　蘇軾

似花還似非花①，也無人惜從教墜。拋家傍路，思量卻是，無情有思②。縈損柔腸③，困酣嬌眼④，欲開還閉。夢隨風萬里，尋郎去處，又還被鶯呼起。　不恨此花飛盡，恨西園⑤、落紅難綴。曉來雨過，遺蹤何在？一池萍碎⑥。春色三分，二分塵土，一分流水⑦。細看來，不是楊花，點點是離人淚。

【注釋】

①似花還似飛花：以柳絮比作花，卻又非盡其所似。

②無情有思：看似無情，卻有其耐人深思之處。思，讀去聲。

③縈損柔腸：思戀之情愁，正似柳絲，亦如美人柔腸。

④困酣嬌眼：以美人倦極之嬌眼，喻楊花飄飛時之嬌態。

⑤西園：本指魏都鄴之銅雀園。曹丕常在月夜集雅士於此，後泛指賞遊勝地。

⑥一池萍碎：東坡自注：「楊花落水為浮萍，驗之信然。」

⑦二分塵土，一分流水：指楊花大部分委於泥土，小部分隨流水而去。

【賞析】

此詞以人擬楊花之作。柳絮以女子飄零身世，如花不似花，飄落枝頭令人憐，看似無情卻有情。它的柔情嬌眼動人情思，有如怨婦思念征人到處尋郎。

下片楊花飛盡，溷入泥土，令人惋惜不已。而結於「離人之淚」，近承流水，還應尋郎，纏綿情思令人有畫龍點睛之感。

張炎《詞源》推為「壓倒古今」之詠物詞，不為過也。

細繹此詞之奇在能綰合技法甚多，如：

1.「不即不離」之比喻

首句「似花還似飛花」，由「似」「不似」角度點寫楊花之形貌——「似」是寫楊花眼前形象；「不似」，則跳出物象，以寫作者之寓意寄託。「合」與「離」之寫最為奇特，正不即不離，非粘皮帶骨，亦非不切題而捕風捉影（清．錢詠《履園譚詩》）。

2.擬人

上片次句「也無」起，即由「非花」以言物之擬人，將飄墜之點點楊花寫成斷腸少婦。由「墜」字言楊花隨風飛墜，正似拋家道旁之怨婦，要去尋覓失落之心上人，那份柔腸縈損之痴情。尋不到失落愛情，思婦尋夫，與飄零楊花共寫，栩栩如生，故沈際飛《草堂詩餘正集》即云，此一描繪正為「悉楊花神魂」。

3.呼應

首句、末句是同義詞。由「點點是離人淚」，點亮主題。故鄭火焯《手批東坡樂府》即評云：「煞拍畫龍點睛。」良有以也。

4.層遞

過片之「不恨此花」、「曉來雨過」、「春色三分」層層推進，使詞意發展到頂點。

(1)想像上——楊花正似熱淚揮灑。

(2)命運上——楊花怨婦同具慘痛命運。

(3)境界上——暮春時，思婦遍灑淚水。張炎《詞源》：「後段愈出愈奇，真是壓倒古今。」

賀新郎① 蘇軾

乳燕飛華屋，悄無人、桐陰轉午②，晚涼新浴。手弄生綃白團扇③，扇手一時似玉。漸困倚、孤眠清熟。簾外誰來推繡戶，枉教人、夢斷瑤台曲。又卻是、風敲竹。　石榴半吐紅巾蹙。待浮花浪蕊都

盡，伴君幽獨。穠豔一枝細看取，芳心千重似束。又恐被、秋風驚綠。若待得君來，向此花前，對酒不忍觸。共粉淚、兩簌簌。

【注釋】

①〈賀新郎〉，詞調名，又名〈金縷曲〉、〈乳燕飛〉、〈賀新涼〉、〈貂裘換酒〉等。雙調仄韻，一百一十五字，上下片各十句六仄韻。

②桐陰轉午：桐樹陰影轉移，暗喻環境幽靜。

③晚涼新浴：乃內容之轉折。以「晚涼」承接「轉午」，表示時間推移。「新浴」則由景而人，而開展以下描繪美女資質、情態、心理。

④白團扇：描繪新浴後之美人，擺弄生絲織就之團扇。亦寫其潔白、晶瑩之美姿。或帝妃班婕妤為趙飛燕所妒，失寵而幽居長信宮，曾作〈怨歌行〉：「新裂齊紈素，鮮潔如霜雪，裁為合歡扇，團團似明月。出入君懷袖，動搖微風發。常恐秋節至，涼飆奪炎熱。棄捐篋笥中，恩情中道絕。」此暗喻美人見捐。

【賞析】

此首為東坡婉約詞之又一名篇，蓋寄意高遠，感情深沈，構思精巧。乃由幽居高潔孤獨美女，以寄託個人身世苦悶寂寞。其所用技法有：

1. 襯托法

「乳燕」三句——寫美女所居環境，在初夏華屋中。以乳燕呢喃，襯托環境幽寂無人。桐影轉移，時間便悄然而去。此一襯托手法，正似晏殊〈踏莎行〉以「爐香靜逐遊絲轉」示環境冷寂。

「若待得」四句——以「若」字領頭，以言榴花襯佳人，皆淒婉哀怨。黃蓼園《蓼園詞選》即云：「末四句是花是人，婉曲纏綿，耐人尋味不盡。」其言是也。

由美人居所、浴後、困倚孤眠、由風而起錯覺，皆襯出美人苦悶與孤獨。以此烘襯、渲染，層層深入，針

鏤細密。故唐圭璋云：「下片，因見榴花獨芳，遂借榴花說人。」（《唐宋詞簡釋》）

2.用事法——化用他人句

- 「乳燕」句點出季節，乃化用杜甫〈題省中院壁〉詩：「落花遊絲白日靜，鳴鳩乳燕青春深」句，言為初夏景象。隋・王籍〈入若耶溪〉：「蟬噪林愈靜，鳥鳴山更幽。」
- 「桐陰轉午」言桐樹陰影轉移，暗指時間過午，乃化用劉禹錫〈晝居池上亭獨吟〉：「日午桐陰正」句。
- 「手弄」句——言美人之手、扇皆潔白。乃化用西晉王衍之典。即《世說新語・容止篇》載：「王夷甫（衍）容貌整麗，妙手談玄，恆捉白玉塵尾，與手都無分別。」以局部喻整體以言手、扇皆白。
- 「孤眠清熟」之「孤」字用以點破題旨。柳宗元〈江雪〉：「孤舟蓑笠翁，獨釣寒江雪。」此「孤眠清熟」呼應下片「伴君幽獨」，皆言孤獨。

㈥典故

引取與本文相關之史事、言論、典籍、成語等以充實內容，佐論自己所見。

《文心雕龍・事類篇》：「據事以類義，援古以證今。」「明理引乎成辭，徵義舉乎人事。」

鵲橋仙　秦觀

纖雲弄巧①，飛星傳恨，銀漢迢迢②暗渡。金鳳玉露③一相逢，便勝卻人間無數。

柔情似水，佳期如夢，忍顧鵲橋歸路④？兩情若是久長時，又豈在朝朝暮暮！

【注釋】

①纖雲弄巧：片片彩雲，正展現巧姿，盡態極妍。

②銀漢迢迢：銀漢乃天河、銀河、雲漢。迢迢，遙遠的樣子。北周人宗懍《荊楚歲時記》：「天河之東有織女，天帝之子也，年年機杼勞役，織成雲錦天衣。天帝憐其獨處，許嫁河西牽牛郎。嫁後遂廢織，天

帝怒，責令歸河東，使一年一度相會。」

③金風玉露：指秋天夜涼如水美好的景況。蕭統〈七月啟〉：「金風曉振，偏傷征客之心。玉露夜凝，真泫仙人之掌。」

④忍顧鵲橋歸路：不忍回顧由鵲橋歸去之路。鵲橋，神話傳說中，乃由烏鵲搭成之橋。晉人周處《風俗記》：「七夕織女當渡河，使鵲為橋。相傳七夕鵲首無故皆髡，因為樑以渡織女故也。」

【賞析】

此藉牛郎織女神話，以頌美堅貞不渝愛情。

上片前三句虛寫彩雲翻奇弄巧，而牛郎織女卻有難見之恨。「銀漢」句，實寫織女星渡河與牽牛星相會，由哀怨而急切求見。「金風」二句，夾述夾議，初秋七月，風飄衣袂，露濕鞋襪，如此相見已勝人間終年不見，且不知惜情。

下片首三句寫兩情綢繆，相聚短暫。如此又怎能忍心由鵲橋歸去，而不頻頻回顧？末收以鵲橋一年一會雖短，卻是曾經擁有，不似人間時時見，而不知珍惜。

其他作品：

漠漠輕寒上小樓，曉陰無賴似窮秋，淡煙流水畫屏幽。　自在飛花輕似夢，無邊絲雨細如愁，寶簾閒掛小銀鉤。（〈浣溪沙〉）

西城楊柳弄春柔。動離憂，淚難收。猶記多情，曾為繫歸舟。碧野朱橋當日事，人不見，水空流。韶華不為少年留，恨悠悠，幾時休。飛絮落花時候，一登樓。便做春江都是淚，流不盡，許多愁。（〈江城子〉）

浣溪沙　納蘭性德

誰念西風獨自涼①？蕭蕭黃葉閉疏窗②。沈思往事立殘陽。　被酒莫驚春睡重③，賭書消得潑茶香④。只道是尋常。

【注釋】

①念：掛念，惦念。西風：此指秋風。

②疏窗：窗。疏，窗格甚稀。

③被酒：醉酒。重：謂睡得沈。

④賭書消得潑茶香：此用李清照與丈夫趙明誠賭書決勝負典故。據李清照《金石錄・後序》載，她與趙明誠常在飯後一面飲茶，一面指著推積如山的圖書，說出某事出於某書第幾卷、第幾頁、第幾行，以準確與否決勝負，從而定飲茶的先後。說中的人，往往舉杯大笑，以致茶水倒在了懷裡，反而不得飲。消，消受。

【賞析】

此首為作者悼念髮妻盧氏而作。

上片首句由季節變換，深秋時，西風漸緊，寒意侵人。往昔盧氏常在深秋之際，催促作者添衣以免著涼，而今盧氏作古，何人再為鋪床疊被，噓寒問暖？

「誰念西風獨自涼」，以反問以道，充滿期待、失望。正似作者另一首〈沁園春〉：「鸞膠縱續琵琶，問可及，當年蕚綠華？」直言盧氏賢慧，無人可以取代。

次句，以枯黃樹葉紛紛揚揚由窗入戶，平添秋意。關上窗，觸緒神傷之黃葉，雖被擋在窗外，不再叨擾，然隔絕戶外，更為孤寂，夕陽拖長身影，使人更沈浸於往事。

下片一、二句分寫往事，以言盧氏之投合。

「被酒」句，言每當作者大醉而歸，久睡不醒，她總是侍候床前，端茶送水，關懷體貼，有舉案齊眉之美，此其一也。

「賭書」句，借趙明誠、李清照以側寫二人之志趣相投，此其二也。

末句，由「當時」以言追悔不知珍惜。

【作法】

此詞以白描直敘以寫，故王國維評之：「以自然之眼觀物，以自然之舌言情。」故為北宋以來第一人也。

上片寫喪偶後之孤寂。

首句直由季節變換引發對亡妻之思念，而以反問句出之。

次句「蕭蕭黃葉」，既因首句中「西風」而起，又是「閉疏窗」之因。疏窗既閉，更為孤寂，為後一句獨立殘陽、沈思往事，預做鋪墊。

三句以「沈思往事」，勾勒作者形象，並引出下片之內容。

下片一、二句是「往事」，以「被酒」概括出妻子生前對一己之體貼關懷，是實寫。「賭書」以典故寫出閨房情趣。

末句歇拍以「尋常」寫感受，以「只道」隱含追悔。

全詞背後所涉淒美動人故事，讀之輒令人興趣盎然。

(十五)故事

清平樂　李煜

別來春半①，觸目愁腸斷②。砌下③落梅如雪亂，拂了一身還滿。　雁來音信無憑，路遙歸夢難成。離恨恰如春草，更行更遠還生。

【注釋】

①別來春半：西元九七六年元旦，金陵城破，後主被俘，至二月四日，後主至汴京，故詩言春季之半。

②愁腸斷：極言憂愁之甚。《世說新語‧黜免篇》：「桓公入蜀，至三峽中，部伍中有得狙猨（猿）子者，其母緣岸哀號，行百餘里不去，遂跳上船，至所即絕，破視其腹中，腸皆寸寸斷。公聞之怒，命黜（ㄔㄨˋ）其人。」

③砌：音ㄑㄧˋ，庭階。

【賞析】

此首乃寫入宋後抒離恨之作。

首二句，點明時間，寫出愁情，三、四句，承「觸目」二字寫人痴立落花。「雁來」二句，承「別來」二句。又舉「雁來」二字襯出無信；舉「路遙」二字，襯出無夢，末融入情景，以春草喻離恨，是眼前景、心中恨，交織互融。

此首以春水喻愁，春草喻恨，外體物情，內抒心象，景情之喻「自然流露，豐神秀絕」（唐圭章語）。

當李後主正填詞，不料宋軍竟以浮橋渡過長江，圍困石頭城，李後主時填：

櫻桃落盡春歸去，蝶翻輕粉雙飛。子規啼月小樓西。曲闌珠箔，惆悵捲金泥。　門巷寂寥人散後，望殘煙草低迷……

溯南唐，時已奉宋朝正朔，且改名江南國，實際上是臣屬於宋朝。待趙匡胤一統天下，乘勢取下南唐，李後主時以〈破陣子〉寫下國亡之拜別祖先：

四十年來家國，三千里地山河。鳳閣龍樓連霄漢，玉樹瓊枝作煙蘿，幾曾識干戈。　一旦歸為臣虜，沈腰潘鬢銷磨。最是倉皇辭廟日，教坊猶奏別離歌，揮淚對宮娥。

後主在城破之後，帶著舊吏、眷屬四十五人，至明德樓授降，自是日日夜醉，太祖請其作〈詠扇詩〉，有句：「揖讓月在手，動搖風滿懷。」太祖譏其但能為翰林學士，而不配為君為王。設想此一仰人鼻息之日，著實痛苦。

這年冬天，宋太祖駕崩，太宗即位，改封李煜為「隴西公」，然而，李煜生活在醉夢中，且受監視。後主故作：

昨夜風兼雨，簾幃颯颯秋聲；燭殘漏斷頻欹枕，起坐不能平。　世事漫隨流水，算來夢裡浮生。醉鄉路穩宜頻到，此外不堪行。

簾外雨潺潺，春意闌珊，羅衾不耐五更寒，夢裡不知身是客，一晌貪歡。　獨自莫憑闌，無限江山，別時容易見時難，流水落花春去也，天上人間。（浪淘沙）

其間後主以「林花謝了春紅」等篇，懷念大周后、小周后。受俘三年，宋太宗以南唐舊臣徐鉉探後主，後主悔殺當日亟諫之潘佑、李平，又作千古同哭之〈虞美人〉一首：

春花秋月何時了，往事知多少？小樓昨夜又東風，故國不堪回首月明中。　雕欄玉砌應猶在，只是朱顏改，問君能有幾多愁？恰似一江春水向東流。

大宋皇帝取「小樓」、「恰似」二句，以為有再起之嫌，而賜下牽機藥，頭足相就而亡，葬北邙山，與開封小周后墓，遙遙相對。

鶴沖天　柳永

黃金榜①上，偶失龍頭②望，明代暫遺賢③，如何問？未遂風雲④便，爭不恣遊狂蕩。何須論得喪？才子詞人，自是白衣卿相⑤。　煙花巷陌⑥，依舊丹青屏障⑦。幸有意中人，堪尋訪，且恁⑧偎紅倚翠，風流事，平生暢。春春都一餉⑨，忍把浮名⑩，換了淺斟低唱⑪。

【注釋】

①黃金榜：黃金製之看板，簡稱金榜（用以題名）。

②龍頭：指狀元。梁顥〈及第謝恩〉詩：「也知年少登科好，爭奈龍頭屬老成。」指榜上無名。

③明代句：即孟浩然〈歲暮歸南山〉詩「不才明主棄」之意。指仕途無望。
④風雲：飛黃騰達。
⑤白衣卿相：古未仕者著白衣。即未得功名也。
⑥煙花巷陌：指娼妓住處（煙花本喻繁華）。柳永有四首〈木蘭花〉分別描繪心娘、蟲娘、酥娘，並於詞首寫出其名字。
⑦丹青屏障：畫紅塗綠之屏風蔽障。
⑧恁：如此。
⑨一餉：餉通「晌」。片刻也。
⑩浮名：科場上之虛名。
⑪淺斟低唱：斟謂斟酒，唱謂唱歌，為不負短暫年華而捨棄功名，到風前月下嬉遊一番。

【賞析】

此為作者懷才不遇，進士落第，坦述心中怨愁之作。

既是仕途無望，榜上無名，無可奈何中轉向自我安慰——人生得失何須計較，心想才子詞人並不亞於朝廷大官。既走出名利，何不偎紅倚翠覓意中人，棄浮名而斟唱一番？

吳曾《能改齋漫錄》云：「仁宗留意儒雅，務本向道，深斥浮豔虛薄之文……好去淺斟低唱，何要浮名？且填詞去！」足見此詞關係柳永一生際遇。其落拓潦倒，亦以此詞為禍首。詞人吟詩填詞，本可進身得寵，而柳永則終身為詞所累。如某次，掌天文之太史奏有南極老人星出現，仁宗命設宴，並以柳永應制，柳乃作〈醉蓬萊・慶老人星現〉，其詞曰：「漸亭皐葉下，隴首雲飛，素秋新霽……南極星中，有老人呈瑞。此際宸遊，鳳輦何處？度管絃聲脆。太液波翻……」仁宗初見首有「漸」字（病重將死，謂之「大漸」）即不悅。讀至「宸遊（天子遊樂）鳳輦（天子車駕）何處？」又與真宗（仁宗父）輓聯暗合；又至「太液波翻」，曰何不言「波澄」？投之於地，自此不復用。

洞仙歌① 蘇軾

余七歲時，見眉州老尼，姓朱，忘其名，年九十歲，自言嘗隨其師入蜀主孟昶宮中。一日大熱，蜀主與花蕊夫人夜納涼摩訶池②上，作一詞，朱俱能記之。今四十年，朱已死久矣，人無知此詞者；但記其首兩句，暇日尋味，豈〈洞仙歌〉令乎，乃為足之云。

冰肌玉骨，自清涼無汗，水殿風來暗香滿。繡簾開、一點明月窺人，人未寢，欹枕釵橫雲鬢亂。

起來攜素手，庭戶無聲，時見疏星渡河漢。試問夜如何？夜已三更，金波③淡、玉繩④低轉。但屈指西風幾時來，又不道⑤流年暗中偷換。

【注釋】

①洞仙歌：唐教坊曲名，後為詞調，雙調八十三字。前段六句三仄韻，後段七句三仄韻。

②摩訶池：摩訶，梵語有太多、美妙等義，故址在今成都城外昭覺寺，有水殿。

③金波：指月光。

④玉繩：在北斗七星中，第五星玉衡星之北。玉繩低轉，表示夜深。

⑤不道：不覺。

【賞析】

上片首句，由她倚枕小憩，而鋪寫出其人姿質如冰似玉，不為汗水所污，一「自」字，更見神韻，其冰清玉潤用四字以狀。

水——指殿建於水上。

風——風來指時、地皆佳。

香——加一「暗」字，豐富花香。指荷香。「滿」言其多也。前人有作：

1.唐羊士諤〈郎中即事〉詩：「紅衣落盡暗香殘，葉上秋光白露寒。」
2.許渾〈過故友舊居〉詩：「高竹動疏翠，早蓮飄暗香。」寫蓮花香。
3.元稹〈桐花〉詩：「夜久春恨多，風清暗香薄。」寫桐花香。
4.李清照〈醉花陰〉詞：「東籬把酒黃昏後，有暗香盈袖。」寫菊花香。
5.林逋〈詠梅〉詩：「疏影橫斜水清淺，暗香浮動月黃昏。」寫梅香。

月——與花香相反，言其少也。田藝蘅〈留青日札〉：「夫月……謂之『一點』，甚奇。」言月光如銀，芰荷環繞，微風輕拂，環境宜人。此不言人望月，不言月照人，卻言月「窺人」，一「窺」字承「繡簾開」、「水殿風來」而境界全出。

風吹簾動，月似乎也在窺探人倚枕、晚妝已殘亂。言人之未寢已反襯其美好資質，並為下片鋪墊。

上片以風來、香來、簾開、月窺之動境以寫美人靜態之「冰肌玉骨」。下片由靜境寫動態心理。「起來」三句，言她已由獨自倚枕，而至殿外同行相挽相偎。

上片以水、風、香、月之視、感、味覺寫。下片「庭戶無聲」則由「聽覺」寫人入寢，鳥聲、蛙鳴、蟲唱亦止，正是二人「夜半無人私語時」。

「時見疏星」句，由上片寫「月」窺人，此狀「人」望星。又「試問夜如何」三句寫月下徘徊，細數炎炎夏日，何時至秋。

《詩經．小雅．庭燎》：「夜如何其？夜未央。庭燎之光，君子至止，鸞聲將將。」朱熹《詩集傳》：「王將起視朝，不安於寢，而問夜之早晚曰：『夜如何哉？』夜雖未央，而庭燎（庭院內火炬）光矣。朝者至而聞其鸞聲矣。」

二人在香風星月下細語溫存，心中別有年華逝去之嘆。

上片寫月，以「點」狀形，「金」狀色、「淡」言其淺，皆多變也。

此不唯言夜之靜寂，更表出感嘆時光流逝。用「暗中」、「偷換」以表之。

由九十三字長序得知，此詞乃寫孟昶和花蕊夫人納涼事。乃東坡四十七歲貶黃州時所作。

原詞依宋・胡仔《苕溪漁隱叢話》，又清・謝垣《漫叟詩話》引宋・楊檜〈本事曲〉，由東坡續成。其原詞為：

冰肌玉骨清無汗，水殿風來暗香滿，簾開時月獨窺人，攲枕釵橫雲鬢亂。　起來瓊戶悄無聲，時見疏星渡河漢。屈指西風幾時來，只恐流年暗中換。

因有人見古石刻載此（宋趙聞禮《陽春白雪》）。蓋此與東坡之作極相似，故人或以乃東坡「檃括」非續成此作（見清張德瀛《詞徵》、朱彝尊《詞綜》、李調元《雨村詞話》、陳廷焯《白雨齋詞話》、鄭文焯《手批東坡樂府》等）。

而由納涼為載體以寄惜時之心情，語意高妙，如鄭文焯所謂：「其聲亦如空山鳴泉，琴筑並奏。」（《手批東坡樂府》）

此首乃通過蜀主孟昶與花蕊夫人夏日納涼，以見人之感情。

孟昶乃五代時後蜀國君，愛文學，工聲曲。在位三十一年，生活奢侈，常馳騁田獵，不務國事，後兵敗降宋。

花蕊夫人——孟昶貴妃。據元人陶宗儀《輟耕錄》：「蜀主孟昶納徐匡璋女，拜貴妃，別號花蕊夫人。意花不足擬其色，似花蕊之翾輕也。」又善詩文，曾仿唐代詩人王建文體，作宮詞百首。蜀亡後入宋宮，又為宋太祖趙匡胤所寵。

花蕊夫人被擄入宋時有〈亡國詩〉曰：

君王城上豎降旗，妾在深宮那得知。十四萬齊解甲，更無一個是男兒。（宋人吳曾《能改齋漫錄・花蕊夫人詞》）

所以，可見她是才貌資質出眾之女子，卻為歷經亂世之佳人。

如果說花蕊夫人就此被淡忘了也罷，偏偏那首留在葭萌驛壁上的半闋〈采桑子〉被完成了。

初離蜀道心將碎，離恨綿綿，春日如年，馬上時時聞杜鵑。　三千宮女如花面，妾最嬋娟，此去朝天，只恐君王寵愛偏。

這好事者是否存心把花蕊夫人〈亡國詩〉「十四萬人齊解甲，更無一個是男兒」的氣節敗盡？

少年遊　周邦彥

并刀如水，吳鹽勝雪，纖手破新橙①。錦幄初溫，獸香不斷，相對坐調笙。　低聲問：向誰行宿？城上已三更。馬滑霜濃②，不如休去，直是少人行。

【注釋】

①并刀如水句：并州所產利刃，冰涼似水。纖手切橙，和鹽品賞。

②馬滑霜濃：路滑霜重，不宜車行馬走，可留宿在此。

【作者】

周邦彥有《片玉詞》一百五十五首詞，如〈西河〉詞：

佳麗地，南朝盛事誰記？山圍故國遶清江，髻鬟對起。怒濤寂寞打孤城，風檣遙度天際。　斷崖樹，猶倒倚。莫愁艇子曾繫。空遺舊跡鬱蒼蒼，霧沈半壘。夜深月過女牆來，賞心東望淮水。　酒旗戲鼓甚處市？想依稀、王謝鄰里。燕子不知何世，入尋常巷陌人家，相對如說興亡斜陽裡。

汴京乃是集江南美人之「佳麗地」，亦曾是南朝舊都，但世事無常，興亡事皆成雲煙。往日莫愁湖上畫舫、西湖炫目陽光、柳絲擺動，皆成過往。

周邦彥與李師師有一段情。她不只色藝兼具，才情洋溢，是京城少有的美姬名妓。徽宗深居九重內宮，一日在高俅、楊戩安排下至京城一遊，見到出色李師師，又引出另一段情。所以李師師常周旋於二人之間。如周邦彥對景即填就一首：

好風浮，晚雨收，林葉陰陰映鷁舟，斜陽明倚樓。　黯凝眸，憶舊遊，艇子扁舟來莫愁，石城風浪秋。　沙棠舟，小棹遊，池水澄澄人影浮，錦鱗遲上鈎。　煙雲愁，簫鼓休，再得來時已變秋，欲歸須少留。

又據張端義《貫耳集》言，時徽宗幸李師師，而清真已先至，一時不及閃躲，匿於師師床下，聞二人調情事，即檃括成此〈少年遊〉。徽宗以此乃揭隱私之作，遂將邦彥押貶出都門，使永不得歸。師師送邦彥出都門，邦彥即以〈蘭陵王〉一首吐露心曲，留為紀念：

柳陰直，煙裡絲絲弄碧①。隋堤②上，曾見幾番③拂水飄綿送行色。登臨故國，誰識京華倦客④？長亭路，年去歲來，應折柔條過千尺。　閒尋舊蹤跡，又酒趁哀絃，燈照離席，梨花榆火催寒食⑤。愁一箭風快⑥，半篙波暖，回頭迢遞便數驛，望人在天北。　悽惻，恨堆積。漸別浦⑦縈迴，津堠⑧岑寂，斜陽冉冉春無極⑨。念月榭攜手，露橋聞笛，沈思前事似夢裡，淚暗滴。

邦彥自道為「京華倦客」，於「沈思前事」中表達依依離情。徽宗見詞，大為惜才，舉為大晟樂正，審音調律。後徽宗宣和六年（一一二四）師師被冊封為「明妃」，邦彥曾伴美人遊，而今唯有獨自倚欄愁。

【注釋】

①柳陰直句：在濛濛煙霧中，那直直柳陰還款弄絲絲柳條，舞弄碧綠的倩影，柳絲似已帶有依依離愁。

②隋堤：煬帝開汴河，夾岸植柳。

③幾番：隋堤上柳絲輕拂水面，柳絮輕揚，正是多次折柳送行的熟悉景色。

④京華倦客：指久居京師汴梁，倦遊思歸之客。

⑤梨花榆火催寒食：當梨花盛開的三月（即清明前一或二日的「寒食節」後），將另取榆木為新火種。

⑥愁：領寫遽然之別，船行之速。當撐船長竿半入春波，船行飛快，偶一回頭已越過數個驛站，岸邊送別的人已遙不可見。

⑦別浦：水叉道。

⑧堠：水邊供瞭望之土堡。古時五里設一單堠，十里一雙堠。

⑨春無極：行人已去，離愁正濃，江畔唯有斜陽照水，春光無限。

醉花陰　李清照

薄霧濃雲愁永晝①，瑞腦②噴金獸。佳節又重陽，玉枕③紗廚④，半夜涼初透。　東籬把酒黃昏後，有暗香盈袖。莫道不消魂，簾捲西風，人比黃花瘦。

【注釋】

①永晝——漫長之白天，凝望戶外雲霧、戶內香爐煙絲以度漫漫長夜。

②瑞瑙句——名香龍瑞腦。金獸，指銅製獸形香爐中噴出煙，似金鴨、金猊之煙。

③玉枕——磁製涼枕。

④紗櫥——似櫥形之碧紗櫥。

【賞析】

首二句，作者以薄霧、濃雲、涼夜以寫秋日黃昏，又以輕愁、人瘦以見婉約。此詞之作，乃明誠外出，值重陽佳節以寄，明誠嘆絕之餘，苦思三晝夜欲作詞五十首以勝之，其友陸德夫則評以清照〈醉花陰〉末三句最佳（見清・伊世珍《瑯嬛記》）。

李清照出身名門，父李格非，長於詩文；母王氏，乃岐國公王珪之女，是以清照有靈襟慧根，如年少作〈點絳唇〉：

蹴罷秋千，起來慵整纖纖手。露濃花瘦，薄汗輕衣透。　見有人來，襪剷金釵溜，和羞走。倚門回首，卻把青梅嗅。

此首寫盡少女之嬌羞可人。

李清照之夫為趙明誠，乃密州諸城人，其父趙挺之為吏部侍郎；母為提點夔州刑獄、東平郭槩之女。趙明誠婚後，仍於太學讀書，每逢朔望，必繞道至萬商雲集之相國寺尋金石碑文。秋初，明誠遠遊，清照觸景傷情，書〈一剪梅〉於錦帕以寄明誠：

紅藕香殘玉簟秋，輕解羅裳，獨上蘭舟。雲中誰寄錦書來？雁字回時，月滿西樓。　花自飄零水自流，一種相思，兩處閒愁。此情無計可消除，才下眉頭，卻上心頭。

重陽節，又寫前篇〈醉花陰〉給明誠。

宋徽宗崇寧元年，趙挺之擢升宰相，因新舊黨爭罷黜李格非，令人感傷。清照婚後次年，明誠因父蔭得一小官，而二人興趣：明誠嗜好金石文學，清照熱愛詩詞，並不熱中名利。趙挺之雖身居高官，卻亦難逃黨爭，故於其甫逝世，即被蔡京誣陷為「身為元祐大臣所薦，力庇元祐奸黨」，皇帝降旨追回挺之的官號。明誠被迫辭官，偕同清照返回青州故居。度其清靜歲月，曾有不能以二十萬錢購得徐熙牡丹圖為憾。

宣和三年秋天，明誠又奉朝廷徵召出仕。時弱宋內有流賊，外有金兵，明誠經昌樂縣，感觸良深，作〈蝶戀花〉一首：

淚濕羅衣脂粉滿，四疊「陽關」，唱到千千遍，人道山長山又斷，瀟瀟微雨聞孤館。　惜別傷離方寸亂，忘了臨行、酒盞深和淺，好把音書憑過雁，東萊不似蓬萊遠。

戰火中，滄海桑田，清照見傲立梅花，吟〈清平樂〉：

年年雪裡，常插梅花醉。採盡梅花無好意，贏得滿衣清淚。　今年海角天涯，蕭蕭兩鬢生華。看取晚來風勢，故應難看梅花。

高宗建炎二年（一一二七）春天，清照終於抵達建康。夫妻執手相看，恍若隔世。不久明誠調往湖州，清照為此一別而作〈鳳凰台上憶吹簫〉：

香冷金猊，被翻紅浪，起來慵自梳頭。任寶奩塵滿，日上簾鉤。生怕離懷別苦，多少事、欲說還休。新來瘦，非干病酒，不是悲秋。　休休！者回去也，千萬遍陽關，也則難留。念武陵人遠，煙鎖秦樓。唯有樓前流水，應念我，終日凝眸。凝眸處，從今又添一段新愁。

不久，明誠因大暑奔馳，身染重病，為死神召喚。清照終日鬱鬱寡歡，於思念中，作〈偶成〉詩一首：

十五年前花月底，相從曾賦賞花詩。
今看花月渾相似，安得情懷似往時。

追憶往昔，熱淚盈眶，濡濕了雙眼，朦朧中，她低吟著新作成的〈聲聲慢〉：

尋尋覓覓，冷冷清清，悽悽慘慘戚戚。乍暖還寒時候，最難將息。三杯兩盞淡酒，怎敵他、晚來風急？雁過也，正傷心、卻是舊時相識。　滿地黃花堆積，憔悴損、如今有誰堪摘？守著窗兒，獨自怎生得黑！梧桐更兼細雨，到黃昏、點點滴滴。這次第，怎一個、愁字了得？

如今物是人非事事休，欲語淚先流，儘管有暗香盈袖，儘管雙溪春尚好，又豈能載得動她心中那濃濃的哀愁？

釵頭鳳　陸游

紅酥手①，黃縢酒②，滿園春色宮牆柳③。東風惡④，歡情薄。一懷愁緒，幾年離索⑤。錯！錯！錯！　春如舊⑦，人空瘦，淚痕紅浥鮫綃透⑧。桃花落，閒池閣⑨，山盟⑩雖在錦書⑪難託。莫！莫！莫⑫！

【注釋】

①紅酥手：女子紅潤細嫩之手。指作者最不能忘懷的是唐氏當年即以此手捧香酒給他喝。

②黃縢酒：黃封酒，乃一種官酒。陳鵠《耆舊續聞》說是黃封酒，以中藥黃縢所泡之酒。

③宮牆柳：寫會稽城沈園春景，以烘襯上兩句所述之情。胡雲翼以為以柳喻唐氏，蓋其時人已出嫁，有如

宮禁中之柳，可望而不可即，如隨風拂搖柳絲垂懸在宮牆邊。

④東風惡二句：深慨美滿姻緣之被破壞，當時怎料東風會吹散兩情繾綣？

⑤離索：離散分居。流露自君別後，多年亦難忘。

⑥錯！錯！錯：罷了！表無可奈何之懊惱與悔恨。錯了嗎？真的錯了嗎？沈園舊事，令人情斷。

⑦春如舊：春光依然爛漫，人卻消瘦了許多。

⑧淚痕句：浥，潤濕。鮫人，乃神話中之美人魚。在海底織綃（絲帕），常到市裡售賣。她的眼淚會變成珠子（據《述異記》）。這裡鮫綃指揩拭眼淚的手帕。女子臉上有胭脂，故說紅浥鮫綃。再見時，貌美如昔而消瘦，沾著胭脂的淚也濕透了手帕。

⑨池閣：池沼、樓閣。

⑩山盟：指山起誓，願與山一樣永久（但唐氏已有丈夫，亦道盡其阻隔難通）。

⑪錦書：書信。典出《列女傳》：晉竇滔為秦州刺史，被謫放流沙（西北沙漠地）。其妻蘇蕙很想念他，織錦為迴文詩寄給他。縱橫反覆，都成句章，名曰「璇璣圖」，但卻無法寄達。

⑫莫！莫！莫：罷了！罷了！絕望傷痛之語。

【賞析】

此為陸游三十一歲時作。

梁啟超曾稱美陸游「集中十九從軍樂，亙古男兒一放翁」，但陸游除慷慨深摯家國之情外，對唐婉亦深情執著。

多年以來，前哲時賢多以陸與唐氏為姑表，事實並非如此。南宋陳鵠《耆舊續聞》、劉克莊《後村詩話》最早記二人事，然未言二人為姑表。至宋、元之際，周密《齊東野語》中，始言唐氏為「閎之女也，於其母為姑姪」。然考之：陸游外家乃江陵唐氏，其外祖父為北宋名臣——唐介，唐介命名其諸孫為懋、願、恕、意等，而無從「門」之唐閎（此據陸游《渭南文集‧跋唐修撰手簡》、《宋史‧唐介傳》、王珪《華陽集‧唐質肅公介墓志銘》等，考定）。又唐氏之母家乃山陰唐氏，其父唐閎乃唐翊之子（唐閎之昆仲亦為閌、閱，從「門」字，此據阮元《兩浙金石錄・宋紹興府進士題名碑考》），則陸、唐二人並無姑表關係。

陸游的原配夫人是同郡唐氏士族的一個大家閨秀，結褵以後，他們「伉儷相得」，「琴瑟甚和」，不料陸母不滿兒媳，逼令陸游休棄唐氏。唐氏改適「同郡宗子」趙士程，彼此音息無聞。後某春日，陸游在家鄉山陰（今紹興市）城南禹跡寺附近的沈園，與偕夫同遊的唐氏邂逅相遇。唐氏遣致酒肴，聊表對陸游的撫慰之情。陸游見人感事，百慮翻騰，遂乘醉吟賦是詞，信筆題於園壁之上，詞中記述眷戀之深和相思之切。

此詞用「先昔後今」順敘法以寫：

昔——上片十句。由景而情。

先以「紅酥手」二句，寫出人（唐琬）當年勸酒之手紅潤細嫩。再以「滿園」句，寫沈氏園景逢春，一如二人情之深濃。「東風惡」七句，由景轉情，先寫當年婚姻受挫之因，由分離後之相思與傷痛，而「錯！錯！錯」，表達悔恨之果。

今——為下片十句。

先以「春如舊」三句，狀寫眼前之人消瘦、流淚。

再以「桃花落」二句，寫春日殘景與上引「滿園春色」盛景對比，反映人事變遷，將傷痛推深。

再由景轉情，以「山盟」三句，寫雖有堅貞不渝盟誓，而今卻各有婚配，無法通信，唯有忍痛作罷，所謂「莫！莫！莫」三字，已表出傷痛與絕望。

此詞寫出作者無限悔恨。耿百鳴即云：「銘心刻骨的愛戀和被迫離異的悔恨，是貫穿全詞的感情基調。往日夫妻歡會的甜蜜回憶更映襯出今日邂逅的惆悵難堪，從『紅酥手』到『人空瘦』，鮮明的形象對比揭示出感情的創痛與折磨，從『滿園春色』到『桃花落』，景色的變化又絕好地反映出了人事的變遷。映襯對比的手法，配合著激憤宕蕩的情感；緊促急切的節奏，營造出一種深沈慨嘆的氣氛，是詩人感情歷程的實錄。」（《詞林觀止・上》）言之有理。

論其結構，乃用今昔對比法。

昔——景：「紅酥手」二句寫人；「滿園」句狀物，為永恆倩影。情：「東風惡」二句是因，「一懷」二句又是因，而「錯」二字，自為「果」。有不退的心疼。

今——景：「春如舊」三句寫人；「桃花落」二句狀物。情：「山盟」二句寫因；「莫！」三字寫果。有命運弄人之無奈。

此詞運對比手法以寫——如下片以「春如舊」與上片「滿園春色」句相呼應，下片又以「桃花落，閒池閣」與上片「東風惡」句相對。上片寫「紅酥手」，下片寫「人空瘦」，兩相對言，洶蕩氣迴腸，不忍卒讀。

傳說唐婉看了這首詞後，也和了一首〈釵頭鳳〉：

世情薄，人情惡，雨送黃昏花易落。曉風乾，淚痕殘，欲箋心事獨語斜欄。難！難！難！　人成各，今非昨，病魂常似秋千索。角聲寒，夜闌珊，怕人尋問嚥淚裝歡。瞞！瞞！瞞！

不久，唐婉就因憂傷過度而死。這真是人間的大悲劇啊！（施芳齡注）

臨江仙　崔英

少日風流張敞筆，寫生不數黃荃①，芙蓉畫出最鮮妍，豈知嬌豔色，反抱生死冤！　紛繪淒涼餘幻質，只今流落誰憐？素屏寂寞伴枯禪，今生緣已斷，願結來生緣！

【注釋】

①黃荃——五代成都人，字要叔。後蜀畫家，以善畫花鳥、人物、山水、墨竹馳名。勾勒賦色以繪花，骨氣豐滿以畫翎毛鳥雀，而以富麗著稱。與江南徐熙並為花鳥畫兩大派，荃以繪宮戶異卉珍禽，徐則畫江湖花鳥野逸，各為特色。黃荃有《寫生珍禽圖》傳世。

【賞析】

姑蘇城外隱密的尼姑庵佛堂上，正有一幅題著〈臨江仙〉的芙蓉圖，它哀怨地流傳一段故事：

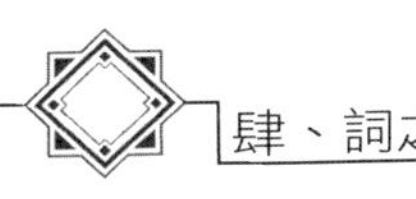

真州的大富人家，少爺是能詩善畫的崔英，他最拿手的是能畫出傳神的「芙蓉圖」。他與妻子是令人羨慕的神仙眷侶。有一次赴永嘉上任的江面上，擺渡船家顧阿秀兄弟，推下崔英，崔夫人（王氏）趁機逃走，躲在尼姑庵中，隨身的芙蓉圖，送給庵中住持，賣錢修廟。畫為當朝權貴高御史所得，請幕僚鑑賞，幕僚由畫上新題的娟秀字跡認出乃出自其妻之手，由是找到賊船犯案兄弟，由字畫為媒介，崔氏夫妻終於團圓。

淡黃柳　姜夔

空城曉角，吹入垂楊陌。馬上單衣寒惻惻，看盡鵝黃嫩綠，都是江南舊相識。　正岑寂，明朝又寒食。強攜酒，小橋宅，怕梨花落盡成秋色。燕燕飛來，問春何在？唯有池塘自碧。

【賞析】

姜白石走入合肥城訪好友范仲訥，城中柳枝輕柔款擺。白石在合肥八勝之一逍遙津上遇見由馬車落下紅荷黑菱團扇的兩姊妹白素心、白素秋（是兩位風華絕代的美人），經介紹，白素心唱曲，白石彈古箏，將周邦彥〈蘭陵王〉彈唱得極為傳神。原來白家本是皖北富商，自小受名師教授其詩書彈唱。後家道中落，姊妹沒籍入娼。縣令李傑搭救她們，給予妥善照顧。白石為其不幸身世感動，因而流落合肥賣字維生，只為白石離不了素心。但好景不常，素心被縣令納為妾，白石遂以〈古怨〉琴曲以寄哀：

歡有窮兮恨無限，絃欲絕兮聲苦，滿目江山含淚沾屨。君不見年年汾水上兮，唯秋雁飛去……

在歌聲迴盪中，白石離去，素心也嫁入李府。別後重逢，不勝唏噓。白石又以〈踏莎行〉抒懷：

燕燕輕盈，鶯鶯嬌軟，分明又向華胥見。夜長爭得薄情知？春初早被相思染。　別後書辭，別時針線，離魂暗逐郎行遠。淮南皓月冷千山，冥冥歸去無人管。

南宋孝宗淳熙十六年（一一八九）暮春，范仲訥由合肥寄來一封信，言素心已為李傑生下子嗣。後又得好友王孟玉書，白石又來到合肥，再度見到素心，自是各自決定扮演好自己人生角色。白石即書此首〈淡黃柳〉

以寄意，詞人多情，於是足見。

雨霖鈴 秋別 柳永

寒蟬①淒切，對長亭②晚，驟雨初歇。都門帳飲③無緒，方留戀處，蘭舟④催發。執手相看淚眼，竟無語凝噎⑤。念去去，千里煙波，暮靄⑥沈沈楚天闊。　多情自古傷離別，更那堪冷落清秋節。今宵酒醒何處？楊柳岸、曉風殘月。此去經年⑦，應是良辰好景虛設，便縱有千種風情，更與何人說？

【注釋】

①寒蟬：蟬之一種，至深秋，因天寒而不鳴叫，故曰「噤若寒蟬」。
②長亭：古驛點設十里一長亭，五里一短亭，供人休息送別。
③都門帳飲：古代送別，主人在城郊路旁設棚帳，備酒食，主客帳內小敘後，行者上馬踏灞橋，過柳陌，離南浦而遠去。
④蘭舟：蘭木所製之舟。《述異記》載：春秋巧匠魯班曾刻木蘭樹為舟，後沿用。
⑤凝噎：喉中似被堵，發音斷斷續續，難道離情。
⑥暮靄：本指雲氣，此指煙霧深濃，似別緒沈重。
⑦經年：一年又一年。

【賞析】

以虛實交用，層層遞進以言，為宋金十大名詞之一。其傳神處，黃蓼園云：「有傳誦千古名句。」

此詞為與愛人別離，層層鋪敘。

上片言蟬聲悲切，驟雨後，翼濕聲更厲，正傷別離，舟子催發，唯淚眼相對。

下片言離別之苦，自古已然，況遇冷秋，虛想酒醒所見曉風殘月，如真似幻。

柳永，字耆卿（一〇〇四～一〇五四），初名三變。初潦倒失意，仕途不進，有〈鶴沖天〉之作：

> 黃金榜上，偶失龍頭望。明代暫遺賢，如何向?未遂風雲便，爭不恣遊狂蕩。何須論得喪?才子詞人，自是白衣卿相。　煙花巷陌，依舊丹青屏障。幸有意中人，堪尋訪。且恁偎紅倚翠，風流事，平生暢。青春都一餉，忍把浮名，換了淺斟低唱。

仁宗以「且去淺斟低唱，何要浮名?」罷黜不用，柳永因而只得「奉旨填詞」虛名。後改名「永」方得官。官至「屯田員外郎」，人稱「柳屯田」。

至睦州任推官。愁悶落寞之中，從事悱惻纏綿慢詞之作，故教坊樂工，每得新腔，必求柳永為詞，始行問世。葉夢得《避暑錄話》所謂：「有井水飲處，即能歌柳詞。」

又柳永倜儻俊俏，風采翩翩，常流連秦樓楚館，浪漫多情，勾欄院中冬冬、師師、香香，皆以與柳永相處為樂，故又稱柳「七官人」，如言：

> 不願穿綾羅，願依柳七哥。
> 不願君王召，願得柳七叫。
> 不願千黃金，願中柳七心。
> 不願神仙見，願識柳七面。

柳永高中進士，將往睦州，送別之日，紅粉知己們皆望柳永常歸來，柳永遂作此首〈雨霖鈴〉。

於柳永離汴京至睦州途中，至江州，逅遇江州翫江樓當家紅妓謝玉英，琴棋書畫無一不通，尤愛「柳七新詞」，且一一抄讀，兩情相悅下，約定三年後來迎娶，不料玉英為生活所迫，重操舊業，與孫員外遊湖去了，柳七一時憾恨，寫下詞箋〈繫梧桐〉：

> 香靨深深，姿姿媚媚，雅格奇容天與。自識伊來便好看承，會得妖嬈心素。臨岐再約同歡，定是都把平生相許。又恐恩情易破難成，未免千般思慮。　近日重來，空房而已，苦沒忉忉言語。便認得聽人教當，擬把前言輕負。見說蘭台宋玉，多才多藝善詞賦。試與問朝朝暮暮，行雲何處去?

為柳永真情所感，玉英重回其懷抱。柳永一生重情重義，卒之日，身無長財，群妓集資合葬南門外。柳永詞，情意纏綿。又其〈望海潮〉詞有「三秋桂子，十里荷花」之句，引得金主亮投鞭渡江，足見其詞之高。

問題與討論

1. 在詞的寫作中，運用最多的是哪種技巧？為什麼？
2. 比喻有哪幾種？你最想用哪一種？
3. 在填詞過程中，最困難的，是什麼？
4. 你有韻本嗎？如何使用？

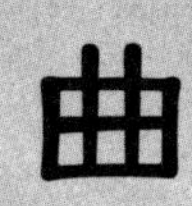

伍、曲之概述

一、釋名

曲乃被之管絃之音樂文學，元代大放異彩，名家輩出。溯「曲」乃源自古代歌曲、唐宋大曲、詞樂，以及當時的民間樂曲，並吸收融合金、元等外族的音樂。曲，包括散曲與劇曲。散曲的性質與詩、詞相近，供吟賞清唱，無論是小令或散套，都可以用來詠情、狀景、感時、傷懷等；劇曲則是應用於戲劇中的曲子，常成套使用，有助劇中人唱敘、賓白、動作。

二、詞、曲之不同

詞、曲皆有詞牌、曲牌，規定其字數（正字、襯字）、句式、平仄、押韻等格式。但曲自具有特色：

(一)曲有襯字，詞則無

(二)聲調、韻腳

詞	曲
比較寬，韻部相近的可以通押。詞忌重韻。	聲、韻較固定，據元人周德清的《中原音韻》分十九韻部，入聲入平、上、去三聲中。曲用韻較密，常句句協韻，不忌重韻。

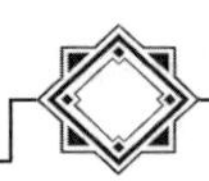

(三)語言

詞用語典雅、含蓄；曲則通俗淺白，多方言口語（尤在襯字之用）。

(四)題材

詞的題材少，不離傷感別離、行役羈旅；曲的題材寬——嘆世、自況、嘲諷、隱逸、愛情、鄉居等，皆可入曲。

三、曲之風貌特色

曲是繼宋詞興起的新體詩，包含散曲（和樂之歌謠小調）、劇曲（有動作、對白）。散套合一宮調或借管色相同諸曲為一套，自成首尾。至曲的特色為：

(一)曲牌

曲牌：（譜式）乃音樂調號，可以規定全首之押韻、平仄字數、襯字之呈現。即散曲有宮調（代表音階的高低，如A大調、降B調等），而曲牌右下方的小字才是曲作的題目。

(二)用韻固定在十九韻中

不必在雙句句尾押韻，乃隨曲牌而多變，如盧摯〈沈醉東風〉七句六韻。不同詩詞，只要韻部相近，可以通押，同時出現換韻部的平、仄。元代以曲取士，當時作者累萬盈千，皆一時之選。

(三)句型有長短句

曲因用韻密，不忌重韻，除了不整齊的句型，格式中又常加「襯」字表情。所以「曲」的特色是有高低的音調和不齊的句型，能充分地表情達意。

1. **內容消極**

元代大部分作家，處在社會畸形、政治黑暗之中，油然而生厭惡與苦悶，他們嚮往自在優閒的生活而不得，只有看淡功名。曲因形式多變，題材上可以盡情鋪寫情景。然就其內涵言，多反映衰世苦悶。鄭騫〈詞曲的特質〉一文言，曲有四弊——頹廢、荒唐、鄙陋、纖佻。蓋人見昏君貪吏或鄙陋之、淫靡之、荒唐之，是以寫就之內容或是非不明，或纖佻不實，乃元代不重士人所致。唯馬致遠、張養浩之散曲與元人雜劇等別出徑路。

2. **襯字**：曲可以加上輕巧的一些襯字，使整首曲活潑清新，但襯墊之字常出現在句首或句中，正常一句中，不能超過三個字，以免喧賓奪主，或使伴奏樂器忙不過來。但亦有多至正字五倍以上。一般而言：小令、南曲，典雅之篇，襯字少；而套曲、北曲，用俗言俚語入曲的襯字較多。

3. **詞以首為單位**：長調最多不過二百字。曲則小令之外又有套數，更可擴大——加上賓白而成雜劇，波瀾氣勢自比詞大得多（詳參鄭騫〈詞曲的特質〉）。

㈣品味

至曲之品味，正似意氣風發之少年，其所肆口嘆唱，未若詩詞之彬彬述說，翩翩而談。

四、曲之分類

曲有散曲（供吟賞與清唱）、劇曲（有賓白、動作以演述故事）之分。

曲又因民風、文化、社會、語言因素，分為北曲、南曲。

㈠北曲與南曲之不同

由先秦始，因地域不同，文學亦有南北之別。如先秦《詩經》與《楚辭》，顯然有別。至東晉後之江

南吳歌與荊楚西聲，亦有差異。宋室南渡，因北人南下，胡語及外族樂器之相融，是以北方語言已失入聲，南方猶保有傳統清商、詞樂，是以元燕南芝庵的《唱論》曾說：「南人不曲，北人不歌。」「凡唱有地所：南京唱〈生查子〉，陝西唱〈陽關三疊〉。」言南人不唱北曲，北人不歌南音。蓋不同地區，自具其不同文學歌曲。以下試舉前人曲論以言北曲、南曲之差異：

曲論	北曲	南曲
明・魏良輔《曲律》	以遒勁為主，字多而調促，詞情多。	以婉轉為主，字少而調緩，聲情多。
明・徐渭《南詞敘錄》	北曲使人神氣鷹揚，毛髮灑淅，乃遼金殺伐之音、武夫馬上之歌，樂器乃琵琶、箏、喇叭、嗩吶之流。	南曲則紆徐柔媚，流麗婉轉，使人飄飄然。
明・王世貞《曲藻》	自金元入主中國，所用胡樂嘈雜淒緊，緩急之間，詞不能按，乃更為新聲以媚之。	南曲力在磨調，宜獨奏，清峭柔婉，氣易弱。
明・王驥德《曲律》	慷慨勁壯，有襯字，配絃索，繁聲多，氣易阻。	少襯字，常一字幾腔，曲有定板。
清・徐大椿《樂府傳聲》	北曲之唱，以字句收放輕重之斷腔為主，調有定格。由是顯神情，襯字多，不能承接處常增一板，板不定。	源於宋詞、民曲，隨南戲改良而正式誕生。

由以上析論南北曲由諸宮調醞釀演變，曲之特性、演唱、樂器、板式皆不同。而北曲以節奏明快躍動為其特色，殆受西北遊牧民族之影響。南曲則溫婉柔媚，字少而調緩，或南地山彎水長者也。

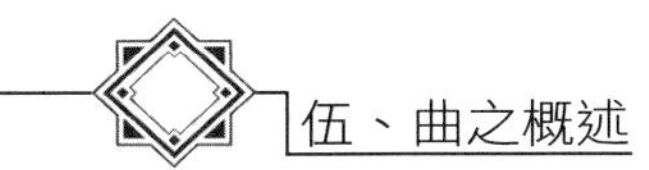

(二)散曲

1.體制

據任訥《散曲概論》言：曲有散曲、劇曲兩大類，曲之體制比詩詞複雜，如以表列，則為：

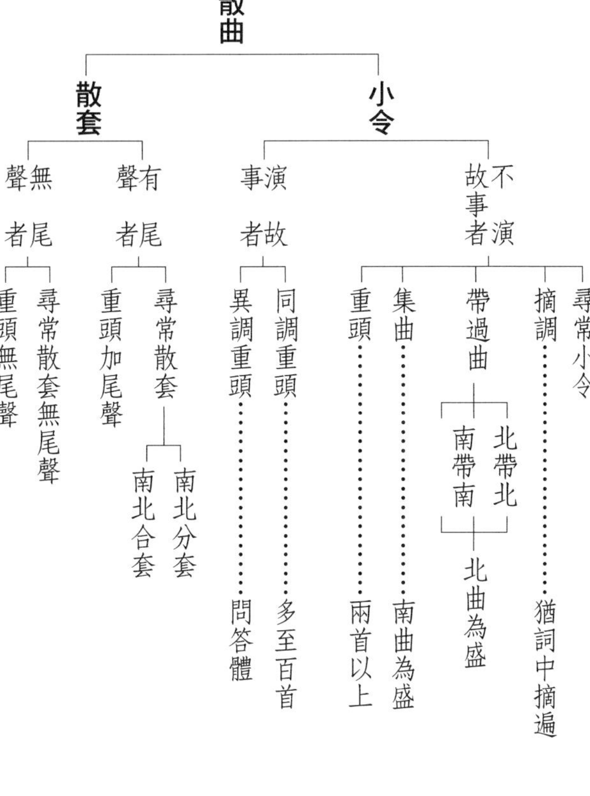

以下試言其詳：

(1)尋常小令——為單曲，如一首詩、一闋詞，字數不超過五十九字，每首各自為韻。如黃鐘（節節高）。

(2)散套——聯合同宮調之數曲而成，常是雙調或套數，首尾一韻。曲中常用之宮調有：黃鐘、正宮、仙呂、南呂、中呂、大石、商調、越調、變調等九種（如西樂之A調、B調）。

(3)摘調——指由套曲中摘出精彩之曲調。

(4)帶過曲——如作者填一詞後，可續接另一調，至三調為止。有北帶北、南帶南、南北兼帶者。如〈雁兒落帶得勝令〉（即北帶北）。

(5)集曲——合數調銜合為一新曲，而腔板能合者。

(6)同調重頭演故事——如《摘翠百詠》用〈小桃紅〉一百首，敘張生離洛陽至崔、張團圓。重頭，指重複使用首尾相同之調。

(7)異調間列演故事——首尾用不同之調以分演故事者。如「雙漸」用〈凌波仙〉等十二首。

(8)南北分套——分首、正、煞尾三部分。

(9)南北合套——合南北兩調之一。

(10)尋常無尾聲之套——可用末調代尾聲（如商調套曲以「浪裡來」作結，則不必有尾聲）。

(11)重頭無尾聲之套——南曲常用。

(12)重頭有尾聲之套——如北曲之一調一煞。

曲之體制比詩詞複雜，詞律寬，而曲律窄，分而述之：

- 詩有古體（有雜言，可自由延展，最長為〈孔雀東南飛〉一千七百四十五字）、近體（分絕、律、排，各具「五言」、「七言」，以五絕最短）。
- 詞有單調、雙調、三疊、四疊之分，最長之〈鶯啼序〉有二百四十字。
- 曲則短至十四字（如〈小路絲娘〉）即可成篇，長則可累數十百套而成劇曲；故曲之體制較詩詞變化大。

2. **音律**

(1)聲調——曲律視詩詞更為嚴謹。

由四聲之升降變化和長短異同而生節奏感。蓋四聲是中國語言的特色，它具有兩個特質：

• 四聲分平仄：平聲（陰平、陽平）、仄聲（不平之聲為上、去、入）。

• 四聲分長短：長音以平、上、去三聲發聲，可以無限延長。短音為入聲，由於它具收塞音韻尾——即雙唇清塞音p、舌尖清塞音t、舌根清塞音k，所以一發聲，立即被切住，不能再伸延。

「曲」不同於詩詞，尤重四聲（北曲已消失入聲，南曲則仍保有）。

(2)協韻——收相同韻母，使能貫串呼應。

古體詩講押韻，近體詩加上平仄、對偶。詩無論古體、近體，皆四聲各自押韻，不能互通（即平聲和平聲押，上、去、入各與上、去、入押）。

詞除押韻外，又重四聲之別。押韻則平仄通押情形，只限於少數例子（如〈西江月〉等）。平、入聲獨用；上、去兩聲，兼獨用、通用。

曲之押韻則多三聲通押（無入聲），但並非任意押，而是哪一句押平聲，哪一句押仄聲，仍有一定。此外曲又考究陰陽，所以曲律並非寬鬆。

(3)音節——中國語言以一字一音節為特色，但就情勢貫串而言，一口氣最多以七字為限，太多字數就要「攤破」為兩句，方有韻致。音節形式各有兩式，即：

三言——（2・1）、（1・2）——如蘇軾〈水調歌頭〉：「轉、朱閣。」

四言——（2・2）——四言詩只用雙式，如曹操〈短歌行〉：「對酒、當歌，人生、幾何。」

五言——（2・3）、（3・2）——五言詩，只用單式，如杜甫〈春望〉：「國破、山河在。」

六言——（2・2・2）、（3・3）——李白〈長相思〉：「長相思，在長安。」

七言——（4・3）、（3・4）——七言詩只用單式，如：「錦江春色、來天地。」

又每句最後一個音節是偶數，為舒徐之「雙式句」：是單數，則為捷激之「單式句」。又詩之四、五、七言用單式；而詞、曲則由四至七言各有單、雙式，故詞曲較詩更有音節變化。

但「音節形式」不同於「意義形式」，如：

「春水船如天上坐，老年花似霧中看。」音節形式是「4・3」；而意義形式則為「3・1・3」。

(4)格式——北曲變化比南曲多。除本字正格外，又有襯字、增字、減字、夾白、滾白（無韻）、滾唱（有韻）等，節奏上語勢輕重，語調騰挪，更有變化。如：

以關漢卿〈南呂・一枝花・不伏老〉套之尾曲為例：

〔尾〕我是個蒸不爛、煮不熟、搥不匾、炒不爆（「滾」）響噹噹一粒銅豌豆。「恁子弟每」（夾白）「天那！」那其間，（纔）（增字）不向煙花路兒上走。

五、曲之發展

(一)元代散曲

元代散曲作家約有二百多人，這些作家大抵可分為前後二期，即以元成宗大德四年（一三〇〇）為斷。前後期作家風格特色不同，以關漢卿、馬致遠、白樸、鄭光祖為四大家。多以冶蕩兒女私情及隱居山林為題材。

1. **初期**：多北地健勁率直、純樸自然之風。有關漢卿、馬致遠、白樸、盧摯、張養浩等人，他們的活動中心多在大都。

(1)清麗派——以關漢卿為代表，有小令十首，套數十套。王實甫的〈別情〉、王和卿的〈詠大蝴蝶曲〉，皆各具特色。

(2)豪放派——則以馬致遠為代表，中以〈天淨沙〉、〈風入松〉之意境奇高。後「曲」漸受南方婉麗之風濡染，如張養浩、貫雲石之曲，多趨柔美纏綿。

2. **後期**：多南人清麗典雅之風，並重曲律。有張可久、喬吉、貫雲石、鍾嗣成、睢景臣等人，他們的活動中心在杭州，是散曲的全盛時期。

(1)清麗派——有張可久之曲三百五十一首，多琢字鍊句，喬吉亦長協律，至鄭光祖亦以辭文秀雅著稱。

(2)豪放派——只有鍾嗣成為代表，長音律，工隱語。此外尚有周德清《中原音韻》，考究作詞十法。

㈡明代散曲

至明代散曲，多趨工巧，如康海之怨懣、沈仕長「香奩體」，重視形式上的雕琢字句，因此思想內容較為薄弱，直接影響清代乾嘉曲壇。而梁辰魚之重辭藻、王驥德之重曲律亦為明代後期散曲之代表。至民歌小曲之俚俗自然，尤為質樸可愛。

散曲前期：

- **關漢卿**
  - 四塊玉・別情
  - 大德歌（王貞麗注）
  - 送別
  - 四塊玉・閒適（王貞麗注）
  - 南呂・四塊玉・閒適
- **王德信（實甫）**——中呂・十二月過堯民歌・別情
- **商挺**——潘妃曲・第八首
- **白樸**
  - 天淨沙・秋思
  - 慶東原
  - 天淨沙・春
  - 寄生草・飲
  - 沈醉東風・漁父詞
- **盧摯**
  - 沈醉東風・秋景
  - 折桂令
- **王和卿**
  - 仙呂・醉中天・詠大蝴蝶
  - 仙呂・一半兒・題情
- **胡祇遹**
  - 中呂・喜春來・春景
  - 雙調・沈醉東風
- **姚燧**
  - 憑欄人・寄征衣
  - 壽陽曲・詠李白
- **劉秉忠**
  - 乾荷葉
  - 南呂・乾荷葉
  - 蟾宮曲
- **馬致遠**
  - 壽陽曲・遠浦帆歸
  - 撥不斷・嘆世
  - 天淨沙・秋思
- **張養浩**
  - 雙調・慶東原
  - 雁兒落帶得勝令
  - 中呂・普天樂・無題
- **薛昂夫**——朝天子・詠史
- **貫雲石**——壽陽曲

馬昂夫——中呂・陽春曲
鄧玉賓——叨叨令・道情・白雲
　　　　——叨叨令
　　　　——叨叨令・道情
劉時中——正宮・端正好
鮮于必仁——煙寺晚鏡
吳弘道——南呂・金字經

散曲後期：

張可久——賣花聲・懷古
　　　　——人月圓・山中書事
　　　　——折桂令・村庵即事
　　　　——折桂令・九月
　　　　——金字經・青霞洞
喬吉——水仙子・重現瀑布
　　　——山坡羊
　　　——折桂令・荊溪即事
　　　——天淨沙・即事
　　　——憑欄人・金陵道中
鄭光祖——鴛鴦煞尾
徐再思——水仙子・夜雨
　　　　——蟾宮曲・春情
　　　　——水仙子・夜雨
睢景臣——中呂・喜春來・妓家
吳仁卿——南呂・金字經
曹德——清江引・長門柳
周文質——叨叨令・四景
趙善慶——折桂令・西湖
王仲元——江兒水・嘆世
周德清——蟾宮曲
汪元亨——正宮醉・太平勸世
錢霖——般涉調・哨遍套
楊朝英——水仙子
鍾嗣成——正宮・醉太平
劉庭信——水仙子・相思
湯式——天淨沙・閒居雜興
唐寅——山坡羊
王磐——朝天子
元好問——驟雨打新荷
景元啓——殿前歡・梅花
王舉之——折桂令・懷錢塘
阿魯成——折桂令・詠史

明代北曲：

康海——雁兒落・帶得勝令
王九思——雙調・水仙子
馮唯敏——耍孩兒（陳靜美注）
沈仕
沈璟
施紹莘
梁辰魚——懶畫眉
　　　　——駐馬聽

無名氏——民歌散曲
王實甫——別情

明代套曲：

關漢卿——不伏老
馬致遠——秋思、耍孩兒・借馬
睢景臣——哨遍・高祖還鄉
鍾嗣成——南呂・一枝花
馮唯敏——耍孩兒・骷髏訴冤
（未加注者，為主編補白）

劇曲：

元・關漢卿——感天動地竇娥冤
明・高明——琵琶記
清・孔尚任——桃花扇

民歌散曲：

王實甫——別情
無名氏——劈破玉、敦煌曲子詞、掛珠兒・荷珠、南管・望明月
無名氏——醉太平・譏貪小利者、塞鴻秋・山行警、民歌・傻俊甫

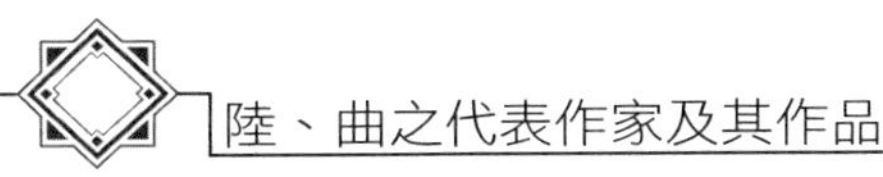

陸、曲之代表作家及其作品

一、散曲

(一)概述

曲既是元代新興的一種文體，至明代猶盛，它包括了散曲和雜劇。散曲是合樂的歌曲，主要用來歌唱；有簡短的小令，及組合同宮調若干小令而成的帶過曲和套曲。至於雜劇，則是結合歌曲、對白、人物動作以表演故事的劇本；歌曲的部分是它的主結構。通常每本雜劇分四折，每折就是一個套曲。

溯元曲起自民間，作者多數為潦倒文人或市井藝人，咸無名位，故作品最易散佚。散曲佚失之多，較雜劇尤甚；蓋散曲不但篇幅小，且作者往往隨興所至，隨作隨歌，隨歌隨棄，初不欲藉此立名。幸元、明以來，有《陽春白雪》、《太平樂府》、《樂府新聲》、《樂府群玉》、《詞林摘豔》、《雍熙樂府》等選集傳世，元人散曲，賴以稍存。近人任中敏輯《散曲叢刊》，蒐集甚富，尤為治散曲者之重要資料。據其散曲概論統計，元代散曲作家之姓氏可考者，猶有二百二十七人之多。而多以「齋」為號。如：

關漢卿（已齋叟）　周德清（挺齋）　王曄（南齋）
盧摯（疏齋）　楊朝英（澹齋）　劉致（逋齋）
貫雲石（酸齋）　鍾嗣成（醜齋）　吳仁卿（克齋）
徐再思（甜齋）　鮮于必仁（苦齋）

(二)分期

1. 前期

(1)由蒙古滅金至元世祖（一二三四～一二九四）約六十年。

(2)此時作品，充滿民間文學活潑自然之特色，與北方文學之質樸率直。

(3)作者亦十九為北方人。

2. 後期

(1)由元世祖至元末（一二九五～一三六九），其時南宋滅亡已十餘年，北曲隨元人政治勢力傳播江南，南方文人亦開始創作。

(2)南方文人習慣於含蓄琢鍊之手法，於是北曲之風格趨於典雅婉麗，有與詩詞合流現象。

(3)由南方作家主導。

(4)有曲律研究及曲學批評之著作出現。如周德清之《中原音韻》，即以曲韻為主，兼論作法。

(三)代表作家

由於元明選集出現，有《陽春白雪》、《太平樂府》、《太和正音譜》、《元明小令鈔》等，可考曲家有二百二十七人（見任中敏《散曲概論》第六章），加上無名氏作家作品，約在四千五百首左右。

甲、元代散曲

元代散曲，前期中，豪放、清麗派兼而有之，二者旗鼓相當。有馬致遠、張養浩等及無名氏之作，通俗直率，具民歌特色。後期，則為清麗派所獨占。

如以表列，則為：

代表／分派	前期——金末至元大德（一二三四～一三〇〇）	後期——大德間至元末（一三〇〇～一三六七）
清麗派	關漢卿 王德信（實甫） 白樸、盧摯	張可久　徐再思 喬　吉　周德清 鄭光祖
豪放派	馬致遠　馮子振 白　賁　張養浩 貫雲石	楊朝英 鍾嗣成

1. 前期清麗派散曲家

▼關漢卿

關漢卿生於金末宣宗年間，約元成宗大德年間卒，號「己齋叟」，大都（今北平）人。少年時代在金朝度過，曾為金末解元。在〈一枝花・不伏老〉中，見其個性倜儻，博學多智，能編劇、演劇，長歌舞，通音律。宋亡而南遊臨安。金亡不仕，好談妖鬼。性豪放，為元曲本色派代表（相對者，為婉轉嫵媚之文采派）。

漢卿乃元代戲曲大家，畢生致力雜劇，所作多至六十七種，《金元散曲》中可見。描寫範圍甚廣，各極其致，多以雄奇排异見長。散曲小令六十二首似僅以餘力為之；套數十五，有清麗特色，且多寫兒女柔情，乃元雜劇奠基人。元曲四大家之一。曲全者十三（〈感天動地竇娥冤〉、〈尉遲恭單鞭奪槊〉等），多有社會關懷。

有寫相思之苦者，婉麗深入，具前期散曲特色。如：

> 風飄飄，雨瀟瀟，便做陳摶睡不著，懊惱傷懷抱。撲簌簌淚點拋，秋蟬兒噪罷寒蛩兒叫，淅零零細雨打芭蕉。（〈雙調・大德歌・秋〉）

生動寫約會情景。如：

款將花徑踏，獨立在紗窗下。顫欽欽把不定心頭怕，不敢將小名呼咱，則索等候他。（〈雙調‧新水令套曲‧喬牌兒〉）

其散曲〈不伏老〉套數，則自敘生平：

我是個普天下郎君領袖，蓋世界浪子班頭。願朱顏不改常依舊，花中消遣，酒內忘憂……我是個蒸不爛、煮不熟、搥不匾、炒不爆、響璫璫一粒銅豌豆……（詳見下引）

臧懋循《元曲選‧序》稱其：「躬踐排場，面敷粉墨，以為我家生活，偶倡優而不辭。」關漢卿與馬致遠、白樸、鄭光祖被稱為「元曲四大家」，對元雜劇的形成和發展有傑出的貢獻。

▼王德信

王德信，字實甫，生平事蹟，已無從考求，只知其為大都（今北京）人。元成宗元貞、大德年間退隱縱遊，有雜劇十四種，小令一首，套數三。以雜劇《西廂記》而知名，風格婉麗，文筆俊美。散曲亦多寫情，而流傳甚少。如：

自別後遙山隱隱，更那堪遠水粼粼。見楊柳飛綿滾滾，對桃花醉臉醺醺。透內閣香風陣陣，掩重門暮雨紛紛。　怕黃昏忽地又黃昏，不銷魂怎地不銷魂。新啼痕壓舊啼痕，斷腸人憶斷腸人。今春，香肌瘦幾分，摟帶寬三寸。（〈中呂‧十二月過堯民歌‧別情〉）

此首不只有「情中俏語」，且「各賴一二字，令情意渾厚」（任訥《散曲概論‧作詞十法疏證》）。

▼商挺

商挺（一二〇九～一二八八），字孟卿，曹州（今山東荷澤縣）人，官至樞密副使。能詩善書，尤善隸書，曾作詩千餘首，惜多散佚。曲則以寫閨中女子之〈潘妃曲〉十九首為代表，文筆深摯細婉，極為傳神。如：

帶月披星擔驚怕，久立紗窗下。等候他，驀聽得門外地皮兒踏。則道是冤家，原來風動荼蘼架。（〈雙調・潘妃曲・第八首〉）

▼白樸

白樸（一二二六～一二八五），字仁甫，一字太素，號「蘭谷」，真定（今河北真定縣）人。父白華任金代樞密院判。幼年時在金元戰亂中與母親失散，得詩人元好問救助。及長，見聞博覽，有失母亡國之嘆，終生不仕，放情山水間，滑稽玩世，且以詩酒優遊而終。所作詩詞悲壯淒涼，與元好問相若。所作雜劇十七種，今僅存《牆頭馬上》、《梧桐雨》、《東牆記》三種，受時風影響，多真樸以言。小令三十六首，細密雅麗，且有看破世俗名利之豪放者。套數四套，附於《天籟集》詞集後。雜劇十六（如《梧桐雨》等），共為一卷，名《天籟集摭遺》，多遺民悲慨。

他的小令清雋飄逸，出於雜劇之上。明朱權《太和正音譜》稱道：「白仁甫之詞，如鵬摶九霄，風骨磊塊，詞源滂沛。若大鵬之起北溟，奮翼凌乎九霄，有一舉萬里之志，宜冠於首。」實非溢美之辭，故為「元曲四大家」之一。

知榮知辱牢緘口，誰是誰非暗點頭。詩書叢裡且淹留，閒袖手，貧煞也風流。（〈中呂・陽春曲・知幾一〉）

又寫景清麗，有：

孤村落日殘霞，輕煙老樹寒鴉。一點飛鴻影下，青山綠水，白草紅葉黃花。（〈越調・天淨沙・秋〉）

此首寫秋之曲，與馬致遠〈天淨沙〉可以比美。

又寫情之曲，真摯而風趣。如：

獨自走，踏成道，空走了千遭萬遭。肯不肯急些兒通報，休直到教鰥閣得天明了。（〈雙調・得勝樂〉）

▼盧摯

盧摯（一二三五～一三〇〇），字莘老，號「疏齋」，涿郡（今河北涿縣）人。累入翰林學士，遷承旨。得志為官，豪爽曠達。有小令一百二十首，尤為負名，具雅麗嫵媚之風，有「燕趙天然麗語」之時譽。貫雲石《陽春白雪·序》云：「疏齋媚嫵，如仙子尋春，自然笑傲。」

代表作有：「想人生七十猶稀……」（〈雙調·蟾宮曲〉）及「掛絕壁枯松倒倚……」（〈雙調·沈醉東風·秋景〉）等。

▼王和卿

王和卿（一二四二～一三二〇），河北大都（北京）人。長於滑稽諷刺。如寫〈大魚〉、〈長毛小狗〉、〈詠大蝴蝶〉、〈胖妻夫〉等。有小令二十一，套數二。以下試舉〈詠禿〉一首，由禿者心理力求遮隱以言：

笠兒深掩過雙肩，頭巾牢抹到眉邊。款款的把笠兒試掀，連荒道一句，君子人不見頭面。（〈越調·天淨沙·詠禿〉）

▼胡祇遹

胡祇遹（一二二七～一二九三），字紹聞，號「紫山」，磁州武安（今湖北武安縣）人。少孤貧，既長讀書，見知於名流，累官至提點按察使。由於朝廷進用群小，官冗事繁，祇遹建言「省官莫如省吏，省吏莫如省事」，以是忤權奸，貶官，然所至有政績，不久，稱疾辭歸。散曲有小令十一首，有《紫山大全集》傳世，風格清麗閒逸。

漁得魚心滿願足，樵得樵眼笑眉舒。一個罷了釣竿，一個收了斤斧，林泉下偶然相遇，是兩個不識字漁樵士大夫。他兩個笑加加的談今論古。（〈雙調·沈醉東風〉）

▼姚燧

姚燧（一二三八～一三一三），字端甫，號「牧庵」，熱河人，官至翰林學士承旨。為元代負天下重名之古文大家，器識豪邁，性喜音樂，以詩詞筆法入曲。有小令二十九，套數一，多清新雅麗。如「欲寄君衣君不還」之外，尚有「兩處相思無計留，君上孤舟妾倚樓。這些蘭葉舟，怎裝如許愁」（〈越調・憑欄人〉）。

前期清麗曲家尚有杜人傑、庾吉甫、王伯成、侯正卿、李壽卿、趙明道等。

▼劉秉忠

劉秉忠（一二一六～一二七四），字仲晦，邢州（今河北邢台縣）人。多才藝，曾出家為僧，後輔弼元世祖忽必烈為元開國名臣，官至太保，朝儀制度，多自秉忠發言。喜吟詠，詩歌蕭散閒淡。曲清疏雅麗，以〈乾荷葉〉八首、〈蟾宮曲〉四首為代表。有《藏春散人集》，今存小令十二首。如〈蟾宮曲〉：

梧桐一葉初凋，菊綻東籬，佳節登高。金風颯颯，寒雁呀呀，促織叨叨。滿月黃花衰草，一川紅葉飄飄。秋景蕭蕭，賞菊陶潛，散誕逍遙。

▼楊果

楊果（一一九六～一二六九），累官至參知政事，工文，尤長於樂府。散曲有十一首小令，五首套曲。因遭亡國之痛，曲風淒婉。在其〈小桃紅〉曲中「司馬淚痕多」借白居易〈琵琶行〉「座中泣下誰最多？江州司馬青衫濕」句以表「同是天涯淪落人」之感傷。

2. 前期豪放派散曲家

▼馬致遠

馬致遠（一二五二～一三二四），號「東籬」，大都（北京）人。曾任江、浙行省務官（《錄鬼簿》），因懷才不遇，投老林泉。其餘事蹟無考。致遠以高才陸沈下潦，所作多懷才不遇之悲慨，辭氣豪放。故世人每以致遠為元人散曲之豪放派領袖，元曲四大家之一。

其〈秋思〉一套，素來受人激賞。王世貞《藝苑卮言》即譽為元人第一。又致遠學識淵博，故散曲用古人事，澆自己塊壘，皆具豪放之風。任中敏輯《東籬樂府》，有小令一百零四，套數二十三。前期作家之散曲，以此為最富。有《漢宮秋》等雜劇十五種，以清麗奇崛名家。然致遠散曲，並不局限於豪放一格；閒適恬靜者有之，清麗細密者亦有之。例如：

枯藤老樹昏鴉，小橋流水人家。古道西風瘦馬，夕陽西下，斷腸人在天涯。（〈天淨沙‧秋思〉）

寥寥數語，以九事設境，自為元曲之表率。八首〈壽陽曲〉描寫八處景色，亦超絕飄逸。如：

夕陽下，酒旆閒，兩三航未曾著岸。落花水香茅舍晚，斷橋頭賣魚人散。（〈雙調‧壽陽曲‧遠浦帆歸〉）

又有嘆世之作：

兩鬢皤，中年過。圖什麼苦張羅，人間寵辱都參破。種春風二頃田，遠紅塵千丈波，倒大來閒快活。（〈南呂‧四塊玉‧嘆世〉）

由此可見致遠散曲多方面之成就。尤可貴者，作品中有性情，有襟抱，有人格，有作品。朱權《太和正音譜》論古今樂府格勢，乃列致遠第一，稱之為「朝陽鳴鳳」，讚之曰：「其詞典雅清麗，可與靈光景福相頡頏。有振鬣長鳴，萬馬皆瘖之意。又若神鳳飛鳴於九霄，豈可與凡鳥共語哉！宜列群英之上。」良非虛譽。

▼馮子振

馮子振（一二五七～一三一四），字海粟，自號「怪怪道人」，又號「瀛洲客」，攸州（今湖南攸縣）人。其為人豪俊，博學能文，常據案疾書，頃刻輒成（見《元史‧卷一九〇‧陳孚傳》）。現存小令四十四首，和白無咎〈鸚鵡曲〉三十九首，才力既大，又灑脫放逸。

▼白賁

白賁，字無咎，錢塘（今杭州）人。小令二首，套數三，中以〈鸚鵡曲〉最為有名：

儂家鸚鵡洲邊住，是箇不識字漁父。浪花中一葉扁舟，睡煞江南風雨。〔么〕覺來時滿眼青山，抖擻綠蓑歸去。算從前錯怨天公，甚也有安排我處。

▼張養浩

張養浩（一二六九～一三二九），字希孟，號「雲莊」，又號「齊東野人」，濟南人，累官禮部尚書。勤敏好學，晝夜不輟。幼以學行聞於鄉里。遊京師，獻書於平章不忽木，不忽木不以為奇，擢監察御史。後因直言以疏時政萬餘言，為當國者所嫉，除翰林待制，尋罷之。養浩恐禍及，變名姓遁去。仁宗時，召為右司都事，累拜禮部尚書。以感憤時政，託辭父老，棄官歸隱，優遊田園，屢徵不起。其散曲《雲莊休居自適樂府》一卷，即歸田後所作。朱權《太和正音譜》評其曲「如玉樹臨風」以吐胸中錦繡，有一代名臣超然之器度。

養浩極富儒家博愛思想，雖曾因感憤時政，不願同流合污而隱退，而一聞關中大旱，饑民相食，即幡然而起，全力以赴，在陝西行臺中丞任中，救荒除弊，勤政撫民，終以勞瘁卒，賜謚「文忠」。晚年作品，即充分流露出其悲天憫人、民胞物與之胸懷，其〈梁州第七〉即有杜子美〈茅屋為秋風所破歌〉之胸襟。養浩以名儒為名臣，偶製曲以抒情寄慨，故所作一百六十一小令，套數僅短套二，有感而發，風格豪曠。其〈殿前歡〉散曲，一望而知由李清照之〈醉花陰〉詞脫胎換骨得來。故後期散曲日益走向雕琢唯美，終於達到詩、詞、曲合流之境地，有詩文集《歸田類稿》。以下試舉其曲一首：

〔梁州第七〕恨不的把野草翻騰作菽粟，澄河沙都變化作金珠。直使千門萬戶家豪富，我也不枉了受天祿。眼覷著災傷，教我沒是處，只落得雪滿頭顱。

可憐秋，一簾雨暗西樓。黃花零落重陽後，減盡風流。對黃花人自羞。花依舊，人比黃花瘦。問花不語，花替人愁。（〈殿前歡〉）

其小令兼豪放、清逸之風，試各舉其一：

水挼藍，山横黛，水光山色，掩映書齋。圖畫中，囂塵外，暮醉朝吟妨何礙？正黃花三徑齊開。家山在眼，田園稱意，其樂無涯！（〈中呂・普天樂・無題〉）

鶴立花邊玉，鶯啼樹杪絃。喜沙鷗也解相留戀。一個衝開錦川，一個啼殘翠煙，一個飛上青天。詩句

欲成時，滿地雲撩亂。（〈雙調・慶東原〉）

▼貫雲石

貫雲石（一二八六～一三二四），維吾爾族人，自號「酸齋」（時有徐再思好食甘飴，故號「甜齋」，並以樂府擅場。任中敏《散曲叢刊》，輯有《酸甜樂府》）。幼時雄武多力，善騎射。稍長始折節讀書。初襲父官，御軍嚴猛，行伍肅然。後讓官與其弟，從姚燧學；燧見其詩文，大奇之。元仁宗時，官翰林侍讀學士，復稱疾辭官，南居杭州，放浪江湖以終，年僅三十九歲。

雲石曲現存小令八十六首，套數九套。題材多樣，筆法清逸，人評：「天馬脫羈。」因雲石籍出維吾爾族，故其散曲有西北人豪放質樸之氣；後居杭州，又有南人含蓄琢鍊之習，亦見其曲由自然質樸演進至琢鍊典雅之痕跡。雲石胸襟曠達，才氣橫溢，作風豪放。

張養浩與貫雲石雖為散曲後期作家，但俱生於前期，與關漢卿、白樸、馬致遠等前輩作家不同，故其部分散曲尚存前期風格。至喬吉、張可久輩純粹後期作家，雕琢越甚，詞華越富。

棄微名去來心快哉，一笑白雲外。知音三五人，痛飲何妨礙，醉袍袖舞嫌天地窄。（〈雙調・清江引〉）

▼劉致

劉致（一二八〇～？），字時中，號「逋齋」，石州寧鄉（今山西平陽縣）人，有套曲二，似張可久，小令清麗可誦，如：

利儘收，名先有。得好休時便好休，閒中自有閒中友。門外山，湖上酒，林下叟。（〈南呂・四塊玉〉）

▼馬昂夫

馬昂夫，字九，原姓薛，漢姓「馬」，新疆維吾爾族人。善篆書，有詩名。身在宦途，常思隱退，小令六十五首，套數三。因曲風豪放似馬致遠，故有「二馬」之稱。趙孟頫評其詩及樂府曰：「皆激越慷慨，流麗閒婉。」如：

坐聽西掖鐘聲動，睡起東窗日影紅。山林朝市兩無窮。一夢中，樽有酒且縱容。（〈中呂・陽春曲〉）

▼鄧玉賓

鄧玉賓（一二九四年左右在世），字里和，生平無考。散曲只有小令和套數各四首。朱權《太和正音譜》評其曲「如幽谷芳蘭」，已見其格之高，似與馬致遠同調。除〈白雲深處〉一首，又有：

一個空皮囊包裹著千重氣，一個乾骷髏戴著十分罪。為兒女使盡些拖刀計，為家私費盡些擔山刀。你省的也麼哥，你省的也麼哥，這一個長生道理何人會？（〈正宮・叨叨令・道情〉）

▼劉時中

劉時中，江西南昌人。有《上高監司》套曲，以十五調寫大旱與三十四調寫鈔法積弊。議論縱橫，敘述詳明，於元曲中，頗為奇特。如：

眾生靈遭磨障，正值著時歲饑荒。謝恩光，極濟皆無恙，編做本詞兒唱。（〈正宮・端正好・上高監司〉）

▼鮮于必仁

鮮于必仁，字去矜，號「苦齋」，漁陽（今河北薊縣）人。長於樂府，曲豪放如「金璧騰輝」（朱權《太和正音譜》）。曲以豪放表現退隱思想，如：

樹藏山，山藏寺。藤陰杳杳，雲影差差。疏鐘送落暉，倦鳥催歸翅。一抹煙嵐寒光漬，問胡僧月下何之。逐朝夜時，扶節到此，散步尋詩。（〈煙寺晚鐘〉）

元代後期散曲，以清麗為多。

前期	以豪放為主，多北方人，性豪爽。	多雜劇家，以散曲抒懷，多樸直。
後期	以清麗為主，多南方人，性溫婉。	以寫散曲為專業，有曲律書，重修辭唯美。清麗派散曲家。

3. 後期清麗派散曲家

▼張可久

張可久（一二七〇～一三四八），字小山，慶元（寧波）人，所任稅收（路吏）、文牘小史（桐廬典史）皆卑秩也。仕宦失意，又性好遊；東南山水，足跡殆遍。晚年隱居杭州，故其作品以「寫景」者為最多。其傳世作品，據《散曲叢刊》輯有小令凡七百五十一首，套數僅七套，雜劇則無，可見其專工小令。作品之富，乃元人第一，與馬致遠地位相埒，並為「曲中雙絕」。有「詞林宗匠」、「曲家翹楚」之譽，有《小山樂府》。

可久小令，富麗精工，代表元代後期散曲之最高成就。就題材言——有抒情、即景、送別、贈答、懷古、詠物、說理、談禪等等，無所不包。朱權《太和正音譜》評其散曲：「如瑤天笙鶴，其詞清而且麗，華不豔，有不吃煙火食氣，真可謂不羈之才。」其風如詩似詞，鍊句工整，對偶巧適。散曲至此，可謂完全取代詩詞之正統地位。至其典雅婉麗之曲風來自：

(1)以前人詩詞入曲——

回首天涯，一抹斜陽，數點寒鴉。（〈折桂令．九日〉）

採自秦觀〈滿庭芳〉詞：

多少蓬萊舊事，空回首煙靄紛紛。斜陽外寒鴉數點，流水繞孤村。

又如：

畫船兒載不起離愁。（〈折桂令・西陵送別〉）

採自李清照〈武陵春〉詞：

只恐雙溪舴艋舟，載不動許多愁。

(2)以填詞之態度作曲——字句經高度琢鍊，韻味格調似宋詞，故可久素被認為乃婉麗派領袖，與前期以豪放著稱之馬致遠各為一派之主。如：

人老去西風白髮，蝶愁來明月黃花。回首天涯，一抹斜陽，數點寒鴉。（〈雙調・折桂令・九日〉）

▼喬吉

喬吉（一二八〇～一三四五），一名吉甫，字夢符，號「笙鶴翁」，又號「惺惺道人」；山西太原人，僑居杭州。浪跡江湖，以「不應舉江湖狀元，不思凡風月神仙」自命。鍾嗣成《錄鬼簿》曰：「美容儀，能詞章。以威嚴自飭，人敬畏之。」居江湖間四十年，窮愁潦倒，而又孤傲自賞，不和於俗。吉甫雖縱情詩酒山水，其內心實有懷才不遇之隱痛，有小令二百一十三首，套數十套，如《揚州夢》、《金錢記》等。其存曲數量之豐，僅次於張可久。作品除直抒胸臆外，其他或奇詭，或雅麗，而無不由雕琢鍛鍊得之（散曲至此，已如詩入晚唐，詞入南宋）。此種奇詭之風格，實為喬吉小令之最大特色與成就。此外，喬吉套數，常有較多俚語。以作樂府當重鳳頭、豬肚、豹尾六字，《太和正音譜》評：「如神鰲鼓浪。」與關、王、白、馬、鄭合稱「元曲六大家」。

不占龍頭選，不入名賢傳。時時酒聖，處處詩禪。煙霞狀元，江湖醉仙。笑談便是編修院。留連，批風抹月四十年。（正宮・綠么遍・自述）

喬吉之曲千錘百鍊，典麗不失自然清健，即：「種種出奇，而不失之怪；多多益善，而不失之繁；句句用俗，而不失之文。」（李開先刻《喬夢符小令・序》喬吉曲頗雄健，朱權《太和正音譜》云：「若天跨神鰲，噀沐於大洋，波濤洶湧，截斷眾流之勢。」則喬吉曲有奇、多、俗、健之特色。歷來論元曲，皆以張（可久）喬（吉）並稱「雙璧」，蓋二人曲皆以雅正蘊藉見長。明、清人甚而視其為散曲之正統，已見散曲由本色漸趨向唯美矣。

▼鄭光祖

鄭光祖，字德輝，平陽襄陵（今山西臨汾縣）人。為人方直，不妄與人交，久則見其情厚，他人莫之及也。又有《倩女離魂》等雜劇十八種，名滿天下。

有清麗可誦之小令六首，套數二。尤以如詩之句見長，如：「雨過池塘肥水面，雲歸岩谷瘦山腰。」（〈雙調・駐馬聽・近秋閨套么篇〉）

鄭光祖長於雜劇，與關、馬、白並稱為元曲四大家。

▼徐再思

徐再思，字德可，號「甜齋」（因性喜食甘飴），嘉興（今浙江嘉興縣）人。有清麗小令百餘首，詞藻、對偶考究。如：

> 平生不會相思，才會相思，便害相思。身似浮雲，心如飛絮，氣若遊絲。空一縷餘香在此，盼千金遊子何之。證候來時，正是何時。燈半昏時，月半明時。（〈雙調・蟾宮曲・春情〉）

此曲哀感。任訥《曲譜》卷一評曰：「首尾各以數語同押一韻，全屬自然聲籟，何可多得？末四句僅各四字，而唱嘆轉折，能一一盡其情致，真是神來之筆。」其言是也。

▼曾瑞

曾瑞，字瑞卿，大興（今河北大興縣）人。

神采卓興，性格高傲如仙人，無意仕途，善用俗言寫江村風物、市井人情。興寄高遠，有小令九十餘首，套數十七。如：

> 無錢難解雙生悶，有鈔能驅倩女魂。粉營花寨緊關門，咱受窘，披撇見錢親。（〈中呂・喜春來・妓家〉）

▼睢景臣

睢景臣，字景賢，揚州（今江蘇江都縣）人。心性聰明，好學音律，朱權評其作「如鳳管秋聲」。僅存散曲三套，中以〈高祖還鄉〉套，製作新奇，最能表現散曲特色。

▼吳仁卿

吳仁卿，字弘道，號「克齋」，生卒年不詳，蒲陰（今河北安國縣）人。曾為府判小官（見其：「窮知縣，日高猶自眠。」（南呂・閱金經）。微官虛名，官情疏。今存小令三十四首，套數四。曾編《散曲集》，有雜劇五。《太和正音譜》評其曲如「山間明月」，足見其清疏朗麗。如言其退隱後之閒適：

道人為活計，七件兒為伴侶，茶藥琴棋酒畫書。世事虛，似草梢擎露珠。還山去，更燒殘藥爐。（〈南呂・金字經〉）

▼曹德

曹德，字明善，在都下。小令十八首，有華麗閒適特色。如：

長門柳絲千萬結，風起花如雪。離別復離別，攀折更攀折，若無多舊時枝葉也。（〈清江引・長門柳〉）

▼周文質

周文質（?～一三三四），字仲彬。徙居杭州，與鍾嗣成為莫逆之交。性尚豪俠，學問賅博。善丹青，能歌舞，明曲調，諳音律。今存小令四十四首，套數五，風格以清逸見長。如：

桃花開院宇中歡歡喜喜醉，芰荷香池沼邊朝朝日日醉，金菊濃籬落畔醺醺沈沈醉，蠟梅芳瘦嶺前來來往往醉。醉來也末哥，醉來也末哥，醉兒醒醒兒醉。（〈正宮・叨叨令・四景〉）

此首具閒逸情趣，連用連綿辭，亦押同一字之韻，頗為清奇。

▼**趙善慶**

趙善慶，字文賢，饒州樂平（今江西樂平縣）人。善卜術，任陰陽學正。有雜劇七，小令二十九首。《太和正音譜》言其曲：「如藍田美玉」，足見其晶瑩清麗。寫景蕭疏有致，如：

問六橋何處堪誇，十里晴湖二月韶華。濃淡峰巒，高低楊柳，遠近桃花。臨水臨山寺塔，半村半郭人家。杯泛流渡，板撒紅牙。紫陌遊人，畫舫嬌娃。（〈雙調・折桂令・西湖〉）

▼**王仲元**

王仲元，杭州人，為當時名曲家。《太和正音譜》曰：「其詞勢非筆舌可能擬，真詞林之英傑也。」有小令二十一首，套數四，皆清新閒逸。如：

誰待理他閒是非，緊把紅塵避。庵前綠水圍，門外青山對。尋一個隱便處閒坐地。（〈雙調・江兒水・嘆世〉）

▼**高克禮**

高克禮，字敬臣，號「秋泉」，河間（今河北河間縣）人，蔭官至慶元理官。以清靜為務，簡淡自處。小曲樂府，極為工巧，聞名於時。存小令四首，風格尖新。

▼**汪元亨**

汪元亨（生卒年不詳），字協貞，號「雲林」，元末饒州（今江西鄱陽）人。曾官浙江省椽，後歸隱。有雜劇三種，散曲有《歸田錄》、《小隱餘音》等名目。小令百首，套數一，皆為警世、歸隱之作，文采駿發，風格豪放。

▼**周德清**

周德清，號「挺齋」，江西高安人（今江西高安縣）人，為周邦彥之後人。著有《中原音韻》，為散曲度律而設。修辭藻，考究格律，自言：「作樂府三十年。」除曲韻外，又有作詞十法，為曲家所宗。今存小令三十首，套數三，合於音律。雖然生活困窮，卻灑脫詼諧，如：

倚篷窗無語嗟呀，七件兒全無，做什麼人家。柴似靈芝，油如甘露，米若丹砂。醬甕兒恰才夢撒，鹽瓶兒又告消乏。茶也無多，醋也無多，七件事尚且艱難，怎生教我折柳攀花？（〈雙調・蟾宮曲〉）。

▼錢霖

錢霖，字子雲，松江（今江蘇松江縣）人。遊於公卿間，善詩與曲。今存小令、套曲各一，以雅麗工巧見長。如〈般涉調・哨遍套〉，尖辣以寫看錢奴之聚斂刻薄：

試把賢愚窮究，看錢奴自古呼銅臭。徇已苦貪求。待不教泉貨周流。忍包羞，油鐺插手，血海舒拳，肯落他人後。曉夜尋思機殼，緣情鉤距，巧取旁搜。蠅頭場上苦驅馳，馬足塵中廝追逐。積攢下無厭就，捨死忘生，出乖弄醜。

▼任昱

任昱，字則明，四明（今浙江鄞縣）人。少年狎遊，晚乃銳志讀書，亦工七字詩。有小令五十九首，套數一，風格兼清麗華美。早歲狎遊，如：

桃花扇底楚天秋，恰恰鶯鶯溜，絡臂珍珠翠羅袖。捧金甌，纖纖十指春蔥瘦。移花旁灑，張燈如晝，重酌更風流。（〈越調・小桃紅・宴席〉）

▼李致遠

李致遠，生平不詳。今存清逸小令二十六首，套數四，長於閨情、寫景。如：

月將花影移簾幕，風怒松聲捲翠濤。呼童滌器煮茶苗。驚睡鶴，長嘯仰天高。（〈中呂・喜春來・秋夜〉）

▼王曄

王曄，字日華，號「南齋」，杭州人。能詞章樂府，所製工巧。為元曲三大情史之一（另二為王實甫《西廂記》、洪昇《長生殿》）。其作品即《雙漸蘇卿故事》（女主角蘇卿、茶商馮魁、書生雙漸）。後

北曲改編有王實甫《蘇小卿月夜販茶船》，傳奇有玉玉峰《三生記》等。

此時期曲家尚有李愛山、沈和、朱庭玉等清麗曲家。

4.後期豪放派散曲家

▼楊朝英

楊朝英，號「澹齋」，青城（今山東青城縣）人，生平不可考。他曾選輯當時人所作小令，套曲為《陽春白雪》及《太平樂府》兩書，元人散曲多賴之以傳。其人今存散曲小令二十餘首，題材廣泛，豪放淡逸。

閒時高臥醉時歌，守己安貧好快活。杏花村裡隨緣過，勝堯夫安樂窩。任賢愚後代如何？失名利痴呆漢，得清閒誰似我，一任他門外風波。（〈雙調・水仙子〉）

▼鍾嗣成

鍾嗣成，字繼先，貌醜，自號「醜齋」，大梁（今河南開封縣）人。後寓居杭州，屢試不第，又不屑為小官，遂居家填詞作畫。嗣成善音律，工隱語，所編《錄鬼簿》記元代曲家一百五十二人之生平及錄記其人四百餘種劇目，為研究元曲重要文獻。今存小令五十一首，套數一，雜劇七。抨擊元代黑暗社會，憤懣不平，特色在詼諧頹放，豪放風趣。如以譏刺之筆寫乞兒：

風流貧最好，村沙富難交。拾灰泥補砌了舊磚窯，開一個教乞兒市學。裹一頂半新不舊烏紗帽，穿一領半長不短黃麻罩，繫一條半聯不斷皂環縧，做一個窮風月訓導。（〈正宮・醉太平〉）

又〈南呂・一枝花・自序醜齋〉套曲之自述，頗尖新憤怨。

▼劉庭信

劉庭信，先名廷玉，字里不可考。今存小令三十餘首，套數七，風流蘊藉，超出群輩。《太和音正譜》評其曲如「摩雲老鶻」，足見其以奔放寫情，辭鋒尖辣。如：

秋風颯颯撼蒼梧，秋雨瀟瀟響翠竹。秋雲黯黯迷煙樹，三般兒一樣苦，苦的人魂魄全無。雲結就心間愁悶，雨少似眼中淚珠，風做了口內長吁。（〈雙調・水仙子・相思〉）

▼**湯式**

湯式（一四一〇～？），字舜民，號「菊莊」，浙江象山人。元末為象山縣史。入明後曾入燕王朱棣邸中為幕賓，朱棣登基後仍受寵遇。有近代發現之《筆花集》散曲集，小令一百七十八首，套數六十九，細膩生動，足稱當行，乃元、明之際，承上啟下之散曲大家。

▼**唐寅**

唐寅（一四七〇～一五二三），字伯虎，號「六如居士」，江蘇吳縣人。明孝宗時舉鄉試第一，次年赴京會試，因受科場作弊案之牽連被黜，是而流連詩酒，縱情聲色，自稱「江南第一風流才子」。尤擅丹青，與沈周、文徵明、仇英齊名（稱明四家）。其詩、文、詞、曲俱佳，有《六如居士全集》。

▼**王磐**

王磐（一四七〇～一五三〇），字鴻漸，江蘇高郵人。自稱「不登科逃名進士」，「不耕田織字農夫」。為人有雋才，好讀書，縱情山水詩畫間。尤擅音律，散曲清麗。性好樓居，築城於城西，故其散曲集，名《西樓樂府》。

▼**元好問**

元好問（一一九〇～一二五九），金章宗明昌元年至元憲章七年間人氏。字裕之，號「遺山」，太原人，為金朝大文學家，金亡後不再出仕。作品多有家國之悲。

乙、明代散曲

1. 概述

明代散曲承元人遺緒，亦極可觀。大抵言：元曲自然，明曲則粗俗雜冗；明曲作家人數多於元代。據任中敏《散曲概論》錄作家三百三十人，惜作品已泰半散佚。

明代初期約一百年間，散曲較為沈寂，當時曲壇盟主為朱有燉（ㄉㄨㄣˋ）。

▼**朱有燉**

朱有燉（一三七九～一四三九），號「誠齋」，明太祖之孫，封周王（王府在開封，即宋故宮地），諡曰「憲」，世稱周憲王。著有《散曲誠齋樂府》及雜劇三十一種。其散曲數量雖豐，但文字庸濫者居多，殊無足觀。又以貴族而強作農夫樵子語，讀來欠自然。

有提倡作曲、鼓勵文風之功。弘治以降，曲風日盛，作家輩出。其著者，於北曲有康海、王九思、馮唯敏；南曲有沈仕、梁辰魚、沈璟、施紹莘等。

魏良輔於嘉靖間改良崑腔，又有梁辰魚、沈璟為之推波助瀾，於是南曲大盛，北曲衰亡。施紹莘則擺脫梁、沈之格律與雕琢習氣，以綿整別樹一幟，自不愧為晚明大家。

2. 北曲代表作家

北曲作家：北方作家，雖兼作南、北曲，仍以北曲為工；所作亦有關漢卿、馬致遠遺風。

▼**康海**

康海（一四七五～一五四〇），字德涵，號「對山」，武功（今陝西武功縣）人。《明史》卷二八六有傳。高中狀元（孝宗弘治十五年殿試第一），授翰林院修撰。為明七子之一，有《對山集》行世。

武宗劉瑾亂政，欲招致之，海不肯往。會李夢陽以代尚書韓文，草疏彈劾劉瑾事繫獄，禍且不測。夢陽乞救於海，海乃謁劉瑾說之，謹意解，釋夢陽。逾年瑾敗，海竟坐瑾黨，落職為民。家居三十年，以山水聲伎自娛。有《沜東樂府》（冗雜散曲）。

雜劇則有《中山狼》：略謂狼被獵人射中，慌忙逃走。東郭先生推車路上行，車中滿載，狼入袋中，避去一難，狼反要吃東郭。東郭請老杏樹、病老牛、白鬚老翁評理。老翁請狼再示範一次，狼卒重入袋中被刺死。

▼**王九思**

王九思，字敬夫，號「渼陂」，又號「碧山」，鄠縣人。劉瑾亂政，悉調多所，家居垂四十年。有《碧山樂府》，曲雄秀粗俗。雜劇有《杜子美沽酒遊春》。

康、王二人俱名列前七子，雖其詩文傷於模擬，但在散曲及雜劇頗有可觀。二人同里同官，同以劉瑾黨斥逐歸鄉，故友情至篤。常過從談讌，徵歌度曲，以相娛樂。所作以散曲為主，多憤世之作，風格豪放。

▼馮唯敏

馮唯敏（一五一一～一五八〇），字汝行，號「海浮山人」，臨朐（ㄑㄩˊ，今山東臨朐）人。及長，博學能文，嘉靖十六年中舉人，後屢試南宮不第，嘯傲故鄉山水二十餘年。後為貪吏所苦，乃入京謁選，授淶水知縣。在官逾年，治績極佳，百里改觀。年逾六十，遂辭官歸臨朐，優遊以終。所居七里溪別墅，風景絕佳，其散曲中常詠之。

明代散曲作家中，步武（六尺為步，半步為武，此指仿學前人）元人本色。其曲視康海、王九思更近元人之尚本色、重俗語，乃率直雄肆之作。所作散曲集《海浮山堂曲稿》收入任中敏《散曲概論》，任氏評曰：「（馮氏）猶詞中之有辛棄疾。有明一代，此乃最有生氣、最有魄力之作矣。」乃即明代最能保存元曲前期本色作家。

3.南曲代表作家

南曲源於宋詞及民間小曲，特色為重詞法，其代表作家有：

▼沈仕

沈仕，字懋學，一字子登，自號「青門山人」，仁和人。俠義好遊，絕意仕進，足跡遍南北。能詩善畫，名著一時。

沈仕尤工南曲，其曲集名《唾窗絨》，原集未見；幸近人輯得小令七十四，套數十二。觀其題目，不外閨怨、贈妓、美人沐浴、美人對鏡、美人薦寢、幽會、繡鞋、汗巾、公子夜歸之類，與簡文帝之宮體詩如出一轍。即以偎紅倚翠之筆，寫男女冶蕩之情。純就藝術而論，沈仕自是一代高手。

▼梁辰魚

梁辰魚，字伯龍，號「少白」，崑山人（今江蘇崑山縣）。身長八尺餘，虬鬚、虎顴，倜儻好遊，足跡遍吳楚間，生平事蹟多不可考。辰魚善度曲，轉喉發響，聲出金石。魏良輔改良崑山腔為水磨調，辰魚

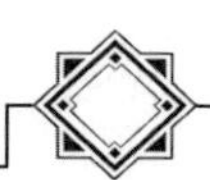

撰《浣紗記》傳奇，梨園傳唱，歷久不衰。

梁氏曲作多參詞法詞情，句多典雅蘊藉，時人評為「南詞出而北曲亡矣」。

▼沈璟

沈璟（一五五三～一六一〇），字伯英，晚字聃和，號「寧庵」，又號「詞隱生」，吳江人。宋神宗萬曆二年（一五八〇）進士，授兵部主事。歷官禮部、吏部員外郎、光祿寺丞，以疾乞歸，時年未四十。家居二十年卒。璟少穎悟，美風姿。服官勤敏，勇於任事。能詩善歌，喜詞曲。退隱後，益肆意聲伎，日以徵歌度曲為事。嘗編《南九宮十三調》曲譜，又選錄明初以來南曲為《南詞韻選》：二書為治南曲者所宗，其審律訂譜之功，洵不可沒。蓋自魏良輔改良崑腔，梁辰魚首先採用，因之撰《浣紗記》傳奇，梨園傳唱，歷久不衰：從此南曲多仿辰魚以詞法作之，作品詞味多而曲味少。稍晚而沈璟二書問世，南曲之曲詞、曲聲因之俱全。

任中敏《散曲概論》曰：「起嘉、隆間以迄明末，將近百年。主持詞餘壇坫者，文章必推梁氏為極軌，韻律必推沈氏為極軌。此為崑腔以後之兩大派，一時詞林，雖濟濟多士，要不出兩派之彀中也。」其言是也。

沈璟又著有戲曲十七種，總名屬《玉堂傳奇》。散曲集有《情痴寱語》（寱ㄧˋ，同「囈」，說夢話也）、《詞隱新詞》、《曲海青冰》三種。璟畢生致力於曲，持論甚高，守律甚嚴，而才不足以赴之，作品佳者不多。沈璟又好翻北曲為南曲，而十九能點金成鐵。

▼施紹莘

施紹莘，字子野，自號「峰泖浪仙」，華亭人。少負雋才，好治經術，工古今文，旁通星緯輿地之學。屢應鄉試不第，隱居以終。有別墅二，極煙波花木之美。又多蓄聲伎，以徵歌度曲為樂。其散曲名《花影集》，有小令七十二，套數八十六。明人散曲專集之套數，以此為最富。

自梁辰魚、沈璟之後，南曲作者文章多從梁；韻律多從沈。其能戛然獨造，不隨梁、沈之潮流者，散曲方面殆僅施紹莘一人。

又周德清《中原音韻》屬北曲系統，施之於南曲本不合適；故稍後王驥德即撰專為南曲而設之《南詞正韻》。辭句方面，紹莘一反梁辰魚之雕琢粉飾，而自然流麗。蓋融元人之豪放與清麗，而以綿整出之。

以下試言其相涉：

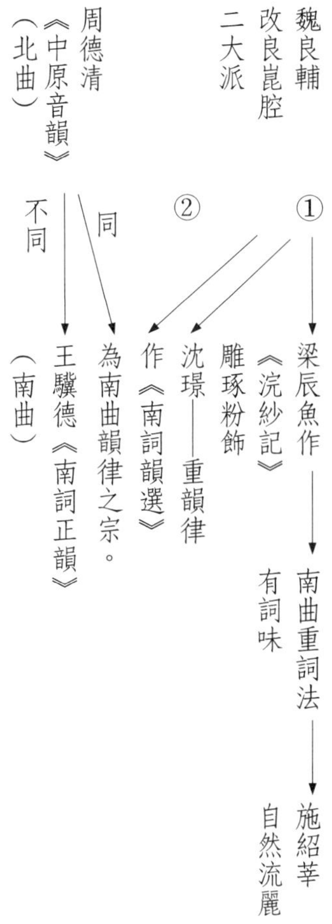

魏良輔 改良崑腔 二大派
① → 梁辰魚作《浣紗記》雕琢粉飾 → 南曲重詞法 有詞味 → 施紹莘 自然流麗
② → 沈璟——重韻律 作《南詞韻選》

周德清《中原音韻》（北曲）
同 → 為南曲韻律之宗。
不同 → 王驥德《南詞正韻》（南曲）

二、套曲

〔南呂〕一枝花　不伏老①　關漢卿

〔黃鐘煞〕我是個蒸不爛、煮不熟、搥不匾、炒不爆、響璫璫一粒銅豌豆②，恁子弟每誰教你、鑽入他、鋤不斷、砍不下、解不開、頓不脫、慢騰騰、千層錦套頭③。我玩的是梁園④月，飲的是東京⑤酒，賞的是洛陽花⑥，攀的是章台柳⑦。我也會吟詩，會篆籀，會彈絲，會品竹⑧。我也會唱鷓鴣、舞垂手⑨，會打圍，會蹴踘，會圍棋，會雙陸⑩。你便是落了我牙、歪了我嘴、瘸⑪了我腿、折了我手，天賜與我這幾般兒歹症候⑫，尚兀自⑬不肯休。則除是閻王⑭親自喚，神鬼自來勾⑮，三魂歸地府，七魄喪冥幽⑯，天那，那其間纔不向煙花路兒上走。

【注釋】

①不伏老：即「不服老」，此套曲大概是關氏晚年之作。

②銅碗豆：比喻飽歷風霜，久經磨練的硬骨頭。

③恁子弟句：恁，即你。以頓不脫，擺不脫、甩不開、慢騰騰、慢吞吞系列形容之。套頭，套住驢馬頭上的龍頭。錦套頭，猶如說美麗的圈套。

④梁園：又名菟園，是漢代梁孝王宴待賓客的地方。宋元時，常指宋代的京城汴梁為梁園，也以之稱勾欄場所。

⑤東京：指宋代都城汴梁。

⑥洛陽花：洛陽自古就以花木著稱，這裡只是藉以說名花。

⑦章台柳：章台，古代長安街名。據《太平廣記》載：唐韓翊娶妓柳氏，後在外，值離亂，寄詩與柳氏：「章台柳，章台柳，昔日青青今在否？縱使長條似舊垂，亦應攀折他人手？」這裡即借以指美妓。

⑧彈絲、品竹：指演奏絃樂和管樂。

⑨唱鷓鴣、舞垂手：「鷓鴣」是樂曲名，「垂手」則是舞曲名，指唱曲和跳舞。

⑩會打圍四句：打圍，打獵，因在事先設圍的圍場打獵，所以叫打圍。蹴鞠，亦作蹴鞠，古代踢球的遊戲。據《漢書‧霍去病傳》：此指用皮製的球，實以毛，雙方對陣，有木球門和網，和現代的足球差不多。圍棋，古代相沿至今的一種棋。棋盤縱橫十九路，兩人對弈，黑、白互相圍攻，以決勝負。雙陸，古代的博戲。長方盤上兩邊內外各有六條梁（因此叫雙陸），兩陣有黑白棋子。又名「雙六」，盛行於六朝及隋唐。

⑪瘸：音ㄑㄩㄝˊ，跛腳。

⑫幾般兒歹症候：幾般兒，幾樣，幾種。歹症候，指上邊提到的嗜愛和技藝。

⑬尚兀自：尚且，仍然。

⑭閻王：地獄裡面的閻羅王。
⑮勾：拘提之意。
⑯地府、冥幽：指地獄。

【賞析】

這套曲是關漢卿散曲的代表作，曲的內容完全是作者的自白。由〔一枝花〕、〔梁州第七〕、〔隔尾〕和〔黃鐘煞〕組成。本節僅引〔黃鐘煞〕。全文乃：

〔一枝花〕——言其於風月場中狎妓遊樂之浪漫。

〔梁州第七〕——言一己為「郎君」浮浪之貴族子弟，因「花中消遣，酒內忘憂」，所以「占排場風月功名首」，「錦陣花營都帥頭」。

〔隔尾〕——言其慣熟風月場之「老野雞」，不像未經世面之子弟。「人到中年萬事休」，指管他中年老年，就是不要虛度歲月。

〔黃鐘煞〕——曲中提到的「浪子風流」、「郎君領袖」、「浪子班頭」、「錦陣花營都帥頭」、「響璫璫一粒銅豌豆」等，都是關漢卿對自己的寫照與評語，言其通音律、賭博、吹拉、唱、舞等十八般武藝。活躍於市井瓦舍，穿梭於勾欄劇場與倡優之間，是放縱形骸、懂得享受，不服老的。

「則除是閻王親自喚，神鬼自來勾，三魂歸地府，七魄喪冥幽，天那！那其間纔不向煙花路兒上走。」表現在異族統治下士人的無奈與放縱、孤高與堅持。

「書會」是讀書人與藝人組織的團體，書會中的「才人」是戲曲的創作者，關漢卿即為其代表。

秋思　**馬致遠**

㈠〔**雙調**①〕〔**夜行船**②〕**百歲光陰一夢蝶**③**，重回首往事堪嗟**④**！今日春來，明朝花謝；急罰盞**⑤**夜闌燈滅。**

(二)〔喬木查①〕想秦宮②漢闕③，都做了衰草牛羊野。不恁麼④，漁樵沒話說。縱荒墳，橫斷碑，不辨龍蛇⑤。

(三)〔慶宣和①〕投至②狐蹤與兔穴，多少豪傑？鼎足③雖堅半腰裡折，魏耶？晉耶？

(四)〔落梅風①〕天教你富，莫太奢，沒多時好天良夜。富家兒，更做道你心似鐵，爭②辜負了錦堂風月。

(五)〔風入松①〕眼前紅日又西斜，疾似下坡車。不爭②鏡裡添白雪，上床與鞋履相別。休笑鳩巢計拙③，葫蘆提④一向裝呆⑤。

(六)〔撥不斷①〕利名竭，是非絕，紅塵②不向門前惹③。綠樹偏宜屋角遮，青山正補牆頭缺，更那堪④竹籬茅舍。

(七)〔離亭宴帶歇指煞〕蛩吟①罷一覺纔寧貼②，雞鳴時萬事無休歇。何年是徹？看密匝匝③蟻排兵，亂紛紛蜂釀蜜，急攘攘④蠅爭血。裴公綠野堂⑤，陶令白蓮社⑥，愛秋來時那些：和露摘黃花，帶霜分紫蟹⑦，煮酒燒紅葉。想人生有限杯，渾幾個重陽節，人問我，頑童記者⑧，便北海⑨探吾來，道東籬⑩醉了也。

【注釋】

(一)

①雙調：宮調名。

②夜行船：曲牌名，一名曰〈停舟〉。

③夢蝶：《莊子．齊物論》中提到莊子夢化為蝴蝶，醒來發現自己仍是莊周，不知究竟誰夢誰真。

④堪嗟：可嘆。

⑤急罰盞：趕快喝酒。盞是小杯。言抓緊時間做長夜之飲——罰酒滿飲取樂。

(二)

①喬木查：曲牌名，一名〈銀漢浮槎〉。

②秦宮：秦始皇建築的阿房宮。

③漢闕：漢武帝所建的鳳闕。

④恁麼：這樣，如此。

⑤龍蛇：一說碑上的字跡，一說代表聖賢英雄及凡人庸夫。以「縱」「橫」對舉，表示散亂。

(三)

①慶宣和：曲牌名。

②投至：待到，到了。指荒墳已成狐狸出沒、野兔穴居之地。

③鼎足：鼎是三足兩耳的古器名，此指魏、蜀、吳三分天下的局面。

(四)

①落梅風：曲牌名，一名〈壽陽曲〉。

②奢：奢想。天如果讓你富有，不要一味利慾薰心；但也不必太吝嗇，怎可辜負好時光？

③爭：怎，如何。

(五)

①風入松：曲牌名。

②不爭：當真是，想不到。

③鳩巢計拙：鳩鳥不善營巢，取鵲巢而居。此指一已不善求富貴，而安於貧居。

④葫蘆提：宋元時俗語，就是今語「糊裡糊塗」、「馬馬虎虎」的意思。

⑤裝束：假裝痴呆。

(六)

①撥不斷：曲牌名，一名續斷絃。

②紅塵：俗世的繁華。
③惹：招引。
④更那堪：何況。

(七)
①蛩吟：蛩音蛩，指蟋蟀。其鳴聲似有韻律故曰蛩吟。因鎮日為衣食，名利奔忙，直至蟋蟀叫停才安心。
②寧貼：安寧貼伏。
③密匝匝：匝，音ㄗㄚ，環繞密集貌。
④急攘攘：忙亂貌。
⑤裴公綠野堂：裴度，唐代名相，以平蔡有功，封晉國公。主政三十年，退休後不滿宦官弄權，遂於洛陽築綠野堂別墅隱逸，與名士飲酒，不問世事。
⑥陶令白蓮社：陶潛曾為彭澤令，因恥於為五斗米折腰，歸隱後與高僧慧遠等結社往來於廬山東林寺白蓮社。
⑦紫蟹：河北寧河所產之蟹，煮後其殼呈紫紅色。
⑧記者：記著、記住。
⑨北海：孔融為漢獻帝時之北海（今山東義都一帶太守）相，性好客，人稱「孔北海」。
⑩東籬：馬致遠嚮往陶潛「采菊東籬下」，自號「東籬」。

【賞析】

此為嘆世之作，述寫秋天感想的散套，傳誦頗廣。說明作者少年懷才不遇，既而放蕩生涯，晚年投老林泉的情懷。馬作以雙調六支小令和一支帶過曲組成。

(一)李白〈春夜宴桃李園序〉中云：「浮生若夢，為歡幾何？古人秉燭夜遊，良有以也。」「夜行船」，即為此序之再現。

蓋「百歲」同「夢」之對比，「今日」與「明朝」轉接，皆說明人生之短暫。況「往事堪嗟」，短暫時光，亦是悲愁時多。故引出長夜之飲。

即：不經意地時光推移了。以往莊子曾夢見自己為蝴蝶，又回想百年的光陰就像虛渺的空夢，令人徒增喟嘆。就像今日春才降臨，明晨花已凋落，想來還是及時喝下佳釀，且留滿心燦爛，不然一轉眼夜已深，燈已滅。

(二)〔**喬木查**〕、(三)〔**慶宣和**〕二曲，回顧歷史：

(二)那連綿三百里的阿房宮，千門萬戶的鳳闕，而今已成為風中抖動的野草地，任人牧放牛羊。這些興亡成敗怕只成了漁樵感慨笑話的話題。那亂墳斷碑裡不知曾是何許人？

(三)多少豪傑曾凌雲沖霄，一旦辭世，墳墓全成了狐狸兔子的窟穴。當年三國分立的叱咤，而今又有誰在？王朝更迭，直教人難以分辨。

(四)聯想到富戶——即使上蒼給你富有，也不能過分奢侈，要知好光景總不會太長。就算你心似鐵石黑硬，一味營營求利，竟日守著錢財，終也會失去，又何苦糟蹋這美麗的錦堂和清風明月而不及時行樂？

是以上引(二)(三)(四)曲，否定事業、功名、富貴，一切不必迷戀。

(五)夕陽已偏西，直如下坡車，人一過中年，日子如飛，往鏡裡一瞧，沒想到華髮早生。晚間上床，竟不知明天還會再穿鞋否！勿笑斑鳩不善造巢，一如自己仍是潦倒，凡事不用心機，糊裡糊塗裝呆守拙反倒安閒。

(六)超越名利，才能中斷是非的糾纏，塵瑣也不來門前招惹。綠樹擋在窗前遮住簷角，青山正補上矮牆缺口，還有淡泊的竹籬茅舍正是僻居的野趣，田園隱逸多自在！

(七)以憤世嫉俗，寫出爭名奪利——秋夜蟋蟀細碎鳴叫，挑動已然遺忘的輕愁，直到無聲長夜才暫歇睡下。但晨雞一鳴，又要忙碌，永無休止。想起裴公的逍遙、陶公的悠然，人又何須過度忙碌？在秋日裡，採些帶露的菊花，嘗些霜降後的肥蟹，燃著楓葉溫酒。人一生能喝幾杯酒，過幾個重陽？孩子們，即使如孔融高士來採訪，就說我已醉，不見客了。

周德清評此套曲為元曲之冠。歸納此套曲有七：表出人生如夢，轉目成空，有如秋日蕭條，即：

(一)〔**夜行船**〕——言及時行樂。

㈡〔喬木查〕——秦漢之宮成為草野，往昔人物，不辨龍蛇。

㈢〔慶宣和〕——三國豪傑，今已入狐兔之穴。

㈣〔落梅風〕——言富者宜及時行樂，莫太儉、太奢。

㈤〔風入松〕——人生之逝如「下坡車」，既「上床與鞋履相別」，又何苦認真？

㈥〔撥不斷〕——青山綠樹勝於名利是非。

㈦〔離亭宴帶歇指煞〕——為名利奔忙，不如醉享人生。

由整首言——前半嘆世，以帝王顯赫功業、英雄豪傑建樹、人世富貴，皆不足據。後半表一己徹悟，全首豪放，意境、修辭俱入妙境。即盧前《論詩絕句》曰：「百歲光陰成絕調。」其言是也。

【作法】

㈠〔夜行船〕總領全篇。「百歲光陰如夢蝶」是眼，得出及時行樂之必要。其中「急罰盞」之「急」字，全盤托出悲憤頹放之神情，點明作者正在借觥澆愁，於酒酣耳熱中，帶出感慨萬千。

㈡〔喬木查〕、㈢〔慶宣和〕二首，回顧秦、漢、魏、晉正似過眼雲煙，對應「重回首往事堪嗟」。

㈣〔落梅風〕嘲笑富豪，守財奴之吝嗇愚蠢。富有有二：一是命中注定富有，暮太奢侈；另一是守財奴，一毛不拔，因而辜負大好時光，不能及時行樂。

㈡㈢㈣曲以意峻語冷，將帝王、豪傑、富豪一一抹倒，否定世人熱中之事業、功名、富貴，皆無迷戀必要。

㈤〔風入松〕慨嘆人生短促。

㈥〔撥不斷〕以稱美脫離紅塵之隱逸做鋪墊。有「紅塵」三鼎足對，帶入陶淵明〈歸去來兮辭〉之境界。

㈦〔離亭宴帶歇指煞〕總結秋思：一面以蟻、蜂、蠅忙著衣食三排句以喻，揭露現實中爭名攘利之醜態，另一面渲染秋日沈湎醉鄉之快樂。即敘出重陽時令，點應「秋思」。

全首以飲酒始、飲酒結，中間縱興放歌，酣暢以表對社會人生之感慨。

《秋思》一套，素來受人激賞；如明・王世貞《藝苑卮言》曰：「馬致遠『百歲光陰』，放逸宏麗，而不離本色，押韻尤妙。長句如：『紅塵不向門前惹，綠樹偏宜屋角遮，青山正補牆東缺。』又如：『和露摘黃花，帶霜烹紫蟹，煮酒燒紅葉。』俱入妙境。小語如『上床與鞋履相別』，大是名言。結尤疏雋可詠。元人稱為第一，真不虛也。」其言正是。

〔般涉調〕耍孩兒　借馬　馬致遠

(一)近來時買得匹蒲梢騎①，氣命兒般看承愛惜②。逐宵上草料數十番，餵飼得膘息胖肥③。但有些穢污卻早忙刷洗，微有些辛勤便下騎。有那等無知輩，出言要借，對面難推。

(二)〔七煞〕懶設設牽下槽④，意遲遲背後隨，氣忿忿懶把鞍來備⑤。我沈吟了半晌語不語⑥，不曉事頹人知不知⑦？他又不是不精細，道不得「他人弓莫挽，他人馬休騎」。

(三)〔六煞〕不騎呵西棚下涼處拴，騎時節揀地皮平處騎。將青青嫩草頻頻的餵。歇時節肚帶鬆鬆放，怕坐的困、尻包兒款款移⑧。勤覷著鞍和轡⑨，牢踏著寶鐙⑩，前口兒休提⑪。

(四)〔五煞〕飢時節餵些草，渴時節飲些水。著皮膚休使粗氈屈⑫。三山骨休使鞭來打⑬，磚瓦上休教隱著蹄⑭。有口話你明明的記：飽時休走，飲了休馳。

(五)〔四煞〕拋糞處教乾處拋，尿綽時教淨處尿⑮，拴時節揀個牢固樁橛上繫。路途上休要踏磚塊，過水處不教踐起泥。這馬知人意，似雲長赤兔⑯，如益德烏騅⑰。

(六)〔三煞〕有汗時休去簷下拴，渲時休教侵著頹⑱。軟煮料草鍘底細⑲。上坡時款把身來聳，下坡時休教走得疾。休道人忒寒碎⑳，休教鞭颩著馬眼㉑，休教鞭颩損毛衣㉒。

(七)〔二煞〕不借時惡了弟兄㉓，不借時反了面皮。馬兒行囑咐叮嚀記㉔：鞍心馬戶將伊打㉕，刷子去刀莫作疑㉖。則歎的一聲長吁氣，哀哀怨怨，切切悲悲。

(八)〔一煞〕早晨間借與他，日平西盼望你，倚門專等來家內。柔腸寸寸因他斷，側耳頻頻聽你嘶。道一聲「好去」，早兩淚雙垂。

(九)〔尾〕沒道理、沒道理，忒下的、忒下的㉗。恰才說來的話君專記，一口氣不違借與了你㉘。

【注釋】

①蒲梢：古代良馬名。騎：名詞，坐騎。
②氣命兒：性命兒。看承，看待。
③膘息，膘肉（牲畜小腹邊上的肉）增長。胖肥：腿肚豐肥。
④懶設設：懶洋洋地。
⑤備：上馬具。
⑥語不語：話說不出來。
⑦不曉事：不明事理。頹人：罵人的話，猶言「鳥人」。
⑧尻包兒：臀部。款款：慢慢地。
⑨轡：馬繮。
⑩寶鐙：指馬鐙，掛在鞍兩旁的踏腳。
⑪前口兒：馬嚼口，為套在馬口的鐵鏈，拉緊嚼口可以驅馬疾馳。
⑫粗氈：墊在馬鞍下的麻製或皮製的氈子。屈：指未鋪平。
⑬三山骨：馬的背脊骨。
⑭隱著蹄：因踏入凹陷處而歪了馬蹄。
⑮尿綽：撒尿。
⑯雲長赤兔：三國蜀漢大將關羽，字雲長，所騎駿馬名「赤兔」。
⑰益德烏騅：三國蜀漢大將張飛字翼德，元人常寫作益德，他的坐騎叫「烏騅」。
⑱渲：潑水替馬洗刷。頹：雄馬的生殖器。
⑲鍘：用鍘刀鍘斷。底：同「的」。

⑳忒寒碎：太寒酸瑣碎。
㉑颩：甩舞。
㉒毛衣：指馬的皮毛。
㉓惡：得罪。
㉔行：這方面。
㉕「鞍心」句：意謂在鞍心將馬打的人，是「馬戶」（即「馬盧」）——這是拆字隱語，即「驢」字。
㉖「刷子」句，意謂他無疑不是個「刷子去刀」——即「屌」字。
㉗忒下的：太下作了。
㉘一口氣不違：沒有半點遲疑和違拗。

【賞析】

(一)〔**耍孩兒**〕首言初得賤價良馬。經馬主人「數十番」、「但有些」、「微有些」忙上忙下養肥了馬，卻面對有人來借，難以推託。

(二)〔**七煞**〕以三疊詞「懶設設」、「意遲遲」、「氣忿忿」，將主人不願借出馬之形神俱出。馬主人希以遲疑行動、外露表情，暗暗提醒借馬人，不料對方竟是「不曉事頹人」，絲毫無反應。這使主人氣惱，直以俗語道之：「他人弓莫挽，他人馬休騎」，言主人沒直接發作，對方必然是好友，且已為他備鞍。

(三)～(六)馬主人不厭其煩地述說「騎馬須知」二十餘項。有常識的「飢時節餵些草」、「牢踏著寶鐙」之類。有些則是細碎經驗之談：「有汗時休去簷下拴」，簷下過堂風大，怕馬受涼。其苛刻者如：「騎時節揀地皮平處騎」，「綽尿時教淨處尿」等。又有「西棚下涼處拴」、「休去簷下拴」、「磚瓦上休教穩著蹄」、「路途上休要踏磚塊」，不一而足。更有不少禁令叮嚀……直將馬主人心情、神態、心理生動地描述出來。

(七)〔**二煞**〕對馬私下囑咐。

(八)〔**一煞**〕在馬行將離去時之「長亭送別」，頗為誇張。

(九)〔尾〕，在馬兒牽走前，表達馬主人既不捨又故示大方，「一口氣不違」表現了嘮叨後之爽快。

【作法】

(一)〔耍孩儿〕寫馬主人對馬愛惜如性命，偏偏遇上了朋友借馬難以推卻。

(二)〔七煞〕故意延誤，不料借馬人毫不知情，使馬主人心中為不快，這就增添諷刺的喜劇性。

(三)～(六)〔六煞〕、〔五煞〕、〔四煞〕、〔三煞〕四曲，寫馬主人不厭其詳地向借馬人提出種種叮囑，誇張而細膩。

(七)〔二煞〕更添出馬主人在不得不出借時，私下向馬兒詛咒借馬人，亦將他的吝嗇形象，刻畫得更加生動。

(八)和(九)〔一煞〕和〔尾〕在誇張地顯示馬主人的傷心和痛惜之後，又寫出他自我標榜的慷慨大方，「一口氣不違借與了你」，入木三分地完成了人物的塑造。

全篇多用誇張口語，達到喜劇效果，元代的散曲大都有這樣的特點。

〔般涉〕〔哨遍〕 高祖還鄉　睢景臣

(五)〔三煞〕那大漢下的車，眾人施禮數。那大漢覷①得人如無物。眾鄉老「展腳舒腰」拜，那大漢那身著手扶。猛可裡②抬頭覷。覷多時認得，險氣破我胸脯。

(六)〔二煞〕你須身姓劉，你妻須姓呂。把你兩家兒根腳③從頭數。你本身做亭長④、耽幾盞酒。你丈人教村學、讀幾卷書。曾在俺莊東住。也曾與我餵牛切草、拽耙⑤扶鋤。

(七)〔一煞〕春採了桑，冬借了俺粟。零支了米麥無重數。換田契、強秤了麻三秤，還酒債、偷量了豆幾斛⑥，有甚胡突⑦處。明標著冊曆⑧，現放著文書⑨。

(八)〔尾〕少我的錢、差⑩發內旋撥還，欠我的粟、稅糧中私准除⑪。只道劉三⑫、誰肯把你揪捽住。白⑬什麼改了姓、更了名、喚著漢高祖。

【注釋】

①覷：看也。音ㄑㄩˋ。
②猛可裡：忽然，突然。
③根腳：出身，來歷。
④亭長：古代十里一亭，設亭長，管治安工作。
⑤杷：同耙，一種有齒的平整土地的農具。拽，音ㄓㄨㄞˋ，使、引也。
⑥斛：古以十斗為一斛，後又以五斗為一斛。
⑦胡突：同「糊塗」。
⑧冊曆：指賬簿之類。
⑨文書：借據之類。
⑩差：指徵收的賦稅。
⑪私准除：暗中抵扣。
⑫劉三：劉邦又稱劉季，排行第三，所以叫劉三。
⑬白：平白地，無緣無故地。

【賞析】

睢景臣，所作此《高祖還鄉》套曲，《錄鬼簿》言：「製作新奇。」

此由八首曲組成，對衣錦榮歸的漢高祖劉邦，予以諷刺，頗有野趣。此節取後四首。

(五)〔三煞〕寫大漢（皇帝）下車與鄉民相見，一躊躇滿志，一奔走奉承。
(六)〔二煞〕由揶揄迎駕揭劉邦之底——原是小小亭長，曾餵牛切草，又借又偷。
(七)〔一煞〕糊塗，揶揄當年的劉三，而今卻作威作福。

(八)〔尾〕寫出鄉民之指責，犀利挖苦。「英雄不問出身低」，由上述是著眼在他描繪尖刻耳。

〔南呂〕一枝花　自序醜齋　鍾嗣成

(二)〔梁州〕只為外貌兒不中①抬舉②，因此內③才兒不得便宜，半生未得文章力。空自胸藏錦繡，口唾珠璣④，爭奈⑤灰容土貌⑥，缺齒重頦⑦，更兼著細眼單眉⑧，人中⑨短、髭鬢稀稀。那裡取、陳平⑩般冠玉精神，何晏⑪般風流面皮，那裡取、潘安⑫般俏容儀。自知就裡，清晨倦把青鸞⑬對，恨殺爹娘不爭氣。有一日黃榜⑭招收醜陋的，準擬奪魁⑮。

(八)〔烏夜啼〕一個斬蛟龍秀士⑯為高第，升堂室今古誰及；一個射金錢武士⑰為夫婿，韜略無敵，武藝深知，醜和好、自有是和非，文和武、便是傍州例⑱。有見識，無嗔諱，自花白⑲、寸心不昧，若說謊、上帝應知。

【注釋】

①不中：不適合。
②抬舉：尊重、提拔之意。
③內才：指學問。
④珠璣：珠子，借作「美好」之意。
⑤爭奈：無可奈何。
⑥灰容土貌：容貌似灰泥般醜陋。
⑦重頦：兩重腮頰。頦，音ㄏㄞˊ。
⑧單眉：眉毛稀疏。
⑨人中：鼻下與上唇間，稍凹正中之處。
⑩陳平：漢陳平，貌美如冠玉。

⑪何晏：三國時人，面容白晳，具美姿儀者，有「傅粉何郎」之稱。
⑫潘安：晉潘岳，字安仁，美姿容，每出遊，婦女常向其投擲果子。
⑬青鸞：指「鏡子」。相傳青鸞愛在鏡前擺弄舞姿，故「青鸞」即指「鏡子」。鸞，音ㄌㄨㄢˊ，鳥名，羽毛五彩，多青色，鳳凰一類之鳥。
⑭黃榜：皇帝的文告，以黃紙書寫，故叫「黃榜」。
⑮奪魁：奪得頭一名，此乃自我嘲詆的話。
⑯斬蛟龍秀士：春秋時孔子弟子，澹台滅明，字子羽，貌醜。嘗渡延津，有兩蛟夾舟，他揮劍斬之。起初孔子以其為薄材，滅明退而修行，南遊，有弟子三百人，名滿諸侯。孔子嘗有「以貌取人，失之子羽」的話。
⑰升堂室：登堂入室，語見《論語・先進篇》。
⑱射金錢武士：五代時，前蜀王元膺貌醜，但武藝出眾，能射中錢孔。
⑲傍州例：榜樣，例子。這是指上面所言貌醜的一文一武的例子。
⑳花白：當面嘲諷。

【賞析】

鍾嗣成，號「醜齋」，開封人。作《錄鬼簿》載元曲家生平，足供後人參考。其另重要之貢獻，為有小令五十餘，套數一，雜劇七種。

此首為鍾嗣成的成名套曲，共有九首，此選其中第二、八首。乃作者自喻相貌其醜無比，因此自號「醜齋」，由「醜」而大吐怨氣。故並引文武二例，說明醜人亦有出人頭地之時。全文逸趣橫生，雋永有味。全文乃：

㈠〔一枝花〕：言評論人物常有是非。
㈡〔梁州〕：由嘲弄自我醜態，而怨恨「爺娘不爭氣」。

(三)〔隔尾〕：接言自己即使著官鞋、紮高髻之醜態，亦不似鍾馗能捉鬼。

(四)〔牧羊關〕：自怨相貌、威儀皆無之悲。

(五)〔賀新郎〕：然世間事難全，如臨池魚、出塞雁，亦會為我的醜走避。真乃生前畫不成好相貌，死後難以留題做紀念。

(六)〔隔尾〕：仍感嘆醜得難入格式規範。又言畫塑「醜人之像」，不必依貌相塑造，可任意塗繪。

(七)〔哭皇天〕：世態炎涼，美貌的也不見得吃香，如果你沒錢，誰也不理睬你。

(八)〔烏夜啼〕：舉出古代文武各一醜人——澹台滅明、王元膺，以言醜人亦能出人頭地。

(九)〔收尾〕：以夢見「捏胎鬼」，告知捏其相時，已定其相貌、性格、福祿、壽命。

全文詼趣生動。

〔般涉〕耍孩兒套　骷髏訴冤（節錄）　馮惟敏

(一)〔耍孩兒〕饒君使盡英雄漢，免不得輪迴①一轉。雖然跳不出死生關②，也省了些離合悲歡。三魂③早上泉台路，七魄④先歸蒿里山⑤，深埋遠葬塵緣斷。自古道蓋棺事定，入土為安。

(二)〔九煞〕猛聽的一片聲，撲簌簌振地喧，鋼鍬鐵橛團團轉，又不是山衝水破重遷葬，又不是吉日良辰再啟攢⑥，原來是官差一夥喬公幹，霎時間黃泉曬底，白骨掀天。

(三)〔八煞〕鏟徒慣放刁，贓官莽要錢，鋪謀定計歪廝戰⑦，非干人命伸冤枉，只要身屍作證間⑧。山東六府都跑遍，少可有一千家發塚，八百處開棺。

(九)〔二煞〕生民有處逃，死屍無處鑽，陽人反把陰人陷。誰家冤孽，將咱跺⑨，你的窮坑著俺填。百骸九竅⑩都零散，推與俺、修齋做稿，枉受了萬苦千酸……

(十)〔尾〕告知富家郎，少把金銀攢，大家都做個精窮漢，免使他圖財連累著俺。（陳靜美注）

【注釋】

①輪迴：佛家語，佛家以為眾生行善或行惡，將輾轉變化。
②死生關：佛家語，儒家以為眾生的生死存續是前後相連的，由此產生的痛苦，無法解脫，故稱生死牢關。
③三魂：道教語，道教以為，人身有胎光、爽靈、幽精等三魂。
④七魄：道教語，道教以為，人身有尸狗、伏矢、雀陰、吞賊、非毒、除穢、臭肺等七魄。
⑤萬里山：在泰山南，相傳為死人所居。
⑥欑：音欑，木頭會合之意，此處指「棺木」。
⑦歪廝戰：無理糾纏。
⑧證間：即見證。
⑨將咱垛：堆在咱們身上。
⑩百骸九竅：指屍身各部位。

【賞析】

馮唯敏嫉惡如仇，因不肯逢迎而辭官，曲中大膽批評時政，揭出社會醜陋。此一散套除首尾外，有九煞。相傳是明世宗嘉靖三十六、七年（一五五七～一五五八）間，貪官段顧言巡按山東，作惡多端。馮唯敏假託骷髏，揭露他「借命案」，「掘墳墓」、「榨取民財」的罪行；並在跋中揭貪官枉法，強發民塚者不可勝計。由套曲中寫骷髏自以為埋葬後，便可安靜無事，沒想到又無端端地被挖起來開棺驗屍。真乃「六煞」中所言：「亡靈何苦遭烹煉？」

而結尾藉骷髏以言——唯有讓世人都窮，方能避免貪官的摧殘。全文藉骷髏的口吻，卻道盡了人世的醜惡貪殘。又如：

兩字功名過耳風，抵多少傀儡場中。從今才醒了黃粱夢。呀！衰鬢已成翁，大運幾時通？還守俺天生的一世兒窮。（北曲〈河西大娘子〉）

三、劇曲

可以在舞台上演出之曲作劇本。

(一)源變

1.元雜劇

中國戲劇源於驅鬼逐疫的「儺」（見《論語‧鄉黨篇》及《漢書‧禮儀志》），由溝通人神的巫覡扮飾演員。北齊時《踏搖娘》已有戲劇的雛形。後歷經唐代參軍戲、宋代雜劇、金代院本，至元代雜劇吸取前代精華，在套數唱曲下，加上賓、白、科而形成元代雜劇。

關漢卿是元雜劇最重要的代表，他取材廣泛，如演公案的《蝴蝶夢》、論英雄的《單刀會》。其中以《竇娥冤》最令人激賞，原因是他的劇中人物鮮活，關目緊湊。此外，他自己也常粉黛登場。

代表元雜劇的前期作家，還有王實甫的《西廂記》（敘張生和崔鶯鶯）、白樸的《梧桐雨》（述唐明皇馬嵬坡憶楊貴妃）、馬致遠的《王昭君》（演漢元帝的思念）、紀君祥的《趙氏孤兒》等。

至於鄭光祖的《離魂記》、喬吉的《揚州夢》、秦簡夫的《東堂老》，則代表後期劇曲之重視辭藻。

2.明代戲劇：由南戲而漸變成新劇種——傳奇。

(1)南戲以南方歌曲和語言寫成：在南宋初流行於溫州，以表演故事為主（不同於以北曲為主之元雜劇）。以下試表列。

(2)元雜劇和明傳奇之不同：

元雜劇

- 以四折為主，情節簡單。
- 各折可加楔子溝通。
- 每折限一宮調，用一韻到底。
- 一人主唱（正末或正旦），餘人有對白、動作。

明傳奇—長雜劇，有絃樂。

- 以「齣」計，篇幅長，情節場景多。
- 開頭有開場或家門，以明大意。
- 無一定宮調，可換韻。
- 可對唱、合唱。

(3)五大傳奇

柯丹丘——《荊釵記》。

施惠——《拜月亭》。

無名氏——《殺狗記》。朱彝尊《靜志居詩話》題徐畛撰。

無名氏——《白兔記》。古本題《劉知遠白兔記》。

高明——《琵琶記》（演趙五娘、蔡伯喈事）。

(4)嘉靖年間，魏良輔改良崑曲，取南、北曲之長。至萬曆年間梁辰魚《浣紗記》曲辭工麗，為崑曲代表之作。

(5)晚明湯顯祖有《玉茗堂四夢》，中以《還魂記》最盛。

3.清代戲劇

以孔尚任《桃花扇》、洪昇《長生殿》為最盛。其後花部（土腔）代崑曲起，皮、黃腔集眾腔之長而成平劇。

舉例：

感天動地竇娥冤　**關漢卿**

（外①扮監斬官上，）下官監斬官是也。今日處決犯人，著做公的②把住巷口，休放往來人閒走③。

（淨④扮公人，鼓三通、鑼三下科⑤。劊子磨旗⑥、提刀、押正旦⑦帶枷上，劊子云：）行動些⑧，行動些，監斬官去法場上多時了。（正旦唱：）

〔正宮端正好⑨〕沒來由⑩犯王法，不提防遭刑憲⑪，叫聲屈動地驚天。頃刻間遊魂先赴森羅殿⑫，怎不將天地也生⑬埋怨。

〔滾繡球〕有日月朝暮懸，有鬼神掌著生死權，天地也，只合⑭把清濁分辨，可怎生糊突了盜跖、顏淵⑮。為善的受貧窮更命短，造惡的享富貴又壽延：天地也，做得個怕硬欺軟，卻原來也這般順水推船⑯。地也，你不分好歹何為地？天也，你錯勘⑰賢愚枉做天！哎，只落得兩淚漣漣。

（劊子云：）快行動些，悞⑱了時辰也。（正旦唱：）

〔倘秀才〕則⑲被這枷紐⑳的我左側右偏，人擁㉑的我前合後偃㉒，我竇娥向哥哥行㉓有句言。（劊子云：）你有什麼話說？（正旦唱：）前街裡去心懷恨，後街裡去死無冤，休推辭路遠。

（劊子云：）你如今到法場上面，有什麼親眷要見的，可教他過來，見你一面也好。（正旦唱：）

〔叨叨令〕可憐我孤身隻影無親眷，則㉔落的吞聲忍氣空嗟怨。（劊子云：）難道你爺娘家也沒的？

（正旦云：）止有個爹爹，十三年前上朝取應㉕去了，至今杳無音信。

（唱：）蚤㉖已是十年多不見爹爹面。（劊子云：）你適纔㉗要我往後街裡去，是什麼主意？（正旦唱：）怕則怕前街裡被我婆婆見。（劊子云：）你性命也顧不得，怕他見怎的？

（正旦云：）婆婆，那張驢兒把毒藥放在羊賭㉘兒湯裡，實指望藥死了你，要霸占我為妻。不想婆婆讓與他老子吃，倒把他老子藥死了。我怕連累婆婆，屈招了藥死公公，今日赴法場典刑。婆婆，此後遇著冬時年節，月一十五，有瀽㉙不了的漿水飯，瀽半碗兒與我吃，燒不了的紙錢，與竇娥燒一陌㉚兒，則是看你死的孩兒面上。

（正旦再跪科，云：）大人，如今是三伏天道，若竇娥委實冤枉，身死之後，天降三尺瑞雪㉛，遮掩了竇娥屍首。（監斬官云：）這等三伏天道，你便有沖天的怨氣？也召不得一片雪來，可不胡說！

（正旦再跪科，云：）大人！我竇娥死得委實冤枉，從今以後，著這楚州㉜亢旱㉝三年。（監斬官云：）打嘴！哪有這等說話！……

【注釋】

①外：是元雜劇裡，外末、外旦、外淨等角色的省稱。此處是外末，亦即正末（男主角）之外的次要男角。

②著做公的：命令衙門的差役。著，音ㄓㄨㄛˊ，命令，差使。

③閒走：任意走動。

④淨：是元雜劇的角色名稱。一般扮演奸險、凶惡或滑稽一類的人物。

⑤科：元雜劇中表示動作和表情的術語。

⑥磨旗：揮動旗幟。磨，揮動。

⑦正旦：元雜劇的角色名稱，扮演劇中女主角。

⑧行動些：動作快一點。

⑨正宮端正好：正宮是宮調名，〈端正好〉是屬於正宮的曲牌名。元雜劇每折第一支曲牌所標明的宮調，即表示這一折的各個曲牌，都屬於此一宮調，第二支曲牌以下，即不再重複標示。

⑩沒來由：無緣無故。

⑪遭刑憲：觸犯法律。刑、憲為同義詞。

⑫森羅殿：即閻羅殿。

⑬生：助詞，無義。以下「可怎生」，同。

⑭只合：只應該。

⑮可怎生糊突了盜跖、顏淵：意思是說為什麼會分不清壞人和好人。怎生，怎麼，為什麼。糊突，即糊塗。分辨不清。盜跖、顏淵都是春秋時代的人。一個是橫行天下的大盜，另一個則是孔子稱讚的弟子。後世常用他們作為壞人和好人的典型。

⑯順水推船：比喻沒有原則，只會順著情勢說話做事。

⑰錯勘：判斷錯誤。勘，音ㄎㄢ，調查，審核。

⑱悮：同「誤」。
⑲則：助詞，無義。
⑳紐：通「扭」，牽動，扭動。
㉑擁：推擠。
㉒前合後偃：前俯後倒，不平穩的樣子。偃，音ㄧㄢˇ。往後倒。
㉓哥哥行：哥哥這兒。哥哥，竇娥對劊子手的稱呼。行，音ㄏㄤˊ。等於說「這兒」。多用在稱謂之後，以表示處所。如哥哥行、他行、我行，就是哥哥這兒、他那兒、我這兒的意思。
㉔則：只，僅。以下「怕則怕」，同。
㉕取應：參加科舉考試。
㉖蚤：通「早」。
㉗適纔：剛才。纔，通「才」。
㉘⿰月者：同「肚」。
㉙瀽：音ㄐㄧㄢˇ，潑倒。漿水飯，即粥。
㉚陌：同「百」。「一陌兒」指一百張，或一串。
㉛瑞雪：應時之雪，不害農作物。
㉜楚州：江蘇，淮安縣。
㉝亢旱：大旱不雨。

【賞析】

關漢卿是元代兼長各體的劇作家。他的作品關目緊湊、人物鮮活，由於他自己常粉黛登場，是以其劇作宜於舞台演出。

以上是他的名作《竇娥冤》。

此劇取材於東海孝婦（《漢書・于定國傳》云：東海有一寡婦，事姑甚孝，不欲改嫁，姑自縊，免受累。然姑女告婦殺母，太守殺孝婦，郡中枯旱三年，于定國為平反，天乃大雨。）被冤，遂有暑天飛雪之傳說，選自明臧懋循《元曲選》。關氏改寫為一家庭悲劇，由一弱女子冤怨反映時代黑暗與不公。由於竇娥受冤刑，臨死許下三願——血濺旗槍、六月飛雪、三年不雨。後託夢於父，終得平反。以上節選第三折最精彩部分。

竇娥幼年喪母，父親竇天章為生活所逼，向蔡婆婆借了二十兩銀，將竇娥賣押給蔡婆婆做童養媳，長大成親只有短短三年，丈夫又死了，和婆婆相依為命，不料無賴漢張驢兒父子竟看上這對寡居的婆媳。為了逼婚，張驢兒設計要毒死婆婆，竟害死自己父親，竇娥不願年邁婆婆受苦，只有俯首認罪。

竇娥不但與婆婆針鋒相對、與無賴周旋、與無情官府挑戰，劇情漸次擴張，痛苦持續擴大，不禁要無語問蒼天：「天啊！怎麼的覆盆不照太陽暉？」（第二折末）

第三折縮小焦點，更對天道加緊質問。上選尾段，接續竇娥對天的懷疑悲憤，在婆媳訣別，押赴刑場，又見出其溫婉善良一面。

作者為加強震撼，又引出東海孝婦周青和鄒衍故事，也引出顏淵、盜跖善惡對比，時空縱深，使雜劇更有可讀性。

在第三折末，監斬官對竇娥臨別刑前三誓，不禁說道：「這死罪必有冤枉，早兩樁兒應驗了，不知亢旱三年的說話，準也不準？且看後來如何……」

琵琶記　高明

（旦上唱：）（**山坡羊**）亂荒荒不豐稔的年歲；遠迢迢不回來的夫婿；急煎煎不耐煩的二親，軟怯怯不濟事的孤身己①。衣盡典，寸絲不掛體，幾番要賣了奴身己，爭奈②沒主公婆教誰看取？（合③）思之，虛飄飄合怎期？難捱，實丕丕災共危。

（白：）奴家早上安排些飯與公婆，非不欲買些鮭菜④，爭奈無錢可買。不想婆婆抵死埋冤⑤，只道奴家背地吃了甚麼？不知奴家吃的卻是細米皮糠，吃時不敢教他知道，只得迴避。便埋冤殺了，也不敢分說⑥。苦！真實這糠怎的吃得？

【注釋】

①身己：身體。

②爭奈：無奈。

③合：指曲牌疊用數曲，合頭之句，可以前後相同。

④鮭菜：魚、菜之總稱。

⑤埋冤：埋怨。

⑥分說：辯解。

【賞析】

高明（一三〇五～一三八〇），字則誠，號「菜根道人」，明浙江瑞安人（溫州）人。善書工詩，尤長於曲，有《柔克齋集》，以地方官了解民情而作《琵琶記》，重教化感人，且為南戲分齣之始。

《琵琶記》共四十二齣，以三年譜成，一八四一年被譯為法文。

《琵琶記》敘蔡邕赴京應試，並娶牛相女為妻。不知趙五娘故鄉遇饑荒，琵琶賣唱，千里尋夫。以上舉第二十齣「吃糠」一段，足見其人貞孝悲苦。

桃花扇　孔尚任

〔離亭宴帶歇指煞〕俺曾見金陵玉殿鶯啼曉，秦淮水榭花開早，誰知道容易冰消。眼看他起朱樓，眼看他宴賓客，眼看他樓塌了。這青苔碧瓦堆，俺曾睡風流覺，將五十年興亡看飽。那烏衣巷①不姓王，莫愁湖②、鬼夜哭，鳳凰台③棲梟鳥。殘山夢最真，舊境丟難掉，不信這輿圖換稿④。謅⑤一套哀江南，放悲聲唱到老。

【注釋】

①烏衣巷：在南京市郊，秦淮河畔。晉代王導、謝安曾居此，後喻富貴人家之住處。

②莫愁湖：在南京市小西門外，六朝盧莫愁曾居此。

③鳳凰台：在南京市之南。

④輿圖換稿：輿圖，地圖也。喻改朝換代。

⑤謅：隨意說。謅，音ㄗㄡ。

【賞析】

洪昇有《長生殿》（五十折，演唐玄宗、楊貴妃事），與此孔尚任《桃花扇》並稱「南洪北孔」。

孔尚任（一六四八～一七一八），乃孔子六十四世孫，為清初曲阜人。

孔尚任以十年時間三易稿完成長四十四齣《桃花扇》。故事以侯方域、李香君愛情故事與明末興亡，交錯而成。此例舉最後〈哀江南〉套曲之一，以明其緬懷故國之思。

四、民歌俗曲

明、清兩代，民間有許多無名的作家，以白描的手法、直率自然以表達情愛，中多為閨怨。如小曲集有明人輯《玉谷調簧》、《詞林一枝》；清人編《萬花小曲》、《霓裳續譜》等。

明清小曲中，常用的曲調有〈寄生草〉、〈耍孩兒〉、〈羅江怨〉、〈掛枝兒〉、〈打棗竿〉、〈劈破玉〉、〈金紐絲〉等。明末馮夢龍曾輯〈掛枝兒〉、〈山歌〉為《童痴一弄》、《童痴二弄》，原書今不傳，今日所見只有浮白主人所選四十一首。今試舉於下：

掛枝兒　荷珠①

露水荷葉珠兒現，是奴家痴心腸把線來穿。誰知你水性兒多更變。這邊分散了，又向那邊圓②。沒真性③的冤家也，隨著風兒轉。

【注釋】

①荷珠：指荷葉上的水珠。藉以寫出女子埋怨情郎用情不專，語多雙關。

②圓：喻團圓。亦一語雙關。

③真性：指真誠的感情。

【賞析】

此首以荷葉上滴溜滾滑滑之水珠，喻郎心隨風游動。小奴家卻痴情想用線去穿，哪能穿得住？

劈破玉　分離

要分離，除非天做了地。要分離，除非東做了西。要分離，除非是官做了吏。你要分時分不得我，我要離時離不得你。就死在黃泉也，做不得分離鬼。

【賞析】

這首曲子與敦煌曲子詞中的一首〈菩薩蠻〉有異曲同工之妙。即：

枕前發盡千般願：要休且待青山爛，水面上秤錘浮，直待黃河徹底枯。白日參辰現，北斗迴南面。休即未能休，且待三更見日頭。

同樣是誓言，說的都是海枯石爛等，情人熱戀時的盟誓。如天做了地、東做了西、官做了吏，那是不可能的。就算死了，也做不得分離鬼，實在痴得可愛。

又南管——為樂種之名，有「絃管」、「五音」、「南樂」、「郎君樂」、「郎君唱」等名稱。表演形式包括演奏、演唱及戲劇等。其流傳閩、台，以泉州為主，足以保存傳統中樂曲、樂器、演奏形態等內容。以下示例以明：

望明月

望明月，如鏡團圓。坐對薰風，擾人困倦。追想昨夜私情，杯酒談心，怎料到今旦①，誤卻情郎無伴。吾芳卿，想伊是嚴慈拘束②，奉侍親幃③。伊不敢把此情戀。聽見叮噹聲響，疑是我心意人，拔落④金釵，叩了門環。心慌忙，移步迎接。開門望，寂無蹤。掩身再聽，原來都是風擺銅環。且回步，且回步，入書齋，翻身就寢，莫把此雙眼望穿。翻身就寢，莫把此雙眼望穿。

【注釋】

①今旦：今日。

②拘束：管教嚴厲。

③幃：音ㄨㄟˊ，囊袋、帷帳、裙幅，此指雙親。

④拔落：跌落。

【賞析】

南管是古老的傳統樂種，它的表演形式、樂器、樂律，都很古老。由福建泉州、廈門而台灣傳來，至今東南亞皆有。此首是南管中最流行的曲子。描述男士於月圓之夜，思念情人——由追念昨夜纏綿、杯酒談心，而翹首企盼，推測是父母管教太嚴，不能出來約會。忽然聽見叮噹聲響，以為是情人叩門環，出門一看，原來是薰風吹動銅環，悻悻然回身就寢，有台灣民謠〈望春風〉裡「給風騙不知」的失落。全文古樸真摯。

柒、曲之內容分析

曲的內容，廣度甚大，有情、景、情與景、詠物、詠史、仕隱、理趣等。以下試析分：

一、言情

〔中呂〕十二月過堯民歌　別情　王實甫

自別後遙山隱隱，更那堪遠水粼粼。見楊柳飛綿滾滾，對桃花醉臉醺醺①。透內閣香風陣陣②，掩重門暮雨紛紛。　怕黃昏忽地又黃昏，不銷魂怎地不銷魂。新啼痕壓舊啼痕，斷腸人憶斷腸人。今春，香肌瘦幾分？摟帶寬三寸③。

【注釋】

①醉臉醺醺：指桃花紅如酒醉的臉色。

②內閣：閨房。

③摟帶：腰帶。

【賞析】

以「隱隱」、「粼粼」狀別時之遙山遠水，女子再次面臨分手處，望斷而不見之意又襲上心頭。又歸途所見春景，正由遠而近移來：柳綿滾滾，使人憶起離人漂泊。桃花灼灼，而自傷薄命。歸入繡房，春風吹送，仍撩撥渴望幸福之想，正李白〈春思〉：「春風不相識，何事入羅幃。」時重重隔絕戶外，黃昏雨點又吹送淒清況味。

下片描摹女子別後獨居，黃昏又忽地加深孤獨，相思煩惱，使人柔腸寸斷，淚痕不絕，形銷骨立。正是斷腸人之寫照。

【作法】

由分手處的室外景物寫到室內，直到獨處的女子本身，無一不見相思斷腸。全曲曲句兩兩相對，連用疊字、疊辭，益見纏綿悱惻，哀感淒絕（又此首用真文韻）。

四塊玉　別情　關漢卿

自送別，心難捨，一點相思幾時絕。憑闌袖拂楊花雪①。溪又斜，山又遮，人去也。

【注釋】

①楊花雪：楊花白似雪。晉‧謝道韞曾謂雪：「未若柳絮因風起。」

【賞析】

此首描寫別後的相思不斷，登上樓台倚著闌干眺望，只見溪流橫斜，關山阻隔，眼前只有白似雪的楊花吹拂著衣袖，卻見不到歸人。藉著楊花表明時光流逝，溪山的橫遮不能望見，因觸景生情，感受思念者心中激盪無奈之情。（王貞麗注）

大德歌　秋　關漢卿

風飄飄①，雨瀟瀟②，便做陳摶③也睡不著。懊惱，傷懷抱，撲簌簌④淚點拋。秋蟬兒噪罷寒蛩兒⑤叫，淅零零細雨灑芭蕉。

【注釋】

①風飄飄：風吹動貌。形容春風迴旋不息。

②雨瀟瀟：風雨暴疾貌。有秋雨淅瀝不已之意。

③陳摶：字圖南，自號「扶搖子」，宋河南人。居華山修道，一睡常百餘日不起，俗以為睡仙。著有《指玄篇》、《無極圖》等。事見《宋史》。

④懊悔：悔恨。

⑤傷懷抱：滿懷感傷。

⑥撲簌簌：淚流不絕貌。

⑦蟬：知了。以二蟲來烘托人的離愁別恨。

⑧蛩：音ㄑㄩㄥˊ，蟋蟀。

⑨淅零零：細雨紛落之聲。

【賞析】

此首渲染自然界的四種秋聲（風聲、雨聲、蟬聲、蟋蟀聲），引發人物的秋思及映襯出心境的淒涼。風雨交加不止，令人煩躁，此時就是睡仙陳摶恐怕也不能入睡。而又被蟬的聒噪聲吵得心煩意亂，偏又有蟋蟀聲鳴而不停，淚水怎能不「撲簌簌」地流下？透過淺易的文辭，流暢的音節，自可達到情景交融的境界。（王貞麗注）

〔雙調〕沈醉東風　送別　關漢卿

咫尺的天南地北，霎時間月缺花飛①。手執著餞行杯，眼閣著別離淚。剛道得聲「保重將息」②，痛煞煞教人捨不得③。「好去者，望前程萬里！」

【注釋】

①月缺花飛：人常以花好月圓喻團聚，這裡與之相對，虛指離別。

②將息：保養。

③痛煞煞：非常痛苦。

【賞析】

離愁之寫，多以長亭別柳、冷風淒雨為鋪墊，此一小令，則寫離情，用細膩貼切之肺腑情話與勉勵，已寫出依依別情。

眼前人將奔赴天南地北，手捧餞行酒杯，眼含離別淚水。既叮嚀「多加保重，善自將息」，又將千言萬語化為「前程萬里」。

〔南呂〕金字經①　馬致遠

擔頭擔山月，斧磨石上苔②。且做樵夫隱去來，柴。買臣③安在哉？空巖外，老了棟樑材。

【注釋】

①金字經：又名〈閱金經〉，〈南呂〉調曲名。句式為七句六韻：「五。五。七。一。五。三。五。」

②擔頭二句：直到月出，才擔柴下山。柴斧在石上磨礪，連青苔也給磨去了。此暗指歲月消磨。

③買臣：朱買臣，漢會稽人，初家貧如洗，賣柴維生，妻為此離他而去，有「覆水難收」之典。後顯貴，官至會稽太守，丞相長史，卻因揭發丞相陰私而被誅。

【賞析】

此藉樵夫生活艱辛，以抒「懷才不遇」之情。正如朱買臣不能為世所用，如空巖絕壁之棟樑材，寄身漁樵。亦暗指元代朝政敗壞，讀書人不能舒展抱負。

〔中呂〕山坡羊　寓興　喬吉

鵬摶九萬①，腰纏十萬，揚州鶴背騎來慣②。事間關③，景闌珊，黃金不富英雄漢。一片世情天地間。白，也是眼。青，也是眼④。

【注釋】

①鵬摶九萬：語出《莊子‧逍遙遊》：「鵬之徙於南冥也，水擊三千里，摶扶搖而上者九萬里。」此指善於鑽營者，官運亨通，得意發跡。摶，音ㄊㄨㄢˊ。指大鵬御風而飛行。

②腰纏十萬，揚州鶴背騎來慣：語出《說郛》引《商芸小說》：「腰纏十萬貫，騎鶴上揚州。」喻人的慾望得到滿足。

③事間關：原指路途險阻，此指世事艱難。

④白，也是眼。青，也是眼：以白、青眼代表對人之厭惡或喜好，亦喻世人之勢利。

【賞析】

此慨嘆人情冷暖。人之富貧、夷險不會長久，正似黃金不能保證人永遠長富，世人何須以勢利之青白眼相待？

駐馬聽　登黃鶴樓①有懷　梁辰魚

獨倚危樓，極目鄉關不斷愁。試問天邊驛使②，雲裡征鴻，江上歸舟。我故園原住在石橋頭。來時可帶得家書否？詢得緣由。誰知兵戈阻絕還依舊。

【注釋】

①黃鶴樓：在湖北武昌縣西，黃鵠磯上。據《寧宇記》載，費文禕登仙後，曾駕黃鶴來此休憩，故名「黃鶴樓」。

②驛使：指來往乘馬坐車之過客。

【賞析】

由「極目鄉關」、「帶得家書否？」知此為思鄉之作。

二、寫景

〔越調〕天淨沙　春　白樸

春山暖月和風，闌干樓閣簾櫳①，楊柳鞦韆院中。啼鶯舞燕，小橋流水飛紅②。

【注釋】

①闌干：欄杆。簾櫳，帶簾子的窗戶。

②飛紅：飛花。

【賞析】

此首靜態羅列春日融融，山溢滿春意，陽光溫馨，微風和煦。欄杆曲折，樓閣聳立，窗條明潔，秋千悠蕩在庭園柳絲下。鶯啼歌燕翔舞，小橋彎彎流水，款款飛花漫空，好一幅春意鬧之即景描素！

乾荷葉　劉秉忠

乾荷葉，色蒼蒼①。
老柄②風搖蕩。
減了清香。
越添黃。
都因昨夜一場霜。
寂寞在秋江上。

【注釋】

①蒼蒼：蒼翠的樣子。
②老柄：指粗老的荷莖。

【賞析】

此乃指夏日荷池翠蓋亭、荷珠輕溜的水色天光已遠去，蕭瑟的西風中只有乾枯的荷葉，伴著老柄在隨風輕蕩，既無清香又增老態，一夜的霜降，秋江上秋荷更為孤寂了。

〔雙調〕小聖樂　驟雨打新荷　元好問

綠葉陰濃，遍池亭水閣，偏趁涼多。海榴初綻①，朵朵簇紅羅。乳燕鶵鶯弄語，有高柳鳴蟬相和。驟雨過，珍珠亂撒，打遍新荷。　人生百年有幾，念良辰美景，休放虛過。窮通前定②，何用苦張羅。命友邀賓玩賞，對芳尊淺酌低歌。且酩酊③，任他兩輪日月，來往如梭。

【注釋】

①海榴：即石榴。

②窮通：窘迫與順利。窮通前定，意即個人命運好壞是前世注定了的。

③酩酊：酒醉的樣子。

【賞析】

此首寫夏景，用以表達及時行樂之消極心態。

上片寫盛夏美景：綠蔭深濃，滿園是池亭水閣涼意多。石榴綻放如朵朵簇起的紅羅，乳燕雛鶯賣弄歌喉，蟬兒也在高高柳樹上和鳴。尤當一陣驟雨如珍珠般撒落，打遍嫩蓮新荷，更見美景。

下片直抒文人驟至，把握良辰美景，於淺斟低唱，盡情抒放，何必計較窘迫或順達，一切都由命定，不如把酒而飲，一醉方休，且任時光流逝，日月穿梭，大有及時行樂之消極心態。

沈醉東風　秋景　盧摯

掛絕壁松梢倒倚，落殘霞孤鶩①齊飛。四圍不盡山，一望無窮水。散西風滿天秋意。衣靜雲，帆月影低，載我在，瀟湘②畫裡③。

【注釋】

①掛絕壁枯松倒倚：狀枯松倒懸於絕壁之狀。

②落殘霞孤鶩齊飛：秋江上殘霞孤鶩乃化用王勃〈滕王閣序〉名句：「落霞與孤鶩齊飛，秋水共長天一色。」寫秋天江上，至傍晚殘霞映孤鶩之景。鶩，音ㄨˋ或ㄇㄨˋ，野鴨之別名。

③瀟湘畫：湖南省零陵縣西有瀟水和湘水，兩大水合流於零陵縣。附近有勝景八，人稱「瀟湘八景」。宋畫家宋迪曾將此入畫，題為「平遠山水」八幅。有平沙落雁、遠浦歸帆、山中晴嵐、江天暮雪、洞庭秋月、瀟湘夜雨、煙寺晚鐘、漁村落照等「瀟湘八景」。

末二句：標準格式是六六三三七七七字句，分為上三下四分讀，較為宛轉、搖曳。

【賞析】

多變的雲有著不同的風姿：叢簇的春雲如盛綻的萬紫千紅，翻滾的夏雲如碧空中的銀浪。且在雲淡風清的秋雲中，去一探秋山！落霞隱盡，夜幕降臨。揚帆中流，順風而行。抬頭望見松梢在削壁中斜掛，孤獨的野鴨，由輕顫的水湄飛起，衝向那淒美的彩霞。暮色中置身重疊的岡巒，極目於伸展無垠的大江。颯颯西風將滿天蕭瑟秋意吹向大地。入夜時分，月色溶溶，江面一片寂靜，月、帆更為接近，此時且張起雲帆，恁輕舟在淺浪中泛入如畫的瀟水、湘水之中。

古人寫秋，多是一片蕭條，此首則由清朗明麗以寫，羅列有致，濃淡相宜，意境飛動而活寫作者陶醉心情。如寫黃昏至靜夜，瀟湘行舟所見，枯松倒懸於斜壁（令人有孤高之感）；江上則殘霞映孤鶩，高飛於蒼茫無際山水中。西風中秋意亦反映出心緒之蒼茫，而一己已悠然行於瀟湘水程上，乃曲中善寫山水之作。

【作法】

前四句用兩組工巧對仗，一組為工筆以寫江景淡描，一如繪畫中以遠、近之景，寫出眼前秋色。起首兩句——工致描寫，乃化用前人之句。「掛絕壁枯松倒倚」化用李白〈蜀道難〉「枯松倒掛倚絕壁」而更宛轉。「落殘霞與孤鶩齊飛」化用王勃〈滕王閣序〉：「落霞與孤鶩齊飛。」

五、六句：由近景宕開，畫面頓時雄闊，「散西風」句融合遠、近之景，點出「秋」之主旨。作者意到言隨，直道秋景高遠，心態閒適。由景而以西風「散」「滿」至全面秋色，引人有「悲秋」之意。末二句以清朗意境帶出「我」，而挽回悲秋沈重之感，已將物我合一。

〔雙調〕殿前歡　梅花　景元啟

月如牙，早庭前疏影印窗紗。逃禪老筆難畫①，別樣清佳。據胡床再看咱②，山妻罵：「為甚情牽掛③？」大都來梅花是我④，我是梅花。

【注釋】

①逃禪：逃避佛教中的人，指隱士。

②胡床：即交椅。

③甚：什麼。

④大都：大概，多半。

【賞析】

作者生平不詳。

當明月當空，窗外梅花映現，如此清雅之景，自引起超凡脫俗高人之描摹情思，直沈浸在構思境界中。惹得妻子嗔罵：「為誰如此腸牽肚掛？」為何如醉如痴，人我為一，梅我渾融，語言幽默，形象有趣。

〔雙調〕壽陽曲　遠浦帆歸①　馬致遠

夕陽下，酒旆閒②，兩三航③未曾著岸。落花水香茅舍晚，斷橋頭賣魚人散。

【注釋】

①遠浦：水面遼遠。

②酒旆：酒旂，酒店的招子。

③航：同「船」，有動態意味。

【賞析】

此為宋迪「瀟湘八景」中第二景，為出遊或題畫所作，貴能突出原畫風神。

首三句為描繪夕陽西下、漁村岸邊。

小酒店前酒旆垂掛，無人問津，因酒客正忙著迎接遠歸來之漁船著岸。

四句點寫漁民歸宿在「落花水」、「茅舍」、「斷橋頭」三處。

五句「斷橋頭」，細膩寫出傍水漁村中，有一條水道流出。

「時有落花至，遠隨流水香」（乃唐劉眘虛〈闕題〉），言「落花水香」之由來。

「斷橋頭賣魚人散」與「酒旆閒」異曲同工，言等待漁貨或漁民家小，皆因舟未著岸而散去。

【作法】

以夕陽西下、漁村岸邊的景致，反映出歸帆的過程，妙在不即不離。「兩三航未曾著岸」是「帆歸」的初始，到「斷橋頭賣魚人散」，「歸」字全然呈現（此首用寒山韻）。

〔雙調〕雁兒落帶得勝令　張養浩

雲來山更佳，雲去山如畫。山因雲晦明，雲共山高下。　倚杖立雲沙①，回首見山家②。野鹿眠山草，山猿戲野花。雲霞，我愛山無價。看時行踏③，雲山也愛咱。

【注釋】

①立雲沙：站立在茫茫雲海中，就像站在海邊的沙灘一樣。

②山家：家，處。言山那邊所見到的景物。

③行踏：來往，走動。

【賞析】

此首乃頌美山景之作，自遠而近，自上而下，寫得很有層次。作者採用「帶過曲」的形式，結合前四句〈雁兒落〕及後八句〔得勝令〕兩曲聯綴而成。

雲是動景，無論遮山成明晦、高低與山齊，或飄渺在半山……任憑雲來雲去，山景不失其本色。自「倚杖」句後，情景相融，使人入恬淡自適之境。

〔中呂〕普天樂　無題　張養浩

水挼藍①山橫黛②。水光山色，掩映書齋。圖畫中，嚣塵外，暮醉朝吟妨何得？正黃花三徑齊開。家山在眼，田園稱意，其樂無涯！

【注釋】

①挼：揉搓。

②黛：青黑色。

【賞析】

此一小令，洋溢作者對自然山水和恬靜田園之稱美與對隱居生活之傾心。

碧水泛波呈藍；青山橫臥色黛。水光山色正相融，正掩映著幽靜之書齋。

置身圖書，陶醉於塵外，晨吟晚飲又何妨？

黃花盛開於小徑，家鄉山水盈盈滿目，田園風光稱心如意，其樂無窮。

〔雙調〕折桂令　村庵即事　張可久

掩柴門嘯傲煙霞②，隱隱林巒，小小仙家。樓外白雲，窗前翠竹，井底朱砂③。　五畝宅無人種瓜，一村庵有客分茶。春色無多，開到薔薇，落盡梨花。

【注釋】

①即事：對眼前事物情景有所感觸而創作。

②嘯傲：傲然長嘯。比喻自由遊玩。

③朱砂：一種紅色礦砂，可入藥。泉水因含朱砂格外清涼名貴。

【賞析】

此寫村庵即景，如入仙境。

作者於暮春時分，信步上山，於隱蔽山林中見一村庵——樓外白雲自在飄拂、窗前翠竹萬竿擁簇，井中朱砂水甘甜。小園中瓜菜自生，主人熱誠奉茶，場景舒逸，時值梨花剛落，薔薇初綻。

〔雙調〕折桂令　懷錢塘　王舉之

記湖山堂上春行：花港觀魚，柳巷聞鶯。一派湖光，四圍山色，九里松聲。五花馬金鞭弄影，七步才錦字傳情①。寫入丹青，雨醉雲醒，柳暗花明。

【注釋】

①七步才：魏文帝曹丕曾令其弟曹植七步中作詩一首，曹植應聲賦出。後人以「七步才」形容才思敏捷。

②丹青：紅色和青色。借指繪畫。

【賞析】

作者生平不詳，或元後期，活動杭州之文人。

西湖湖光山色既令人忘懷，友人之情深意篤亦令人耿耿難忘。

猶記得春遊湖山堂——

花港前俯賞魚姿，港巷中諦聽鶯聲。一派湖光晶瑩、山色如黛，數里松聲風鳴。我正騎五花馬，揮金鞭馳騁，你則才思橫溢，握銀毫飛拂寄意。好山好水繪入畫圖，柳影幽幽花色正鮮明，如此魚鶯聲，雨醉雲醒……西湖美景、濃濃友情，令人神往。

三、情景相融

壽陽曲①　貫雲石

新秋至，人乍別，順長江水流殘月。悠悠②畫船東去也，這思量起頭兒一夜。　魚吹浪③，雁落沙，倚吳山④翠屏高掛。看江湖鼓聲千萬家，捲珠簾玉人⑤如畫。

【注釋】

①壽陽曲：曲牌名，多為敘傷別望歸之思。

②悠悠：行貌。

③魚吹浪：許渾〈金陵懷古〉：「江豚吹浪夜還風。」

④倚吳山句：倚、依也。吳山在杭州西南隅，左帶大江，右瞰西湖，遠峰聳拔，如翠屏高掛。

⑤玉人：《晉書．衛玠傳》：「玠總角羊車過市，見者皆以為玉人。」原指美風姿者，後為美人代稱。

【賞析】

殘月新秋，與友乍別，既見江水載畫船東去，又依翠屏吳山，看江潮浪鼓，何等灑脫纏綿！全首已融情景於一。

〔雙調〕折桂令　荊溪①即事　喬吉

問荊溪溪上人家，為甚人家，不種梅花？老樹支門，荒蒲②繞岸，苦竹圈笆。廟不靈、狐狸弄瓦③。官無事、烏鼠當衙④。白水黃沙，倚遍闌干，數盡啼鴉。

【注釋】

①荊溪：溪名，在今江蘇省宜興縣南。

②荒蒲：指荒野雜生的水草。

③狐狸弄瓦：指野狐出沒，生育後代。

④當衙：主事衙門。此言衙門不理百姓疾苦，只圖無事。更甚者是烏鼠之類者「當衙」，則百姓何處伸冤？

【賞析】

此為即景寫情之作。

首以問句起——言此地何以不種植代表高潔之梅花，既而以「荒郊苦寒圖」作答——支門老樹、繞岸的水草、圍籬的苦竹、無人的寺廟，還有野狐出沒，更有不理民事、蕭條的官衙。末結於——目見荊溪的白水黃沙、林間的晚歸啼鴉，仍是一片悲涼，已道盡作者對時政之失望。

水仙子　夜雨　徐再思

一聲梧葉一聲秋，一點芭蕉一點愁。三更歸夢三更後，落燈花①棋未收。嘆新豐②孤館人留，枕上十年事，江南二老③憂，都到心頭。

【注釋】

①燈花：油燈上以通心草做的燈心的餘燼，結成花形，叫燈花。

②新豐：漢高祖劉邦為了父親思鄉，在長安附近，仿照家鄉豐邑的樣子，另建村鎮，叫「新豐」。後人因此常把客居之地，比作新豐。

③二老：指年老的父母親。

【賞析】

此言由歸鄉的好夢中遽醒，已是夜半時分，窗外仍是點滴的雨聲，滴落在梧桐上、芭蕉上，看來秋意更為哀愁，使人在寒夜中更為孤寂，遂勾起漂泊遊子的秋思。又燈花餘燼若幻若現，如棋子的雨聲仍在下，客居新豐異地的人，十年來的鄉情思親、親憂都湧上心頭。全首有情有景。

四、詠物

〔仙呂〕醉中天　詠大蝴蝶　王和卿

掙破莊周夢①，兩翅駕東風，三百座名園一採個空。誰道風流種？唬殺尋芳的蜜蜂②。輕輕的飛動，把賣花人搧過橋東。

【注釋】

①莊周夢：莊周曾夢見自己變成了一隻蝴蝶。莊周，即莊子，戰國時楚國的大哲學家，道家的代表人物。

②唬：嚇唬。

【賞析】

元世祖中統（一二六〇～一二六四）初，於大都（今北京）出現特大蝴蝶，作者即寫就此首。大蝴蝶大得如何驚人？莊子夢蝶，由「掙破莊周夢」，則其身子之大已將夢撐開，而翅膀又靠東風架托，其形之大可知，亦善運誇張之技法者也。

次言大蝶採蜜能囊括名園三百之群花，比尋常蜜蜂威力大其一。接寫蝴蝶戀著賣花人擔子，飄蕩隨行過橋東，此處以一「搧」字言蝴蝶將賣花人「搧」過橋東，用力只「輕」飛動，大蝴蝶力大無比，洵令人想像。

此首以「大」狀蝴蝶，手法誇張，立意飄渺，無一不是俊語。且用「東鍾韻」以狀，尤為宏亮。任調《曲諧》卷四即云：「令人捉摸不得，方是妙手。」其言是也。

【作法】

前二句寫大蝴蝶來歷，中三句寫其採花本領。末二句巧寫大蝴蝶隨人過橋，神力無比。

〔雙調〕鴛鴦煞尾　鄭光祖

一點來不夠身軀小①，嚮喉嚨針眼裡應難到。煎聒的離人聞②，來合噪，草蟲之中無你般薄劣把人焦③！急睡著，急驚覺，緊截定陽台路兒叫④。

【注釋】

①一點來不夠：還不到一丁點大。

②煎聒：吵鬧。

③薄劣：惡劣。焦：指心煩。

④「緊截定」句：意謂專門釘著，即總在人夢裡歡會之時將人吵醒。陽台，傳說中巫山神女行雲行雨之處，後常指男女歡會之所。

【賞析】

首三句由「一點來不夠」、「針眼裡」，極寫草蟲。蟋蟀外形與聲音細小，即使是扯響喉嚨也沒什麼，但「煎聒」鳴叫，則非同小可。

接著以蟋蟀叫聲言閨婦離愁。

末三句，揭寫閨婦怨蟋蟀薄劣。蓋閨婦現實中孤獨，是以「急」赴夢鄉，又在夢中「急」為草蟲合噪吵醒。尤其總在人歡會時，不識趣地將人吵醒，即《詩經・豳風・七月》：「十月蟋蟀入我床下。」南宋詞人姜夔〈齊天樂〉：「哀音似訴，正思婦無眠，起尋機杼。」都寫到了蟋蟀對愁人的影響。

而此首衍揚細處，尤見新巧。

【作法】

此為套曲之一。前兩句先說蟋蟀的身軀小，聲音也細微，實是故作反跌。中間三句轉出對蟋蟀的反感，說明牠的叫聲其實並不小，「合噪」起來是夠「煎聒」的。末尾三句補出了不滿的原因，原來因為蟋蟀專門敗人好夢，使閨婦不能在夢中與出外的丈夫歡會。將蟋蟀的叫聲引入離愁別恨的大題中，頗見工巧。

朝天子　詠喇叭　王磐

喇叭，嗩吶，曲兒小腔兒大①。官船來往亂如麻②，全仗你抬身價③。軍聽了軍愁，民聽了民怕，那裡去辨什麼真與假？眼見的吹翻了這家④，吹傷了那家，只吹的水盡鵝飛罷⑤。

【注釋】

①曲兒小腔兒大：猶言小曲而聲音響亮。

②官船：指各級官府派出來搜刮民脂民膏的官員所乘的船。

③抬聲價：抬高聲價，顯示威風。
④吹翻了這家：謂百姓們在這喇叭聲中傾家蕩產。
⑤水盡鵝飛罷：象徵老百姓傾家蕩產。

【賞析】

此首用家、麻韻。

此曲首三句——

正面詠喇叭有曲小腔大本質，在表象對比中，以言喇叭虛張聲勢、宦官表面氣焰蓋天，實則根基薄弱，以之諷刺政治黑暗。

所謂「物以類聚，人以群分」，如河道上往來如麻之官船，插著顯赫旗幟，以壯聲勢。陰陽怪氣之太監為顯一己高人一等，每至一地即吹起喇叭搜刮錢財，抓丁派差。細繹乃由狐假虎威所致，正用「曲兒小腔兒大」之喇叭，以抬身價、壯膽子。

每當喇叭響，起趾高氣揚之「軍」只好屈從於其淫威下。百姓更是膽戰心驚，任其宰割。人們已暈頭轉向，哪去辨真偽？

末三句，則對宦官造成之災難，既加揭露，又加警告。一旦災難擴大，而至「水盡鵝飛罷」，則大明統治勢必動搖，作者濟世之心，由是道出。

詠物之作，大致可分為三類：
- 純詠物，即王國維《人間詞話》中之「以物觀物」。
- 借物抒情，寓情於物。
- 借物言事，有為而作。

即王氏《人間詞話》：「以我觀物，故物皆著我之色彩。」

此首屬後者——借物以刺時事。

至此主題，明人張守中《西樓樂府‧序》中言：「斥閹宦也。」

明人蔣一葵《堯山堂外記》，則由背景言：

「正德間，閹寺當權，往來河下無虛日。每到，輒吹號頭，齊丁夫，民不堪命。而樓乃作〈詠喇叭〉嘲之。」

此曲之託物刺世，乃由宦官出巡時為其壯聲勢之喇叭著筆，目的在揭露宦官專權對人造成之危害。

首三句，正面「詠喇叭」，由「曲兒小腔兒大」之反差，不唯刻畫喇叭之特徵，且揭示宦官出巡時之裝腔作勢，虛張聲勢之場面。

次二句，言喇叭在明代特殊功能，在為宦官抬高身價。

六、七句，寫喇叭吹響後對軍之愁、民之怕所生之影響，措詞頗精細。

第八句，一筆雙綰，既寫宦官之假傳聖旨，又寫軍民之恐懼，從而反映宦官之極度囂張氣焰。

末三句，寫喇叭響之後對社會影響（前兩句實寫，後一句虛寫），虛實交替，使人感受民不聊生之慨。

五、詠史

由通俗之曲，以狀歷史長河之點滴。如：

〈中呂〉朝天子　詠史　薛昂夫

伯牙①，韻雅，自與松風話。高山流水淡生涯，心與琴俱化。欲鑄鍾期②，黃金無價。知音人既寡，盡他，爨下，煮了仙鶴罷③。

【注釋】

①伯牙：春秋時著名的音樂家。

②鍾期：即鍾子期，他是伯牙的知音好友，每當伯牙彈琴，他都能聽懂琴音中的寄託志向。故他死後，伯

牙在傷心無知音下，焚琴絕彈。

③「爨下」二句：指用琴燒火煮仙鶴。爨：爐灶。焚琴煮鶴是古代人認為大煞風景的故事，這裡只不過表示嘆惜之意。

【賞析】

伯牙好琴聲，以琴聲與松風談話，透出巍巍高山、蕩蕩流水淡泊之音，正與自己淡泊心境同調。伯牙好友鍾子期既已死，知音難覓，黃金亦難換回。所以只有在心中燒掉它去煮仙鶴。

作者以曲表懷才不遇之苦悶，一如鍾子期已死，伯牙再也不彈琴。

〔雙調〕折桂令　詠史　阿魯威

問人間誰是英雄？有釃酒臨江，橫槊曹公①。紫蓋黃旗，多應借得，赤壁東風②。更驚起南陽臥虎，便成名八陣圖中③。鼎足三分，一分西蜀，一分江東。

【注釋】

①「釃酒臨江」二句：蘇軾〈前赤壁賦〉有「釃酒臨江，橫槊賦詩」之句，讚頌曹操的英雄儒雅。釃，斟酒。槊：長矛。

②「紫蓋黃旗」三句：是說三國東吳的帝業，是靠孫權、周瑜借助東風，火燒曹營而得來的。紫蓋黃旗，雲氣狀，古人認為是天子之氣。

③「更驚起南陽臥虎」二句：歌頌諸葛亮的業績。

【賞析】

此首作者乃阿魯威，字叔重，號東泉，蒙古人。性豪放，有文才。元至治、泰定年間（一三二一～一三二

八），曾任劍南太守和經筵官。

此曲由回顧三國歷史而強調「時勢造英雄」。有動亂才有儒雅的曹操；借東風相助，火燒曹軍，東吳孫權才會建立帝業；有孔明八陣圖的神妙破敵，才有劉備西蜀霸業。由詠史懷古，喻事說理，當知英雄為誰？

六、仕隱

四塊玉　閒適　關漢卿

南畝耕①，東山臥②，世態人情經歷多。閒將往事思量過，賢的是他，愚的是我，爭什麼？

【注釋】

①南畝耕：指的是諸葛亮隱居南陽，躬耕田畝。

②東山臥：晉謝安早年未出仕前，曾隱居於此。東山在今浙江省上虞縣西南。此二句指隱居之意。

【賞析】

此闋曲描寫退隱山林，身處鄉間悠然自在的閒適心情。以淺白的文句，表明跳脫世俗的牽絆，淡然賢愚之爭，自然心靈清明平和。由這首曲子也透露了元代讀書人不被重視，有志不得伸的心境，歷盡人世心酸之餘的大徹大悟。

一個「思量過」、「爭什麼」，已將經歷人情冷暖和盤托出。「南畝耕」、「東山臥」更展現躬耕自適，閒臥思量之趣。（王貞麗注）

〔南呂〕四塊玉①　閒適　關漢卿

舊酒沒，新醅②潑，老瓦盆③邊笑呵呵，共山僧野叟閒吟和。他出一對雞，我出一個鵝，閒快活④。

【注釋】

①四塊玉：文字格式七句六韻：「三。三。七。七。三。三。三。」。

②醅：指未過濾的酒。

③老瓦盆：杜甫〈少年行〉：「莫笑田家老瓦盆，自從盛酒長兒孫。」故「老瓦盆」即暗以其所用器皿以指田家。

④全首：此首為南曲，襯字少，不似北曲襯字多。

【賞析】

關漢卿有多首〈四塊玉〉。如寫別情的：「自送別，心難捨，一點相思幾時絕。憑欄袖拂楊花雪，溪又斜，山又遮，人去也。」

元代文人不得志則縱情山水，孤高放浪，亦有人融入鄉村野老生活。如此首言舊酒已盡，新酒未濾，不論酒質好壞，不管物態人情，只要各人貢獻自己所有——他帶一對雞，我出一隻鵝，當作佐酒之菜，「老瓦盆邊笑呵呵」，豈不快樂逍遙？

寄生草① 飲　白樸

長醉後、妨何礙，不醒時、有甚思②。糟醃兩個功名字，醅渰千古興亡事，麴埋萬丈虹霓志③。不達時皆笑屈原非，但知音盡說陶潛是④。

【注釋】

①寄生草：文字格式七句五韻：「三。三。七。七。七。七。七。」首兩句通常增字作六或五字句。全章約分三段。首二句作「平頭對」，中三句作「鼎足對」，末二句成「救尾對」。

②長醉後妨何礙二句：只要長醉不醒，還有什麼掛礙憂慮呢？「長醉後」、「不醒時」，和最後兩句的「不」、「但」，是曲中的「襯字」。即在曲牌規定的字數之外，為配合蒙古入中原曲譜之長短，作者彈性增加的字。

③糟醃兩個功名字三句：是說，功名、興亡、壯志，都可在飲酒時遺忘。「糟」，指酒中帶渣的酒。「醃」，音ㄧㄢ，浸製。「醅」，音ㄆㄟ，未經濾清的濁酒。「渰」，通「淹」，音ㄧㄢˇ，淹沒。「麴」，音ㄑㄩˊ，釀酒時用來發酵的材料（也叫酒母）；此借代為酒。虹霓志，比喻遠大志向。

④不達時皆笑屈原非二句：人們都嘲笑屈原「唯我獨醒」的行為是錯的，是不識時務的；只有像陶潛般歸隱田園、詩酒自娛，才是對的，才是他們的知音。不達時，指不識時務，不合時宜。

【賞析】

〈寄生草・飲〉選自《天籟集》。〈寄生草〉是曲牌名稱，它規定固定的句法、平仄和協韻；「飲」則是白樸這首小令的題目。曲中強調功名、壯志，乃至歷史興衰，都不如眼前杯酒——作者這種藉飲酒以忘懷一切的態度，正抒發其身處亂世的無奈與悲哀。

蒙古人以異族入主中原，建立橫跨歐、亞的大帝國，重武輕文，對中原讀書人而言，則是黑暗與無奈的打擊，此首即是抒發其心聲者。

此曲緊扣「飲」之主題，中三句更提振主題。而「兩個」、「千古」、「萬丈」數字變化，亦次第擴張士人憤世嫉俗，末二句並列古人身處亂世之心情。白樸寧效陶潛在酒中忘懷功名、興亡、抱負，而不願似屈原「唯我獨醒」之不職時務。

〈雙調〉撥不斷　嘆世　馬致遠

布衣中①，問英雄，王圖霸業成何用？禾黍高低六代宮②，楸梧遠近千官冢③。一場惡夢！

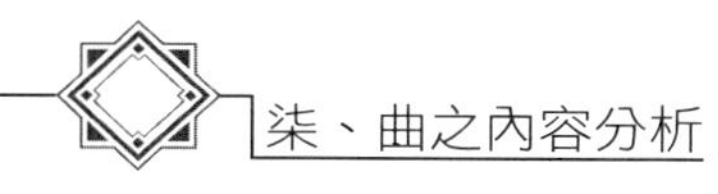

【注釋】

①布衣：舊時稱未做官的平民。

②六代：指在南京建都的吳、東晉、宋、齊、梁、陳六個朝代。此處泛指前朝。

③冢：墳墓。

【賞析】

此首表達作者有看破仕途，淡視功名之消極態度：

芸芸眾生中，究竟誰是英雄？史頁中，成霸業又有何用？

以前豪華的六代宮殿，而今已是高高低低的禾黍，正如顯赫一世的墳墓，而今已長滿梧桐。

勿貪人間繁榮，只不過是一場惡夢！正似《紅樓夢》中〈好了歌〉：「古今將相在何方？荒塚一堆草沒了。」

人月圓　山中書事　張可久

興亡千古繁華夢，詩眼①倦天涯。孔林②喬木，吳宮③蔓草，楚廟④寒鴉。　數間茅屋，藏書萬卷，投老⑤村家。山中何事，松花釀酒，春水煎茶。

【注釋】

①詩眼：詩人的眼光識見。

②孔林：孔子死後，其弟子各自家鄉攜樹，來植於曲阜墓地，林廣十餘里。

③吳宮：指三國時吳國宮殿。

④楚廟：指戰國時楚國宗廟。

⑤投老：至老。

【賞析】

此曲乃多感詩人，歷盡千古興亡，看倦繁華夢幻。在時光的流轉中，孔林已是喬木參天；巍峨的吳宮，已長滿雜草；連楚國宗廟也被寒鴉盤據。人老宜歸向山林，就是茅屋數間、書藏萬卷，為願已足，且以松花釀酒，春水煮茶，去漫度山中淡薄寫意的日子吧！

〔雙調〕水仙子　酌酒　康海

論疏狂，端的是我疏狂①。論智量，還誰如我智量。細尋思往事皆虛誑，險些兒落後我醉春風五柳莊。漢日英雄、唐時豪傑，問他每今在何方？好的歹的一個個盡攛入漁歌樵唱，強的弱的亂紛紛都埋在西郊北邙②，歌的舞的受用者休負了水色山光。

【注釋】

①疏狂：指心境及行為上的疏放狂傲。

②北邙：在洛陽城北，東漢時王侯公卿，多葬於此。

【賞析】

康海有文才，宦官劉瑾亂政，欲招致之，康海不肯前往。會夢陽以事忤瑾繫獄，禍旦不測。夢陽乞救於海，海乃謁瑾說之，瑾意解，釋夢陽。逾年瑾敗，海竟坐瑾黨，落職為民。家居三十年，放浪頹廢。此曲卷首自負一己之疏狂與智量，卻換得一場虛空。蓋自來豪傑，不過乃漁樵閒歌中的一句唱詞，或西郊北邙的一坏黃土而已，還不如去盡情歌舞，享受自然美景的水色山光。

七、理趣

以曲篇透悟哲理，常令人有會心的微笑。

折桂令　虞摯

想人生七十猶稀，百歲光陰，先過了三十。七十年間，十歲頑童，十載尩羸①。五十歲除分②晝黑，剛③分得一半兒白日。風雨相催，兔走烏飛④，子細⑤沈吟，都不如快活了便宜。

【注釋】

①尩羸：音ㄨㄤ ㄌㄟˊ，指年老體衰。
②除分：平分著白天和黑夜。
③剛：元代方言指「正」、「恰」、「才夠」之意。
④兔走烏飛：指時光飛逝。傳說中太陽有金烏，月中有玉兔，日中有三足烏。
⑤子細：仔細。

【賞析】

能活上七十歲的人並不算多。杜甫〈曲江〉詩：「人生七十古來稀。」就算七十吧，那百歲光陰已輕易地扣了三十年；而七十年中頭十年是頑皮無知、淘氣不懂事；後十年又體弱多病，風燭殘年；中間的五十年又扣去了一半晚上的日子；在只剩約二十五年中又為了追逐名利、事業，和自以為有意義的事而忙碌，掌多所磨難、歷經變故。

日月就像長了翅膀，催飛去似水的光陰。到頭來白髮滿頭，已近人生終站。仔細想來又是何苦來哉！不如在擁有的日子裡，放眼看看大自然——柳絲正長，荷露方瑩，風送桂香，星星盈笑。菊花正集齊了秋陽，凝聚出叢叢金黃……

【作法】

本首前八句如做加減法，亦如剝筍，層層屢現，窮追不捨。又似記流水賬而有哲理，又似說教而有興味，明白如話，雋永可頌。最後得出「都不如快活了便宜」，又順理成章道出元曲消極之本色。

〔正宮〕叨叨令　道情　鄧玉賓

天堂地獄①由人造，古人不肯分明道。到頭來善惡終須報，只爭個早到和遲到。你省的也麼哥②，你省的也麼哥，休向輪迴③路上隨他鬧。

【注釋】

①天堂地獄：指人死後，不是上天堂，即是下地獄。

②你省的也麼哥：語助詞，類似「一耶那呵黑」。

③輪迴：佛家語。原意為流轉，認為眾生各依善惡業因，在六道中生死相續，輪轉不停，故又稱六道輪迴。六道指「天、人、阿修羅、地獄、餓鬼、畜生」。

【賞析】

此曲由因果輪迴的觀點，說明生死相續，禍福不定，善惡必報，頗有警世之意。蓋人之吉凶禍福，皆由己造，此即輪迴之道，故而力勸世人正視於此，勿在輪迴中胡作非為。

「正宮」醉太平　警世　汪元亨

莫爭高競低，休說是談非。此身不肯羨輕肥①，且埋名隱跡。嘆世人用盡千般計，笑時人倚盡十分勢，看高人著盡一枰棋②，老先生見機③。

【注釋】

①輕肥：《論語・雍也篇》：「（公西）赤之適齊也，乘肥馬，衣輕裘。」意指榮華富貴。

②高人：不同世俗的人。

③見機：看形勢，看時機。

【賞析】

此首作者乃汪元亨，字協貞，號「雲林」，又號「臨川佚老」。元末明初饒州（今江西鄱陽縣）人，曾做過浙江省掾。散曲小令皆為歸隱之作。

此為作者經驗談，驀然頓悟世人眼光要放遠，像：

勿爭強好勝，休道誰是誰非，一生不貪榮華富貴，倘佯在山間埋名隱跡。

嘆只嘆世人用盡千方百計，笑只笑天下之人愛仗一點勢，只有高明之士能看遠幾步棋，老先生能看準時機。

〔雙調〕雁兒落帶得勝令　飲中閒詠　康海

數年前也放狂，這幾日全無況①。閒中件件思，暗裡般般量。真是個不精不細醜行藏②，怪不得沒頭沒腦受災殃。從今後花底朝朝醉，人間事事忘。剛方，奚落了膺和滂③，荒唐。周全了籍與康④。

【注釋】

①無況：指沒從那麼狂放。

②醜行藏：當年李夢陽被宦官劉瑾逮捕下獄，康海曾救出夢陽，後來劉瑾敗，康海被視為劉同黨，落籍為民，「醜行藏」蓋指此事。

③膺和滂：指李膺和范滂，東漢末年的清流領袖，為人剛直方正，卻遭黨錮之禍。

④籍與康：指阮籍和嵇康，兩人都縱酒縱性，放浪形骸。

【賞析】

作者康海身為狀元，行事方正，宦官劉瑾幾度想要招攬他，都被拒絕。後來為了救好友李夢陽，康海往見劉瑾做說客，瑾意解，釋夢陽，自是康海則被視為劉瑾同黨。次歲，瑾敗被誅，康海因此落籍為民，李夢陽此時卻不伸出援手，康海即作《東郭先生誤救中山狼》雜劇以譏夢陽。自是放浪形骸，以詩酒自娛。

此曲言康海自言不再狂放，仔細思量自責，但何以又召來無端禍殃？自是醉忘人事。心想似李膺、范滂剛正，亦不免遭黨錮之禍：倒不如學取阮籍、嵇康，放情詩酒，裝瘋賣傻。

捌、曲之技法舉隅

自來技法在個人運用，本文只提示用字、對仗、疊句、設問、譬喻、誇張、曲筆、語言、點睛、白描、引用等，由是讀者或可一試，運筆而作。以下試析分之：

一、用字

中國文字具形，音（「一字多音」）、義（本義、假借義、引申義、古今義）之特色，組字為辭，運辭為句。有襯字、疊字等變化，善於應用，當可以動人之姿采，而作出出色篇章。

(一) 襯字

沈醉東風 漁父詞 **白樸**

黃蘆岸白蘋渡口，綠楊隄紅蓼①灘頭。雖無刎頸交②，卻有忘機友，點秋江、白鷺沙鷗。傲煞人間萬戶侯③，不識字煙波釣叟。

【注釋】

①蓼：音ㄌㄠˇ，一種生在水邊的草。

②刎頸交：交情深到能為對方犧牲自己生命的好友。

③萬戶侯：指顯貴的人，以萬戶收入為食邑。

【賞析】

由黃、白、綠、紅的水濱植物，烘托出彩色的岸邊景色，心境自然平和，人事的煩憂全不存在了。雖然刎頸至交難求，卻有無心機的白鷺沙鷗，為我的同調知音。不識字漁翁那份閒適自在無牽無絆，恐怕連封侯的顯貴也不再嚮往，全首具婉麗特色。

慶東原　白樸

忘憂草①，含笑花②，勸君聞早③冠宜掛。那裡也能言陸賈④，那裡也良謀子牙⑤，那裡也豪氣張華⑥？千古是非心，一夕漁樵話。

【注釋】

①忘憂草：就是萱草，俗稱金針菜。
②含笑花：木本植物，花為黃白色，有香氣，開的時候有若含苞，像是含笑的樣子。
③聞早：趁早的意思。
④陸賈：助高祖平定天下，是很有辯才之人。
⑤子牙：就是姜子牙，周文王、武王的得力能臣，擅長謀畫。
⑥張華：晉人，學問廣博，常獎掖後進。

【賞析】

以忘憂草、含笑花為引，勸人及早脫下烏紗帽，走出宦海是非場，而享受大自然的山林泉石，繼而連用三個「那裡也」襯字，而點出一世的顯赫人物——能言善辯的陸賈、運籌帷幄的姜子牙、豪情萬千的張華。然而隨著時光流逝，其僅為歷史上一段佳話耳。正如「大江東去浪淘盡」「是非成敗轉頭空」……如此還爭什麼是非短長。此曲正代表元代政治黑暗，讀書人迫於無奈，只有甘於淡泊之心情。

(二)疊字

疊字如串珠，意味深長。如杜甫〈登高〉：「無邊落木蕭蕭下，不盡長江滾滾來。」王維〈積雨輞川莊作〉：「漠漠水田飛白鷺，陰陰夏木囀黃鸝。」以及李清照〈聲聲慢〉之連用十四疊字，皆是千古之作。

天淨沙　即事　**喬吉**

鶯鶯燕燕春春，花花柳柳真真①，事事風風韻韻，嬌嬌嫩嫩，停停當當人人。

【注釋】

①真真：美女的代稱。唐代趙顏曾得一畫，畫中美女真真。因他日夜禱求，美女竟從畫中下來，和他結為夫婦。

【賞析】

在鶯燕紛紛的春天，那如花似柳的佳人真真，無論舉止談吐都極風韻。而嬌美的風姿，動人的神采，似乎每件事都那麼宜人！疊字用得妙，細味之，頗有趣。

二、對仗

將字數、結構相同或類似之辭句排成對稱形式。《文心雕龍・麗辭篇》：「高下相須，自然成對者也。」

〔越調〕天淨沙　閒居雜興　**湯式**

近山近水人家，帶煙帶雨桑麻，當役當差縣衙。一犁一耙，自耕自種生涯。

【賞析】

據《錄鬼簿續編》載，湯式曾任家鄉浙江象山縣吏，因「非其志也」，故辭官返鄉閒居。

此首五句五層並立，各自獨立。而以「近山近水」、「帶煙帶語」一字疊合句式承接，使此首有出奇的布局文意。

此首現身說法，以表「當役當差縣衙」之可厭（回憶曾為縣衙之事實），上下二句，皆表現山水人家、煙雨桑麻之可愛，與安於耕隱之自得。

【作法】

首二句寫農耕生活之自在。

第二句，插入辭官前處境之可厭，形成與首二句之反差。

四、五句返回現況，又形成對比，有「昨非今是」之感。

則第三句與前後所言形成對比，頗為特別。

〔雙調〕蟾宮曲　春情　徐再思

平生不會相思，才會相思，便害相思。身似浮雲，心如飛絮，氣若遊絲①。空一縷餘香在此，盼千金遊子何之②？證候來時，正是何時？燈半昏時，月半明時。

【注釋】

①遊絲：空中的蛛絲。

②千金：千金之軀，指遊子在自己心中的地位。何之：到哪兒去了？

【賞析】

起首三處，連用「相思」，見出少婦之忠貞熱烈和堅貞多情，所以甘心忍受相思煎熬。又由喁喁自語中，又見到她獨守空房，甘為情死之悲怨。

次三句用「鼎足句」以喻相思之苦：

七、八句，言當多情的少婦，燃爐香，祈禱良人早歸，卻困惑在青煙裊裊之中，良人究竟漂泊至何方？

末四句，點明症候發作時在長夜燈昏月暗時。疊四個「時」字，重言症候多時出現之情況。

【作法】

此首作法特別處在：

此三句用鼎足對：

「身似浮雲」是坐臥不寧。

「心如飛絮」是神不守舍。

「氣若遊絲」是懨懨欲病。

將身、心、氣博喻得淋漓盡致，已見相思之苦、思念之深。

次三句具體刻寫「害相思」。再以二句點出相思之由來。

末四句寫相思愁況。再首尾疊一「時」字，連用重韻，以表纏綿之情。

鼎足對——乃對仗之一。蓋以三個句子組成之對偶，乃對仗中之特例。如馬致遠〈夜行船・秋思〉以秋物表人老心境：「和露摘黃花，帶霜分紫蟹，煮酒燒紅葉。」又馬致遠〈天淨沙・秋思〉：「枯藤老樹昏鴉，小橋流水人家，古道西風瘦馬。」

〔雙調〕水仙子　夜雨　徐再思

一聲梧葉一聲秋，一點芭蕉一點愁，三更歸夢三更後。落燈花棋未收①，嘆新豐孤館人留②。枕上十年事，江南二老憂，都到心頭。

【注釋】

①「落燈花」二句，源自南宋趙師秀〈約客〉詩：「黃梅時節家家雨，青草池塘處處蛙。有約不來過夜半，閒敲棋子落燈花。」原詩寫的是家居的情形，「閒敲棋子」，是在待客不至、百無聊賴中，強行打發時間的舉動。

②新豐孤館人留：唐代馬周未做官時，客遊長安，住在新豐旅店中，窮困潦倒，受盡店主人白眼。新豐，在今陝西臨潼縣東。

【賞析】

梧桐、芭蕉上雨聲最易惹動悲情愁緒。宋代詩人方岳〈夜雨〉：

「**自是愁人愁不消，非干雨裡聽芭蕉。芭蕉易去愁難去，移向梧桐轉寂寥。**」

言移走窗外芭蕉，葉密聲碎之梧桐，仍令人徹夜難寐。

如雨打梧桐，亦令人歸夢難成。如：李清照〈聲聲慢〉：

「**梧桐更兼細雨，到黃昏點點滴滴。**」

溫庭筠〈更漏子〉：

「**梧桐樹，三更雨……一葉葉，一聲聲，空階滴到明。**」

而蕉葉著雨，正楊萬里〈芭蕉雨〉：「細聲巧學蠅觸紙，大聲鏗若山落泉。」

雨打芭蕉、梧桐，皆具「愁不消」效果。

而此首前三句之「一聲」「一點」之反覆，尤令人感受苦捱長夜之淒涼況味。

「落燈花」句，原指家居無聊，打發時間舉動，此曲寫來尤為入木，蓋是秋夜，更為蕭瑟；又是異鄉，舉目無親，無客可約，只靠「棋未收以消磨長夜，悲愴更甚」。

而「嘆新豐」句，更補足此意。

作者離家十載，魂繫江南故園雙親之年邁父母或亦為遊子不歸而愁腸百結，揪心掛肚。由一「都」字凝聚客愁，何等濃郁。

【作法】

〈水仙子〉首二句必對，第三句可隨之而成鼎足對。此三句已點明「愁夜聞雨」。中二句言客況，末三句言客愁，與雨夜氛圍，頗為契合。

三、疊句

疊句可強化題旨，常用重疊之句表示。

〈正宮〉叨叨令① 道情② 鄧玉賓

白雲深處青山下。茅庵草舍無冬夏③。閒來幾句漁樵話。困來一枕葫蘆架④。你省的也麼哥⑤，你省的也麼哥，煞強如⑥風波千丈擔驚怕。

【注釋】

①叨叨令：文字格式七句五韻：「七。七。七。七。六乙，六乙，七。」起首四句兩兩成對，或四句成扇面對。第六句必疊第五句，並且以「也麼哥」為定格。

②道情：道家清靜無與之情味。又名〈黃冠體〉內容為宣揚絕俗之出世思想，後漸為有勸誡作用之俚俗小

曲皆屬之。

③無冬夏：謂忘情於季節時序的變化。

④葫蘆架：指葫蘆瓜棚架下。又元曲中，常以葫蘆表示糊裡糊塗之意。

⑤也麼哥：〈叨叨令〉曲牌定格五、六句語尾之襯詞，有聲無意，即唱歌時之轉聲拖腔。如「一耶那呵黑」。「省」，明白也。

⑥煞強如：「總勝過」之意。

【賞析】

篇首四句，以淡筆勾出世外桃源——白雲深處，青山下，茅庵草屋，一年到頭捕魚砍柴，酣睡架下，自居安樂窩中。然不免有心中吶喊——為何必如此遠離塵囂，隱居過活？

細繹之：

首句——以白雲、青山代表隱居之悅人；由「深處」，更見遺世獨立之風韻。南朝隱士陶弘景於〈山中何所有〉詩中答劉高帝，賦詩曰：「山中何所有？嶺上多白雲。只可自娛悅，不堪持贈君。」唐・賈島〈尋隱者不遇〉：「只在此山中，雲深不知處。」次句，言茅庵、草舍無冬夏，言安居其中，不知歲時變換。

三、四句——用對仗。「幾句」應「閒」；「一枕」應「困」，淡泊自在之至，高臥葫蘆架下，難得糊塗（元人有「葫蘆提」，言糊塗況味）。馬致遠〈清江引・野興〉：「一枕葫蘆架，幾行垂楊樹，是搭兒快活閒住處。」正有怡然自得之寫，呼應前二句，有不食人間煙火之超曠。

末三句，轉出「風浪千丈」之官場險惡，襯托山中閒適，尤見功力。

【作法】

一、二句寫山居環境；三、四句點出山居生活，洋溢優閒恬適的情調。五、六句的重複是曲牌的定格，在本曲中起強調和警醒的作用。末句「風波千丈」對應首二句，「擔驚怕」對應三、四句，各形成強烈的對比，道盡仕隱之意。

以下引鄭板橋一首，可做參考：

老漁翁、一釣竿，靠山崖，傍水灣，扁舟來往無牽絆。沙鷗點點輕波遠，荻港蕭蕭白晝寒，高歌一曲斜陽晚。一霎時波搖金影，驀抬頭月上東山。

殿前歡 衛立中

碧雲深，碧雲深處路難尋。數椽①茅屋和雲賃②，雲在松蔭，掛雲和③八尺琴。臥苔石將雲根④枕，折梅蕊把雲梢沁。雲心無我，雲我無心。

【注釋】

①椽：音ㄔㄨㄢˊ，房子上面一根一根的橫木條，用以築瓦。

②賃：音ㄖㄣˋ，租借。

③雲和：山名，所產琴材製絃甚佳，故其地之琴瑟頗富盛名。

④雲根：石頭。

【賞析】

此曲乃作者諧趣巧思之作，誦之如迴文、連珠。全首九句，句句皆嵌「雲」字，使人落入濛濛雲趣之中。深山中的雲又深又濃，在林間飄遊，常泛出團團的碧雲，使人分不清山間小徑。似租來的山中茅屋和滿天彩雲，是雲讓它躲在老松蔭下，屋中則掛著一張出自雲和山的古琴。時而躺在青苔密布的石上，時而摘下沁著雲香的臘梅，如此逍遙不為塵世所染，正是雲、我融而為一之寫照。

四、設問

以疑問句（自問自答，多問一答，連問連答等），引人注意、啟發思考、加深印象之手法。如張養浩〈雲莊樂府‧折桂令〉：「一輪飛鏡誰磨？照徹乾坤，印透山河。」乃隱居時，問而不答之作。

〔南呂〕金字經　青霞洞　趙肅齋索賦①　張可久

酒後詩情放，水邊歸路差。何處青霞仙子家？沙，翠苔橫古槎②。竹蔭下，小魚爭柳花。

【注釋】

①青霞洞：在今浙江衢縣東，傍臨烏溪。趙肅齋：生平不詳，但從作者另一首〈折桂令‧肅齋趙使君致仕歸〉曲，可知他做過縣官，後棄官歸隱。

②槎：木筏。

【賞析】

因作者友人趙肅齋隱居青霞洞旁，求可久為其住處題吟，遂有此作。

首兩句以「放」、「差」言其放酒縱歌、帶醉行吟之自得風神。醉醺醺吟著新句，興沖沖沿著溪水返家，卻因醉意而無法返家，已見其曠達與狂放。

第三句承上啟下，因歸路差，而設問：「何處青霞仙子家？」以「青霞仙子」代詩酒風流、隱居青霞洞邊修道之趙肅齋。由設問領起，而歌詠其住處——溪邊沙岸上，臨水纜靠大竹筏，由長滿青苔、投下竹影，藉以說明主人久未出遠門。

末句「小魚爭柳花」，由靜景寫至動景，缺乏經驗的小魚，誤將飄落柳花當食物，爭搶追逐，以致水面攪出層層漣漪。

由此已見高士隱居之情調風味。

【作法】

起首二句對仗，勾畫出趙肅齋詩人兼酒人之風神，而以「放」、「差」二字凸顯。

三句之設問，以引出其隱居住處。

末三句，勾勒隱居環境之清幽。由靜動相得，表現其生活恬閒。尤以末句最得寫景之美。劉長卿有「蜂抱花須舞，魚吹柳絮行」句，陸游有「春水柳塘魚唼花」句，皆不如「小魚爭柳花」之傳神。

〔中呂〕喜春來　春景　胡祇遹

殘花醞釀蜂兒蜜，細雨調和燕子泥。綠窗春睡覺來遲，誰喚起？窗外曉鶯啼。

【賞析】

〈素春來〉，一名〈陽春曲〉，乃名實相副以寫春景。

首二句，對仗細膩自然，以「殘花」、「細雨」成全「蜂兒」、「燕子」，對句已見作者春日心情安恬。

次三句，乃作者自況。由孟浩然〈春曉〉化出，然於「覺曉」、「聞啼」之中，有「物我兩忘」之過渡。即宋邵雍〈懶起吟〉：「半起不記夢覺後，似愁無愁情卷時。擁衾側臥未欲起，窗外落花撩亂飛。」此「半記不記」，乃由睡眼惺忪而覺察何以醒來，皆合常理。

【作法】

起首兩句，利用工巧對仗問答以領起、回應全文。「醞釀」、「調和」，則由兩個動詞組成複合辭。「蜂」、「燕」是通俗名詞。「兒」、「子」是辭綴。如杜甫〈水檻遣心〉詩中：「細雨魚兒出，微風燕子斜」，即為人稱道。此二句以工巧對句，見出春日萬物之安欣恬和。次三句，轉出作者綠窗高臥之閒適。四、

五兩句自問自答，增添輕快氛圍。

細心的讀者，也許會發現前兩句、後三句，並無時間上的密切聯繫。蓋前兩句在領起全文（即《詩經》之「賦」兼「興」之功能）。後三句另創和美氛圍，亦言詩人漫記春日即時情興，然合於散曲之自娛。

五、譬喻

《墨子・小取篇》之「辯學七法」中云：「譬也者，舉他物而以明之也。」朱熹《詩經集傳》亦云：「比者，以彼物比此物也。」

〔南呂〕乾荷葉　劉秉忠

乾荷葉，水上浮，漸漸浮將去。「跟將你去。」隨將去。你問當家中有媳婦，問著不言語。

【賞析】

乾荷葉水上浮漾，相互依隨。意味著女子失偶，飄泊無依；男子在女子「跟將你去」後，別有隱衷，默默無語，最後以分手作結。

此首由比興領起全文，以下只記錄人物之寥寥片語，卻托出對話後之神情與故事。

【作法】

此用比興手法。所謂：「比者，以此物喻彼物也。」「興者，以此物引起彼物也。」而在「此物」、「彼物」中，或求形象遠「發興無端」、「出其不意」或求形象近（感覺上有聯繫），此首則兼而有之。乾荷葉浮水面，由「興」而言，引出男女萍水相逢遭遇；由「比」而言，則暗示女子失偶，飄泊無依，男子亦「隨將去」。

在元人習語中，「乾何葉」，直代表男女失偶分手。

此首特別處，在語言對答。如女子「跟將你去」之後，隨將其去，然離男家越近，追問：「當家中有媳婦？」男子以「不言語」默認，在內疚、矛盾中以閃爍暗示表示，令讀者想見此為樸質天籟之作，有風歌風味。

〔雙調〕水仙子　重觀瀑布　喬吉

天機織罷月梭閒①，石壁高垂雪練寒。冰絲帶雨懸霄漢，幾千年曬未乾，露華涼人怯衣單②。似白虹飲澗，玉龍下山，晴雪飛灘。

【注釋】

①天機：天上的織布機。月梭：以月牙兒作為天機的梭子。

②露化：晶瑩的露珠。

【賞析】

首二句在意義上是流水對（出句、對句，共同表達完整之意義）。「織罷」、「高垂」對仗不全（詩句將「高垂」改為「垂餘」；「織罷」改為「罷織」，方更工整），散曲卻以出語自然為貴。天上織機停止、月梭亦不穿送，產品已織成。言雪白綢絹由直立石壁上垂下，頓時寒光閃閃，氣勢不凡，造形奇特。粗看是一匹整幅，細看卻是縷縷帶雨之冰絲。傳言伊世珍《瑯嬛記》載，沈約曾見女子將風飄細雨之絲，隨風引絡織成「冰絲」不斷，製成紈扇，由此設想冰絲可曬，卻曬不乾，此正強化瀑布之雄偉。

後半，言作者近至瀑布前，所見晶瑩飛沫飄濺而下，送來陣陣涼意。

末三句進言瀑流、澗面交接處仰視瀑身，高入半空，似天下白虹栽入澗中。與宋代沈括《夢溪筆談》：「世傳虹能入溪澗飲水」，可謂不謀而合。

「玉龍下山」是指瀑布的近端沿山壁蜿蜒奔流的姿態。蘇軾寫廬山瀑布，有「擘開青玉峽，飛出兩白龍」詩句，將矯美的游龍同瀑流的形象聯繫在一起。「晴雪飛灘」，則是流瀑在淺水處撞擊山石，迸濺水花如雪的奇觀。這三句不但動態宛然，而且色彩鮮明，可說是三組特寫鏡頭。全首有前半的全景，加上後半的特寫，瀑布的形象，已歷歷在目。

【作法】

前四句以豐富的聯想、夸侈的造語，推出瀑布在天地間懸垂的整體形象，其實是遠觀。「露華涼」起寫近景。末三句的鼎足對，是在不同區段對瀑布的觀察。全篇用一系列比喻來形容瀑布，這種手法在文學上叫作「博喻」。

六、誇張

乃「言過其實」，以予人鮮明深刻印象，即王充《論衡》所謂之「增語」。《文心雕龍・誇飾篇》舉《詩經》「嵩高極天」以言山之高，可及於天（《詩經・大雅・崧高》：「崧高維嶽，駿極于天。」）；「河不容舠」以言黃河狹小，容不下小船（《詩經・衛風・河廣》：「誰謂河廣？曾不容刀。」刀或作舠，指僅裝糧三百斛之小船）；《尚書・偽武成》「血流漂杵」以狀戰爭慘烈。則誇張是「辭雖已甚，其義無害」之修辭手法。

〔正宮〕醉太平　譏貪小利者　無名氏

奪泥燕口，削鐵針頭，刮金佛面細搜求。無中覓有，鵪鶉嗉裡尋豌豆①，鷺鷥腿上劈精肉②，蚊子腹內刳脂油③，虧老先生下手。

【注釋】

①鵪鶉：比麻雀稍大的小鳥。嗉：音ㄙㄨˋ，乃鳥類上接食道，下連砂囊，底大頭細，似口袋之消化器官，可暫存食物。

②鷺鷥：腿長而細的水鳥。

③刳：剖挖。

【賞析】

此首連用六組誇張博喻，以誇張、諷刺「貪小利者」。

由燕子口中奪泥、針尖頭上削鐵、泥菩薩臉上刮金（手段已是肆無忌憚），又用博喻以言——鵪鶉嗉子小，卻尋豌豆；鷺鷥腿細無肉，卻想析挖出一絲精肉；在蚊子肚中，又思撈出油水。

由「貪小利者」而至惡吏豪富之刮盡民脂民膏、敲骨吸髓行徑，已令人厭惡。

末以「虧老先生下手」，道出「無中覓有」之憤慨之情。

【作法】

又此首，不只用博喻，又用鼎足對（五、六、七句），入木三分以勾勒「貪小利者」，誇張效果已成。

又在語言上警闢新奇，以達到想像美感。動詞上有「搜求」、「覓」、「尋」、「奪」、「削」、「劈」、「刳」以達不遺餘力之細覓強索。

又「虧老先生下手」之「虧」字，道盡出嘲罵、怒、恨，洵耐人尋味。

〔南呂〕金字經　吳仁卿（弘道）

這家村醪盡①，那家醅甕開②。賣了肩頭一擔柴，咍③，酒錢懷內揣。葫蘆在，大家提去來。

【注釋】

①村醪：農村中自釀的酒。醪，濁酒。

②醅甕：酒甕。醅：濾去酒糟的酒。

③哈：是語氣詞，略同今「嗨」字，表達滿意歡欣。

【賞析】

首兩句，以互文重複見義，鋪寫山村生活種種歡快和融之景象。

二句接寫樵夫興沖沖趕去打酒，酒錢由賣柴中取得。「肩頭」二字，已說酒錢得來不易。但仍不猶豫以之沽酒，足見其豪爽灑脫。「哈」字表出其心滿意足神情。

三句「酒錢懷內揣」傳神的寫出沽酒情形。

四、五句，樵夫興奮邀大家一同喝酒去。

【作法】

起首以「這家」、「那家」鋪墊環境。次寫樵夫打酒、邀酒。末尾通過其聲口，邀約眾人飲酒，回應起首「這家」、「那家」，歡快山村生活和人物，已栩栩如生展現。

七、曲筆

詞之可貴，在可解不可解間，別具煙水迷離之致，如入深山叢林未必知山林遠近之變，而林泉之樂，已沁人心脾，乃得其至真，燭照底蘊，又得其絃外也。

〔仙呂〕一半兒　題情　王和卿

鴉翎般水鬢似刀裁①，小顆顆芙蓉花額兒窄②，待不梳妝怕娘左猜③。不免插金釵，一半兒蓬鬆一半兒歪。

【注釋】

①鴉翎：烏鴉的羽毛。水鬢：油亮的鬢髮。

②花額兒：美麗如花的頭額。

③待：打算。左猜：猜疑。

【賞析】

起首兩句，描繪荳蔻年華少女攬鏡自照，見到柔亮的鬢髮，齊貼耳際，有若刀裁。小顆芙蓉狀頭飾，垂在額前，遮住額頭大半。三句言在梳妝台前，遲疑不打算梳裝，是怕母親猜出破綻。只好勉強插金戴釵，細心裝扮，由於不甘心情願（心事在情郎遠去，無心打扮），則在小令細處表出少女入骨相思，正是「不著一字，盡得風流」，耐人涵詠細思。

【作法】

起首兩句，是少女梳妝前攬鏡自照的寫照。第三句寫她本不想梳妝，但怕母親因此起疑，於是四、五兩句就寫勉強打扮。殊不料因為心不在焉，結果反而更不像樣。這種宛轉跌宕的寫法，令人不禁猜測其中涵義和絃外之音。

憑欄人　寄征衣　　姚燧

欲寄征衣①君不還，不寄征衣君又寒。寄與不寄間，妾身千萬難。

【注釋】

①征衣：出征在外所穿之衣。因古代交通不便，郵寄甚難。

【賞析】

此寫少婦在天候轉涼時寄征衣兩難的矛盾心理，為何？不寄，怕他挨凍受寒；寄了，他因不缺衣，則更走遠而不歸家。元曲之長在平淡，那份思念之深、盼望之切，情致纏綿，自然流露。其短在說破，不能讓深長的意味，由讀者自我去尋繹。

吳梅《顧曲麈談・談曲》以此曲「溫存熨貼，纏綿盡致」，「深得詞人三昧」。

八、語言

由口語之新創、鮮活通俗而凸顯隱曲之人、事、地、物。

〔雙調〕壽陽曲 詠李白　**姚燧**

貴妃親擎硯，力士與脫靴①，御調羹就飧不謝②。醉模糊將嚇蠻書便寫③，寫著甚「楊柳岸曉風殘月」。

【注釋】

①力士：高力士，唐玄宗寵信的宦官，勢焰薰天。李白曾經在宮殿上大醉，伸出雙足命高力士為他脫靴。

②御調羹：皇帝親手調製的羹湯。就飧：接受飲食。

③嚇蠻書：小說家言，渤海國番使修書威脅唐朝，李白起草詔文還擊，世稱〈嚇蠻書〉。

【賞析】

前三句所言，是李白故事的最早出處，見於宋人筆記《青瑣高議》，說李白「曾得龍巾拭唾，御手調羹，力士抹靴，貴妃捧硯」。其實只有調羹、脫靴兩件可靠（載於唐人所寫李白傳記），拭唾、捧硯都是民間的傳說。至於〈嚇蠻書〉，唐人傳記只說李白「論當世務」，寫過〈答番書〉（或作〈和番書〉），宋、元時漸附會出草書嚇使的故事。作者在曲中排列運用，說明他的「詠李白」並不是真去考究歷史為主人公做評斷，而是藉民間熟知的故事來勾勒李白浪漫狂放的形象。所以才有四、五句新巧風趣的構思。

醉中寫〈嚇蠻書〉，不加思索，一揮而就，結果寫出了竟是毫不相干的「楊柳岸、曉風殘月」，這是柳永〈雨霖鈴〉的詩句。唐人寫出宋句，就是詼諧。它表明李白嚮往自由的山水、天地。言身在朝廷之中，心在江湖之上。遠看似荒誕的一筆，卻生動地寫出了李白的醉態，更寫出了他藐視權貴的風神。

【作法】

起首三句：以皇帝莊嚴場面和尊隆待遇為鋪墊。

第四句：順承而言主人正面形象，仍不露聲色。

末句：以突來諧筆與三引莊言不同。全篇在莊嚴雅語之後，以俗句造成「匪夷所思」之諧趣，乃全首之特色。

民歌　無名氏

傻俊角①，我的哥，和塊黃泥兒捏咱兩個。捏一個兒你，捏一個兒我，捏得來一似活脫②，捏得來同床上歇臥③。將泥人兒摔碎，著水兒重和過④。再捏一個你，再捏一個我。哥哥身上也有妹妹，妹妹身上也有哥哥。

【注釋】

①俊角：指英俊的情郎。

②一似活脫：一模一樣。

③歇臥：歇息睡臥。

④和：調和。

【賞析】

如果曲比詞更大膽地描寫情，民歌則視曲尤過之，此一對「人類永恆之主題」，幾占民歌內容之大半。

前一層由七句組成，歌首以「傻俊角」直呼情哥，此女非大家閨秀、小家碧玉，而是社會底層之市井女子，所以能更大膽衝破傳統禮教，直道由女媧摶土造人之傳說中，得到啟發——從黃泥捏成似真人一番，男女能同床共枕，儼若夫妻，頗有想像之美。

後一層六句，想像更為出奇，將原來捏好的泥人打碎，和上水，重新塑造融和兩個男女泥人。由《聖經》上說，上帝創造亞當後，由他身上抽出肋骨，創造夏娃，則女子乃是男子之附庸。如何融合哥妹，重新塑造，實在是超前之奇想。

【作法】

此歌以通俗口語，以發奇想；筆法極為誇張。

前一層次七句，是用黃泥捏兩個同床共枕之有情男女，表現出她對自主婚姻之追求與嚮往。

後一層六句，想像更為奇特，將塑好之泥人再造，使「你中有我，我中有你」，則又意味，追求身心二者之融合。

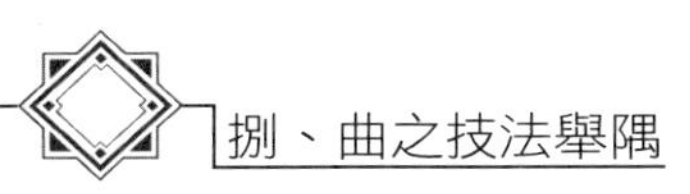

九、點睛

全首詞句乃陪襯，聚焦於某句中，細心讀者自可以得出。

天淨沙 秋思 **馬致遠**

枯藤老樹昏鴉①，小橋流水平沙②。古道③西風瘦馬，夕陽西下，斷腸人在天涯。

【注釋】

①平沙：也有作「人家」的。優劣純屬主觀認定。但自通篇而言，以「平沙」較為自然，又能與「斷腸」呼應。

②昏鴉：黃昏時的飛鴉。

③古道：年代已久的路上。

【賞析】

這首小令，自古以來譽為絕唱，理由是：

1.全首渾成。

2.無動詞。起首三句，各以靜態事物平列特寫，卻緊密地組成衰殘悲涼之氛圍，而聚焦於「斷腸人」總結，予人強而有力的振撼。

3.善用由景入情手法。此曲由景的推述，空間的鋪陳，而到「夕陽西下」時間的點染，濃烈氣氛，足以令人低徊。

【作法】

此首前三句，速寫九景（枯藤、老樹、昏鴉、小橋、流水、平沙、古道、西風、瘦馬），共組旅途秋暮冷清畫面——西風颯颯、古道漫漫、遊子騎著瘦馬，孤零零向前趕路。前方有老樹枯藤盤纏、群鴉棲息、落日殘照，顯現出一派蕭瑟。以下呈現更悲涼之氛圍——對比的遠處是一灣流水，小橋橫架，還有一望無際平坦的沙洲。蒼茫中，遊子彳亍荒涼大道，歸宿何方？有動靜對比之效。

此首最大特色在有主體（斷腸人），而以一、二句和三句之明暗對比，倍增蒼涼氛圍，使不相干事物融合統一。

而拈出「天涯」，配合「夕陽」，以言「日暮途窮」之寫照。人情、物景，遂融而為一。

古詩文在鋪排多種意象時有兩種寫法：一是平行寫法，如「雞聲茅店月，人跡板橋霜」；一是加倍寫法，如「盲人騎瞎馬，夜半臨深池」。本篇可以說是這兩種方法的綜合運用。

〔越調〕天淨沙　秋景　白樸

孤村落日殘霞，輕煙老樹寒鴉。一點飛鴻影下，青山綠水，白草紅葉黃花。

【賞析】

白樸有四首〈天淨沙〉描寫四時風景，中以此首為最。人以或可與馬致遠〈天淨沙・秋思〉相媲美。蓋首兩句：「孤村落日殘霞，輕煙老樹寒鴉」，描寫了六種秋天的景物，以「孤、殘、寒」等字，呈現出蕭瑟淒涼的深秋形象。第三句「一點飛鴻影下」使秋景平添動感。末兩句：「青山綠水，白草紅葉黃花」，更使這幅圖增添了「青、綠、紅、白、黃」，五彩繽紛的色澤，使人由蕭瑟而賞悅。

細繹之：

前兩句，兩字一組，鋪排六種靜景（孤村、落日、殘霞、輕煙、老樹、寒鴉），相互交疊映襯。如第一句——構合天空、地面之大幅畫面。有斑爛晚霞，小村披拂斜暉。次句——天地間之一角特景，而偏於昏暗——炊煙凝止，老樹不動，烏鴉輟立。一、二句寫出秋景一片。三句，以動態驟出，遠而疾掠過大雁，劃破長空。四、五句，鋪寫秋日草木彩色——青、綠、白、紅、黃。故全首選列十二秋景，前二句鋪排六種靜景，以形象勝；後兩句又鋪排五種靜景，以色彩勝。中以「飛鴻影下」之動景，使全首動靜相生。

〔越調〕憑欄人 金陵道中　喬吉

瘦馬馱詩天一涯，倦鳥呼愁村數家。撲頭飛柳花，與人添鬢華①。

【注釋】

①鬢華：鬢邊的白髮。

【賞析】

此首前兩句以異同互補以寫旅人之勞累孤獨、傷愁之況味。三、四句以柳花撲面聯想白髮，而非愉悅（所謂「愁思望春不當春」、「客裡逢春不是春」），以言金陵道上，非春，乃是客愁旅恨所生。

【作法】

一、三句以異同互補法以寫：

同：

- 「瘦馬」、「倦鳥」對言，以道征途困苦不堪。

・「馱詩」、「呼愁」對應，同表辛酸斷腸。
・「天一涯」、「村數家」對應，引起鄉情客愁無限。

異：

・倦鳥思還，而瘦馬不得還。
・「詩」由作者心中出；「愁」由外物沁入於心。
・村數家尚有人安居；天一涯卻獨自漂泊。

三、四句：以柳花惹出白髮，故金陵道上之春，所得並非愉悅，而是客愁旅恨。

〔正宮〕塞鴻秋　山行警①　無名氏

東邊路西邊路南邊路，五里鋪七里鋪十里鋪②。行一步盼一步懶一步，霎時間天也暮日也暮雲也暮。斜陽滿地鋪，回首生煙霧，兀的不山無數水無數情無數③。

【注釋】

①警：警心的感觸。
②鋪：古時的驛站或兵站。鄉間常以驛站長亭取作地名，如三里驛、九里亭之類，這裡的「五里鋪」等亦是。
③兀的不：如何不，怎不是。

【賞析】

首兩句，交代豐富的內容，見出風塵僕僕的遠行人，踽踽獨行，有走不完、遣不去之岔口、荒驛、疲倦、茫然，亦有無家可歸之悲涼。

三、四句，進將旅人山行具體化。見出旅程艱難在漫漫長途竟以「步」計，與二句「五里鋪……」形成對映。又以「行」、「盼」、「懶」交替出旅人步態蹣跚。「霎時間」，不唯表出暮色瞬至，且寫倦行遊子驚疑、焦慮表出。

五至七句，旅人並未加快速行，反而悵立四顧。以夕陽散亂、暮煙四合以言日暮途窮、不堪回首。至此鄉心、客愁湧現，旅途乃至人生之感受亦湧至，故山中獨立蒼茫之旅人，益發使人難忘。

【作法】

一至三句，作者將七字句正格衍為九字句，且以三字為一組，傳神寫出旅人跋涉長途、步履沈重。此首以「隔離反覆」修辭法，形成層層遞進、綿綿不絕之形象。末句點出蒼涼旅愁，餘味無窮。

十、白描

將事物形、音、色、味乃至情態，直接摹繪出之手法。曲以適俗自然為貴，用白描法，正可以傳播四方也。

懶畫眉　梁辰魚

小名牽掛在心頭①，總欲丟時怎便丟。渾如吞卻線和鉤②，不疼不癢常拖逗③，只落得一縷相思萬縷愁。

【注釋】

①牽掛：掛念，思念。
②渾如：就像。吞卻：吞下。
③拖逗：謂其滋味就像魚兒上鉤後，拖在水裡被引逗一樣。

【賞析】

所謂「詩莊詞媚」而「曲俗」，何以？同是愛情題材，以「詩」表之，則「溫文爾雅」；以「詞」表之，則纏綿悱惻；以曲表之，則快人快語，誇張其辭。

此首則以反映傳統時代女子心理為主。首二句，直撲主題，言女子不時將意中人小名牽掛在心，相思之情，使其「日昏昏」，茶不思，飯不想。但她又試著要將情人由心中抹去，但那「俏冤家」卻更牢固占據女子之心，痴迷難去。三、四句設喻表達微妙、複雜之情，作者將女子相思，比作似吞下線和鉤，不疼也不癢。女子痴狂正似上鉤之魚，掙扎拖逗而欲罷不能，此將無法觸摸之情，轉成有形具體之形象。末句寫出女子「牽掛小名」，也是惱人情思「拖逗」的結果。「只落得」三字，即表現女子「無可奈何」之悲情，而結出「一縷相思」、「萬縷愁」二者之對舉。而「相思」、「愁」背後，卻有相同之「情」字，陣陣襲來，不絕如縷；全首率直表出女性心理之相思、憂愁、失望，皆直言誇張以狀寫。

【作法】

此曲筆法直捷，感情率真。首兩句直言「情」字。次二句，運用比喻手法以言女子之情。末句總寫女子墜入情網後之心理狀態，極為細膩。

山坡羊　唐寅

嫩綠芭蕉庭院①。新繡鴛鴦羅扇②。天時乍暖③，乍暖渾身倦。整金蓮④，秋千畫板前⑤幾回欲上，欲上羞人見，走入紗廚假欲眠⑥。芳年⑦，芳年正可憐。其間，其間不敢言。

【注釋】

①芭蕉：植物名。大者可高達丈餘。

②羅扇：用羅製成的扇子。羅，一種質地輕軟、有花紋的絲織品。

③乍暖：剛暖。

④整金蓮：謂穿好鞋襪。金蓮：古代稱女子的纖足為金蓮。典出《南史，齊東昏侯紀》：「又鑿金為蓮花以帖地，令潘妃行其上，曰：『此步步生蓮花也。』」

⑤畫板：指秋千上繪有圖畫的木板。

⑥紗廚：即紗帳。又作紗幮。

⑦芳年：指少女的妙齡。

【賞析】

此首描摹嬌弱女子心態和口吻的神情唯妙唯肖。

古代「女子無才便是德」，所以不能大膽表露出自己心態，因而文人常有模仿女子之作。

首句以景入題，在小巧庭院中，嫩綠芭蕉葉，舒展寬大的葉子，灑下一片陰涼。正韓愈〈山石〉詩云：「升堂坐階新雨足，芭蕉葉大梔子肥。」朱熹〈芭蕉〉詩：「與君障夏日，羽扇寧復持？」則芭蕉確是寬袍廣袖之，清涼使者，令人愛憐。

次句接寫女子不僅觀賞綠芭蕉，也輕搖手中剛繡好的鴛鴦戲水圖案之羅扇，暗示成雙著對的遐想。那鴛鴦正似：「和鳴一夕不暫離，交頸千年尚為少。」（唐・李德裕〈鴛鴦篇〉）「海枯石爛兩鴛鴦，只合雙飛便雙死。」（元好問〈兩棲曲〉）少女以羅扇表心曲。

三、四句初夏時光，慵懶，不只是氣候，亦是心情影響。

以下四句少女穿鞋襪，輕移蓮步欲上秋千，又恐人窺視，嬌媚、羞怯慵倦，皆為愛情失落。於是步入閨房、

掀開紗帳，以「欲眠」遮人耳目，卻要細品惱人之思緒。

末四句以對仗言苦惱，大家閨秀默默承受之苦悶，已和盤托出。

【作法】

首二句寫景，兼點明時令，勾勒出女子特定環境。

次句，落筆羅扇，揭示女子身分特殊。「鴛鴦」二字說明其對愛情之憧憬。

五至八句，由女子動態、心態落墨，栩栩如生點寫出其嬌羞神韻。末藉女子假寐以言惱人思緒，令人無法入眠，隱情又不敢告人。

全曲以白描手法，塑造女子神韻綺情（全首用先韻）。

十一、引用

引取相關語文，以充實、佐證內容。即《文心雕龍・事類篇》：「文章之外，據事以類義，援古以證今。」「明理引乎成辭，徵義舉乎人事。」

〔中呂〕賣花聲　懷古　張可久

美人自刎烏江岸①，戰火曾燒赤壁山②，將軍空老玉門關③。傷心秦漢，生民塗炭④，讀書人一聲長嘆。

【注釋】

①「美人」句：秦末楚漢相爭，項羽被劉邦軍隊趕到烏江（今安徽和縣東北），同他所寵愛的美人（後人給她取了個「虞姬」之名）先後自殺。

②赤壁山：指三國時，孫權、劉備聯兵破曹操，火燒赤壁之事。

③「將軍」句：東漢名將班超奉命安邊，通西域，封定遠侯，在西域三十一年。晚年思家，上書請還，有「臣不敢望到酒泉郡，但願生入玉門關」之句。玉門關，在今甘肅敦煌縣西，乃漢代的邊關要塞。

④塗炭：苦難深重，好像陷入泥濘、落入炭火之中。

【賞析】

篇首三句，以三件史頁並列，使人浮想聯翩，尋求內在聯繫。

一是項霸王自刎烏江，即：「陰陵道北，烏江岸西，休了衣錦東歸。」（馬致遠〈慶東原・嘆世〉）

二是赤壁之役，即：「嘆西風捲盡繁華，往事大江東去。」（馮子振〈鸚鵡曲・赤壁・懷古〉）

三是班超通西域，即：「班定遠飄零玉關」（張養浩〈沈醉東風・隱居嘆〉）

以上三句，「自刎」指戰爭勝敗不可料，「曾燒」標示戰爭成果不足恃，「空老」言戰功不足道。

以下三句，乃是作者抒感，使讀者由史事畫卷中悚然生悟——時間是在秦、漢，人民多苦難，引得讀者悲憤。

末以「傷心」二字承啟，而以「一聲長嘆」戛然而止，餘韻無窮。

此為借古諷今詠史詩。此由追懷史事——項羽兵敗身亡，曹操赤壁敗北，班超老死邊土，秦皇、漢武之連年征戰，以言百姓困苦。

【作法】

此以三個鼎足對句，相互做似有似無之聯繫。

以下三句則點明其間共性，使人倍加了悟。

問題與討論

1. 曲之特色為何？試舉例說明。
2. 曲之內容，最常寫什麼？
3. 白樸、關漢卿如何發揮奇想創意，使「人人意中所有，人人筆下所無」的文字合情合理？
4. 散曲與雜劇的分別為何？
5. 試述歷史人物與傳說故事在文學中的運用。
6. 詞、曲有何不同？
7. 曲之技法，試舉例其二。
8. 試分析你最喜愛之曲兩首。

重要參考文獻

《詞學析論》，蔡德安，台北：正中書局，一九九三年五月台初版。
《一曲一畫》，祁敏等，台北：文津出版社。
《台灣竹枝詞選集》，陳香，台北：商務，一九八三年四月初版。
《凰鳳台上憶吹簫》，張玲，台北：好時年，一九八三年七月。
《李韶歌詞集》，李韶，台北：東大，一九八六年二月初版。
《野草詞總集》，台北：東大，一九八九年。
《蘇軾詩集》，孔凡禮點校，北京：中華，一九八八年。
《蘇軾詞賞析集》，成都：巴蜀書社，一九九〇。
《詞話叢編》，唐圭璋，台北：新文豐，一九八八年。
《東坡樂府研究》，唐玲玲，成都：巴蜀書社，一九九四年。
《詞林散步》，陳滿銘，台北：萬卷樓，二〇〇〇年。
《東破樂府箋》，龍榆生，台北：華正，一九九〇。
《蘇軾詞研究》，劉石，台北：文津，一九九二。
《詩詞曲之旅》，李慕如，台南：大夏，一九八九年三月。

附錄一　代表詞家生平及作品索引

詞家代表生平

朝代（西元年）	姓名	頁碼
唐		
七〇一	李白	10
七七二	白居易	15
	張志和	182
西蜀		
八一二	溫庭筠	19
八三六	韋莊	20
九〇三	馮延巳	24
南唐		
九一六	李璟	22
九三三	顧敻	220
九三七	李煜	22
五代		
	牛希濟	25
北宋		
九八九	范仲淹	29
九九〇	張先	27
九九一	晏殊	28
九九八	宋祁	29
一〇〇三	葉清臣	29
一〇〇四	柳永	30
一〇〇七	歐陽修	31
一〇三二	晏幾道	33
一〇三六	蘇軾	34
一〇四五	黃庭堅	37
一〇四五	李之儀	37
一〇四九	秦觀	37
一〇五二	賀鑄	38
一〇五六	周邦彥	39
一〇七七	葉夢得	43
一〇八四	李清照	41
南宋		
一〇八〇	朱敦儒	44
一一〇三	岳飛	45
一一二五	陸游	45

一一三二	張孝祥	45
一一四〇	辛棄疾	47
一一四五	蔣捷	53
一一五四	劉過	48
一一五五	姜夔	48
一一五五	史達祖	50
一一八七	劉克莊	51
一一八〇	王觀	
金		
一一九〇	元好問	53
一一四〇	王沂孫	52
一二四二	吳文英	51
一二四八	張炎	52
一四八八	楊慎	53
一六二三	陳維崧	54
一六二九	朱彝尊	55
一六四五	夏完淳	190
一六五三	納蘭性德	56
一六九二	厲鶚	55
一七六一	張惠言	102
一七八一	周濟	
一八一八	蔣春霖	57
近代		
	韋瀚章	58
	李韶	60
一九〇三	王天賞	61
	鄭大樞	68

詞家詞作品代表

朝代	詞家	題目	頁碼	編注者（未注者為主編補白）
唐				
	李白	秋風辭（秋風清）	73	楊悅春
		菩薩蠻（平林）	10	杜英賢
		憶秦娥（簫聲）	11	杜英賢
	白居易	憶江南（江南好）	12	杜英賢

		長相思（汴水）	16	楊悅春
	張志和	漁歌子（西塞）	165	
	溫庭筠	夢江南（梳洗罷）	74	吳雅文
		更漏子（玉爐香）	79	吳雅文
	韋莊	應天長（別來）	76	陳丁立
		女冠子（昨夜）	21	吳雅文
	馮延巳	長命女（春日宴）	77	王貞麗
		謁金門（風乍起）	80	
	李璟	女冠子（四月）	113	
		攤破浣溪沙（菡萏）	115	
		清平樂（別來）	228	
	顧敻	江城梅花引（故人）	83	施芳齡
		訴衷情（永夜）	220	
	李煜	菩薩蠻（花明）	81	施芳齡
		長相思（雲一緺）	85	施芳齡
		一斛珠（曉妝）	90	施芳齡
		相見歡（林花）	104	
		玉樓春（晚妝）	105	
		望江南（多少恨）	126	施芳齡
		相見歡（無言）	127	呂仁偉
		破陣子	128	
		子夜歌（人生）	130	杜英賢

		漁歌子（浪花）	130	施芳齡
		虞美人（春花）	180	杜英賢
		清平樂（別來）	228	施芳齡
五代				
	牛希濟	生查子（春山）	147	
北宋				
	范仲淹	蘇幕遮（碧雲天）	119	黃吉村
	張先	天仙子（水調）	96	黃吉村
		千秋歲（數聲）	181	
	晏殊	蝶戀花（檻菊）	114	
		浣溪沙（一向）	117	
		踏莎行（小徑）	118	
		浣溪沙（一曲）	196	
	宋祁	鷓鴣天（畫轂）	183	洪櫻芬
		玉樓春（東域）	192	
	葉清臣	賀聖朝（滿斟）	89	
	柳永	八聲甘州（對瀟瀟）	172	
		望海潮（東南）	185	
		蝶戀花（佇倚）	193	
		雨霖鈴（寒蟬）	215	
		鶴沖天（黃金榜）	230, 245	
		雨霖鈴（秋別）	244	

歐陽修	蝶戀花（庭院）	148	張明垣
	南歌子（鳳髻）	174	
	臨江仙（柳下）	179	
	踏莎行（候館）	188	
	生查子（去年）	197	
	采桑子（群芳）	221	張明垣
晏幾道	鷓鴣天（翠袖）	91	潘高穎
	臨江仙（夢後）	94	
蘇軾	南鄉子（回首）	82	
	江城子（十年）	95	陳靜美
	永遇樂（明月）	98	
	蝶戀花（花褪）	107	
	水調歌頭（明月）	109, 167, 219	吳雅文
	念奴嬌（大江）	131, 210	楊悅春
	臨江仙（夜飲）	134	
	定風波（莫聽）	143	呂仁偉
	虞美人（定場）	170	
	卜算子（缺月）	204	
	水龍吟（似花）	222	
	賀新郎（乳燕）	223	
	洞仙歌（冰肌）	232	
黃庭堅	清平樂（春歸）	213	

	李之儀	卜算子（我信）	198	洪櫻芬
	秦觀	鵲橋仙（纖雲）	168, 225	
		江城子（西域）	85	楊悅春
		浣溪沙（漠漠）		
		行香子（樹繞）	205	
	賀鑄	青玉案（凌波）	188	
	周邦彥	少年遊（朝雲）	111	
		蘇幕遮（燎沈香）	120	
		少年遊（并刀）	235	
		蘭陵王（柳蔭直）	236	
	葉夢得	臨江仙（不見）	101	
	李清照	一剪梅（紅藕）	77	陳靜美
		鳳凰台上憶吹簫（香冷）	87	
		聲聲慢（尋尋）	176	
		武陵春（風信）	186	
		如夢令（昨夜）	213	
		醉花陰（薄霧）	237	
南宋				
	朱敦儒	鷓鴣天（我是）	121	施芳齡
		念奴嬌（老來）	122	
	陸游	謝池春（壯哉）	124	
		釵頭鳳（紅酥手）	239	施芳齡

朝代	詞家	作品	頁碼	賞析
	岳飛	小重山（昨夜）	137	
	張孝祥	西江月（問訊）	112	
	辛棄疾	鷓鴣天（枕箏）	99	潘高穎
		西江月（萬事）	124	
		鷓鴣天（鳴徹）	125	
		西江月（明月）	135	
		青平樂（村居）	136	
		青玉案（東風）	199	
		醜奴兒（少年）	201	潘高穎
		摸魚兒（更能）	202	潘高穎
		西江月（醉裡）	214	
	蔣捷	虞美人（少年）	206	
	姜夔	揚州慢（淮左）	149	
		淡黃柳（空城）	243	
	史達祖	念奴嬌（老來）	122	
		雙雙燕（過春社了）	138	
	劉克莊	一剪梅（東縕）	88	
	王觀	卜算子（水是）	212	
金				
	元好問	摸魚兒（問人間）	141	
	王沂孫	眉嫵（新月）	207	
	吳文英	唐多令（何處）	173	

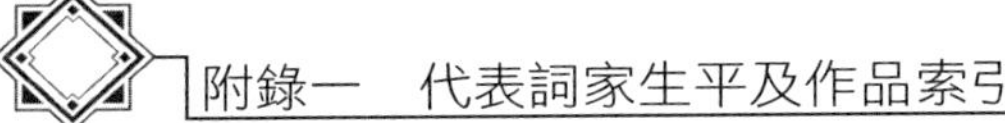

附錄二　代表曲家生平及作品索引

曲家生平

	錢霖	277
	任昱	277
	李致遠	277
	王曄	277
元後期　豪放		
	楊朝英	278
	鍾嗣成	278
	劉庭信	278
一四一〇	湯式	279
一四七〇	唐寅	279
一四七〇	王磐	279
金		
一一九〇	元好問	279
明北曲		
一三七九	朱有燉	280
一四七五	康海	280
	王九思	280
一五一一	馮唯敏	281
南曲		
	沈仕	281
	梁辰魚	281
一五五三	沈璟	282
	施紹莘	282
明		
一三〇五	高明	305
清		
一六四八	孔尚任	306

曲家代表作

朝代	作者	題目（未標注為散曲）	頁碼	
元代前期				
	關漢卿	四塊玉（別情）	312	
		大德歌	312	王貞麗注
		沈醉東風（送別）	313	
		四塊玉（閒適）	332	王貞麗注

		一枝花	283	（套曲）
	王實甫	十二月過堯	311	（民歌）
	王和卿	一半兒（題情）	356	
		醉中天・詠大蝴蝶	326	
	劉秉忠	乾荷葉	317, 352	
	白樸	沈醉東風（漁父詞）	341	
		慶東原（忘憂草）	342	
		天淨沙（秋景）	362	
	胡祇遹	喜春來（春景）	351	
	盧摯	沈醉東風（秋思）	318	
		折桂令（想人生）	337	
	景元啟	殿前歡（梅花）	319	
	姚燧	憑欄人（寄征衣）	357	
		壽陽曲（詠李白）	358	
	馬致遠	金字經	314	
		壽陽曲（遠浦帆歸）	320	
		撥不斷（嘆世）	334	
		天淨沙（枯藤）	361	
		秋思（套曲）	285	
		耍孩兒（套曲）借馬	291	
	張養浩	雁兒落帶得勝令	321	
	薛昂夫	朝天子（詠史）	330	

	阿魯威	折桂令（詠史）	331	
	貫雲石	壽陽曲（新秋至）	324	
	鄧玉賓	叨叨令（道情）	338	
後期				
	張可久	人月圓（山中書事）	335	
		賣花聲（懷古）	368	
	喬吉	山坡羊	315	
		折桂令（問荊漢）	325	
		天淨沙（即事）	343	
		水仙子（重觀瀑布）	353	
		憑欄人（金陵道中）	363	
	鄭光祖	鴛鴦煞尾	327	
	徐再思	蟾宮曲（春情）	344	
		水仙子（夜雨）	325, 345	
	睢景臣	哨遍（高祖還鄉）	294	（套曲）
	吳仁卿（弘道）	金字經	355	
	鍾嗣成	一枝花	295	（套曲）
	湯式	天淨沙（閒居雜興）	343	
	唐寅	山坡羊	366	
	王磐	朝天子（詠喇叭）	328	
	康海	水仙子（酌酒）	336	
		雁兒落帶得勝令（飲中閒居）	339	

	馮唯敏	耍孩兒（骷髏訴冤）	298	（套曲）（陳靜美注）
明				
	梁辰魚	懶畫眉	365	
		駐馬聽（獨倚）	315	
	高明	琵琶記	305	（雜劇）
	孔尚任	桃花扇	306	（雜劇）
民歌俗曲				
	浮白主人選	掛枝兒（荷珠）	307	
		劈破玉（分離）	307	
		望明月	308	
	汪元亨	醉太平（警世）	338	
	無名氏	醉太平（譏貪小利者）	354	
		民歌	359	
		塞鴻秋（山行警）	364	

國家圖書館出版品預行編目資料

實用詞曲選：賞析與創作／王貞麗等編著.
－－初版.－－臺北市：五南，2006[民95]
面；　公分
參考書目：面
含索引
ISBN 978-957-11-4232-6（平裝）

833　　　　95001716

1XV6 詩詞曲選系列

實用詞曲選：賞析與創作

主　　編 — 李慕如（97）
編　　著 — 王貞麗　杜英賢　吳明訓　吳雅文　呂仁偉
李慕如　施芳齡　洪櫻芬　陳靜美　陳丁立
黃吉村　張明垣　楊悅春　潘高穎
發 行 人 — 楊榮川
總 經 理 — 楊士清
副總編輯 — 黃惠娟
責任編輯 — 蔡佳伶　李鳳珠　簡妙如
出 版 者 — 五南圖書出版股份有限公司
地　　址：106台北市大安區和平東路二段339號4樓
電　　話：(02)2705-5066　　傳　　真：(02)2706-6100
網　　址：http://www.wunan.com.tw
電子郵件：wunan@wunan.com.tw
劃撥帳號：01068953
戶　　名：五南圖書出版股份有限公司
法律顧問　林勝安律師事務所　林勝安律師
出版日期　2006年　5月初版一刷
2017年10月初版三刷
定　　價　新臺幣420元

凝煉知識品味閱讀